DROEMER⊛

Über den Autor:
Matt Haig, Jahrgang 1975, ist ein britischer Autor. Seine eigenen Erfahrungen mit Depressionen und Angststörungen sind auch stets ein zentrales Thema in seinen Büchern. Zuletzt sind von ihm die Romane *Ich und die Menschen* und der Bestseller *Die Mitternachts-bibliothek* sowie das Sachbuch *The Comfort Book* erschienen. Im August 2024 erscheint sein neuer Roman *Die Unmöglichkeit des Lebens*. Matt Haig lebt mit seiner Familie in Brighton.

MATT HAIG

DIE RADLEYS

Roman

Aus dem Englischen
von Friederike Levin

Die englische Originalausgabe erschien 2010 unter dem Titel
»The Radleys« bei Canongate, Edinburgh.

Besuchen Sie uns im Internet:
www.droemer-knaur.de

Fremdlizenz Mai 2024
© Matt Haig 2010
Published by arrangement with Canongate Books Ltd,
14 High Street, Edinburgh EH1 1TE.
Die deutsche Erstausgabe erschien 2010
im Verlag Kiepenheuer & Witsch, Köln.
© 2024 der deutschsprachigen Ausgabe Droemer Verlag
Ein Imprint der Verlagsgruppe
Droemer Knaur GmbH & Co. KG, München
Alle Rechte vorbehalten. Das Werk darf – auch teilweise – nur
mit Genehmigung des Verlags wiedergegeben werden.
Die Nutzung unserer Werke für Text- und Data-Mining
im Sinne von § 44b UrhG behalten wir uns explizit vor.
Covergestaltung: Verlagsgruppe Droemer Knaur
nach einem Design von Peter Adlington
Coverabbildung: Peter Adlington
Satz und Layout: Adobe InDesign im Verlag
Druck und Bindung: GGP Media GmbH, Pößneck
ISBN 978-3-426-30831-8

2   4   5   3

FREITAG

Unsere Instinkte sind falsch. Tiere verlassen sich auf ihre Instinkte, um zu überleben, aber wir sind keine wilden Tiere. Wir sind keine Löwen oder Haie oder Geier. Wir sind zivilisiert, und Zivilisation funktioniert nur, wenn wir unsere Instinkte unterdrücken. Tun Sie also das Ihre für die Gesellschaft und unterdrücken Sie die finsteren Begierden in sich.

Handbuch für Abstinenzler
(zweite Ausgabe), Seite 54

ORCHARD LANE NUMMER SIEBZEHN

Die Straße ist ruhig, vor allem nachts.

Zu ruhig, würde man denken, als dass sich ein Monster zwischen den hübschen, schattigen Gässchen niederlassen könnte.

Um drei Uhr morgens fällt es im Dörfchen Bishopthorpe in der Tat leicht, jene Lüge zu glauben, die seine Bewohner verbreiten: Hier leben gute und friedvolle Menschen ihr gutes und friedvolles Leben.

Zu dieser Stunde hört man nur Laute, die die Natur selbst hervorbringt. Den Ruf einer Eule, einen bellenden Hund in der Ferne oder, in einer frischen Nacht wie dieser, das obskure Wispern des Windes in den Platanen. Selbst wenn man sich an die Hauptstraße stellte, gleich vor das schicke Bekleidungsgeschäft oder das Pub oder den Hungry Gannet, den Feinkostladen, würde man nur selten Verkehrslärm hören und das schimpfliche Graffito an der Wand des ehemaligen Postamtes kaum sehen (wobei das Wort »FREAK« gerade noch lesbar ist, wenn man genau hinschaut).

Jenseits der Hauptstraße, in Gegenden wie der Orchard Lane, würde man auf einem nächtlichen Spaziergang an den Altbauvillen der Anwälte und Doktoren und Projektmanager vorbeischlendern, würde alle Lichter gelöscht vorfinden und die Gardinen zugezogen, um die Nacht auszuschließen. Jedenfalls so lange, bis man bei Nummer siebzehn ankäme und ein Leuchten hinter den Gardinen eines Fensters im Obergeschoss bemerken würde.

Und wenn man stehen bliebe, um jene kühle und tröstliche Nachtluft zu inhalieren, würde man zunächst sehen, dass Nummer siebzehn ansonsten mit den Häusern seiner Umgebung im Einklang steht. Vielleicht ist es nicht ganz so groß wie das seines nächsten Nachbarn, Nummer neunzehn, mit der breiten Auffahrt und dem eleganten Regency-Stil, es kann sich aber durchaus behaupten.

Das Haus sieht genauso aus wie das Heim einer Familie auf dem Land und fühlt sich auch genauso an. Nicht zu groß und nicht zu klein, nichts, was das Auge stören könnte. Ein Traumhaus, wie jeder Makler versichern würde, und gewiss perfekt, um Kinder großzuziehen.

Aber kurz darauf würde man merken, dass etwas nicht stimmt. Nein, »merken« ist vielleicht zu viel gesagt. Man würde vielleicht nicht aktiv realisieren, dass sogar die Natur um dieses Haus herum stiller erscheint, dass kein Vogel und auch sonst nichts zu hören ist. Jedoch könnte ein unbewusstes Gefühl Anlass geben, sich über den Lichtschimmer zu wundern und eine Kälte wahrzunehmen, die nichts mit der Nachtluft zu tun hat.

Wenn jenes Gefühl stärker würde, könnte Angst daraus werden, weshalb man die Szene am liebsten verlassen und wegrennen würde, es aber wahrscheinlich nicht täte. Man würde das nette Haus und den Minivan in Augenschein nehmen und sich denken, dass es sich hier um den Besitz vollkommen gewöhnlicher Menschen handelt, die für die Außenwelt keinerlei Bedrohung darstellten.

Wer sich diesem Gedanken hingäbe, würde sich irren. In Orchard Lane Nummer siebzehn wohnen die Radleys, und obwohl sie sich größte Mühe geben, sind sie alles andere als normal.

DAS GÄSTEZIMMER

Du musst schlafen«, redet er sich ein, was aber nichts nützt. Das Licht, das an jenem Freitag um drei Uhr in der Frühe brennt, gehört zu ihm, zu Rowan, dem älteren der beiden Radley-Kinder. Er ist hellwach, obwohl er das Sechsfache der empfohlenen Dosis von Wick Medinait geschluckt hat.

Er ist um diese Uhrzeit immer wach. In einer guten Nacht fällt er gegen vier in den Schlaf und wacht um sechs oder kurz danach wieder auf. Zwei Stunden qualvollen, rastlosen Schlafes mit gewalttätigen Albträumen, die er nicht versteht. Aber heute ist keine gute Nacht, weil sich sein Ausschlag aufdringlich bemerkbar macht, der Wind hinter dem Fenster pfeift und er weiß, dass er wahrscheinlich ohne jede Ruhephase zur Schule gehen wird.

Er legt sein Buch beiseite. Byrons *Gesammelte Gedichte*. Er hört, dass jemand den Flur entlanggeht, nicht zur Toilette, sondern zum Gästezimmer.

Die Tür zum Wäscheschrank wird geöffnet. Ein leises Rumoren und dann ein kurzer Moment Stille, bis er hört, dass sie das Zimmer wieder verlässt. Das ist nicht ganz ungewöhnlich. Schon oft hat er gehört, wie seine Mutter mitten in der Nacht aufstand und ins Gästezimmer ging, ohne jemals zu ergründen, was sie eigentlich dort tut.

Dann hört er, wie sie wieder zu Bett geht und seine Eltern hinter der Wand unverständliche Worte flüstern.

TRÄUMEN

Helen legt sich wieder ins Bett, ihr ganzer Körper steht unter Spannung wegen der Geheimniskrämerei. Ihr Ehemann gibt einen merkwürdig gegähnten Seufzer von sich und kuschelt sich an sie.

»Was um alles in der Welt tust du da?«

»Ich versuche, dich zu küssen«, sagt er.

»Bitte, Peter«, sagt sie, Kopfschmerz pocht hinter ihren Augen. »Es ist mitten in der Nacht.«

»Im Gegensatz zu all den anderen Zeiten, zu denen du auch nicht von deinem Ehemann geküsst werden möchtest.«

»Ich dachte, du schläfst.«

»Habe ich auch. Ich habe geträumt. Einen ziemlich aufregenden Traum. Einen nostalgischen, genauer gesagt.«

»Peter, wir könnten die Kinder wecken«, sagt sie, obwohl sie weiß, dass bei Rowan noch Licht brennt.

»Komm schon, ich will dich bloß küssen. Es war so ein schöner Traum.«

»Nein. Du lügst. Du willst mehr. Du willst …«

»Na und, weshalb machst du dir Sorgen? Wegen der Bettwäsche?«

»Ich will einfach nur schlafen.«

»Was hast du gemacht?«

»Ich war auf der Toilette.« Sie hat sich an diese Lüge so sehr gewöhnt, dass sie ihr nichts mehr ausmacht.

»Deine Blase. Sie wird immer schwächer.«

»Gute Nacht.«

»Erinnerst du dich noch an die Bibliothekarin, die wir mit nach Hause genommen haben?«

Sie kann das Lächeln in seiner Frage hören. »Mein Gott, Peter. Das war in London. Wir reden nicht mehr über London.«

»Aber wenn du an Nächte wie diese denkst, macht dich das nicht …«

»Nein. Das war in einem anderen Leben. Daran denke ich nie.«

EIN PLÖTZLICHER SCHMERZ

Am Morgen, kurz nach dem Aufwachen, setzt sich Helen auf und nippt an ihrem Wasser. Sie schraubt das Röhrchen mit den Ibuprofen-Tabletten auf und legt sich eine auf die Zunge, sacht wie eine Oblate bei der heiligen Kommunion.

Sie schluckt, und genau in dem Moment, als die Tablette ihren Schlund hinabgleitet, durchzuckt ihren Ehemann – nur wenige Schritte entfernt im Badezimmer – ein plötzlicher Schmerz.

Er hat sich beim Rasieren geschnitten.

Er betrachtet das Blut, das auf seiner feuchten, öligen Haut schimmert.

Wunderschön und tiefrot. Er tupft es ab, begutachtet den Fleck, den es auf seinem Finger hinterlassen hat, und sein Herz schlägt schneller. Sein Finger nähert sich Zentimeter für Zentimeter seinem Mund, aber bevor er dort ankommt, hört er etwas. Schnelle Schritte, die sich dem Badezimmer nähern, dann den Versuch, die Tür zu öffnen.

»Dad, kannst du mich bitte reinlassen ... bitte«, sagte seine Tochter Clara, während sie heftig gegen das massive Holz hämmert.

Er folgt ihrer Bitte, und Clara stürzt hinein und beugt sich über die Toilettenschüssel.

»Clara«, sagt er, als sie sich erbricht. »Clara, ist alles in Ordnung?«

Sie richtet sich auf. Ihr blasses Gesicht über der Schuluniform sieht zu ihm auf, die Augen hinter den Brillengläsern verzweifelt.

»O Gott«, sagt sie und beugt sich wieder über die Schüssel. Sie erbricht sich noch einmal. Peter riecht es und sieht es auch. Er zuckt zusammen, nicht wegen des Erbrochenen, sondern weil er weiß, was es zu bedeuten hat.

In wenigen Sekunden sind alle da. Helen kauert neben ihrer Tochter nieder, streicht ihr über den Rücken und erklärt ihr, es sei alles gut. Und in der Tür steht Claras Bruder Rowan, mit dem Sonnenblocker Faktor sechzig in der Hand, den er noch auftragen muss.

»Was ist mit ihr los?«, fragt er.

»Gar nichts«, sagt Clara, die kein Publikum will. »Ehrlich, jetzt ist alles in Ordnung. Ich fühl mich gut.«

Und die Aussage bleibt im Raum hängen, lauernd, und mit ihrer übel riechenden Falschheit die Luft verpestend.

DIE ROLLE

Clara gibt sich größte Mühe, ihre Rolle den ganzen Morgen weiterzuspielen, sie macht sich ganz normal für die Schule fertig, trotz des elenden Gefühls im Magen.

Man muss wissen, dass Clara am vergangenen Samstag von einer Vegetarierin zur überzeugten Veganerin aufgerüstet hat, um Tiere dazu zu bringen, sie ein bisschen mehr zu mögen.

Weil die Enten ihr Brot nicht nahmen, die Katzen sich nicht von ihr streicheln ließen und die Pferde auf der Koppel an der Thirsk Road jedes Mal verrücktspielten, wenn sie an ihnen vorbeiging. Sie kann den Schulausflug nach Flamingo Land nicht vergessen, bei dem sämtliche Flamingos in Panik gerieten, noch bevor sie am See angekommen war. Oder ihre kurzlebigen Goldfische – Rhett und Scarlett –, die einzigen Haustiere, die ihr je erlaubt worden waren. Ein absoluter Horror, als sie am ersten Morgen an der Wasseroberfläche schwammen, auf dem Rücken, ihre Schuppen hatten jede Farbe verloren.

Im Moment spürt sie die Augen ihrer Mutter in ihrem Rücken, während sie die Sojamilch aus dem Kühlschrank nimmt. »Weißt du, wenn du wenigstens richtige Milch trinken würdest, dann ginge es dir bestimmt viel besser. Kann sogar fettarm sein.«

Clara fragt sich, wie Milch durch Entfetten veganer werden soll, reißt sich aber zusammen und lächelt. »Mir geht's gut. Mach dir bitte keine Sorgen.«

Inzwischen sind alle da, in der Küche. Ihr Vater trinkt seinen frischen Kaffee, und ihr Bruder verschlingt sein morgendliches Fleischsortiment aus dem Feinkostladen.

»Peter, sag du es ihr. Das macht sie krank.«

Peter braucht etwas Zeit. Die Worte seiner Gattin müssen den breiten roten Fluss seiner Gedanken durchschwimmen und sich triefend und erschöpft an das schmale Ufer väterlichen Pflichtgefühls retten.

»Deine Mutter hat recht«, sagt er. »Du machst dich krank.«

Clara schüttet die anstößige Milch über ihr Nussmixmüsli, während ihr mit jeder Sekunde übler wird. Sie würde gerne darum bitten, das Radio leiser zu stellen, weiß aber, wenn sie das tut, wird man sie nur für noch kränker halten.

Wenigstens ist Rowan auf ihrer Seite, auf seine ihm eigene, schlaffe Art. »Das ist Soja, Mum«, sagt er mit vollem Mund. »Kein Heroin.«

»Sie muss aber Fleisch essen.«

»Es geht mir *gut*.«

»Sieh mal«, sagt Helen. »Ich finde wirklich, du solltest heute nicht zur Schule gehen. Ich rufe für dich an, wenn du willst.«

Clara schüttelt den Kopf. Sie hat Eve versprochen, am Abend mit ihr auf Jamie Southerns Party zu gehen, und deshalb muss sie zur Schule, sonst darf sie abends ganz sicher nicht ausgehen. Und außerdem wird sie ein Tag voller Pro-Fleisch-Propaganda nicht weiterbringen. »Ehrlich, ich fühle mich viel besser. Mir wird nicht wieder schlecht.«

Ihre Mutter und ihr Vater tauschen eine ihrer codierten Augenbotschaften aus, die Clara nicht übersetzen kann.

Peter zuckt mit den Schultern.

(»Die Sache mit Dad ist«, hatte Rowan einmal gesagt, »eigentlich kümmert ihn so ziemlich alles einen Scheiß.«)

Helen fühlt sich ebenso besiegt wie vor ein paar Tagen, als sie die Sojamilch in den Einkaufswagen stellte, während Clara mit Magersucht drohte.

»Gut, du kannst zur Schule gehen«, sagt sie schließlich. »Aber bitte *sei vorsichtig*.«

SECHSUNDVIERZIG

Wenn man ein bestimmtes Alter erreicht hat – manchmal mit fünfzehn, manchmal mit sechsundvierzig –, fällt einem auf, dass jenes Klischee, das man schon so lange aufrechterhält, nicht funktioniert. Genau das passiert Peter Radley im Moment, während er auf einer Scheibe Vollkorntoast mit Butter herumkaut und die zerknitterte Frischhaltefolie anstarrt, in der sich der übrige Laib befindet.

Der vernünftige, gesetzestreue Erwachsene mit einer Frau, einem Auto und zwei Kindern und regelmäßigen Spenden an WaterAid.

Er hatte nur Sex gewollt, gestern Nacht. Harmlosen, menschlichen Sex. Und was war Sex? Sex war nichts. Nicht mehr als eine Umarmung mit Bewegung. Eine blutleere Sache mit Körperreibung. Na gut, selbst wenn er sich gewünscht hätte, dass etwas anderes daraus entsteht, hätte er sich beherrschen können. Er *hatte* sich schließlich siebzehn Jahre lang beherrscht.

Gut, leck mich, denkt er.

Es fühlt sich gut an, Fluchen, sogar in den Gedanken. Er hatte im *British Medical Journal* gelesen, neueste Erkenntnisse ließen darauf schließen, dass man mit dem Akt des Fluchens Schmerzen lindern könnte.

»Leck mich«, murmelt er, so leise, dass Helen ihn nicht hören kann. »Leck. Mich.«

REALISMUS

Ich mache mir Sorgen um Clara«, sagt Helen, während sie Peter die Lunchbox reicht. »Sie ist erst seit einer Woche Veganerin und wird eindeutig krank. Was machen wir, wenn das irgendwas auslöst? Wenn alles außer Kontrolle gerät?«

Er hört sie kaum. Er starrt einfach nur nach unten, in das finstere Chaos seiner Aktentasche.

»Verflixt viel Müll ist da drin«, murmelt er.

»Peter, ich mache mir Sorgen um Clara.«

Peter wirft zwei Stifte in den Abfall. »*Ich* mache mir auch Sorgen um sie. Ich mache mir sogar große Sorgen um sie. Aber einen Lösungsvorschlag willst du von mir ja wohl nicht hören, oder?«

Helen schüttelt den Kopf. »Nicht schon wieder, Peter. Nicht jetzt. Die Sache ist ernst. Ich wünschte, wir könnten wenigstens versuchen, uns wie erwachsene Menschen zu benehmen. Ich will wissen, was wir deiner Meinung nach tun sollen.«

Er seufzt. »Ich denke, wir sollten ihr die Wahrheit sagen.«

»Was?«

In der stickigen Küchenluft atmet er tief ein. »Ich finde, es ist an der Zeit, dass wir es den Kindern sagen.«

»Peter, wir müssen sie schützen. Wir müssen alles schützen. Du musst realistisch sein.«

Er schnallt die Aktentasche zu. »Ach ja, Realismus. Passt nicht so ganz zu uns, oder?«

Sein Blick fällt auf den Kalender. Die *Ballerina* von Degas und die Kalendertage sind mit Helens Handschrift übersät.

Erinnerungen an Lesekreistreffen, Theaterbesuche, Badmintonturniere, Zeichenkurse. Der endlose Nachschub an Verpflichtungen. Heute auch: *Essen mit Felts bei uns – 19.30 Uhr – Lorna macht Vorspeise.*

Peter stellt sich seine hübsche Nachbarin vor, wie sie ihm gegenübersitzt.

»Tut mir leid«, sagt er. »Ich bin bloß ein bisschen gereizt. Eisenmangel. Manchmal gehen mir all die Lügen einfach auf die Nerven, verstehst du?«

Helen nickt. Sie versteht.

Mit einem Blick auf die Uhr hastet Peter in Richtung Tür.

»Die Müllabfuhr kommt heute«, sagt sie. »Und die Recyclingtonne muss raus.«

Recycling. Peter seufzt und nimmt den vollen Behälter mit Bechern und Flaschen mit. *Leere Gefäße, die auf ihre Wiedergeburt warten.*

»Ich fürchte bloß, je länger sie nicht isst, was sie essen muss, desto größer wird ihr Verlangen …«

»Ich weiß, ich weiß. Wir lassen uns was einfallen. Aber ich muss jetzt wirklich gehen – ich bin sowieso schon spät dran.«

Er öffnet die Tür, und sie sehen den unheilvoll blauen Himmel mit seiner gleißenden Warnung.

»Geht das Ibuprofen zur Neige?«, fragt er unvermittelt.

»Ja«, sagt sie. »Ich glaube schon.«

»Ich gehe auf dem Heimweg bei der Apotheke vorbei. Meinem Kopf geht's verflucht schlecht.«

»Ja, meinem auch.«

Er küsst sie auf die Wange und streicht ihr in einem Anflug von Zärtlichkeit sacht über den Arm, eine mikroskopische Erinnerung daran, wie es einmal zwischen ihnen war, dann ist er weg.

Seien Sie stolz, sich wie ein menschliches Wesen zu benehmen. Halten Sie sich an die hellen Stunden des Tages, suchen Sie sich einen anständigen Job und umgeben Sie sich mit Menschen, die ein sicheres Gespür für den Unterschied zwischen Gut und Böse haben.

Handbuch für Abstinenzler (zweite Ausgabe), Seite 89

FANTASY WORLD

Auf der Karte sieht Bishopthorpe wie das Skelett eines Fischs aus.

Die Hauptstraße ist das Rückgrat mit dünnen kleinen Seitensträßchen und Sackgassen, die nirgendwo hinführen. Ein toter Ort, an dem junge Leute nach mehr hungern.

Es gibt recht viele verschiedene Geschäfte an der Hauptstraße, wie in Dörfern üblich. Aber bei Tageslicht sieht man, was sie sind – ein willkürlicher Mix aus Nischenprojekten, die eigentlich nicht zusammengehören. Der sehr edle Feinkostladen beispielsweise residiert neben Fantasy World, einem Geschäft für Kostümbedarf, das man – wenn die Kostüme im Fenster nicht wären – leicht für einen Sexshop halten könnte (und in der Tat gibt es ein Hinterzimmer, wo »neuestes Spielgerät für Erwachsene« angeboten wird).

Das Örtchen ist eigentlich nicht mehr autark. Es gibt kein Postamt mehr, und im Pub und dem Fish & Chips Shop liefen die Geschäfte früher besser. Es gibt eine Apotheke, neben der Praxis, und ein Geschäft für Kinderschuhe, das wie Fantasy World hauptsächlich Kunden beliefert, die aus York oder Thirsk anreisen. Und das war's dann auch schon.

Für Rowan und Clara ist Bishopthorpe nichts Halbes und nichts Ganzes, man ist auf Busse und Internetverbindungen und andere Fluchtwege angewiesen. Ein Ort, der so tut, als sei er der Inbegriff des idyllischen englischen Dorfes, dabei sieht er wie die meisten nur wie eine Edelboutique aus, aber innen drin gibt's nur schäbige Klamotten.

Und wenn man hier lang genug lebt, muss man sich irgendwann entscheiden.

Man kauft sich so eine Klamotte und tut so, als würde sie einem gefallen. Oder man sieht der Wahrheit ins Gesicht und erkennt, wer man wirklich ist.

FAKTOR SECHZIG

Draußen im Tageslicht ist Rowan schockiert, wie blass seine Schwester ist. »Was glaubst du, was du hast?«, fragt Rowan, während sie an der Tonne mit dem Recyclingmüll vorbeigehen, über der sich die Fliegen versammeln. »Weshalb dir schlecht ist, meine ich.«

»Ich weiß es nicht ...« Ihre Stimme verebbt wie der Gesang der verängstigten Vögel, die ihre Nähe spüren.

»Vielleicht hat Mum recht«, sagt er.

Sie hält inne, um Kraft zu sammeln. »Sagt der Junge, der zu jeder Mahlzeit rohes Fleisch isst.«

»Also, bevor du endgültig über mich herfällst, sollte ich dir sagen, dass es so etwas wie echte Veganer nicht gibt. Will sagen: Weißt du, wie viele Lebewesen in einer Karotte leben? Das sind Millionen. Eine Pflanze ist so etwas wie eine Mikrobenmetropole, du löschst also eine ganze Stadt aus, wenn du eine einzige Karotte kochst. Denk darüber nach. Jede Suppenschüssel ist eine Apokalypse.«

»Das ist eine ...« Sie muss wieder aufhören zu sprechen.

Rowan fühlt sich schuldig, weil er sie aufregt. Seine Schwester ist die einzige Freundin, die er hat. Und vor allem die Einzige, vor der er so sein darf, wie er ist.

»Clara, du bist sehr, sehr blass«, sagt er leise. »Sogar für deine Verhältnisse.«

»Ich würde mir wünschen, dass nicht alle andauernd davon reden«, sagt sie und hat sich im Kopf eine Reihe von Fakten zurechtgelegt, die sie aus den Foren auf vegan.power.

net herausgefunden hat. Beispielsweise dass Veganer neunundachtzig werden und nicht so oft an Krebs erkranken und einige sehr gesunde Hollywoodfrauen wie Alicia Silverstone und Liv Tyler und die zugegebenermaßen etwas verschlafene, aber dennoch strahlende Zooey Deschanel niemals tierische Produkte auf ihre Zunge lassen. Aber um das auszusprechen, müsste sie sich zu sehr anstrengen, also lässt sie es bleiben.

»Bei dem Wetter wird mir einfach schlecht«, sagt sie, als die letzte Übelkeitswelle ein wenig abgeklungen ist.

Es ist Mai, und der Sommer fängt früh an, insofern könnte sie recht haben. Rowan leidet selbst. Empfindlich, halb gehäutet, sogar unter der Kleidung und dem Sonnenblocker Faktor sechzig.

Rowan entdeckt die schimmernde Perle einer Träne im Auge seiner Schwester, was am Tageslicht liegen, aber auch Verzweiflung sein könnte, also behält er seine Antiveganer-Kommentare für sich. »Vielleicht hast du recht«, sagt er. »Wird schon werden. Ganz bestimmt. Und Hanf steht dir ganz bestimmt großartig.«

»Witzig«, presst sie mühsam hervor.

Sie gehen am ehemaligen Postamt vorbei, und Rowan ist deprimiert, weil das Graffito immer noch da ist. »Rowan RADLEY IST EIN FREAK.« Dann kommt Fantasy World, wo die Piraten durch Mannequins in neonfarbenen Discofähnchen ersetzt wurden, über denen ein Banner mit der Aufschrift »Hier kommt die Sonne« prangt.

Tröstlich wird es auf der Höhe des Hungry Gannet, wo Rowan durchs Fenster in Richtung Kühltheke späht, die im hinteren Teil des unbeleuchteten Raumes glüht. Wie er weiß, warten dort Serrano- und Parmaschinken darauf, dass sie gegessen werden. Doch dann zwingt ihn ein schwacher Knoblauchduft, den Blick abzuwenden.

»Hast du immer noch vor, heute Abend auf die Party zu gehen?«, fragt Rowan seine Schwester, während er sich die müden Augen reibt.

Clara zuckt mit den Schultern. »Weiß ich noch nicht. Ich glaube, Eve will, dass ich mitkomme. Kommt darauf an, wie es mir geht.«

»Gut, ja, du solltest nur mitgehen, wenn du …«

Rowan hat den Jungen vor sich entdeckt. Es ist ihr Nachbar, Toby Felt, der zur gleichen Bushaltestelle geht. Ein Tennisschläger ragt aus seinem Rucksack, wie der Pfeil am Piktogramm für das männliche Geschlecht.

Er ist ein dünner, wieselartiger Junge, der einmal – vor mehr als einem Jahr – Rowan ans Bein uriniert hat, als Rowan zu lange vor dem benachbarten Urinal stand, weil er nicht pinkeln konnte.

»Ich bin ein Hund«, hatte er gesagt, mit kaltem, spöttischem Blick, während er den gelben Strahl auf ihn richtete. »Du bist ein Laternenpfahl.«

»Alles in Ordnung mit dir?«, fragt Clara.

»Ja. Alles in Ordnung.«

Jetzt kommt Millers Fish & Chips Shop in ihr Blickfeld, mit seinem schmuddeligen Schild (auf dem ein Fisch eine Pommes isst und lacht, weil das komisch ist). Das Haltestellenhäuschen befindet sich genau gegenüber. Toby ist bereits angekommen und redet mit Eve. Und Eve lächelt über das, was er sagt, und bevor Rowan merkt, was er tut, kratzt er sich am Arm, womit er seinen Ausschlag zehnmal verschlimmert. Er hört Eve lachen, als die gelbe Sonne über den Dächern auftaucht, und Licht und Lachen versetzen ihm gleichermaßen einen Stich.

IRISH SETTER

Peter befördert die leeren Dosen und Flaschen über den Kies zum Gehweg, als er Lorna Felt auf ihrem Rückweg zu Nummer neunzehn entdeckt.

»Hallo, Lorna«, sagt er. »Bleibt es bei heute Abend?«

»Ja, *natürlich*«, sagt Lorna, als ob es ihr gerade wieder eingefallen wäre. »Das Essen. Nein, wir haben es nicht vergessen. Ich mache einen kleinen Thaisalat.«

Für Peter ist Lorna Felt kein richtiger Mensch, sondern eine Zusammenfassung von Ideen. Immer wenn er ihr wundervoll glänzend rotes Haar betrachtet, ihre gepflegte Haut und die teuren pseudoexzentrischen Kleider, hat er eine Idee von Leben im Kopf. Die Idee von Erregung. Von Verführung.

Die Idee von Schuld und die Idee von Horror.

Sie lächelt neckisch. Ein freudiges Werbeversprechen. »Oh, Nutmeg, *lass das*. Was ist bloß mit dir los?«

Bis zu diesem Moment hat er nicht gemerkt, dass sie ihren Irish Setter bei sich hat, obwohl der ihn vermutlich schon eine geraume Weile anknurrt. Er beobachtet, wie der Hund zurückweicht und vergeblich aus seinem Halsband zu schlüpfen versucht.

»Wie oft hab ich dir das schon gesagt, Peter ist absolut harmlos.«

Absolut harmlos.

Während er die spitzen Zähne des Hundes betrachtet, eine prähistorische und bestialische Zackenlinie, merkt er, dass ihm etwas schummrig wird. Eine Art Schwindel, der mit der aufsteigenden Sonne am Himmel zu tun haben könnte, vielleicht aber auch mit dem Duft, der ihm mit der leichten Brise zugetragen wird.

Etwas Süßliches, raffinierter als der Extrakt von Holunderblüte in ihrem Parfüm. Etwas, das sich seinen getrübten Sinnen nur noch sehr selten bietet.

Aber es ist da, unverkennbar echt.

Der betörende Duft ihres Blutes.

Peter geht so dicht wie möglich an der Hecke entlang, um von dem spärlichen Schatten möglichst viel abzubekommen. Er bemüht sich, nicht zu viel über den bevorstehenden Tag nachzudenken, oder über die lautlose Anstrengung, die es kosten wird, einen Freitag zu überstehen, der sich von den zahllosen Freitagen der Vergangenheit praktisch in nichts unterscheidet. Freitage ohne jeden Reiz, seit sie von London hierhergezogen sind, um ihre alten Gewohnheiten und Wochenenden wilder, blutiger Zügellosigkeit hinter sich zu lassen.

Er ist gefangen in einem Klischee, das nicht für ihn geschaffen ist. Ein gutbürgerlicher Mann mittleren Alters mit der Aktentasche in der einen Hand, der die volle Last von Schwerkraft und Moral und sämtlichen repressiven menschlichen Kräften auf seinen Schultern spürt. Nahe der Hauptstraße kommt einer seiner älteren Patienten auf einem Elektromobil angefahren. Ein alter Mann, dessen Namen er eigentlich wissen müsste.

»Hallo, Doktor«, sagt der alte Mann mit einem zögerlichen Lächeln. »Komme später mal vorbei.«

Peter tut so, als ob ihm die Information etwas sagen würde, und tritt dem Fahrzeug aus dem Weg. »Ja, natürlich. Bin schon gespannt.«

Lügen. Überall verdammte Lügen. Immer der gleiche ver-
klemmte alte Eiertanz des Menschengeschlechts. »Cheerio!«

»Ja, bis dann.«

Fast bei der Praxis angekommen, dicht an der Hecke, sieht
er einen Lkw der Müllabfuhr langsam auf sich zukommen.
Der Blinker leuchtet auf, bereit, um links in die Orchard Lane
einzubiegen.

Peter blickt beiläufig zu den drei Männern auf den Vorder-
sitzen hoch. Er sieht, dass einer der drei, der dem Gehweg am
nächsten sitzt, Peter direkt ins Gesicht starrt, und Peter lächelt ihm zu, wie das in Bishopthorpe üblich ist. Aber der
Mann, den Peter noch nie gesehen hat, wirft ihm einen hass-
erfüllten Blick zu.

Ein paar Schritte weiter bleibt Peter stehen. Der Wagen ist
jetzt eingebogen, und der Mann starrt ihn immer noch an,
mit jenen Augen, die zu wissen scheinen, wer er wirklich ist.
Peter schüttelt leicht den Kopf, wie eine Katze, wenn sie Wasser abbekommt, und läuft weiter den schmalen Pfad zur Praxis hinauf.

Elaine ist schon da, hinter der Glastür, und sortiert Patien-
tenakten. Er versetzt der Tür einen Stoß nach vorn, um noch
einen sinnlosen Freitag ins Rollen zu bringen.

AUF TOD UND STERBEN
TAGT DAS FRÜHGESTIRN

Die Müdigkeit überkommt Rowan in narkoleptischen Schüben, und ein solcher bricht gerade über ihn herein. Er hat letzte Nacht ungefähr zwei Stunden geschlafen. Über seinem Durchschnitt. Wenn er jetzt doch genauso wach wäre wie um drei Uhr morgens! Seine Augenlider werden schwerer und schwerer, und er stellt sich vor, er wäre jetzt da, wo seine Schwester ist, die mit Eve redet, einfach so wie ein ganz normaler Mensch.

»Morgen, Lahmarsch.«

Rowan sagt nichts. Jetzt wird er keinen Schlaf mehr abbekommen. Und außerdem ist Schlafen sowieso zu gefährlich. Er reibt sich die Augen, holt seinen Byron-Band heraus und versucht, sich auf eine Zeile zu konzentrieren. Irgendeine Zeile. Irgendwas mitten in »Lara«.

Auf Tod und Sterben tagt das Frühgestirn.

Er liest die Zeile wieder und wieder, versucht alles andere auszublenden. Aber dann hält der Bus, und Harper – der auf Rowans Liste von gefürchteten Personen an zweiter Stelle steht – steigt ein. Harper ist eigentlich Stuart Harper, aber sein Vorname ist im Jahr Nummer zehn von ihm abgefallen, irgendwo auf dem Rugbyfeld.

Auf Tod und Sterben tagt das Frühgestirn.

Harper schiebt seinen gigantischen Körper den Gang entlang, und Rowan hört, wie er sich neben Toby setzt. Irgendwann während der Fahrt spürt Rowan, dass ihm etwas wiederholt auf den Kopf patscht. Nach einigen Patschern erkennt er, dass es Tobys Tennisschläger ist.

»He, Lahmarsch, was macht der Ausschlag?«

»Lahmarsch«, höhnt Harper.

Zu Rowans Erleichterung haben sich Clara und Eve noch nicht umgedreht.

Toby bläst ihm von hinten ins Genick.

»He, Freak, was liest du da? He, Robin Rotkehlchen … *Was liest du da?*«

Rowan dreht sich halbwegs um. »Ich heiße Rowan«, sagt er. Oder er sagt es mehr oder weniger. Das »Ich heiße« ist ein raues Flüstern, seine Kehle findet die Stimme nicht rechtzeitig.

»Pimperzwerg«, sagt Harper.

Rowan versucht, sich auf seine Zeile zu konzentrieren.

Auf Tod und Sterben tagt das Frühgestirn.

Toby bleibt weiter beharrlich.

»Was liest du da? Robin. Ich habe dich was gefragt. Was liest du da?«

Rowan hält zögernd das Buch hoch, das Toby ihm sofort aus der Hand reißt.

»Schwul.«

Rowan dreht sich auf seinem Sitz um. »Gib es mir zurück. Bitte. Ich … hätte gern mein Buch zurück.«

Toby schubst Harper. »Das Fenster.«

Harper scheint unsicher und zögerlich, er steht aber trotzdem auf und schiebt das schmale Oberlicht auf. »Mach schon, Harper. Tu es.«

Rowan sieht nicht, wie das Buch die Hände wechselt, wohl aber, wie es wie ein Vogel im Sturzflug hinten auf die Straße flattert. »Childe Harold« und »Lara« und »Don Juan« in wenigen Sekunden gleichzeitig verloren.

Er will sich gegen sie wehren, aber er ist schwach und müde. Außerdem hat Eve seine Demütigung noch nicht mitbekommen, und er will nichts tun, was dazu führen könnte.

»Ach lieber Robin, es tut mir entsetzlich leid, aber offensichtlich hat jemand deinen schwulen Gedichtband verlegt«, sagt Toby mit theatralischer Stimme.

Leute, die in ihrer Nähe sitzen, lachen ängstlich. Clara dreht sich um, irritiert. Eve auch. Sie können sehen, dass die Leute lachen, aber nicht, aus welchem Grund.

Rowan schließt die Augen. Wünscht sich zurück ins Jahr 1812, in eine dunkle und einsame Pferdekutsche, und Eve mit einer Haube auf dem Kopf neben sich.

Sieh mich nicht an. Bitte, Eve, sieh mich nicht an.

Als er die Augen wieder aufschlägt, wurde ihm sein Wunsch erfüllt. Nun ja, zur Hälfte. Er befindet sich immer noch im einundzwanzigsten Jahrhundert, aber seine Schwester und Eve unterhalten sich, ohne bemerkt zu haben, was gerade geschehen ist. Clara klammert sich an die Lehne des Vordersitzes. Ihr ist schlecht, unverkennbar, und er hofft, dass sie sich nicht im Bus erbrechen muss, aber sosehr er es hasst, im Zentrum von Tobys und Harpers Aufmerksamkeit zu stehen, würde er nicht wollen, dass sie sich auf Clara stürzen. Doch irgendwie, durch irgendein unsichtbares Signal, greifen sie seine Befürchtung auf und fangen an, über die beiden Mädchen zu reden.

»Eve gehört heute Abend mir, Harps. Meine Flöte ist bereit, Alter, ich sag's dir.«

»Ja?«

»Keine Sorge. Du kommst auch zum Zug. Scheißstechers Schwester ist ziemlich scharf auf dich. Echt, ohne Witz.«

»Was?«

»Sieht man doch.«

»Clara?«

»Die braucht ein bisschen Farbe und die Brille weg, dann lohnt sich der Versuch.«

Rowan spürt, wie sich Toby vorbeugt, um ihm zuzuflüstern: »Wir haben da eine Anfrage. Harper hat's mit deiner Schwester. Wie viel nimmt die doch gleich pro Nacht? Einen Zehner? Weniger?«

Rowan kocht innerlich vor Wut.

Er will etwas sagen, schafft es aber nicht. Er schließt die Augen und malt sich ein Horrorszenario aus. Toby und Harper, beide auf ihren Plätzen im Bus, aber rot und gehäutet wie anatomische Zeichnungen, mit Muskelsträngen und Haarbüscheln auf den Köpfen. Das Bild wird weggeblinzelt … Und Rowan unternimmt nichts, um seine Schwester zu verteidigen. Er sitzt einfach da, schluckt seinen Selbsthass hinunter und fragt sich, was Lord Byron wohl getan hätte.

FOTOGRAFIE

Es ist nur eine Fotografie.
Ein erstarrter Moment aus der Vergangenheit.

Ein physisches Ding, das sie anfassen kann, etwas aus der Zeit vor den Digitalkameras, und sie hat nie gewagt, es auf ihrem iMac einzuscannen. »Paris 1992« steht mit Bleistift auf der Rückseite. Als ob sie je nötig gehabt hätte, das aufzuschreiben. Sie wünscht, das Foto würde gar nicht existieren, sie hätten den armen, unwissenden Passanten niemals gefragt, das Bild aufzunehmen. Aber es existiert, und da sie weiß, dass es existiert, kann sie es nicht zerreißen oder verbrennen oder es einfach nur nicht ansehen, sosehr sie sich auch bemüht.

Weil er darauf ist.

Ihr Konverter.

Ein unwiderstehliches Lächeln leuchtet aus dieser unvergesslichen Nacht. Und sie selbst, lachend, so unverkennbar glücklich und unbeschwert steht sie da, mitten auf dem Montmartre im Minirock mit blutroten Lippen und einem gefährlichen Glitzern in den jungen Augen.

»Du blöde Kuh«, sagt sie zu ihrem früheren Ich, während sie denkt: *Ich könnte immer noch so aussehen, wenn ich wollte, oder fast so gut. Und ich könnte immer noch so glücklich sein.*

Obwohl das Bild im Lauf der Zeit und in der Wärme seines Verstecks ausgeblichen ist, hat es immer noch den gleichen schaurig-schönen Effekt.

»Reiß dich zusammen.«

Sie legt es in den Wäscheschrank zurück und kommt mit dem Arm an den Wasserboiler. Sie lässt den Arm da. Der Boiler ist heiß, aber sie wünscht sich, er wäre noch heißer. Sie wünscht sich, er wäre heiß genug, um sie zu bestrafen und ihr so viel Schmerz zuzufügen, wie sie braucht, um diesen wunderschönen, lang verlorenen Geschmack zu vergessen.

Sie reißt sich zusammen und geht nach unten.

Zwischen den Ritzen der Fensterläden zur Straße hindurch beobachtet sie den Müllmann, der die Auffahrt hinaufläuft, um ihren Müll abzuholen. Was er dann aber nicht tut. Jedenfalls nicht sofort. Er öffnet den Deckel einer Tonne, reißt einen der schwarzen Beutel auf und wühlt darin herum.

Sie sieht, dass sein Partner etwas zu ihm sagt, worauf er den Deckel zuklappen lässt und die Tonne zum Lkw rollt.

Sie wird angehoben, umgekippt, geleert.

Der Müllmann blickt zum Haus. Er sieht sie, und seine Augen blinzeln kein einziges Mal. Er steht einfach da und starrt.

Helen tritt zurück, vom Fenster weg, und ist erleichtert, als der Lkw eine Minute später die Straße weiterbrummt.

FAUST

Deutsch findet in einem großen alten Saal statt, in dem acht Glühlampen von der hohen Decke herabhängen. Zwei dieser Lampen befinden sich in dem flackernden Schwebezustand zwischen Leuchten und Nicht-Leuchten, den Rowans Kopf nicht verträgt.

Rowan sitzt da, hinten in der Klasse tief nach unten gerutscht auf seinem Stuhl, und hört zu, wie Mrs. Sieben mit ihrer üblichen Theaterstimme aus Goethes *Faust* vorliest.

»Welch Schauspiel!«, sagt sie mit verschränkten Händen, als würde sie das Aroma einer Mahlzeit preisen, die sie gerade zubereitet hat. *»Aber ach, ein Schauspiel nur!«*

Sie blickt von ihrem Buch auf in die verstreuten ausdruckslosen Gesichter der Siebzehnjährigen.

»Schauspiel? Wer weiß es?«

Ein *Theaterstück*. Rowan kennt das Wort, hebt aber nicht die Hand, da ihm wie immer der Mut fehlt, freiwillig vor der ganzen Klasse laut zu sprechen, besonders wenn Eve Copeland in dieser Klasse ist.

»Weiß es jemand? Wer weiß es?«

Wenn Mrs. Sieben eine Frage stellt, reckt sie die Nase hoch, wie eine Haselmaus, die nach Käse schnüffelt. Heute wird sie allerdings hungern müssen.

»Ihr müsst das Wort ableiten. Schau-Spiel. Schauen und spielen. Es ist eine Show. Ein Spiel. Etwas, das im Theater stattfindet. Goethe hat die Verlogenheit der Welt angeprangert. ›Was für eine Show! Aber ach – *leider* – ist es nur eine

Show!‹ Goethe sagte ziemlich oft ›ach‹«, sagt sie lächelnd. »Er war Herr Ach.« Sie lässt den Blick durch den Raum schweifen, unheilvoll, bis er bei Rowan hängen bleibt, genau im falschen Moment. »Nun, dann lassen wir uns von unserem eigenen Herrn Ach helfen. Rowan, könntest du die Passage auf der nächsten Seite lesen, Seite sechsundzwanzig, es fängt an mit ... warte mal ...« Sie lächelt, als sie etwas entdeckt. »›Zwei Seelen wohnen *ach!* in meiner Brust‹, zwei Seelen leben – oder hausen – leider! in meiner Brust oder in meinem Herzen ... lies weiter, Herr Ach! Worauf wartest du?«

Rowan sieht die Gesichter, die ihn anstarren. Die ganze Klasse reckt die Hälse, um den lächerlichen Anblick eines Jugendlichen nicht zu verpassen, der vor Schreck erstarrt, weil er laut vorlesen soll. Nur Eve hält ihren Blick weiter auf ihr Buch gesenkt, möglicherweise bei dem Versuch, seine Verlegenheit zu mindern. Eine Verlegenheit, die sie schon einmal miterlebt hat, letzte Woche im Englischkurs, als er vorlesen musste, was Othello zu seiner Desdemona sagt (»L-l-let me see your eyes«, hatte er in die Shakespeare-Schulausgabe geflüstert. »L-l-look in my face«).

»Zwei Seelen«, sagt er und hört unterdrücktes Kichern. Und dann ist seine Stimme ganz allein da draußen, und zum ersten Mal fühlt er sich heute tatsächlich wach, aber es ist kein gutes Gefühl. Es ist die Wachsamkeit von Löwenbändigern und zögerlichen Gipfelstürmern, und er weiß, über ihm lauert die Katastrophe.

Überaus ängstlich schreitet er von einem Wort zum nächsten, wohl wissend, dass seine Zunge jederzeit etwas falsch aussprechen kann. Die Pause zwischen »meiner« und »Brust« dauert fünf Sekunden und diverse Lebenslängen, und seine Stimme wird mit jedem Wort schwächer, zittriger.

»Ich bin der Geist der st-stets verneint«, liest er.

Trotz seiner Nervosität spürt er eine seltsame Verbundenheit mit den Worten, als ob sie nicht zu Johann Wolfgang von Goethe gehören würden, sondern zu Rowan Radley.

Ich bin die Haut, die nie gekratzt.
Ich bin der Durst, der nie gelöscht.
Ich bin der Junge, der nichts kriegt.

Warum ist er so? Und was verneint er? Was würde ihn stark genug machen, um seiner eigenen Stimme zu trauen?

Eve hält sich an einem Kugelschreiber fest, den sie zwischen den Fingern rollt und so konzentriert im Blick behält, als wäre sie eine Seherin und der Kugelschreiber könnte ihr die Zukunft weissagen. Sie ist seinetwegen verlegen, er spürt es, und der Gedanke quält ihn. Er sieht Mrs. Sieben an, aber ihre hochgezogenen Augenbrauen sagen ihm, dass er weiterlesen muss, dass seine Folter noch nicht zu Ende ist.

»Entbehren sollst du!«, sagt er in einem Tonfall, dem jeder Hinweis auf das Ausrufezeichen fehlt. »Sollst entbehren!«

Mrs. Sieben unterbricht ihn hier. »Noch einmal, sag es mit Leidenschaft. Das sind leidenschaftliche Worte. Du verstehst sie doch, Rowan, oder? Also, noch einmal. Sag es lauter.«

Alle sehen ihn wieder an. Eve auch, eine oder zwei Sekunden lang. Sie genießen es, so wie die Leute Stierkämpfe oder grausame Gameshows genießen. Er ist der blutende, aufgespießte Bulle, dessen Qualen verlängert werden sollen.

»Entbehren sollst du«, sagt er noch einmal lauter, aber nicht laut genug.

»*Entbehren sollst du!*«, beschwört Mrs. Sieben. »Das sind starke Worte, Rowan. Sie brauchen eine starke Stimme.«

Sie lächelt freundlich. *Was glaubt sie, was sie da tut?*, fragt er sich. *Charakterbildung?*

»Entbehren sollst du!«

»Lauter! Mehr Begeisterung, noch einmal!«

»Entbehren sollst du!«

»Lauter!«

Sein Herz pocht und hämmert. Er liest die Worte und wird sie brüllen müssen, um Mrs. Sieben loszuwerden.

Entbehren sollst du! Sollst entbehren!

Das ist der ewige Gesang!

Er holt tief Luft, schließt seine Augen, aus denen fast die Tränen fließen, und hört seine Stimme so laut wie nie zuvor.

Erst als er fertig ist, merkt er, dass er auf Englisch gebrüllt hat. Aus dem bisherigen erstickten Kichern wird schallendes Gelächter, und die Leute brechen hysterisch über ihren Pulten zusammen.

»Was ist daran witzig?«, erkundigt sich Eve verärgert bei Lorelei Andrews.

»Warum sind die Radleys bloß so *irre?*«

»Er ist nicht irre.«

»Nein. Das stimmt. Auf einem Planeten mit lauter Freaks würde er überhaupt nicht auffallen. Ich hatte allerdings an die Erde gedacht.«

Rowan schämt sich nur noch mehr. Er sieht Loreleis karamellfarbene Haut und ihre boshaften Bambiaugen und stellt sie sich auf einem Scheiterhaufen vor.

»Gute Übersetzung, Rowan«, sagt Mrs. Sieben, um das Gelächter zu ersticken. Ihr Lächeln ist jetzt gütig. »Ich bin beeindruckt. Ich wusste nicht, dass du so präzise übersetzen kannst.«

Und ich erst recht nicht, denkt Rowan. Aber dann registriert er jemanden hinter dem Drahtglas der Tür. Jemand aus einer anderen Klasse schießt den Korridor entlang. Es ist seine Schwester, die zur Toilette rast, eine Hand auf den Mund gepresst.

HINTER DEM SCHÜTZENDEN VORHANG

Peters vierzehnter Patient des Tages ist hinter dem schützenden Vorhang, um sich Hose und Unterhose auszuziehen. Peter bemüht sich, nicht darüber nachzudenken, was er bei der Untersuchung in den nächsten Minuten tun muss, während er den Latexhandschuh überstreift. Er sitzt einfach da und überlegt, wie er Clara dazu bringen kann, wieder Fleisch zu essen.

Nervenschädigung?

Anämie?

Mangel an Vitamin B und Eisen kann in der Tat ernsthafte Gesundheitsschäden verursachen. Es gibt da ein Risiko, das noch nicht bestand, als die Kinder kleiner waren: Leute, die anderer Meinung sind als er, wie die Schulschwester, die bezweifelte, dass es Photodermatose sei, als Rowan sie wegen seines Hautausschlags befragte. *Ist es das alles noch wert? Ist es all die Lügen wert? Ist es das wert, die Kinder krank zu machen? Das Teuflische daran ist, dass seine Kinder glauben, es sei ihm egal, dabei ist es in Wirklichkeit eher so, dass er sich keine Sorgen machen darf – jedenfalls nicht so, wie er gerne möchte.*

»Scheiße.« Er formt das Wort mit dem Mund, lautlos. »Verfluchte. Scheiße.«

Natürlich ist Peter lange genug praktizierender Arzt, um zu wissen, dass Beschwichtigung auch schon eine Art Medizin ist. Er hat oft genug gelesen, dass Placeboeffekte und Herumtricksen mit dem guten Glauben tatsächlich funktionieren. Er kennt Studien, die belegten, dass Oxazepam bei der Behandlung von Angstzuständen besser funktioniert, wenn die Tablette grün ist, während sie bei Depressionen gelb sein sollte.

Manchmal rechtfertigt er seinen Selbstbeschiss auf die gleiche Weise. Er färbt die Wahrheit ein wie eine Pille.

Aber in letzter Zeit fällt ihm das immer schwerer.

Während er dasitzt und auf den alten Mann wartet, glotzt ein Poster von seiner Pinnwand auf ihn herab, wie immer.

Ein großer roter Blutstropfen in der Form einer Träne.

Darunter in Blockbuchstaben die Worte des Blutspendedienstes: »SEI HEUTE EIN HELD. SPENDE BLUT.«

Die Uhr tickt.

Kleidung raschelt, und der alte Mann räuspert sich.

»Gut«, sagt der alte Mann. »Das ... ich bin ... Sie können ...«

Peter schlüpft hinter den Vorhang, tut, was sein Job verlangt ...

»Da ist nichts, was da nicht hingehört, Mr. Bamber. Braucht bloß ein bisschen Creme, das ist alles.«

Der alte Mann zieht seine Unterhose und seine Hose wieder an und sieht aus, als würde er gleich vor Scham weinen. Peter schält seinen Handschuh ab und lässt ihn sorgsam in dem kleinen Eimer verschwinden, der für solche Zwecke bereitsteht. Der Deckel klappt zu.

»Wie gut«, sagt Mr. Bamber. »Ach wie gut.«

Peter blickt dem alten Mann ins Gesicht. Sieht die Altersflecken, die Falten, das unordentliche Haar, die etwas getrübten Augen. Einen Moment lang schreckt ihn das Wissen um seine eigene Zukunft, die er sich selbst auferlegt hat, so sehr, dass er kaum sprechen kann.

Er wendet sich ab und blickt auf ein weiteres Poster an der Wand. Eines, das Elaine dort aufgehängt haben muss. Ein Bild von einem Moskito und eine Warnung für Urlauber vor Malaria.

»EIN BISS GENÜGT.«

Er bricht fast in Tränen aus.

ETWAS BÖSES

Claras Handflächen sind rutschig vom Schweiß.

Sie spürt, dass etwas Furchtbares in ihr steckt. Irgendein Gift, das aus ihrem Körper entfernt werden muss. Etwas Lebendiges in ihr. Etwas Böses hat von ihr Besitz ergriffen.

Einige Mädchen betreten die Toilette, und jemand versucht, die Tür zu ihrer Kabine zu öffnen. Clara verhält sich still und bemüht sich, gegen ihren Brechreiz anzuatmen, kann aber nicht verhindern, dass sie die Übelkeit in rasendem Tempo überkommt.

Was geht mit mir vor?

Sie erbricht sich noch einmal und hört Stimmen von außen.

»Okay, Miss Bulimie, dein Mittagessen müsste inzwischen draußen sein.« Eine Pause. Dann: »Mein Gott, wie das *stinkt*.«

An der Stimme erkennt sie Lorelei Andrews.

Leises Klopfen ertönt an der Tür. Dann wieder Loreleis Stimme, aber freundlicher. »Ist alles in Ordnung mit dir da drin?«

Clara hält inne. »Ja«, sagt sie.

»*Clara?* Bist *du* da drin?«

Clara antwortet nicht. Lorelei und noch jemand kichern.

Clara wartet, bis sie gegangen sind, dann spült sie das Erbrochene hinunter. Draußen im Flur lehnt Rowan an den Wandfliesen. Es tut ihr gut, ihn zu sehen, den Einzigen, den sie im Moment noch ertragen kann.

»Ich hab gesehen, wie du über den Flur gerannt bist. Geht's wieder?«

Toby Felt geht genau in diesem Moment vorbei und bohrt ihm dabei seinen Tennisschläger ins Kreuz. »Ich weiß, dass du dich nach ein bisschen Abwechslung sehnst, Lahmarsch, aber sie ist deine *Schwester*. So was tut man einfach nicht.«

Rowan fällt keine Antwort dazu ein, oder jedenfalls keine, die er laut auszusprechen wagt.

»Der ist so ein Idiot«, sagt Clara schwach. »Ich weiß nicht, was Eve an dem findet.«

Clara merkt, dass sie ihren Bruder damit aufregt, und wünscht sich, sie hätte nichts gesagt.

»Du hattest doch gesagt, dass sie ihn nicht leiden kann«, antwortet er kleinlaut.

»Na ja, das hatte ich gedacht. Ich dachte, kein Mensch mit einem voll funktionsfähigen Gehirn könnte ihn mögen, aber vielleicht habe ich mich geirrt.«

Rowan bemüht sich krampfhaft, Gleichgültigkeit vorzutäuschen. »Ach, ist mir eigentlich egal. Soll sie doch mögen, wen sie will. Wir leben schließlich in einer Demokratie.«

Es läutet.

»Versuch sie einfach zu vergessen«, rät Clara, als sie zu ihren jeweiligen Unterrichtsstunden gehen. »Wenn du willst, dass ich nicht mehr mit ihr befreundet bin, dann mache ich das.«

Rowan seufzt. »Sei nicht blöd. Ich bin keine sieben mehr. Ich fand sie einfach nur ganz nett. Es war nichts.«

Da schleicht sich Eve von hinten an.

»Was war nichts?«

»Nichts«, sagt Clara, die weiß, dass ihr Bruder zu nervös sein wird, um zu antworten.

»Nichts war nichts. Ein ziemlich nihilistischer Gedanke.«

»Wir stammen aus einer Familie von Nihilisten«, sagt Clara.

Wenn man sein Leben lang abstinent bleibt, kann man zwangsläufig nicht wirklich wissen, was man verpasst. Aber der Durst ist immer da, tief im Inneren, liegt allem zugrunde.

Handbuch für Abstinenzler (zweite Ausgabe), Seite 120

EIN THAI-BLATTSALAT MIT MARINIERTEM HÜHNCHEN AN CHILI- UND LIMONENDRESSING

Hübsche Kette«, hört Peter sich zu Lorna sagen, nachdem er ihr zu lange auf den Hals gestarrt hat.

Glücklicherweise lächelt Lorna geschmeichelt und berührt die schlichten weißen Perlen. »Ach, die hat mir Mark vor Jahren gekauft. Auf einem Markt in Santa Lucia. Auf unserer Hochzeitsreise.«

Mark, der erst jetzt bemerkt, dass sie irgendeine Kette trägt, scheint das neu zu sein. »Ich war das? Kann mich nicht erinnern.«

Lorna scheint gekränkt. »Ja«, sagt sie traurig. »Du warst das.«

Peter versucht, sich auf etwas anderes zu konzentrieren. Er sieht zu, wie seine Frau die Frischhaltefolie von Lornas Vorspeise entfernt, dann beobachtet er Mark, der so prüfend an seinem Sauvignon blanc nippt, als wäre er in einem Weinberg an der Loire aufgewachsen.

»Ist Toby auch zu der Party gegangen?«, fragt Helen. »Clara wollte unbedingt, obwohl sie sich nicht ganz wohlgefühlt hat.«

Peter erinnert sich, dass Clara vor einer Stunde zu ihm kam, während er seine E-Mails checkte. Sie fragte ihn, ob es in Ordnung sei, wenn sie ausginge, und er hatte geistesabwesend Ja gesagt, ohne wirklich mitzubekommen, was sie fragte, und dann hatte ihn Helen vorwurfsvoll angesehen, als er nach unten kam, aber nichts gesagt, während sie die Kasserolle mit Schweinefleisch zubereitete. Vielleicht würde sie sich später noch darauf stürzen. Und vielleicht hatte sie recht. Vielleicht hätte er nicht Ja sagen dürfen, aber er ist nicht Helen. Er kann nicht ständig auf Draht sein.

»Keine Ahnung«, sagt Mark. Und dann zu Lorna: »Ist er hingegangen?«

Lorna nickt, über ihren Stiefsohn scheint sie nicht gern zu sprechen. »Ja, ich glaube schon, allerdings sagt er uns nie, wo er hingeht.« Sie richtet ihre Aufmerksamkeit wieder auf den Salat, den Helen gerade aufträgt. »Da ist er ja. Ein Thai-Blattsalat mit mariniertem Hühnchen an Chili- und Limonendressing.«

Peter hört das, aber die Alarmglocken schweigen still. Und Helen hat bereits einen Bissen im Mund, also glaubt er, es müsste gehen.

Mit seiner Gabel spießt er etwas Huhn und angemachte Brunnenkresse auf und schiebt beides in den Mund und fängt binnen Sekunden an zu würgen.

»O Gott«, sagt er.

Helen weiß Bescheid, hatte aber keine Gelegenheit, ihn zu warnen. Irgendwie hat sie es geschafft, zu schlucken, und jetzt spült sie sich den Mund mit Wein, um den Geschmack loszuwerden.

Lorna ist sehr besorgt. »Stimmt was nicht? Ist er zu scharf?«

Er hatte nichts gerochen. Der Geruch muss zwischen dem Chili und allem anderen verloren gegangen sein, aber der strenge, faulige Geschmack auf seiner Zunge ist so intensiv, dass er bereits würgt, bevor er in seinem Hals ankommt. Er steht auf, mit der Hand auf dem Mund, und wendet sich von ihnen ab.

»Mensch, Lorna«, sagt Mark mit einem harten, aggressiven Unterton in der Stimme. »Was hast du mit dem Mann angestellt?«

»Knoblauch!« Peter keucht das Wort hervor, zwischen Würgereizen, als würde er den Namen eines unbezwungenen Feindes verfluchen. »Knoblauch! Wie viel ist da drin?!« Er reibt sich mit dem Finger über die Zunge, versucht, den Ekel abzuwischen. Dann erinnert er sich an den Wein. Er schnappt sich sein Glas. Während er den Inhalt hinunterstürzt, sieht er durch den Schleier seiner wässrigen Augen, wie Lorna verzweifelt auf die Überreste ihrer verhängnisvollen Vorspeise in der Schüssel starrt. »Im Dressing ist welcher und ein bisschen in der Marinade. Es tut mir so leid, ich wusste nicht, dass du ...«

Wie immer ist Helen sofort am Ball: »Peter ist ein bisschen allergisch gegen Knoblauch. Er wird's überleben, da bin ich sicher. Mit Schalotten hat er das auch.«

»Ach«, sagt Lorna ehrlich verblüfft. »Wie seltsam. Knoblauch ist so ein nützliches Antioxidans.«

Peter greift nach seiner Serviette und hustet in den weißen Stoff, dann kippt er noch mehr Weißwein hinterher. Er behält den letzten Schluck im Mund und spült damit wie mit Mundwasser. Schließlich schluckt er auch den letzten Rest hinunter.

»Tut mir leid«, sagt er, während er sein leeres Glas abstellt. »Wirklich. Es tut mir so leid.«

Seine Frau sieht ihn mit einer Mischung aus Mitleid und Missbilligung an, während sie ein soßenfreies grünes Blatt in den Mund schiebt.

COPELAND

Fahrt ihr dieses Jahr weg?«, fragt Helen ihre Gäste.

Mark nickt. »Wahrscheinlich. Sardinien oder so.«

»An die Costa Smeralda«, ergänzt Lorna, während sie Peter ansieht und ihren Finger über den Rand ihres Weinglases kreisen lässt.

»Ach, *Sardinien!*«, sagt Helen und spürt, wie sie ein seltenes Glücksgefühl durchströmt. »Sardinien ist wunderschön. Wir sind mal eine Nacht hingeflogen, weißt du noch, Peter?«

Ihre Gäste sehen verwirrt aus. »*Eine* Nacht?«, fragt Mark beinahe misstrauisch. »Was, ihr habt bloß eine Nacht da verbracht?«

Helen erkennt ihren Fehler. »Ich meinte, dass wir nachts geflogen sind«, sagte sie, während ihr Ehemann die Augenbrauen hochzieht, mit einem Mal-sehen-wie-du-da-wieder-rauskommst-Blick. »Das war schön, die Landung in Cagliari ... mit all den Lichtern und so. Natürlich sind wir eine Woche geblieben. Ich meine, wir haben für Kurztrips viel übrig, aber hin und zurück in einer Nacht wäre doch ein bisschen übertrieben!«

Sie lacht, ein bisschen zu laut, dann steht sie auf und trägt den nächsten Gang auf. Eine knoblauchfreie Schweinefleisch-Kasserolle, bei der sie sich fest vornimmt, keinen weiteren Fauxpas zu begehen.

Ich sollte von dem Buch erzählen, das ich gerade lese, denkt Helen. *Das müsste sicher sein. Ins maoistische China sind wir schließlich in keiner unserer wilden Nächte geflogen.*

Aber ihre Sorge, ein unverfängliches Thema zu finden, ist unbegründet, weil Mark den Hauptgang allein bestreitet, indem er alle mit seinen Immobilien langweilt.

»Ich hab's gekauft, als der Markt im Keller war, insofern war das eine Win-win-Situation für mich«, sagt er und meint ein Gebäude am Lowfield Close, das er erstanden hat. Dann beugt er sich über den Tisch, als würde er gleich die Geheimnisse des Heiligen Grals enthüllen. »Wenn man ein Mietshaus kauft, gibt es nur ein Problem: Man kann sich das Gebäude aussuchen, aber mit den Mietern klappt das nicht unbedingt.«

»Stimmt«, sagt Helen in der Annahme, dass Mark irgendeinen Kommentar erwartet.

»Und der erste und einzige Typ, der es jemals mieten wollte, ist die absolute Katastrophe. Eine *absolute* Katastrophe.«

Peter hört nur zur Hälfte hin. Er ist zu sehr damit beschäftigt, die Gedanken über Lorna zu verdrängen, während er auf seinem Schweinefleisch herumkaut. Er bemüht sich, keinen ihrer Blicke aufzufangen und sich ausschließlich auf seinen Teller und das Gemüse und die braune Soße zu konzentrieren.

»Eine Katastrophe?«, fragt Helen, die immer noch ihr Bestes gibt, um sich so anzuhören, als fände sie Marks Ausführungen rasend spannend.

Mark nickt feierlich. »Jared Copeland. Kennt ihr den?«

Copeland. Helen muss nachdenken. Irgendwie kommt ihr der Name jedenfalls bekannt vor.

»Hat eine Tochter«, ergänzt Mark. »Blondes Mädchen. Heißt Eve, soweit ich weiß.«

»O ja. Clara ist mit ihr befreundet. Bin ihr nur einmal begegnet, macht aber einen netten Eindruck. Ein aufgewecktes Mädchen.«

»Na ja, wie dem auch sei, ihr Dad ist ein seltsamer Fall. Alkoholiker, vermute ich. War früher bei der Polizei. CID oder so. Würde man aber kaum glauben, wenn man ihn heute sieht. Er war arbeitslos und beschloss, von Manchester nach York zu ziehen. Völlig blödsinnige Entscheidung, aber wenn er von mir eine Wohnung mieten will, halte ich ihn sicher nicht davon ab. Die Sache hat bloß einen Haken: Er hat überhaupt kein Geld. Bisher hat er mir nur die Kaution bezahlt, und das war's. Jetzt ist er schon zwei Monate drin, und ich hab noch keinen Pfifferling von ihm gekriegt.«

»Ach herrje, der arme Mann«, sagt Helen mit ehrlichem Mitgefühl. »Irgendwas muss ihm doch ganz offensichtlich zugestoßen sein.«

»Das hab ich auch gesagt«, meint Lorna.

Mark verdreht die Augen. »Ich bin doch kein Wohltätigkeitsverein. Ich hab ihm gesagt, wenn er das Geld in einer Woche nicht hat, fällt der Vorhang. Bei solchen Sachen kann man sich keine Sentimentalitäten erlauben, Helen. Ich bin Geschäftsmann. Jedenfalls hat er mir gesagt, ich bräuchte mir keine Sorgen zu machen. Er hat einen neuen Job.« Mark grinst so hämisch, dass sich sogar Helen fragt, warum sie die Felts überhaupt eingeladen haben. »Als *Müllmann*. Vom CID zur Müllabfuhr. Ich glaub nicht, dass ich auf seine Traumkarriere viel setzen würde.«

Helen erinnert sich an den Müllmann, der am Morgen ihre Tonne durchwühlt hat.

Ihrem Ehemann geht jedoch kein Licht auf. Er hat den Hinweis auf den Müllmann nicht gehört, weil sich zum selben Zeitpunkt etwas an seinen Fuß presste. Und jetzt rast

sein Puls, weil er weiß, dass es Lorna ist. *Ihr* Fuß. Ein Versehen, nimmt er an. Aber dann bleibt er dort, ihr Fuß an seinem Fuß, und fährt sogar hoch und runter, presst sich zart an
das Leder.

Er sieht sie an.

Sie lächelt schüchtern. Sein Fuß bleibt, wo er ist, während
er über die Barrieren nachdenkt, die zwischen ihnen stehen.

Schuh, Socke, Haut.

Pflicht, Ehe, Vernunft.

Er schließt die Augen und versucht, seine Fantasie auf reinen Sex zu beschränken. Normalen. Menschlichen. Aber das
ist ein Kampf.

Er zieht sich zurück, lässt seinen Fuß langsam unter den
Stuhl gleiten, und sie senkt den Blick auf ihren leeren Teller.
Aber das Lächeln bleibt auf ihrem Gesicht.

»Geschäft bleibt Geschäft«, sagt Mark, der dieses Wort offensichtlich liebt. »Und wir haben ein kostspieliges Jahr. Einige große Umbauten an unserem Haus.«

»Ach, was habt ihr denn vor?«, fragt Helen.

Mark räuspert sich, als ob er eine Botschaft von nationaler
Bedeutung zu verkünden hätte. »Wir würden gerne erwei-
tern. Oben. Ein fünftes Schlafzimmer ausbauen. Peter, ich
komme vorbei und zeige dir die Pläne, bevor wir die Bauge-
nehmigung einholen. Es könnte sein, dass ein bisschen mehr
Schatten in euren Garten fällt.«

»Ich bin mir sicher, dass alles in Ordnung geht«, meint Peter, der sich plötzlich lebendig und gefährlich fühlt. »Ich würde sagen, für uns ist Schatten beinahe ein Pluspunkt.«

Helen kneift ihren Ehemann ins Bein, so fest sie kann.

»Gut«, sagt sie und fängt an, die Teller abzuräumen. »Wer
möchte Nachtisch?«

TARANTEL

Es ist kalt draußen auf dem Feld, trotz des Feuers, aber das scheint sonst niemanden zu stören.

Die Leute tanzen, trinken, rauchen Joints.

Clara sitzt auf dem Boden, starrt in das improvisierte Feuer ein paar Meter vor sich, vor dem sie zurückschreckt, wegen der Hitze und der Helligkeit und der Flammen, die in der Nacht vor sich hin züngeln. Selbst wenn sie nicht krank wäre, würde sie sich ziemlich elend fühlen, wegen der letzten Stunde, oder wie lang auch immer es her ist, seit Toby Felt angeschlichen kam und anfing, Eve mit billigem Wodka und noch billigeren Texten zu traktieren. Und irgendwie hat es funktioniert. Inzwischen knutschen sie, und Tobys Hand kriecht auf dem Hinterkopf ihrer Freundin herum wie eine fünfbeinige Tarantel.

Zusätzlich erschwert wird Claras Abend von Harper, der mit seinem Freund zu ihr schlenderte und sich neben sie auf den Boden setzte. Seit ungefähr zehn Minuten sitzt er zurückgelehnt da und glotzt Clara an, mit betrunkenen und hungrigen Augen, wovon ihr immer schlechter wird.

Ihr Magen rumort wieder, als ob die Erde abwärtssausen würde.

Sie muss gehen.

Sie versucht, genügend Energie zum Aufstehen zu sammeln, als sich Eve von Tobys Mund zurückzieht, um sich an ihre Freundin zu wenden.

»O mein Gott, Clara, du siehst schrecklich blass aus«, sagt

Eve betrunken, aber besorgt. «Sollen wir gehen? Wir können zusammen ein Taxi nehmen. Ich rufe eins.»

Clara sieht, wie Toby hinter ihrem Rücken ermutigend auf Harper einredet, und fragt sich, was er wohl sagt.

»Nein, ist schon gut«, antwortet ihr Clara mühsam wegen der schlagzeuglastigen Musik. »Ich rufe gleich meine Mutter an. Sie wird mich abholen.«

»Ich kann sie anrufen, wenn du willst.«

Toby zupft Eve an der Bluse.

»Ist schon gut«, sagt Clara.

»Bist du sicher?«, fragt Eve und sieht sie an wie ein betrunkenes Reh.

Clara nickt. Sie kann gerade nicht sprechen. Wenn sie jetzt etwas sagt, wird sie kotzen. Also atmet sie tief ein, tankt frische Nachtluft, aber das hilft überhaupt nicht.

Und dann, als Eve und Toby wieder anfangen, sich zu küssen, wird die Übelkeit in ihrem Bauch intensiver und verstärkt durch einen scharfen, stechenden Schmerz.

Das ist nicht gerecht.

Clara schließt die Augen und sammelt von irgendwoher tief in ihrem Inneren die Kraft, die sie braucht, um aufzustehen und von all den fröhlichen Tänzern und küssenden Pärchen wegzukommen.

EMPFANG

Wenige Minuten später steigt Clara über einen Steinwall und betritt ein anderes Feld. Sie will ihre Mutter anrufen, hat aber keinen Empfang, also läuft sie einfach weiter. Nicht direkt auf die Straße zu – sie will sich aus dem Blickfeld der Partygänger entfernen –, sondern auf das angrenzende Feld, wo sich eine unauffälligere Möglichkeit bietet, zu verschwinden.

Sie holt ihr Telefon wieder hervor. Das kleine Empfangssignal ist immer noch durchgestrichen.

Auf dem Feld liegen schlafende Kühe. Kopflose Umrisse in der Dunkelheit, wie Walrücken, die aus dem Meer auftauchen. Sie werden erst zu richtigen Kühen, als sie sich nähert und die Tiere erwachen, erschrecken und sich in hastiger Verzweiflung von ihr entfernen. Sie geht trotzdem weiter und hinterlässt einen schmalen, diagonalen Trampelpfad Richtung Straße, während die Stimmen der Party allmählich abebben und zusammen mit der Musik verschwinden, irgendwo in der Nachtluft.

Clara hat sich in ihrem ganzen Leben noch nie so elend gefühlt. Und das ist bei einem Leben voller Augenentzündungen, Dreitagemigränen und wiederkehrender Durchfälle eine ziemliche Leistung. Sie sollte im Bett liegen, wie ein Embryo unter der Bettdecke zusammengerollt, und vor sich hin wimmern.

Dann ist sie wieder da, diese entsetzliche Übelkeit, bei der sie sich wünscht, sie könnte ihrem eigenen Körper entfliehen.

Sie muss stehen bleiben.

Sie muss stehen bleiben und kotzen.

Dann hört sie etwas. Schweren, keuchenden Atem.

Das Feuer liegt inzwischen kilometerweit hinter ihr, ein fernes Leuchten hinter einer groben und buschigen Hecke zwischen den Feldern.

Sie sieht eine massige Silhouette, die über den Boden hüpft.

»He«, keucht es. *Er* keucht. »Clara.«

Es ist Harper. Ihr ist so schlecht, dass sie eigentlich kaum darüber nachdenkt, warum er ihr gefolgt ist. Sie ist so benebelt, dass sie seine lüsternen Blicke vergessen hat und sich einbildet, er wäre ihr gar nicht gefolgt. Vielleicht hat sie ja auch etwas liegen gelassen und er will es ihr nur geben.

»Was ist los?«, sagt sie. Sie richtet sich auf.

Er tritt näher an sie heran. Er grinst breit und sagt nichts. Er ist unglaublich betrunken, denkt sie. Sie allerdings nicht. Harper ist ein großer Ochse und ein Schläger, aber ein eigenes Hirn traut sie ihm nicht zu. Und da Toby nicht in der Nähe ist, um ihm eins zu leihen, dürfte ihr eigentlich nichts passieren.

»Du siehst hübsch aus«, sagt er und schwankt dabei hin und her wie ein großer Baum, den man unten am Stamm abgesägt hat.

Seine tiefe, nasale Stimme zieht sie runter und verstärkt ihre Übelkeit.

»Nein. Ich bin nicht hübsch. Ich …«

»Ich dachte, du hast vielleicht Lust auf einen Spaziergang.«

»Was?«

»Einfach, du weißt schon, ein Stück gehen.«

Sie ist verwirrt. Sie fragt sich noch einmal, was Toby zu ihm gesagt hat. »Ich gehe gerade ein Stück.«

Er lächelt. »Ist schon gut. Ich weiß, dass du mich magst.«

Das ist zu viel für sie. Im Moment fallen ihr sogar die üblichen höflichen Ausreden nicht ein, um ihn loszuwerden. Sie kann nichts weiter tun als einfach weiterlaufen.

Aber irgendwie gelingt es Harper, sie zu überholen, er pflanzt sich ihr in den Weg und grinst, als würden sie sich gerade einen Witz erzählen. Einen Witz, der brutal werden könnte oder hässlich. Er geht rückwärts, während sie vorwärtsläuft, bleibt vor ihr, während sie nichts nötiger braucht als niemanden in ihrer Nähe. Oder niemanden außer ihrer Mutter und ihrem Vater.

Und jetzt sieht er plötzlich gefährlich aus, sein betrunkenes Gesicht entlarvt sein Potenzial an menschlicher Bosheit. Sie fragt sich, ob sich Hunde und Affen so fühlen, im Labor, wenn sie plötzlich merken, dass die Wissenschaftler ihnen gar nicht helfen wollen.

»Bitte«, presst sie hervor, »lass mich einfach allein.«

Das scheint ihn zu kränken, als ob sie ihn absichtlich verletzen wollte. »Ich weiß, dass du mich magst. Du musst dich nicht verstellen.«

Verstellen.

Das Wort schwirrt ihr durch den Kopf und wird zu einem bedeutungslosen Geräusch. Sie ist sich sicher, dass sie spürt, wie sich die Erde um ihre eigene Achse dreht.

Sie versucht, klar zu sehen.

Da ist eine einsame Straße hinter dem Feld.

Eine Straße, die nach Bishopthorpe führt.

Zu ihren Eltern.

Nach Hause.

Weg von ihm.

Sie muss anrufen. Sie muss, sie muss, sie muss …

»Verfluchte Scheiße.«

Sie hat ihm auf die Joggingschuhe gekotzt.

»Die sind neu!«, sagt er.

Sie wischt sich den Mund ab und fühlt sich ein bisschen normaler.

»Entschuldigung«, sagt sie. Jetzt realisiert sie, wie schutzlos sie ist, so weit weg von der Party und nicht nah genug an der Straße.

Mit neuer Zielstrebigkeit geht sie an ihm vorbei, über das abfallende Gelände auf die Straße zu. Aber er folgt ihr immer noch.

»Ist halb so schlimm. Ich verzeihe dir.«

Sie ignoriert ihn und will erneut die Nummer ihrer Eltern wählen, vertippt sich aber aus Nervosität und landet bei den Einstellungen statt der Adressliste.

Er holt sie ein. »Es macht nichts, hab ich gesagt.«

Seine Stimme hat sich verändert. Er hört sich wütend an, obwohl er die Worte in ein Lachen packt.

»Mir ist schlecht. Lass mich einfach in Ruhe.«

Sie klickt das Adressbuch an. Da ist sie, die Nummer, leuchtet ihr mit beruhigender Präzision vom Display entgegen. Sie drückt die Ruftaste.

»Ich mache, dass es dir besser geht. Komm schon, ich weiß, dass du mich magst.«

Sie hält das Telefon an ihr Ohr. Es läutet. Clara betet bei jedem mechanischen Trillern, dass ihre Eltern abheben. Aber nach drei oder vier Ruftönen ist das Telefon nicht mehr in ihrer Hand. Er hat es ihr brutal weggerissen. Er schaltet es aus.

Jetzt ist die Lage ernst. Obwohl es ihr sehr schlecht geht, merkt sie, dass der Witz bösartiger wird. Sie ist ein Mädchen, und er ist ein Junge, der doppelt so schwer ist wie sie und mit ihr machen kann, was er will. Fünf Kilometer weiter, denkt sie, betreiben ihre Eltern beim Abendessen mit den Felts höfliche Konversation. Fünf Kilometer haben sich noch nie so weit angefühlt.

»Was hast du vor?«

Sie sieht ihr Mobiltelefon in seiner Jeans verschwinden. »Ich hab dein Handy. Scheiß-Samsung-Teil.«

Er ist ein Kind. Er ist ein zum Monster aufgeblasener Dreijähriger.

»Bitte gib es mir. Ich muss meine Mum anrufen.«

»Es steckt in meiner Hosentasche. Komm und hol es dir.«

»Gib es mir bitte einfach zurück.«

Er kommt näher. Legt seinen Arm um sie. Sie versucht, sich zu wehren, aber er wendet mehr Kraft an, verstärkt seinen Griff. Sie riecht den Alkohol in seinem Atem.

»Ich weiß, dass du scharf auf mich bist«, sagt er. »Eve hat Toby gesagt, dass du scharf auf mich bist.«

Claras Herz macht einen Satz und fängt panisch an zu rasen. »Bitte«, sagt sie ein letztes Mal.

»Scheiße, was ist los? Du warst es doch, die mich vollgekotzt hat. Du bist genauso irre wie dein Bruder.«

Er versucht, sie zu küssen. Sie dreht den Kopf weg.

Seine Stimme fällt über sie her, hart wie Stein. »Was denn, bin ich dir nicht gut genug? Für dich bin ich immer noch gut genug.«

Sie schreit jetzt um Hilfe, während sein Arm sie festhält und sich seine Hand an den Körper presst, mit dem er sich vergnügen will.

»Hilfe!«, schreit sie noch einmal, den Kopf in die Richtung gedreht, aus der sie gekommen ist. Die Worte erreichen nur

Kühe, die sie mit der gleichen Angst beobachten, die sie selbst empfindet. Harper ist jetzt ebenfalls in Panik. Sie sieht es, an seinem Gesicht, an seinem erbitterten Lächeln und den angstvollen Augen. Unfähig, sich etwas Besseres auszudenken, legt er ihr die Hand auf den Mund. Ihre Augen finden die Straße. Keine Autos. Niemand in Sicht. Sie schreit hinter seiner Hand, aber mehr als gedämpfte Verzweiflung, die auch die Kühe nicht hören können, dringt nicht durch. Der Laut führt dazu, dass er fester zudrückt, bis ihr Kiefer schmerzt.

Er presst sich von hinten gegen ihre Beine, in ihre Kniekehlen, und zieht sie zu Boden.

»Besser als ich bist du jedenfalls nicht«, sagt er und erstickt ihre Schreie noch immer mit der Hand. »Ich werd's dir zeigen!« Sein ganzes Gewicht liegt auf ihr, als sich seine Hand dem obersten Knopf ihrer Jeans nähert.

An diesem Punkt schlägt ihre Angst in Wut um. Sie boxt ihm auf den Rücken, reißt an seinen Haaren, beißt in seine Handfläche.

Sie schmeckt sein Blut und beißt fester zu.

»Autsch! Schlampe! Aaah!«

Irgendetwas verändert sich.

Ihr Verstand wird schärfer.

Plötzlich ist ihre Angst verschwunden.

Keine Übelkeit mehr.

Keine Schwäche.

Nur das Blut, nur der herrliche Geschmack von Menschenblut.

Ein Durst, den sie nie gekannt hat, wird gestillt, und sie spürt die Linderung, mit der eine Wüste die ersten Regentropfen in sich aufnimmt. Sie gibt sich ihm hin, dem Geschmack, und hört nicht, wie er ihr schreiend seine Hand wegreißt. Da ist etwas Schwarzes und Glänzendes in seiner Hand. Aus einer großen, klaffenden Fleischwunde, wo seine Handfläche einmal war, ragen kleine Spitzen von Knochen heraus, die noch intakt geblieben sind. Voller Entsetzen sieht er sie an, und sie fragt sich nicht, warum. Da ist keine einzige Frage.

Mit wilder, unkontrollierbarer Wut holt sie aus und stößt, schleudert ihn mit einer unerwarteten Kraft zu Boden, um sich diesen Geschmack zu erhalten.

Irgendwann verhallen seine erstickten Schreie, zusammen mit dem überirdischen Schmerz, den sie ihm zugefügt hat, und sie bleibt allein zurück, mit nichts als diesem einzigartigen und intensiven Geschmack seines Blutes. Es fließt in sie hinein, ertränkt das schwache Mädchen, für das sie sich gehalten hat, und bringt ein neues – ein starkes und wahres – Ich hervor.

In diesem Moment ist sie mächtiger als tausend Könige. Plötzlich ist die Welt von jeder Angst befreit, genau wie ihr Körper, der weder Schmerz noch Übelkeit empfindet.

Sie verliert sich in dem Moment. Spürt die Intensität des Augenblicks, ohne Vergangenheit oder Zukunft, und labt sich unter einem behaglich finsteren und sternlosen Himmel.

DAS BLUT, DAS BLUT

Helen steht auf, um ans Telefon zu gehen, aber es hört auf zu klingeln, noch bevor sie das Esszimmer verlassen hat. Wie seltsam, denkt sie, und hat das eigenartige Gefühl, dass irgendetwas schiefgeht. Sie wendet sich wieder ihren Gästen zu, wo Mark Felts Löffel gerade eine beachtliche Ladung Sommergrütze in seinen Mund befördert.

»Köstlich, Helen. Du musst Lorna unbedingt das Rezept verraten.«

Lorna, die den Seitenhieb durchaus mitbekommen hat, wirft ihm einen vielsagenden Blick zu. Ihr Mund geht auf und zu und dann wieder auf, letztendlich sagt sie aber nichts.

»Ach«, sagt Helen diplomatisch, »ich glaube, ich habe zu viele rote Johannisbeeren hineingetan. Ich hätte doch besser bei Waitrose eine Fertigmischung kaufen sollen.«

Sie hören Rowans Musik, die von oben zu ihnen herunterdringt, eine schlecht gelaunte Selbstmorddrohung mit Gitarrenuntermalung, einen Song, den Peter und Helen zum letzten Mal vor Jahren bei ihrem ersten Date in London gehört haben. Beim Refrain »I want to drown in the flood of your sweet red blood« lächelt Helen unwillkürlich in Erinnerung daran, wie viel Spaß sie in jener Nacht hatten.

»Eigentlich hatte ich vor, mal bei dir vorbeizukommen«, sagt Lorna zu Peter. Mit der Stimme einer Katze, die sich am Heizkörper reibt.

»Ach ja?«, fragt Peter.

Lorna sieht ihm in die Augen. »In beruflicher Hinsicht,

wollte ich sagen. Du weißt schon, mir einen Termin geben lassen, in einer bestimmten Angelegenheit.«

»Einen Termin bei einem gewöhnlichen Landarzt?«, sagt Peter jetzt. »Ein bisschen konventionell, wenn man sich auf Fußreflexzonenmassage spezialisiert hat, findest du nicht?«

Lorna lächelt. »Nun ja, du bist doch für sämtliche Bereiche der Medizin zuständig, oder nicht?«

»Schon, ich denke, du …«

Bevor Peter den Satz beenden kann, klingelt das Telefon zum zweiten Mal.

»*Schon wieder?*«, sagt Helen. Sie schiebt ihren Stuhl zurück und verlässt den Raum.

Draußen auf dem Flur sieht sie auf die kleine Uhr, die neben dem Telefon steht. Es ist fünf Minuten vor elf.

Sie nimmt ab, hört den Atem ihrer Tochter am anderen Ende der Leitung. Sie hört sich an, als würde sie rennen.

»Clara?«

Es dauert eine Weile, bis sie Claras Stimme hört. Zuerst scheint sie nicht in der Lage, verständliche Worte zu formulieren, als müsste sie erst wieder sprechen lernen.

»Clara? Was ist passiert?«

Dann kommen die Worte endlich heraus, und Helen weiß, dass die Welt untergeht.

»Es war einfach das Blut. Ich konnte nicht aufhören. Es war das Blut, das Blut …«

STILLE

Rowan hat den ganzen Abend in seinem Zimmer verbracht, um ein Gedicht über Eve zu schreiben, es ist aber nichts dabei herausgekommen.

Im Haus ist es so still, fällt ihm auf. Er hört die höflichen, bemühten Stimmen seiner Eltern und ihrer Gäste nicht mehr. Dafür hört er etwas anderes.

Einen Motor, draußen. Er späht gerade noch rechtzeitig durch die Gardinen, um zu sehen, wie der Minivan aus der Einfahrt auf die Orchard Lane schießt.

Seltsam.

Seine Eltern fahren niemals so schnell, deshalb fragt er sich, ob jemand den Wagen gestohlen haben könnte, zieht sein Oberteil wieder an (er hatte es ausgezogen, um drei mühevolle Liegestütze zu machen) und geht nach unten.

BELA LUGOSI

Die Bäume rasen in der Finsternis vorbei, als Helen das Dorf hinter sich lässt. Sie hatte selbst fahren wollen, weil sie wusste, dass Peter ausrasten würde, sobald sie ihn ins Bild setzte, aber mit ihm auf dem Beifahrersitz beschloss sie trotzdem, noch zu warten, bis sie an den letzten Häusern des Dorfes vorbeigefahren waren. Sie hatte einfach das Gefühl, es könnte so irgendwie leichter werden, weiter weg von den Häusern und den Gassen ihres neuen Lebens. Jetzt hat sie ihm gesagt, dass das Unvermeidliche geschehen ist, und er brüllt sie an, während sie versucht, ihren Blick auf die verlassene Straße vor sich zu fixieren.

»Heilige Scheiße, Helen«, sagt er. »Weiß sie es?«

»Nein.«

»Und was, glaubt sie, ist passiert?«

Sie holt tief Luft, um die Einzelheiten so vorsichtig wie möglich zu formulieren. »Der Junge hat sich an sie herangemacht, und sie hat ihn angegriffen. Ihn gebissen. Sie hat nur vom Blut gesprochen. Den Geschmack genossen. Sie hörte sich ziemlich wirr an.«

»Sie hat aber nicht gesagt ...«

»Nein.«

Peter sagt genau das, was sie erwartet hat. Und weiß, dass sie ihm diesmal beipflichten muss. »Wir müssen es ihr sagen. Beiden sagen. Sie müssen es wissen.«

»Ich weiß.«

Peter schüttelt den Kopf und wirft ihr einen wütenden

Blick zu, den sie zu ignorieren versucht. Sie konzentriert sich einfach weiter auf die Straße, weil sie die Abzweigung nicht verpassen will, aber seine Stimme kann sie nicht ausblenden, mit der er ihr ins Ohr brüllt.

»Siebzehn Jahre! Und jetzt sagst du ›Ich weiß‹. Großartig. *Spitze.*«

Peter zieht sein Handy aus der Tasche und fängt an zu wählen. Er zieht die Luft scharf ein, will reden, zögert dann aber eine Sekunde. *Ein Anrufbeantworter.*

»Ich bin's«, spricht er irgendwann auf das Band. »Ich weiß, es ist lange her.« *Das ist nicht wahr. Das kann er nicht tun.* »Aber ich glaube, wir brauchen dich. Clara hat eine kleine Krise, und allein kriegen wir das nicht hin.« *Er tut es tatsächlich. Er ruft seinen Bruder an.* »Ruf uns bitte zurück, sobald du das hier …«

Helen löst ihren Blick von der Straße und eine Hand vom Lenkrad, um nach dem Handy zu greifen. Beinahe landen sie an einem Baum.

»Was zum Teufel machst du da?« Helen drückt die Taste mit dem roten Hörer. »Du hast versprochen, ihn nie mehr anzurufen.«

»Wen?«

»Du hast Will angerufen!«

»Helen, es gibt eine Leiche. Mit solchen Sauereien können wir nicht mehr umgehen.«

»Ich hab den Spaten dabei«, sagt sie und weiß selbst, wie lächerlich sich das anhört. »Wir brauchen deinen Bruder nicht.«

Ein paar Sekunden schweigen sie, erreichen dann die Abzweigung und fahren weiter.

Will! Er hat Will angerufen!

Und das wirklich Schwierige daran ist, dass sie weiß, dass Peter das absolut vernünftig findet. Die Straße wird schmäler, und die Bäume kommen näher, scheinen sich fast zu verneigen, wie Gäste mit verrückten Hüten auf einer mitternächtlichen Hochzeit.

Oder Beerdigung.

»Er könnte die Leiche hier rausfliegen«, sagt Peter nach einer Weile. »Er könnte in zehn Minuten hier sein. Er könnte das hier richten.«

Helens Hand umklammert das Lenkrad mit neuer Verzweiflung.

»Du hast es versprochen!«, erinnert sie ihn.

»Ich weiß, dass ich es versprochen habe«, sagt Peter zustimmend. »Wir haben uns alles Mögliche versprochen. Aber das war, bevor sich unsere Tochter wie Bela Lugosi bei irgendeiner Party auf einem brennenden Acker an irgendeinem Knaben vergriffen hat. Ich weiß sowieso nicht, warum du ihr überhaupt erlaubt hast, da hinzugehen.«

»Sie hat dich gefragt, und du hast nicht zugehört!«

Peter kehrt zu seinem ursprünglichen Thema zurück.

»Er praktiziert immer noch«, sagt er. »In Manchester. Letzte Weihnachten hat er mir eine E-Mail geschickt. Er praktiziert noch.«

Helen zuckt zusammen. »Eine E-Mail?«, fragt sie. »Davon hast du mir gar nichts gesagt.«

»Warum wohl«, sagt er, während Helen das Tempo verringert. Claras Ortsangabe war ziemlich vage, gelinde ausgedrückt.

»Sie muss irgendwo hier an der Straße sein«, sagt Helen.

Peter deutet aus dem Fenster. »Sieh mal.«

Helen sieht ein Feuer auf einem der Äcker und Gestalten

in der Ferne. Jetzt kann sie nicht mehr weit sein. Helen betet im Stillen, dass sich sonst niemand nach Clara auf die Suche gemacht hat oder nach dem Jungen.

»Wenn du nicht willst, dass ich ihn einschalte, regele ich es selbst«, sagt Peter. »Ich werde die Leiche von hier wegfliegen.«

Sie verwirft die Idee. »Mach dich nicht lächerlich. Und außerdem würdest du das gar nicht schaffen. Jetzt nicht mehr. Nicht nach siebzehn Jahren.«

»Wenn ich ein bisschen Blut trinken würde, könnte ich es. Ich bräuchte nicht viel.«

Helen sieht ihren Ehemann ungläubig an.

»Ich denke bloß an Clara«, sagt er, ohne die Umgebung aus den Augen zu lassen. »Du weißt doch, wie das ist. Was passiert. Gefängnis kommt nicht infrage für sie. Sie würden ...«

»Nein«, sagt Helen bestimmt. »*Nein*. Wir nehmen die Leiche mit. Wir beerdigen sie. Wir fahren ins Moor und begraben sie. Auf menschliche Weise.«

»Auf menschliche Weise!« Er lacht sie beinahe aus. »Herrgott!«

»Peter, wir müssen stark bleiben. Wenn du Blut trinkst, bricht alles auseinander.«

Er denkt nach. »Also gut. Du hast recht. Aber bevor wir diese Sache angehen, möchte ich etwas wissen.«

»Was denn?«, fragt sie. Selbst in einer Nacht wie dieser – besonders in einer Nacht wie dieser – fürchtet sich Helen vor der folgenden Bemerkung.

»Ich will wissen, ob du ... mich liebst.«

Helen ist fassungslos ob der ungeheuren Belanglosigkeit dieser Frage angesichts ihrer derzeitigen Probleme.

»Peter, jetzt ist nicht der ...«

»Helen, ich muss es wissen.«

Sie schafft es nicht, ihm zu antworten. Wie seltsam. In manchen Dingen fällt es so leicht, zu lügen, und in anderen nicht.

»Peter, heute Nacht spiele ich deine egoistischen Spielchen nicht mit.«

Ihr Ehemann nickt und holt tief Luft, er hat seine Antwort bekommen. Und dann ist da etwas, jemand, vor ihnen. Jemand kauert im Gebüsch.

»Da ist sie.«

Als Clara vortritt und sich zu erkennen gibt, wird alles real. Ihre Kleider, die sauber waren, als sie das Haus verließ, sind blutgetränkt. Es glänzt auf ihrem Pullover und der Cordjacke, Gesicht und Brille sind total verschmiert. Sie schützt ihre Augen vor den grellen Scheinwerfern.

»O mein Gott, Clara!«, sagt Helen.

»Helen, das Licht. Du blendest sie.«

Sie stellt es ab und hält am Straßenrand, ihre Tochter rührt sich nicht vom Fleck und lässt den Arm langsam wieder sinken. Ein Moment vergeht, dann steigt Helen aus dem Auto. Sie blickt auf das dunkle Feld, wo die Leiche liegen muss, die sie jedoch nicht sehen kann. Inzwischen ist es kalt. Der raue Wind weht ungehindert von der See über das Moor bis zu ihnen herüber. Claras Haare fliegen wild nach hinten und legen ihr Gesicht ganz frei, rund und vollkommen wie das eines Babys.

Ich habe sie getötet, denkt Helen, als ihr der leere Blick auffällt, der dem Gesicht ihrer Tochter mehr Entsetzen verleiht als das viele Blut. *Ich habe unsere ganze Familie getötet.*

DIE DUNKLEN FELDER

Der Junge liegt vor Peter am Boden. Sein Zustand lässt keinen Zweifel daran, dass er tot ist. Die Arme hat er über den Kopf gehoben, kapitulierend. Sie hat sich an seiner Kehle gütlich getan und an der Brust. Sein offenes Fleisch glänzt beinahe schwarz, wobei verschiedene Schattierungen die unterschiedlichen Organe kennzeichnen. Seine unteren Gedärme quellen aus ihm heraus wie kriechende Aale.

Selbst in den alten Zeiten, nach wilden Gelagen, wurden Leichen nur selten in so einem Zustand zurückgelassen. Trotzdem kann er es nicht leugnen: Er ist nicht so erschüttert, wie er sein sollte. Er weiß, dass Clara nicht mehr in der Lage war, aufzuhören, und da sie selbst ihre wahre Natur verschwiegen hatten, war es eigentlich ihre Schuld, dass dies passieren musste. Aber der Anblick des Blutes fasziniert ihn auch, ruft die alten hypnotischen Effekte hervor.

Blut, süßes Blut ...

Er reißt sich zusammen und versucht, sich zu erinnern, was zu tun ist. Er muss die Leiche zum Auto schleppen, wie Helen gesagt hatte. Ja, das muss er tun. Er geht in die Hocke, schiebt seine Arme unter Rücken und Beine des Jungen und versucht, ihn vom Boden aufzuheben. Es geht nicht. Momentan ist er zu schwach. Der Junge hat den Körper eines Mannes. Eines kräftigen Rugbyspielers.

Für diesen Job braucht man zwei Leute, mindestens. Er blickt zu Helen hinüber. Sie umarmt Clara, deren Arme schlaff zu beiden Seiten herunterhängen.

Nein, das kann er selbst erledigen. Er wird ihn einfach ziehen und dann die Spuren beseitigen. Regen ist vorhergesagt. Wenn es genügend regnet, werden die Spuren verschwinden. Aber was ist mit der DNA? In den Achtzigern hatten sie sich deshalb keine Sorgen machen müssen. Will würde wissen, wie man damit umging. Warum stellte sich Helen seinetwegen bloß immer so an? Was hatte sie für ein Problem?

Er packt die Knöchel und versucht, die Leiche über den Boden zu zerren. Sie ist zu schwer, es dauert zu lange.

Um Atem ringend hält er inne und betrachtet das Blut an seinen Händen.

Er hatte Helen geschworen, niemals in Erwägung zu ziehen, was ihm jetzt in den Sinn kommt. Das Blut glänzt, jetzt nicht mehr schwarz, sondern purpurn. Scheinwerfer flackern in der Ferne zwischen den Hecken. Der Wagen fährt langsam, als ob der Fahrer etwas suchen würde.

»Peter!«, ruft Helen. »Da kommt jemand!«

Er hört, wie sie Clara ins Auto befördert, dann ruft sie ihm zu: »Peter, lass die Leiche!«

Der Leichnam des Jungen liegt jetzt dichter an der Straße, und wenn das Auto vorbeifährt, könnte er gesehen werden, im Licht der Scheinwerfer, die nach Nebelleuchten aussehen. Er zerrt verzweifelt an der Leiche, mobilisiert seine ganze Kraft und ignoriert den stechenden Schmerz in seinem Rücken. Es hat keinen Sinn. Ihm bleiben Sekunden, keine Minuten.

»Nein«, sagt er.

Wieder senkt er den Blick auf das Blut an seinen Händen, bevor Helen bei ihm angekommen ist.

»Bring Clara nach Hause. Ich kümmere mich um das hier. Ich schaffe das schon.«

»Nein, Peter …«

»Fahr nach Hause. Fahr los. Verdammt noch mal, Helen, fahr!«

Ohne auch nur zu nicken, steigt sie ins Auto und fährt los.

Peter beobachtet die sich langsam nähernden Nebelscheinwerfer, während er seine Hände ableckt und kostet, was er siebzehn Jahre nicht kosten durfte. Und es passiert. Kraft durchströmt seinen Körper und beseitigt jedes winzige Stechen und den Schmerz. Er spürt die schnelle Neuordnung seiner Zähne und Knochen, während er sich in die reinste Form seines wahren Ichs verwandelt. Eine unglaubliche Erleichterung, als würde er unbequeme Kleidung ablegen, die ihn über Jahrzehnte eingeengt hat.

Der Wagen kommt immer näher.

Mit der Hand am tropfenden Hals des Jungen leckt er das nahrhafte, köstliche Blut. Dann hebt er die Leiche hoch, spürt das Gewicht kaum noch und prescht mit ihm über die dunklen Felder.

Schneller und schneller und schneller.

Er versucht, nicht zu viel Freude zu empfinden, und konzentriert sich angestrengt auf seine Aufgabe. Er fliegt weiter, seine Gedanken lenken den Flug.

Das ist es, was der Genuss von Blut mit ihm macht. Er schließt die Lücke zwischen Denken und Handeln. Denken ist Handeln. All das ungelebte Leben verschwindet, wenn die Luft am Körper entlangströmt, wenn man auf die trostlosen Dörfer und Marktflecken – in hübsche Lichtbündel verwandelt – hinunterblickt und über Land auf die Nordsee hinausfliegt.

Und jetzt ist das Gefühl da, er lässt zu, dass es ihn überwältigt.

Dieser beflügelnde Rausch, sich wahrhaft lebendig und gegenwärtig zu fühlen, ohne Furcht vor Konsequenzen, vor Vergangenheit und Zukunft. Er spürt nichts außer dem pfeifenden Luftzug und dem Aroma des Blutes auf seiner Zunge.

Kilometerweit draußen über dem Meer, als keine dunklen Schatten die Anwesenheit von Booten verraten, lässt er die Leiche los und kreist in der Luft, während der Körper in Richtung Wasser fällt. Dann leckt er sich noch einmal die Hände ab. Er saugt richtig an seinen Fingern und schließt genussvoll die Augen.

Das ist Freude!

Das ist Leben!

Einen Moment lang, hoch oben in der Luft, überfällt ihn der Gedanke, so weiterzumachen. Er könnte bis nach Norwegen fliegen. Oben in Bergen gab es eine große Vampirgemeinde, die vielleicht noch existiert. Er könnte sich auch ein Land suchen, in dem die Kontrollen weniger streng sind. Holland vielleicht. Irgendein Land mit mehr Unabhängigkeit. Er könnte abhauen und allein leben und all seine Sehnsüchte stillen, sobald sie ihm in den Sinn kommen. Frei sein und auf sich selbst gestellt. Ist das nicht die einzig wahre Art zu leben?

Er schließt die Augen und sieht Claras Gesicht vor sich, wie sie da an der Straße stand. Sie hatte so verstört und hilflos ausgesehen, auf der Suche nach jener Wahrheit, die er ihr versagt hatte. So hatte sie jedenfalls auf ihn gewirkt.

Nein.

Trotz des Blutes in seinem Körper ist er ein anderer Mann als der, den er irgendwo im schwarzen Loch seiner Studentenzeit hinter sich gelassen hatte. Er ist nicht sein Bruder. So könnte er niemals sein.

Nicht jetzt.

Langsam fliegt er eine Kurve in der kalten Luft und bewundert dabei das Meer: ein weites Band aus Stahl, das einen zerbrochenen Mond reflektiert.

Nein, ich bin ein guter Mensch, sagt er zu sich selbst, während er sich und sein schweres Gemüt heimwärts schleppt.

Im Auto wirft Helen immer wieder prüfende Blicke auf ihre Tochter, die reglos neben ihr auf dem Beifahrersitz sitzt.

Sie hatte geahnt, dass etwas Derartiges passieren würde. Oft genug hat sie sich damit gequält, indem sie sich Szenarien wie dieses ausmalte. Aber jetzt, da es tatsächlich passiert ist, fühlt es sich völlig unwirklich an.

»Eins sollst du wissen: Es ist nicht deine Schuld, dass es so gekommen ist«, sagt sie. Das Auto im Rückspiegel ist immer noch da, mit aufgeblendeten Scheinwerfern. »Weißt du, Clara, es ist wegen dieser Sache. Wegen diesem *Leiden.* Wir haben das alle, aber es hat … geschlafen … jahrelang. Dein Leben lang. Seit Rowan auf der Welt ist. Dein Vater und ich, Dad und ich, wir wollten nicht, dass ihr es wisst. Wir dachten, wenn ihr nichts davon wisst, dann … Erziehung besiegt die Natur, so dachten wir …«

Sie fahren an dem Feld mit der Party vorbei, wo immer noch Leute um das fast heruntergebrannte Feuer tanzen. Helen weiß, dass sie weiterreden muss, erklären, ihrer Tochter Worte und immer mehr Worte anbieten muss. Brücken über das Schweigen. Schleier über die Wahrheit. Aber innerlich zerbricht etwas in ihr.

»… aber diese Sache … sie ist stark … und sie ist stark wie ein Hai. Und sie ist immer da, egal wie ruhig das Wasser ist. Es ist da. Gleich unter der Oberfläche. Stets bereit, dich …«

Die Scheinwerfer im Rückspiegel bewegen sich nicht weiter und verlöschen. Das Wissen, dass ihr niemand mehr folgt, erleichtert Helen ein wenig.

»Aber«, sagt sie und bekommt ihre Stimme allmählich wieder in den Griff, »alles ist gut. Alles ist gut, weil wir auch stark sind, Liebes, und wir werden darüber hinwegkommen, und alles wird wieder gut werden, das verspreche ich dir. Es ist ...«

Helen sieht, wie das Blut im Gesicht ihrer Tochter langsam trocknet, um den Mund herum und am Kinn. Sogar auf der Nase und den Wangen sind Flecken.

Wie Karnevalsschminke.

Wie viel Blut hat sie getrunken?

Helen ist sehr bestürzt, jetzt, als sie sich diese Frage stellt. Sie ist bestürzt, weil sie etwas aufgebaut hat, sorgfältig konstruiert wie eine Kathedrale, wohl wissend, dass es zusammenbrechen und alles und jeden, den sie liebt, unter sich begraben wird.

»Was bin ich?«, fragt Clara.

Das ist zu viel. Helen fällt keine Antwort auf diese Frage ein, und sie wischt sich die Tränen aus dem Gesicht.

Irgendwann findet sie wieder Worte. »Du bist genau das, was du immer gewesen bist. Du bist du. *Clara*. Und ...«

Eine beiläufige Erinnerung drängt sich ihr auf. Wie sie ihre einjährige Tochter in den Schlaf wiegt, nach einem von vielen bösen Träumen. Wie sie zum hundertsten Mal singt: »Row, row, row your boat«, um sie zu beruhigen.

Einen Moment lang wünscht sie sich diesen Augenblick zurück und ein Wiegenlied, das sie jetzt singen könnte.

»Und es tut mir so leid, Liebling«, sagt sie, während dunkle Bäume am Fenster vorbeiziehen. »Aber es wird alles wieder gut. Bestimmt. Ganz sicher. Versprochen. Alles wird wieder gut.«

MEIN NAME IST WILL RADLEY

Auf dem Parkplatz eines Supermarktes in Manchester blickt eine Frau mit unermesslicher Sehnsucht in die Augen von Peters Bruder. Sie hat absolut keine Ahnung, was sie da tut. Es ist Gott weiß wie spät, und sie steht auf dem Parkplatz, mit ihm, diesem unglaublichen und hypnotisierend spannenden Mann, ihrem letzten Kunden. Einem Mann, der mit nichts weiter als Zahnseide und Feuchttüchern im Korb an ihrer Kasse aufgetaucht ist.

»Hallo, Julie«, hat er nach einem Blick auf ihr Namensschild gesagt.

Oberflächlich betrachtet sah er schrecklich aus, wie ein zerzauster Rocker aus irgendeiner überalterten Band, der immer noch glaubt, zum Musikerimage würde ein abgewetzter Regenmantel gehören. Außerdem war er unverkennbar älter als sie, aber als sie versuchte, sein Alter zu schätzen, erwies sich das als unmöglich.

Und dennoch, trotz des ersten Eindrucks hatte sie gespürt, wie in ihr etwas zum Leben erwachte. Ihr selbst auferlegtes Halbkoma, mit dem sie jede Schicht antrat, jeden Artikel über den Scanner zog und sämtliche Bons aus der Kasse riss, hatte sie plötzlich verlassen, und sie fühlte sich seltsam lebendig.

Lauter klischeehafte Gefühle, an die jeder romantisch veranlagte Mensch glaubt. Ein beschleunigter Herzschlag, ein schwindelerregender Blutrausch im Kopf, urplötzlich ein warmes Gefühl im Bauch.

Sie hatte sich kokett über irgendetwas mit ihm unterhalten, aber jetzt stand sie hier draußen mit ihm auf dem Parkplatz und konnte sich kaum noch erinnern. Über ihr Lippenpiercing? Genau. Ihr Lippenpiercing hatte ihm gefallen, aber die leuchtend roten Strähnchen in ihrem schwarz gefärbten Haar fand er keine so gute Idee, zusammen mit dem Lippenpiercing und ihrem blassen Make-up.

»Gothic würde bei Ihnen auch dann noch funktionieren, wenn Sie einen Gang runterschalten.«

Wenn ihr Freund Trevor so einen Mist von sich gab, scherte sie sich nicht darum, aber von einem vollkommen Fremden hatte sie es angenommen. Hatte sogar zugestimmt, sich mit ihm in zehn Minuten zu treffen, draußen auf einer Bank, trotz des Risikos, von all ihren klatschsüchtigen Kolleginnen gesehen zu werden, wenn sie für heute Feierabend machten.

Sie unterhielten sich. Sie blieben sitzen, während ein Auto nach dem anderen den Parkplatz verließ. Es kommt ihr wie ein paar Minuten vor, muss aber weit über eine Stunde gedauert haben. Und jetzt steht er ohne Vorwarnung auf und bedeutet ihr, das Gleiche zu tun, und sie wandern ziellos über den Asphalt, und dann ertappt sie sich dabei, dass sie sich an einen alten verbeulten VW-Camper lehnt. So ziemlich das einzige Auto, das noch auf dem Parkplatz steht. Eigentlich müsste sie bei Trevor sein. Er wird sich fragen, wo sie bleibt. Oder vielleicht auch nicht. Vielleicht spielt er einfach World of Warcraft und denkt überhaupt nicht an sie. Aber das ist eigentlich sowieso egal. Sie muss dieser Stimme weiter zuhören. Dieser vollen und selbstsicheren und teuflischen Stimme.

»Und gefalle ich Ihnen ein bisschen?«, fragt sie ihn.

»Sie machen mich hungrig, wenn es das ist, was Sie meinen.«

»Sie sollten mit mir essen gehen. Ich meine, wenn Sie hungrig sind.«

Er lächelt unverschämt. »Ich dachte gerade, Sie sollten mit zu mir kommen.«

Als seine dunklen Augen sie mustern, vergisst sie die Kälte, vergisst Trevor, vergisst alles, an das man sich erinnern sollte, wenn man mit einem Fremden auf einem Parkplatz spricht.

»Okay. Wo ist Ihre Wohnung?«

»Sie lehnen gerade dran«, erklärt er ihr.

Darüber lacht sie und lacht weiter. »O-kay«, sagt sie und versetzt dem Bus mit der Hand einen Klaps. So viel Abenteuer nach der Arbeit ist sie nicht gewöhnt.

»Okay«, wiederholt er.

Sie will ihn küssen, versucht aber, dagegen anzukämpfen. Will die Augen schließen, um Trevors Gesicht zu sehen, aber es ist nicht da.

»Ich sollte Ihnen vielleicht sagen, dass ich einen Freund habe«, sagt sie.

Der Mann scheint sich über diese Mitteilung prächtig zu amüsieren. »Ich hätte ihn fragen sollen, ob er mit uns zum Essen kommt.«

Er streckt seine Hand aus, und sie nimmt sie.

Sein Mobiltelefon klingelt. Sie erkennt den Klingelton. *Sympathy for the Devil.*

Er geht nicht dran. Stattdessen geht er zum Heck des Busses, öffnet die Tür. Drinnen ist ein Chaos aus Kleidungsstücken, zerfledderten Büchern und alten Kassetten. Sie entdeckt leere und volle Rotweinflaschen, die neben einer unbezogenen Matratze liegen.

Sie sieht ihn an und stellt fest, dass sie in ihrem Leben noch nie jemanden so attraktiv gefunden hat. Er bedeutet ihr, einzusteigen. »Willkommen in meinem Schloss.«

»Wer sind Sie?«, fragt sie ihn.

»Mein Name ist Will Radley, falls es das ist, was Sie wissen wollten.«

Sie weiß nicht genau, was sie tut, nickt aber, dann rutscht sie auf Knien ins Innere des Busses.

Er fragt sich, ob sie der Mühe wert ist. Dummerweise kommt man an einen Punkt, denkt er, an dem sogar das Vergnügen, die schlichte Verfolgung und Erfüllung von Wünschen, zur Routine wird. Und das Dumme an Routine ist, dass sie die gleiche Langeweile hervorruft, unter der auch alle anderen – alle Unblutigen und Abstinenzler – leiden.

Sie schaut auf die Flasche. Dieses Mädchen, diese Julie, die sich so leicht hierherlocken ließ, die höchstwahrscheinlich nicht halb so gut schmeckt wie die Frau, die er gerade herunterkippt – Isobel Child, die von allen Vampiren am zweitbesten schmeckt. Aber Isobel kann er heute Abend überhaupt nicht ab, ebenso wenig wie alle anderen polizeihörigen Blutsauger, die ihm vorschreiben, wie er leben soll.

»Und was machen Sie so?«, fragt ihn Julie.

»Ich bin Professor«, sagt er. »Jedenfalls war ich das mal. Niemand will mehr, dass ich unterrichte.«

Sie zündet sich eine Zigarette an und saugt heftig am Filter, immer noch fasziniert von der Flasche. »Was trinken Sie da?«

»Das ist Vampirblut.«

Julie findet das saukomisch. Ihr Kopf kippt nach hinten, als sie in Gelächter ausbricht, und gibt Will den Blick auf ihren kompletten Hals frei. Blasse Haut bis hinauf zum noch blasseren Make-up. Seine übliche Vorliebe. Ein kleines, flaches

Muttermal sitzt nahe bei ihrer Kehle. Unter dem Kinn die türkisfarbene Spur einer Ader. Er atmet durch die Nase ein und kann ihren Geruch gerade noch wahrnehmen, das nikotingetränkte, schlecht ernährte Blut mit Rhesusfaktor negativ.

»Vampirblut!« Ihr Kopf kippt wieder nach vorn. »Ist das komisch!«

»Ich könnte auch Sirup oder Nektar oder Lebenssaft sagen, wenn Ihnen das lieber ist. Aber soll ich Ihnen was sagen? Für Euphemismen habe ich grundsätzlich nicht viel übrig.«

»Aha«, sagt sie, immer noch lachend. »Warum trinken Sie Vampirblut?«

»Es weckt meine Energien.«

Das gefällt ihr. Rollenspiel.

»Also gut, legen Sie los. Verwenden Sie Ihre Energien auf mich, Mr. Dracula.«

Er hört auf zu trinken, verkorkt die Flasche wieder, stellt sie ab. »Eigentlich ziehe ich Graf Orlok vor, aber Dracula tut's auch.«

Sie sieht ihn schüchtern an. »Und werden Sie mich beißen?«

Er zögert. »Das sollten Sie sich vielleicht besser nicht wünschen, Julie.«

Sie rückt näher, kniet über ihm, ihre Lippen legen eine Spur aus Küssen von seiner Stirn bis zu seinen Lippen.

Er weicht aus, schmiegt seinen Kopf an ihren Hals, inhaliert noch einmal, was er gleich kosten wird, während er sich bemüht, ihr billiges Parfüm auszublenden.

»Nur zu«, sagt sie, ohne zu ahnen, dass dies ihre letzte Bitte sein wird. »*Beißen Sie mich.*«

Als Will mit Julie fertig ist, betrachtet er sie, wie sie in ihrem blutgetränkten Kittel daliegt, und fühlt sich leer. Ein Künstler, der eins seiner weniger gelungenen Werke ansieht.

Er greift nach dem Telefon und hört die erste und einzige Nachricht auf seiner Sprachmailbox.

Es ist die Stimme seines Bruders.

Es ist Peter, der ihn um Hilfe bittet.

Peter!

Der kleine Pete!

Sie brauchen seine Hilfe, weil Clara offensichtlich ein böses Mädchen gewesen ist.

Clara ist die Tochter, erinnert er sich. *Rowans Schwester.*

Aber dann bricht die Nachricht ab. Zu hören ist nur noch ein Summen. Und dann ist es so, wie es immer ist, er sitzt in seinem Bus mit irgendeinem toten Mädchen und Flaschen voll Blut und einer kleinen Schuhschachtel voller Erinnerungen.

Die Nummer holt er sich aus der Anruferliste und ruft ohne Erfolg zurück. Peter hat das Telefon ausgeschaltet.

Seltsam und immer seltsamer.

Er kriecht zu Julie hinüber und denkt gar nicht daran, seinen Finger in ihren Hals zu tunken, um noch einmal zu kosten. Die Schuhschachtel steckt zwischen dem Fahrersitz und seiner ganz besonderen Flasche Blut, die er in einem alten Schlafsack aufbewahrt.

»Pete, Pete, Pete«, sagt er, streift das Gummiband von der Schachtel, nicht um die vertrauten Briefe und Fotos herauszuholen, sondern eine Nummer abzulesen, die auf der Innenseite des Deckels geschrieben steht. Diese Nummer hatte er von einem Rezept abgeschrieben, wobei es sich wiederum um eine Kopie von Peters E-Mail handelt, die Will in einem Internetcafé in Lwiw gelesen hatte, wo er letztes Jahr mit einigen Mitgliedern der ukrainischen Abteilung der Sheridan Society Weihnachten verbrachte, auf dem Heimweg von einem Gelage in Sibirien.

Es ist die einzige Festnetznummer, die er sich jemals notiert hat.

Er wählt. Und wartet.

DIE UNENDLICHE
EINSAMKEIT VON BÄUMEN

Rowan geht nach unten, um festzustellen, dass nicht nur alle das Haus verlassen haben, sondern dass seine Eltern nicht einmal den Tisch abgeräumt haben. Sogar die Beerengrütze steht noch da.

Beim Anblick des tiefroten Fruchtsaftes, der in der Mitte der Schüssel schwimmt, fällt Rowan ein, dass er Hunger hat, und er nimmt sich eine Portion. Dann geht er ins Wohnzimmer und setzt sich vor den Fernseher. Er sieht sich *Newsnight Review* an, seine Lieblingssendung. Intellektuelle, die in Sesseln sitzen und über Theaterstücke und Bücher und Kunstausstellungen diskutieren, üben meistens eine beruhigende Wirkung auf ihn aus, was heute Abend auch nicht anders ist. Während über eine SM-Version von *Der Widerspenstigen Zähmung* diskutiert wird, sitzt Rowan da und isst seine Grütze. Als er damit fertig ist, merkt er, dass er, wie üblich, immer noch Hunger hat. Trotzdem bleibt er einfach sitzen und fragt sich, was mit seinen Eltern passiert sein könnte. *Wahrscheinlich hat Clara angerufen und will von ihnen abgeholt werden. Aber warum haben sie ihm nicht gesagt, dass sie wegfahren?*

Die berühmten Intellektuellen gehen zu einem Buch mit dem Titel *Die unendliche Einsamkeit von Bäumen* über, von Alistair Hobart, dem preisgekrönten Autor des Werkes *Wenn der letzte Spatz singt*.

Rowan hat ein geheimes Lebensziel. Er will einen Roman

schreiben. Er hat viele Ideen, aber keine hat er bisher aufs Papier gebracht.

Das Problem ist, dass ihm seine Ideen alle ein bisschen zu trostlos vorkommen. Immer haben sie mit Selbstmord zu tun oder mit der Apokalypse oder – in letzter Zeit immer häufiger – mit irgendeiner Form von Kannibalismus. Im Allgemeinen spielen seine Gedichte in einer Zeit vor 200 Jahren. Aber eine Idee hatte er, die in der Zukunft spielt. Es ist seine bislang fröhlichste Idee – eine über das bevorstehende Ende der Welt. Ein Komet kommt auf die Erde zu, und nachdem diverse länderübergreifende Versuche, ihn aufzuhalten, gescheitert sind, steht den Menschen nach etwa einhundert Tagen der sichere Tod bevor. Nur fünfhundert Menschen bleibt eine einzige Überlebenschance: Wenn sie an einer riesigen globalen Lotterie teilnehmen und eines von fünfhundert Flugtickets zu einer Raumstation gewinnen, können sie dort eine sich selbst versorgende Gemeinschaft gründen. Rowan stellt sich das Ganze wie eine Art Gewächshaus-Venus im Weltall vor. Ein Junge, siebzehn Jahre alt mit Hautallergien, gewinnt ein Ticket, das er aber schließlich verfallen lässt, um sieben Tage länger mit einem Mädchen zusammen zu sein, das er liebt. Den Jungen wird er Ewan nennen. Das Mädchen Eva.

Tief in seinem Inneren weiß er, dass er kein Romanschriftsteller werden wird. Er wird Anzeigenverkäufer werden oder, wenn er Glück hat, vielleicht Werbetexter oder so. Auch das ist schon hoch gegriffen, wenn man bedenkt, wie schlecht er sich bei Vorstellungsgesprächen präsentiert. Sein letztes Vorstellungsgespräch – ein Schülerjob im Willows Hotel in Thirsk als Kellner bei Hochzeitsempfängen – hatte in einer absoluten Katastrophe geendet, bei der er beinahe angefangen hätte zu hyperventilieren. Obwohl er der einzige Bewerber gewesen war, hatte ihn Mrs. Hodge-Simmons nur sehr zögernd genommen und sah ihre Zweifel bestätigt, als Rowan beim Auftragen am Brauttisch eingeschlafen war und der Mutter des Bräutigams Soße über den Rock gegossen hatte, ohne es zu merken.

Er kratzt sich am Arm, wünscht sich, er wäre Alistair Hobart – ganz sicher würde sich Eve in ihn verlieben, wenn im öffentlich-rechtlichen Fernsehen über ihn diskutiert würde. Dann, als Kirsty Wark anfängt, die Resultate zusammenzufassen, klingelt das Telefon.

Es liegt neben der Vase auf dem Beistelltisch am Sofa und steht nicht in der Ladeschale. Er drückt die Gesprächstaste.

»Hallo?«

Am anderen Ende der Leitung kann er jemanden atmen hören.

»Hallo? Wer ist da? Hallo?«

Wer auch immer es ist, hat beschlossen, nichts zu sagen.

»Hallo?«

Er hört ein Schnalzen, vielleicht eine Missfallensbekundung, dann ein Seufzen. »Hallo?«

Nur das Freizeichen summt unheilvoll. Und dann hört er ein Auto, das die Einfahrt hinauffährt.

SILICEALOTION

Eve sieht einen Mann über das Feld auf sich zuschreiten. Erst als er ihren Namen ruft, erkennt sie ihn als ihren Vater. Die Peinlichkeit, die das in ihr auslöst, erdrückt sie, und sie sinkt in sich zusammen, während er sich nähert.

Toby hat ihn ebenfalls gesehen.

»Wer ist das? Ist das …?«

»Mein Dad.«

»Was macht der hier?«

»Weiß ich nicht«, sagt Eve, obwohl sie ziemlich genau weiß, was er vorhat. Er will einen Gesellschaftskrüppel aus ihr machen. Sie versucht, den Schaden gering zu halten, indem sie ihm entgegengeht.

Sie lächelt Toby entschuldigend zu. »Tut mir leid«, sagt sie und setzt sich rückwärts durchs Gras in Bewegung. »Ich muss gehen.«

Jared starrt auf ihr Top und die nackte Haut, die es entblößt. Haut, die er einst mit Silicealotion eincremte, nachdem sie während eines Familienurlaubs in Northumberland in einen Brennnesselfleck gefallen war.

Die Luft im Auto riecht nach Parfüm und Alkohol. Er weiß, jeder andere Elternteil würde dies als normalen Teenagerkram abtun, aber jeder andere Elternteil weiß nicht, was er weiß. Dass die Grenze zwischen Mythos und Realität von Leuten gezogen wird, denen man nicht trauen kann.

»Du riechst nach Alkohol«, sagt er zu ihr und hört sich wütender an, als ihm lieb ist.

»Dad, ich bin siebzehn. Heute ist Freitag. Ein bisschen Freiheit steht mir zu.«

Er versucht, sich zu beruhigen. Er will, dass sie über die Vergangenheit nachdenkt. Wenn er sie dazu bewegen kann, über die Vergangenheit nachzudenken, wird dieser Anker dafür sorgen, dass sie in Sicherheit bleibt. »Eve, weißt du noch, als wir …«

»Ich kann's nicht glauben, dass du das getan hast«, sagt sie. »Es ist entwürdigend. Einfach wie *im Mittelalter*. Du behandelst mich wie Rapunzel.«

»Du hast elf Uhr gesagt, Eve.«

Eve sieht auf ihre Uhr. »Mein Gott, dann bin ich eben eine halbe Stunde zu spät.« Ihr fällt auf, dass er das Haus um zehn nach elf verlassen haben muss.

»Und dann sehe ich dich da, mit diesem Jungen, aufgedonnert wie …« Er schüttelt den Kopf.

Eve starrt in die vorbeisausenden Hecken und wünscht sich, sie wäre als etwas anderes geboren worden, als kleine Drossel oder als Spatz, der einfach wegfliegen kann und nicht über alles nachdenken muss, was ihr in den Kopf kommt.

»Der *Junge* ist Toby Felt«, sagt sie. »Sein Vater ist Mark Felt. Er will mit ihm reden. Wegen der Miete. Ich habe ihm gesagt, dass du jetzt einen Job hast und nächsten Monat das Doppelte zahlen kannst, und das wird er seinem Dad sagen und dass jetzt alles in Ordnung ist.«

Jared hält es jetzt nicht mehr aus. Das ist zu viel für ihn. »Ach, und was hat er für diesen Gefallen verlangt? Hallo?«

»*Was?*«

»Ich lasse nicht zu, dass sich meine Tochter freitagnachts auf irgendeinem Acker prostituiert, damit uns der Vermieter einen Gefallen tut.«

Das macht Eve vollends wütend. »Ich habe mich nicht prostituiert! Mein Gott! Durfte ich das nicht sagen?«

»Nein, Eve, das durftest du nicht.«

»Und dann? Dann können wir eben nicht mehr da wohnen und müssen umziehen, und die ganze Scheiße fängt wieder von vorne an? Vielleicht sollten wir uns einfach gleich irgendeine verdreckte Pension suchen. Oder ein gemütliches Wartehäuschen und darin schlafen. Wenn du nämlich nicht aufwachst, Dad, und aufhörst zu grübeln über was auch immer für eine Scheiße du nachdenkst, werde ich mich prostituieren müssen, damit wir was zu essen haben.«

Eve bedauert das alles bereits, während sie es sagt. Ihr Vater ist den Tränen nahe. Und für einen Augenblick sieht Eve in ihm nicht den Mann, der sie gerade vor ihren Freunden blamiert hat. Stattdessen sieht sie den Mann, der das Gleiche durchlitten hat wie sie, deshalb sagt sie nichts mehr und betrachtet seine Hände am Lenkrad und die unendliche Traurigkeit in dem Ehering, den er niemals von seinem Finger abziehen würde.

ZEHN NACH ZWÖLF

Rowan lehnt am Wäschetrockner, während seine Mutter Clara im Keller beim Duschen hilft.

»Ich bin ziemlich irritiert«, sagt er durch die Tür.

Er untertreibt. Vor Kurzem ist seine Mutter mit seiner Schwester zurückgekehrt, die mit etwas bedeckt war, was wie Blut aussah. Und sie war wirklich *bedeckt,* wie ein neugeborenes Baby, und kaum wiederzuerkennen. Sie wirkte total passiv und ausdruckslos. Beinahe wie hypnotisiert.

»Rowan, ich bitte dich«, sagt seine Mutter, während sie die Dusche anstellt. »Wir werden gleich darüber reden. Wenn Dad wieder da ist.«

»Wo ist er denn?«

Seine Mutter ignoriert ihn, und er hört, wie sie mit seiner blutverschmierten Schwester redet. »Es ist noch ein bisschen kalt. Jetzt wird es besser. Du kannst einsteigen.«

Er versucht es noch einmal. »Wo ist Dad?«

»Er wird gleich da sein. Er ... muss was erledigen.«

»Was erledigen? Wer sind wir, die Cosa Nostra?«

»Bitte, Rowan, später.«

Seine Mutter klingt verärgert, aber er kann nicht aufhören zu fragen.

»Was ist das mit dem Blut?«, fragt er. »Was ist mit ihr passiert? ... Clara, was ist los? ... Mum, warum sagt sie nichts? ... Hat das was mit den komischen Anrufen zu tun?«

Diese letzte Frage scheint anzukommen. Seine Mutter öffnet die Tür und blickt Rowan direkt in die Augen.

»Anrufe?«, fragt sie.

Rowan nickt. »Jemand hat angerufen. Jemand hat angerufen und wollte nichts sagen. Fünf Sekunden bevor ihr gekommen seid.« Er sieht zu, wie das Gesicht seiner Mutter einen besorgten Ausdruck annimmt.

»Nein«, sagt sie. »O Gott. Nein.«

»Mum, was ist los?«

Er hört, wie seine Schwester in die Dusche steigt.

»Mach ein Feuer an«, sagt seine Mutter.

Rowan sieht auf die Uhr. Es ist zehn nach zwölf, aber seine Mutter bleibt hartnäckig. »Bitte, hol einfach ein paar Kohlen von draußen und mach das Feuer an.«

Helen wartet darauf, dass ihr Sohn tut, was sie ihm gesagt hat, und wünscht sich, der Kohlenschuppen wäre weiter weg, sodass sie genug Zeit hätte, sich über all das klar zu werden. Sie geht zum Telefon, um die Nummer zu überprüfen. Dass er es war, weiß sie bereits. Sie kennt die Nummer nicht, die ihr die kalte, roboterhafte Stimme nennt, aber sie weiß, wenn sie da anruft, wird sie Wills Stimme hören.

Panik pocht in ihrem Schädel, während sie wählt.

Jemand hebt ab.

»Will?«, sagt sie.

Und dann ist er da. Mit seiner Stimme, so real wie immer, so jung und altertümlich zugleich.

»Also, diesen Traum habe ich fünftausendmal geträumt ...«

In gewisser Weise ist dies die schwerste Aufgabe in dieser Nacht. Sie hat so lange darum gekämpft, seine Existenz auszublenden, sich fernzuhalten von seiner vollen und teuflischen Stimme, die einen Durst tief in ihr drinnen löscht und in ihre Seele strömt wie ein Fluss.

»Komm nicht her«, flüstert sie eindringlich. »Will, das ist wichtig. *Komm nicht hierher.*«

Rowan wird den Kohleneimer inzwischen gefüllt und den Rückweg zum Haus angetreten haben. »Er geht normalerweise ein bisschen anders«, sagt Will. »Der Traum.«

Helen weiß, dass sie zu ihm vordringen muss, verhindern muss, dass er kommt. »Wir brauchen dich nicht. Es ist geklärt.«

Er lacht, in der Leitung knistert es.

Sie merkt, wie sie fast zusammenbricht. Ihr Blick fällt auf eins der Bilder im Flur. Das Aquarell mit dem Apfelbaum. Es verschwimmt, und sie strengt sich an, bis die Konturen wieder erkennbar werden.

»Meinen allerherzlichsten Dank, Hel. Du?« Er legt eine Pause ein. »Denkst du noch manchmal an Paris?«

»Es ist einfach besser, wenn du wegbleibst.«

Die Dusche wird abgestellt. Clara steigt vermutlich heraus. Da ist auch schon das andere Geräusch. Die Hintertür. Rowan.

Und immer noch diese teuflische Stimme in ihrem Ohr. »Also, jetzt, wo du's sagst, du hast mir auch gefehlt. In siebzehn Jahren gibt es viel Zeit für Einsamkeit.«

Sie kneift die Augen fest zusammen. Er weiß genau, wie er es machen muss. Er weiß, er kann vorsichtig an einem einzelnen Faden ziehen, und schon rollt sich alles auf.

»Bitte«, sagt sie.

Er sagt nichts.

Sie schlägt die Augen auf, und da steht Rowan, mit einem vollen Kohleneimer. Er sieht das Telefon an und dann sie, mit ihrem verängstigten flehenden Blick.

»Er ist es, nicht wahr?«, sagt Will.

»Ich muss auflegen«, sagt sie und drückt auf die rote Taste.

Rowan wirkt misstrauisch und zugleich verwirrt. Vor ihm fühlt sie sich nackt.

»Würdest du bitte Feuer machen.«

Mehr bringt sie nicht heraus. Aber ihr Sohn bleibt noch einige Sekunden länger stehen, reglos und ohne etwas zu sagen.

»Bitte«, sagt sie.

Er nickt, als ob er etwas verstanden hätte, dann tut er, was sie ihm aufgetragen hat.

EINE BESTIMMTE ART VON HUNGER

Die Nacht eilt in panischem Tempo dahin.

Peter kehrt zurück.

Er verbrennt seine und Claras Sachen in dem lodernden Feuer.

Sie sagen Rowan die Wahrheit. Oder vielmehr die halbe Wahrheit, und selbst die kann er nicht glauben.

»Sie hat Harper umgebracht? Du hast Stuart Harper *umgebracht*? Mit deinen *Zähnen*?«

»Ja«, sagt Peter. »Das hat sie getan.«

»Ich weiß, dass sich das alles verrückt anhört«, fügt Helen hinzu.

Rowan stöhnt ungläubig. »Mum, mit verrückt hat das herzlich wenig zu tun.«

»Ich weiß. Es ist ein bisschen viel, um damit fertigzuwerden.«

Peter muss sich nur noch um die Hose kümmern. Er rollt sie zu einem Knäuel zusammen und wirft sie ins Feuer, drückt mit dem Schürhaken den Baumwollstoff nach unten, um sicherzugehen, dass nichts übrig bleibt. Es ist, als würde man zusehen, wie ein komplettes anderes Leben in Flammen aufgeht.

Und ungefähr zu diesem Zeitpunkt beschließt Clara, etwas zu sagen, mit einer dünnen, aber stabilen Stimme.

»Was ist mit mir passiert?«

Ihre Eltern wenden sich ihr zu und sehen sie an, wie sie dasitzt, in ihrem grünen Morgenmantel, den sie ihr gekauft haben, als sie zwölf oder dreizehn war, der ihr aber immer noch passt. Trotzdem sieht sie anders aus in dieser Nacht. Etwas ist verschwunden, und etwas anderes ist dazugekommen, sie erkennen, dass ihr Gesicht nicht so betroffen aussieht, wie es sollte. Sie schiebt die Brille auf ihrer Nase tiefer, dann wieder hoch, als wolle sie ihre Sehschärfe überprüfen.

»Du wurdest provoziert«, erklärt ihr Helen, während sie ihr beruhigend das Knie tätschelt. »Dieser Junge hat dich provoziert. Das hat etwas ausgelöst. Weißt du, das kommt, weil du krank warst. Kein Fleisch gegessen hast. Weißt du, diese Krankheit, dieses Leiden, das haben wir dir vererbt. Es ist erblich, und es verursacht eine bestimmte Art von Hunger, mit der man sehr vorsichtig umgehen muss.«

Insgeheim fällt Peter auf, wie lächerlich sich die Worte anhören.

Krankheit!

Leiden!

Eine bestimmte Art von Hunger!

Clara sieht ihre Mutter an, irgendetwas kapiert sie nicht. »Das verstehe ich nicht.«

»Nun, es ist eine seltsame biologische …«

Es reicht, beschließt Peter. Er unterbricht seine Frau und sieht seiner Tochter in die Augen.

»Wir sind Vampire, Clara«, erklärt er ihr.

»*Peter!*« Mit ihrem scharfen Flüsterton hält ihn Helen diesmal nicht auf, und er wiederholt seine Aussage mit ruhiger Stimme.

»Vampire. Genau das sind wir.«

Er beobachtet seine beiden Kinder und sieht, dass Clara das besser aufzunehmen scheint als Rowan. Nach allem, was sie getan hat, weiß er, dass ihr diese Wahrheit sogar eine gewisse Erleichterung verschaffen kann. Aber Rowan ist durch die Nachricht wie vor den Kopf geschlagen. Er sieht sprachlos aus.

»Ist das eine ... *Metapher?*«, fragt er, in dem Bemühen, an jener Realität festzuhalten, die ihm vertraut ist.

Peter schüttelt den Kopf.

Rowan schüttelt ebenfalls den Kopf, aber ungläubig. Er verlässt das Zimmer, zieht sich zurück. Sie sagen nichts, während seine Füße die Treppe erklimmen.

Peter sieht Helen an, in der Erwartung, dass sie wütend ist, aber das ist sie nicht. Sie ist traurig, besorgt und vielleicht auch ein bisschen erleichtert. »Du solltest ihm nachgehen und dich um ihn kümmern«, sagt sie.

»Ja«, sagt Peter. »Ich gehe schon.«

KRUZIFIXE UND ROSENKRÄNZE
UND WEIHWASSER

Siebzehn Jahre lang wurde Rowan von seinen Eltern kontinuierlich belogen. Er erkennt, dass sein ganzes bisheriges Leben nichts als Illusion war.

»Deshalb kann ich auch nicht schlafen«, sagt er zu seinem Vater, der neben ihm auf dem Bett sitzt. »Stimmt doch, oder? Deshalb habe ich ständig Hunger. Und deshalb muss ich Sonnenblocker nehmen.«

Sein Vater nickt. »Ja. Das stimmt.«

Rowan fällt etwas ein. Der Hautausschlag, und wie sie das genannt haben, was er angeblich hätte. »Photodermatose!«

»Irgendwas musste ich dir sagen«, erklärt Peter. »Schließlich bin ich Arzt.«

»Du hast gelogen. Tag für Tag. Gelogen.«

Rowan entdeckt Blut auf der Wange seines Vaters. Peter bemerkt es auch. Er leckt seinen Daumen an und versucht, es wegzuwischen.

»Du bist ein sensibles Kind, Rowan. Wir wollten dich nicht kränken. Die Wahrheit ist nicht so verrückt, wie es jetzt scheint.« Er zeigt auf den Spiegel an der Wand. »Wir haben Spiegelbilder.«

Spiegelbilder! Was hat man davon, wenn man die Person nicht kennt, die einen anstarrt.

Rowan sagt nichts.

Er will dieses Gespräch nicht. Ohnehin wird er ein Jahrhundert brauchen, um mit dem fertigzuwerden, was in dieser Nacht passiert ist, aber sein Vater redet so leichtfertig weiter, als würde er von einer belanglosen Geschlechtskrankheit oder vom Masturbieren erzählen.

»Und das ganze Gerede über Kruzifixe und Rosenkränze und Weihwasser ist bloß idiotischer Aberglaube. Katholisches Wunschdenken. Die Sache mit dem Knoblauch trifft allerdings zu.«

Rowan fällt ein, dass ihm jedes Mal schlecht wird, wenn er an einem italienischen Restaurant vorbeikommt oder jemand eine Knoblauchfahne hat, und einmal musste er würgen, als er sich im Hungry Gannet ein Hummusbaguette kaufte.

Er ist wirklich ein Freak.

»Ich will sterben«, sagt er.

Sein Vater kratzt sich am Kinn und gibt einen langen, langsamen Seufzer von sich.

»Nun, das wirst du auch. Ohne Blut, selbst wenn wir noch so viel Fleisch essen, sind wir körperlich ziemlich benachteiligt. Also, bisher haben wir euch nichts davon gesagt, weil wir euch nicht beunruhigen wollten.«

»Dad, wir sind Mörder! Harper! Sie hat ihn umgebracht. Ich kann's nicht fassen.«

»Weißt du«, sagt Peter, »es ist möglich, dass du dein ganzes Leben wie ein normales menschliches Wesen verbringst.«

Das ist jetzt wirklich ein Witz.

»Ein normales menschliches Wesen! *Ein normales menschliches Wesen!*« Rowan muss beinahe lachen, als er das sagt. »Das sich ständig kratzt und niemals schläft und nicht mal zehn Liegestütze hintereinander schafft.« Ihm fällt etwas ein. »Deshalb halten mich in der Schule alle für einen Freak. Sie spüren es, nicht wahr? Irgendwie spüren sie unterbewusst, dass ich hinter ihrem Blut her bin.«

Rowan lehnt sich zurück und schließt die Augen, während sein Dad mit seiner Einführungslektion über Vampirismus weitermacht. Offensichtlich waren etliche berühmte Leute Vampire. Maler, Poeten, Philosophen. Er zählt auf:

Homer.

Ovid.

Machiavelli.

Caravaggio.

Nietzsche.

So ziemlich alle Romantiker, außer Wordsworth.

Bram Stoker. (Seine Anti-Vampirismus-Kampagne gehört in seine abstinente Phase.)

Jimi Hendrix.

»Und unsterblich sind Vampire auch nicht«, fährt Peter fort, »nur wenn sie sich an eine strenge Blutdiät halten und das Tageslicht meiden, können sie ziemlich alt werden. Man hat von Vampiren gehört, die über zweihundert Jahre alt geworden sind. Und ein paar ganz rigorose täuschen ihren Tod in jungen Jahren vor, wie Byron, der auf dem Schlachtfeld in Griechenland so tat, als hätte er Fußbrand. Diese Vampire legen sich ungefähr alle zehn Jahre eine neue Identität zu.«

»Byron?« Rowan kann es nicht ändern, irgendwie tröstet ihn dieser Gedanke. Sein Vater nickt, versetzt seinem Sohn einen aufmunternden Klaps mit der Hand aufs Knie. »Er lebt noch, soweit ich weiß. In den Achtzigern bin ich ihm mal begegnet. Er war DJ zusammen mit Thomas de Quincey auf irgendeiner Party in einem Keller auf Ibiza. Don Juan und DJ Opium nannten sie sich. Der Himmel weiß, ob sie das immer noch machen.«

Rowan sieht seinen Vater an, der ihm lebhafter denn je vorkommt, und entdeckt, dass trotz eifrigen Wischens immer noch ein bisschen Blut an seiner Backe klebt.

»Trotzdem ist es nicht richtig«, sagt Rowan. »Wir sind Freaks.«

»Du bist ein intelligenter, nachdenklicher, talentierter junger Mann. Du bist kein Freak. Du hast eine ganze Menge durchgemacht, ohne es zu wissen. Die Sache ist die, Rowan, Blut ist ein Genuss. Es verschafft einem ein Gefühl, das ziemlich süchtig macht. Es ergreift Besitz von dir. Es macht dich sehr stark, du fühlst dich unglaublich mächtig, glaubst, dir würde alles gelingen und du könntest dir die Welt so zurechtlegen, wie sie dir gefällt.«

Rowan sieht, dass sein Vater vorübergehend weggetreten ist, gebannt von irgendeiner Erinnerung.

»Dad«, fragt er nervös, »hast du jemals jemanden umgebracht?«

Peter macht die Frage sichtlich zu schaffen. »Ich habe versucht, es nicht zu tun. Ich habe versucht, mich an Blut zu halten, an das ich auf andere Weise drangekommen bin. Im Krankenhaus zum Beispiel. Du musst wissen, dass die Polizei nie offiziell zugegeben hat, dass es uns gibt, aber es gab Spezialeinheiten. Wahrscheinlich gibt es die immer noch, genau weiß ich es nicht. Wir kannten etliche Leute, die einfach verschwunden sind. Ermordet. Also haben wir versucht, vorsichtig zu sein. Aber menschliches Blut schmeckt frisch am besten, und manchmal war die Gier so stark, und die Gefühle, die es auslöste … Die ›Energie‹, wie man so sagt …« Er sieht Rowan an, seine Augen verraten den Rest der Beichte.

»So kann man nicht leben«, sagt er mit stiller Trauer in der Stimme. »Deine Mum hatte recht. Sie hat recht. So wie wir jetzt sind, ist es besser. Auch wenn wir damit früher sterben, auch wenn wir uns meistens ziemlich mies fühlen. Es ist besser, wenn man gut ist. Warte mal kurz, ich will dir was geben.«

Und er verlässt das Zimmer, um kurz darauf mit einem alten Taschenbuch mit einem schmucklosen grauen Umschlag zurückzukehren. Er reicht es Rowan, der den Titel liest: *Handbuch für Abstinenzler.*

»Was ist das?«

»Es ist hilfreich. Eine Gruppe anonymer Abstinenzler hat es in den Achtzigern geschrieben. Lies es. Alle Antworten stehen da drin.«

Rowan blättert die abgegriffenen Seiten mit den Eselsohren durch. Echte Worte auf echtem Papier, die alles wirklicher erscheinen lassen. Er liest ein paar Sätze.

»Wir müssen lernen, dass wir uns mit den Dingen, nach denen wir verlangen, oft auch selbst zerstören. Wir müssen lernen, unsere Träume aufzugeben, um unsere Realität zu bewahren.«

Das hier lag all die Jahre verborgen in diesem Haus. Was gab es da noch alles?

Peter seufzt. »Wir sind also Abstinenzler. Wir töten und konvertieren niemanden mehr. Für die Außenwelt sind wir bloß durchschnittliche menschliche Wesen.«

Konvertieren? Das hörte sich wie eine Religion an. Etwas, was einem ein- oder ausgeredet wird.

Rowan hat plötzlich noch eine Frage. »Du wurdest also zum Vampir konvertiert?«

Er ist enttäuscht, als er sieht, dass sein Vater den Kopf schüttelt. »Nein, ich bin immer schon so gewesen. Die Radleys sind seit Generationen so. Seit Jahrhunderten. Radley ist ein Vampirname. Es bedeutet ›von der roten Wiese‹ oder so ähnlich. Und ich bin mir ziemlich sicher, dass mit ›rot‹ nicht der Klatschmohn gemeint ist. Aber deine Mum ...«

»Ist konvertiert worden?«

Sein Vater nickt. Rowan sieht, dass ihn etwas traurig macht. »Sie wollte so werden, immer schon«, sagt er. »Es ist nicht gegen ihren Willen passiert. Aber inzwischen glaube ich, dass sie es mir nicht verzeihen kann.«

Rowan legt sich auf sein Bett zurück und sagt nichts, während er auf die Flasche mit dem nutzlosen Erkältungstrunk starrt, den er seit Jahren jeden Abend zu sich genommen hat. Schweigend bleibt sein Vater noch eine Weile neben ihm sitzen, wartet und lauscht auf das leise Zischen in den Heizungsrohren.

Freak, denkt Rowan, Minuten später, als er in dem Handbuch liest, das ihm sein Vater gegeben hat. *Toby hat recht. Ich bin ein Freak. Ich bin ein Freak. Ich bin ein Freak.*

Und dann denkt er an seine Mutter. Sie wollte tatsächlich ein Vampir werden. Für ihn ergab das keinen Sinn. *Freiwillig* zum Monster werden.

Dann steht Peter auf, und Rowan sieht, dass ihm etwas im Spiegel auffällt. Er leckt seinen Daumen an und wischt sich das restliche Blut von der Backe, mit einem gequälten Lächeln auf dem Gesicht.

»Also gut, wir reden morgen weiter. Wir müssen es einfach versuchen und stark sein und die Sache durchstehen. Für Clara. Wir dürfen nach außen nicht verdächtig wirken.«

Genauso haben wir immer gewirkt, denkt Rowan, als sein Vater die Tür hinter sich schließt.

EIN BISSCHEN WIE CHRISTIAN BALE

Toby Felt sitzt auf seinem Fahrrad und kippt den letzten Rest Wodka in sich hinein.

Ein Müllmann!

Peinlich. Sollte Toby jemals Müllmann werden müssen, würde er sich umbringen, sich hinten in den Container des grünen Lkws schmeißen und darauf warten, dass er mit all dem anderen Müll und Abfall zerquetscht wird.

Aber eigentlich weiß er, dass er niemals so enden wird. Denn eigentlich teilt sich das Leben in zwei Kategorien. Es gibt die Starken, wie Christian Bale und ihn, und es gibt die Schwachen, wie Eves Vater und Rowan Radley. Und die Starken sind dazu da, um die Schwachen zu bestrafen. So bleibt man oben. Wenn man die Schwachen einfach in Ruhe lässt, wird man letzten Endes selbst schwach. Als würde man bei Resident Evil 7 im futuristischen Bangkok einfach stehen bleiben und darauf warten, dass einen die Zombies bei lebendigem Leibe fressen. Man muss töten, um nicht getötet zu werden.

Als er noch jünger war, hat er sich immer ausgemalt, wie Bishopthorpe von irgendwem eingenommen wird. Nicht notwendigerweise von Zombies, aber von irgendwem.

Zeitreisenden Nazis.

Aliens auf der Flucht.

Egal von wem.

Und ganz gleich wie, aber in dieser Xbox-Realität waren alle zerplatzt, am Ende auch sein Dad, der allerdings immer dazugehört hatte, der letzte aufrechte Mann, der allen anderen den

Garaus machte. Wie Batman. Oder ein Terminator. Oder wie Christian Bale. (Er sah Christian Bale sogar ein bisschen ähnlich, sagten die Leute. Seine Mutter jedenfalls. Seine richtige Mutter. Nicht diese blöde Tussi, mit der er jetzt zusammenleben muss.) Knallt alle ab, fackelt sie ab, erledigt sie im Nahkampf, schlägt mit seinem Tennisschläger Granaten ab, alles, was gerade gebraucht wird. Und er weiß, dass er zu den Starken gehört, weil er Mädchen wie Eve kriegt, während ein Freak wie Rowan Radley zu Hause sitzt und Gedichte liest.

Er nähert sich dem Ortsschild. Er hält die Flasche weit von sich, holt mit ihr wie beim Aufschlag im Tennis aus und knallt sie gegen das Metall.

Er findet das großartig und betrachtet die Überreste der Flasche in seiner Hand. Beim Anblick der Glasscherben hat er eine Idee. Eine Minute später hat er den Lowfield Close erreicht und entscheidet sich für einen Umweg. Vor dem Mietshaus parkt der beschissene kleine Corolla, den Eves Dad in jener Nacht gefahren ist. Er sieht sich um, lässt sich dann lässig von seinem Rad gleiten, das er am Straßenrand abstellt. Die zerbrochene Flasche hält er in der Hand.

Neben dem Auto kauernd, drückt er die schärfste Kante des Flaschenhalses in den Reifen. Er sägt ein bisschen, um das Gummi zu zerschneiden, schafft es aber nicht. Dann entdeckt er einen losen Stein, der aus der Garteneinfriedung herausragt, nimmt ihn auf und schleudert ihn, mit einem Fuß startbereit auf dem Pedal, in die Windschutzscheibe.

Das Klirren ernüchtert ihn, der erwartete Nervenkitzel bleibt aus.

Er rast davon, strampelt so schnell wie möglich nach Hause, bevor irgendjemand Zeit hat, aus dem Bett zu steigen und die Vorhänge zurückzuziehen.

SAMSTAG

Blut stillt die Gier nicht.
Es verstärkt sie.

Handbuch für Abstinenzler
(zweite Ausgabe), Seite 50

AN DES MEERES EINSAM STILLER KÜSTE

Es gibt kaum etwas Schöneres als eine verlassene Autobahn um vier Uhr morgens.

Weiße Linien und angestrahlte Schilder lassen ihre Hinweise leuchten, gleichgültig ob da Menschen sind, um sie zu befolgen, wie die Steine in Stonehenge die bedauernswerten altertümlichen Abstinenzler, die sie über das Salisbury Plain schleppten, um Jahrtausende überlebt haben.

Dinge bleiben.

Menschen sterben.

Man kann sich an Schilder und Systeme halten oder auf Gesellschaft verzichten und im Leben seinen Instinkten treu bleiben. Was hat Lord Byron noch gesagt, nur zwei Jahre nach seiner Konvertierung?

O welche Lust im ungebahnten Wald
Und an des Meeres einsam stiller Küste

Und dann noch irgendwo, im gleichen Gesang:

O dass mit einer einz'gen holden Fee
Ich wohnen dürft in tiefen Wüstenein;
Vergessen würd ich alles Menschenweh,
Und keinen hassend, liebt ich sie allein.

Liebt ich sie allein. Das ist der Fluch etlicher Vampire. Auf der Suche nach vielen sehnen sie sich aber nur nach dem einen.

Nein, sinniert Will, *Lord B. ist unschlagbar.*

Na gut, gleich danach kommt Jim Morrison, räumt Will ein, während er den Rhythmus zu »Twentieth Century Fox« auf das Lenkrad trommelt (dabei hat Will nie an die Theorie geglaubt, dass sich Byron für seine sechzigste Identität Jim Morrison ausgesucht hat). Jimi Hendrix ist auch nicht schlecht. Und dann die Stones, solange sie den Vampir noch dabeihatten. Der ganze egotriefende Blutrock aus den Sechzigern, den ihr Vater immer spielte, als er und Peter noch klein waren.

Will findet, dass sich der Motor ein bisschen heiser anhört, und sieht auf der Tankanzeige, dass ihm das Benzin ausgeht. An einer 24-Stunden-Tankstelle hält er an und füllt den Tank.

Manchmal bezahlt er das Benzin und manchmal nicht. Geld bedeutet ihm überhaupt nichts. Er könnte Millionär sein, wenn er wollte, aber davon könnte er sich auch nichts kaufen, was besser schmeckt als der Stoff, der ihn nichts kostet.

Heute Nacht ist ihm nach ein bisschen verpesteter Luft, deshalb geht er mit seiner letzten Zwanzigpfundnote hinein. (Vor drei Nächten hat er in der Tiger Tiger Bar in Manchester bei einem Speeddating mitgemacht und ein Mädchen mit genau dem richtigen Hals und taufrischen zweihundert Pfund aus dem Geldautomaten kennengelernt.)

Da sitzt ein junger Mann hinter der Theke auf einem Stuhl. Er liest in der Zeitschrift *Nuts.* Der Junge bemerkt Will erst, als der ihm die zwanzig Pfund rüberschiebt.

»Säule drei«, sagt er.

»Was?«, fragt der Junge. Er zieht den Stöpsel seines iPods aus einem Ohr. Wills blutgeschärftes Gehör ist so gut, dass er den hektischen und metallischen Krach der House-Musik aus dem iPod des Jungen hören kann, leise summend und pochend wie der Puls der Nacht.

»Hier ist das Geld für Säule drei«, wiederholt Will.

Der Junge nickt und kaut, drückt die erforderlichen Tasten der Kasse.

»Da fehlen noch sieben Pence«, sagt der Junge.

Will rührt sich nicht und sieht ihn an.

»Das macht zwanzig Pfund und sieben Pence.«

»Wie bitte?«

Der Junge spürt seine eigene Angst, hält sich aber nicht an das, was sie ihm sagen will. »Sie haben ein bisschen mehr getankt«, sagt er.

»Für sieben Pence.«

»Genau.«

»Ich habe für *ganze sieben Pennys* zu viel getankt?«

»Stimmt.«

Will tippt mit dem Zeigefinger auf das Gesicht der Queen auf dem Geldschein. »Ich fürchte, mehr als den hier habe ich nicht.«

»Wir akzeptieren alle Karten. Visa, Mastercard, Delta …«

»Ich habe keine Karte. Ich habe überhaupt keine Karten.«

Der Junge zuckt mit den Schultern. »Also, das macht zwanzig Pfund und sieben Pence.« Um diesen unerschütterlichen Fakt zu unterstreichen, saugt er an seiner Oberlippe.

Will sieht den Jungen an. Der sitzt da in seinem Trainingsoberteil mit einer Zeitschrift und dem iPod und den missglückten Versuchen, sich seiner Gesichtsbehaarung zu entledigen, als wäre er etwas Besonderes, irgendetwas, das er selbst kreiert hat. Dabei würde man in seinem Blut nur den Geschmack seiner Vorfahren finden, den harten und beharrlich ausgefochtenen Überlebenskampf unzähliger Generationen, Echos seiner Ahnen, von denen er nie etwas gehört hat, Spuren wundersamer und epischer Zeiten, Hinweise auf die urzeitliche Saat seiner Existenz.

»Machst du dir wirklich so viel aus sieben Pence?«, fragt ihn Will.

»Der Manager schon. Ja.«

Will seufzt. »Es gibt wirklich bedeutendere Sachen, um die man sich Sorgen machen sollte, weißt du das?«

Er wundert sich über diesen Jungen. Manchmal wissen sie Bescheid, wissen, was man ist, und wollen unbewusst, dass es ihnen passiert. Ist er einer von denen?

Will entfernt sich und behält dabei sein Abbild als grauer Geist auf dem Überwachungsmonitor im Auge. Er kommt bis zur Tür, die sich aber nicht öffnen lässt.

»Sie können erst gehen, wenn Sie alles bezahlt haben.«

Will lächelt, ernsthaft belustigt über die blutleere Kleingeistigkeit, die sich ihm hier präsentiert. »Ist das tatsächlich alles, wofür du dein Leben aufs Spiel setzt? Sieben Pence? Kannst du überhaupt irgendwas kaufen für sieben Pence?«

»Ich lasse Sie nicht gehen. Die Polizei ist schon unterwegs, Kumpel.«

Will denkt an Alison Glenny, die Leiterin der Polizeieinheit in Manchester, die ihm seit Jahren den Tod wünscht. *Ja sicher,* denkt er. *Die Polizei ist immer unterwegs.*

Will kehrt zum Tresen zurück. »Hast du 'ne Kleinigkeit für mich? Ist es das, was du willst? Weißt du, ich denke, diese kleine Haarspalterei, die wir hier betreiben, steht stellvertretend für etwas viel Größeres. Ich glaube, eigentlich bist du ein sehr einsamer Junge, der einen sehr einsamen Job macht. Einen Job, bei dem du anfängst, dich nach gewissen Dingen zu sehnen. Menschlicher Gesellschaft ... menschlicher .... Berührung ...«

»Verpiss dich, du schwule Sau.«

Will lächelt. »Sehr gut. Sehr überzeugend heterosexuell. Einhundertprozentig. Keine Missverständnisse. Also, wovor hast du am meisten Angst? Dass ich dich töten könnte? Oder dass es dir vielleicht ganz gut gefällt?«

»Die Polizei ist unterwegs.«

»Gut, ja, dann schlage ich vor, dass du jetzt mal die Kasse für mich aufmachst.«

»Was?«

»Ich sagte, mach die Kasse auf.«

Der Junge greift unter die Theke, die Augen fest auf Will geheftet. Er zieht ein Küchenmesser hervor.

»Ah, das Messer. Die phallische Waffe für Angriff und Penetration.«

»Verpiss dich einfach, verstanden?«

»Das Problem ist, bei jemandem wie mir brauchst du was *Größeres*. Etwas, womit du bis ganz hinten durchkommst.«

Will schließt die Augen und sammelt seine altertümlichen Kräfte. Er verwandelt sich blitzartig und mobilisiert sein Blutdenken.

Der Junge sieht ihn an. Aus seiner Angst wird Schwäche, wird nackte Unterwerfung.

»Jetzt wirst du das Messer hinlegen und die Kasse öffnen und mir ein paar von den kleinen Bildchen mit der Queen geben, die du da drin aufbewahrst.«

Der Junge ist jetzt verloren. Die aussichtslose Schlacht steht ihm ins Gesicht geschrieben. Seine Hand zittert, das Messer kippt nach vorn, dann fällt es auf die Theke.

»Du wirst die Kasse aufmachen.«

Er macht die Kasse auf.

»Jetzt gib mir das Geld.«

Ein unbedeutendes Bündel aus Zehnern und Zwanzigern wird über den Tresen gereicht.

Das geht zu einfach. Will deutet hinter den Tresen. »Du wirst auf diesen kleinen Knopf drücken und die Tür entriegeln.«

Der Junge greift noch einmal unter den Tresen und legt einen Schalter um.

»Möchtest du, dass ich dir die Hand streichele?«

Der Junge nickt. »Bitte.« Eine Hand landet auf dem Tresen. Sommersprossige Haut und abgekaute Nägel.

Will liebkost seine Hand, malt mit einem Finger eine Acht auf seine Haut. »Nun, wenn ich weg bin, wirst du der Polizei sagen, dass das alles ein Irrtum war. Wenn dein Boss fragt, wo das Geld geblieben ist, wirst du sagen, du weißt es nicht, weil es genauso sein wird. Dann wirst du auch wissen, dass es einem besseren Mann gehört.«

Er entfernt sich, stößt die Tür auf. Im Camper angekommen, lächelt Will, als sich der Junge die Kopfhörer wieder in die Ohren stopft und nicht die geringste Ahnung hat, was eben passiert ist.

RÜHREI

K omm nicht hierher. Bitte.«
Keine der Personen am Küchentisch hört Helens Gebet, das sie beim Rühren der Eier in die Pfanne flüstert. Es wird zuverlässig von Radio 4 übertönt.

Während sie weiterrührt, denkt sie über die Lügen nach, die sie ihren Kindern auch über sich selbst erzählt hat. Lügen, die anfingen, als sie in den Windeln lagen, wenn sie ihren Freundinnen beim National Childbirth Trust erzählte, dass sie zur Flaschennahrung übergegangen sei, weil sich die Hebamme wegen »Laktoseunverträglichkeit« Sorgen mache. Sie wagte es nicht zu erzählen, dass die Kinder schon vor den ersten Zähnen so heftig gesaugt hatten, dass sie blutete. Clara war in dieser Hinsicht schlimmer gewesen als Rowan, sodass Helen ihren überzeugten Muttermilchfreundinnen gestehen musste, dass sie nach drei Wochen abgestillt hatte.

Sie weiß, dass Peter recht hat.

Sie weiß, dass Will Kontakte hat und Talente. Wie hieß das noch? *Blutdenken.* Er konnte bei Leuten blutdenken. Blutgenährte hypnotische Kräfte. Aber trotzdem gibt es Dinge, die Peter immer noch nicht versteht. Er hat noch nicht ganz begriffen, auf welches Spiel er sich einlässt.

Die Eier sind inzwischen mehr als fertig, stellt sie fest, kratzt sie vom Pfannenboden ab und dreht sich um, um sie auf den jeweiligen Toasts zu verteilen.

Ihr Sohn sieht ihr zu, verblüfft über die Vorspiegelung von Normalität.

»Heute ist Samstag, also gibt es Rührei«, erklärt sie. »Es ist Samstag.«

»Zu Hause bei den Vampiren.«

»Rowan, ich bitte dich«, sagt Peter, als Ei auf seinen Toast floppt.

Helen bietet Clara Rührei an, die nickt und damit ihrem Bruder einen höhnischen Seufzer entlockt.

»Also, Peter und ich sind uns einig«, sagt Helen, als sie sich setzt. »Wenn wir das hier als Familie durchstehen und sichergehen wollen, dass niemandem etwas passiert, dann müssen wir uns so normal wie möglich verhalten. Ich meine, die Leute werden anfangen zu reden und Fragen zu stellen über letzte Nacht. Vielleicht auch die Polizei. Obwohl bis jetzt wahrscheinlich noch nicht einmal eine Vermisstenanzeige vorliegt, und etwas anderes erst recht nicht. Nicht vor Ablauf von 24 Stunden … Aber wir dürfen uns nicht verdächtig machen.«

Ihr Blick sucht Unterstützung bei Peter.

»Eure Mutter hat recht«, sagt er, während sie alle Clara beobachten, die anfängt, ihr Rührei zu essen.

»Du isst Eier«, stellt Rowan fest. »Eier sind von Hühnern. Hühner sind Lebewesen.«

Clara zuckt mit den Schultern. »Was du nicht sagst.«

»Komm schon, sie muss wieder mit ihrer normalen Ernährung anfangen«, sagt Peter. Rowan erinnert sich an den beiläufigen Tonfall, in dem sein Vater in der vergangenen Nacht all die berühmten Vampire aufgezählt hat. Und dann an Clara, die am vergangenen Samstag um die gleiche Zeit verkündete, warum sie unter die Veganer gegangen war.

»Was ist aus dem Vortrag über das ›Hühner-Auschwitz‹ von letzter Woche geworden?«

»Die hier sind aus Freilandhaltung«, sagt seine Mutter.

Clara wirft Rowan einen bösen Blick zu. Aus ihren Augen, befreit von den Brillengläsern, leuchtet frisches Leben. Rowan muss tatsächlich zugeben, dass sie noch nie so gut ausgesehen hat. Ihr Haar kommt ihm glänzender vor, ihre Haut hat mehr Farbe, sogar ihre Haltung hat sich verändert. Das demütig schwer hängende Haupt und ihr Buckel sind einer ballerinenhaften Haltung gewichen, mit einem Kopf, der schwerelos wie ein Heliumballon auf ihrem Hals zu sitzen scheint. Es ist, als würde sie das Gewicht der Schwerkraft nur noch ansatzweise spüren.

»Was ist schon dabei?«, fragt sie ihn.

Rowan senkt den Blick auf seinen Teller. Er wird nichts essen können.

»Ist es das, was passiert? Du kostest Blut, und zusammen mit deiner Brille wirst du deine Prinzipien los?«

»Sie muss Eier essen«, sagt Helen. »Das war ein Teil des Problems.«

»Ja«, schließt sich Peter an.

Rowan schüttelt den Kopf. »Es scheint ihr aber überhaupt nichts mehr auszumachen.«

Helen und Peter sehen sich an. Niemand kann Rowan widersprechen.

»Rowan, also bitte, das ist jetzt wichtig. Ich weiß, es gibt eine Menge, mit dem du fertigwerden musst. Aber wir müssen uns jetzt zusammennehmen und Clara helfen, damit sie ihren Anfall verkraftet«, sagt seine Mutter.

»So wie du das sagst, hört es sich an wie Asthma.«

Bei diesem Satz verdreht Peter die Augen. »Helen, sie hat eine Menge Blut gekriegt. Wenn wir jetzt alle so tun, als wäre nichts passiert, ist das ein bisschen viel verlangt.«

»Ja, da hast du recht«, gibt sie zu. »Trotzdem werden wir das tun. Wir werden darüber hinauswachsen. Und das schaffen wir, indem wir weitermachen. Einfach weitermachen. Dad wird zur Arbeit gehen. Am Montag werdet ihr zur Schule gehen. Nur Clara sollte heute vielleicht zu Hause bleiben.«

Clara legt ihre Gabel an die Seite. »Ich gehe mit Eve weg.«

»Clara, ich ...«

»Mum, wir sind verabredet. Wenn ich nicht mitkomme, wird das verdächtig aussehen.«

»Also, ja, wir sollten uns vermutlich so normal wie möglich benehmen«, sagt Helen.

Rowan zieht die Augenbrauen hoch und isst seine Eier. Clara scheint sich jedoch aus irgendeinem Grund unwohl zu fühlen. »Warum müssen wir dauernd Radio 4 laufen lassen, wenn doch keiner zuhört? Das nervt. Als ob wir damit beweisen könnten, dass wir bürgerlich sind oder so.«

Rowan sieht diesen Menschen an, der heute anscheinend von seiner Schwester Besitz ergriffen hat. »Clara, halt die Klappe.«

»Halt du die Klappe.«

»O mein Gott. Macht es dir denn überhaupt nichts aus?«

Peter seufzt. »Leute, bitte.«

»Du konntest Harper sowieso nicht ausstehen«, sagt Clara und sieht ihren Bruder an, als wäre er derjenige, der sich ungewöhnlich benimmt.

Rowan greift nach seinem Besteck, um es anschließend gleich wieder hinzulegen. Er ist erschöpft, aber die Wut kocht in ihm hoch. »Ich kann eine Menge Leute nicht leiden. Willst du das ganze Dorf für mich auslöschen? Geht das auf Anfrage? Macht man das so? Weil mich die Frau im Hungry Gannet neulich über den Tisch gezogen hat ...«

Helen sieht ihren Ehemann an, der noch einmal versucht, die Gemüter zu besänftigen.

»Leute …«, sagt er und hebt beschwichtigend die Hände. Aber Rowan und Clara haben sich in ihrem Streit verfangen.

»Ich habe mich gewehrt. Wenn du nicht so ein Weichei wärst, würdest du dich viel wohler fühlen.«

»Weichei. Großartig. Vielen Dank, Komtess Clara von Transsilvanien, für den Spruch des Tages.«

»Leck mich.«

»*Clara.*« Diesmal ist es Helen, und sie verschüttet dabei den Orangensaft, den sie sich gerade eingießen wollte.

Clara streicht sich das Haar aus dem Gesicht und stürmt hinaus. In ihrem ganzen Leben hat sie so etwas noch nie getan.

»Ihr könnt mich mal, alle miteinander.«

Rowan lehnt sich auf seinem Stuhl zurück und sieht seine Eltern an. »Ist das jetzt der Punkt, an dem sie sich in eine Fledermaus verwandelt?«

DAS VERLORENE VOLK

Da sind wir also. Im siebten Kreis der Hölle. Während er auf sein Ziel zusteuert, nimmt Will alle Schilder in sich auf, die die Hauptstraße zu bieten hat. Ein rosa gestrichenes Schuhgeschäft für Kinder mit dem Namen Tinkerbell. Ein müde wirkendes Pub und ein hübsches kleines Delikatessengeschäft. *Ein Sexshop?* Nein. Kostüme für masochistische Unblutige, die glauben, ein Abend in Afroperücke und Glitzerfähnchen würde den Schmerz ihres Daseins lindern. Und eine Apotheke, für Plan B. Trotz des obligatorischen Kapuzenträgers, der seinen kriecherischen Hund an der Leine führt, hat das Ganze eine erstickende Gemütlichkeit, sieht nach einem Leben aus, das auf leisester Stufe gelebt wird. Er hält an der Ampel, um ein altes Ehepaar über die Straße zu lassen. Langsam heben sie ihre fragilen Hände zum Dank.

Er fährt weiter, an einem einstöckigen Gebäude vorbei. Es steht von der Straße zurückgesetzt und fast verborgen hinter Bäumen, als würde es sich seines relativ modernen Äußeren schämen. Eine Arztpraxis, wie das Schild des National Health Service verrät. Er stellt sich seinen Bruder vor, Tag für Tag, umgeben von kranken und unbeißbaren Körpern.

Ich führe dich zum wandellosen Leid, denkt er, als ihm dieses Zitat von Dante einfällt. *Ich führe dich zum Volke der Verlorenen. Lasst, die ihr eingeht, alle Hoffnung fahren.*

Und da ist es. Ein kleines schwarz-weißes Schild verschwindet fast hinter dem grünen Laub einiger überwuchernder Sträucher.

Orchard Lane. Will fährt langsamer und biegt links ab, blinzelnd, als ihn die tief stehende Sonne über den vornehmen Häusern begrüßt.

Die von der Hauptstraße suggerierte verlangsamte und stille Welt wird hier noch langsamer und stiller. Vor den georgianischen Villen und Regency-Häusern aus einer Zeit, bevor Byron seinen ersten Tod simulierte, stehen überall blitzblanke und nichtssagende teure Autos in den Auffahrten. Sie sehen aus, als wären sie nur gebaut, um genau dort zu parken, nirgendwo hinzufahren und zufrieden über ihre technologischen Seelen zu sinnieren.

Eins ist ganz sicher, denkt er sich. Ein Camper aus Woodstocks Zeiten wird in dieser Gegend verdammt ins Auge stechen.

Er parkt am Straßenrand vor dem Haus auf einem schmalen Grasstreifen. Ein großes, geschmackvolles Gebäude, frei stehend und zweistöckig, aber immer noch in Konkurrenz zu dem Nachbarhaus, das sogar noch größer ist. Er betrachtet den Minivan der Radleys. *Genau das richtige Fahrzeug für eine normale, glückliche Familie.* Ja, von außen bieten sie in der Tat das richtige Erscheinungsbild.

Vielleicht liegt es am Sonnenlicht, aber er fühlt sich schwach. Er ist nicht daran gewöhnt, um diese Uhrzeit wach zu sein. *Vielleicht ist das hier ein Fehler.*

Er braucht Energie.

Wie immer, wenn er sich so fühlt, greift er hinter sich und zieht den zusammengerollten Schlafsack hervor. Er greift in das warme Innere und zieht die Flasche mit dem tiefroten Blut heraus.

Er liebkost das Etikett, betrachtet seine eigene Handschrift.

Der heile und perfekte Traum in einer Flasche.

Er öffnet sie nicht. Hat er noch nie getan. Es hat nie eine Gelegenheit gegeben, die besonders oder verzweifelt genug gewesen wäre. Es reicht, sie nur anzuschauen, das Glas zu berühren und sich vorzustellen, wie es wohl schmecken würde. Wie es geschmeckt hat, vor all den vielen Tausend Nächten. Etwa eine Minute später steckt er sie wieder in den Schlafsack, den er an seinen Platz zurückräumt.

Und dann lächelt er und verspürt einen zarten Hauch von Vorfreude, als ihm bewusst wird, dass er sie gleich wiedersehen wird.

HÜBSCH

Clara sieht sich die Poster an der Wand an.
Den tragischen Basset.

Den Affen im Käfig.

Das Model mit dem bluttriefenden Pelzmantel auf dem Laufsteg. Die Fotos sind gestochen scharf. Sie betrachtet ihre Finger und kann die Halbmonde eines jeden einzelnen Nagels sehen, kann die Furchen in der Haut über den Gelenken zählen. Und sie verspürt nicht das geringste bisschen Übelkeit.

Genau genommen ist sie energiegeladen. Wacher denn je und erfüllt von pulsierendem Leben. *Gestern Nacht habe ich Harper umgebracht.* Eine entsetzliche Tatsache, aber sie ist nicht entsetzt. Es ist einfach eine Tatsache und ganz selbstverständlich, wie alles andere auch. Und schuldig fühlt sie sich deshalb auch nicht, schließlich hat sie nichts mit Absicht falsch gemacht. Außerdem: Wozu sind *Schuldgefühle* eigentlich gut? Zeit ihres Lebens hat sie sich ohne Grund schuldig gefühlt. Schuldig, weil sie ihren Eltern wegen ihrer Ernährung Sorgen gemacht hat. Schuldig, weil sie ab und zu den Müll nicht richtig trennte. Schuldig, weil sie Kohlendioxid eingeatmet und damit den Bäumen weggenommen hat.

Nein. Clara Radley wird sich nicht mehr schuldig fühlen.

Sie denkt über ihre Poster nach. Warum hat sie sich solche hässlichen Sachen an die Wand gehängt? Warum sollte sie nicht stattdessen irgendwas Hübscheres aufhängen? Sie kniet auf ihrer Bettdecke und hängt die Poster ab.

Dann, als die Wand endlich kahl ist, amüsiert sie sich vor dem Spiegel, transformiert sich, sieht zu, wie ihre Eckzähne länger und spitzer werden.

Dracula.

Kein Dracula.

Dracula.

Kein Dracula.

Dracula.

Sie inspiziert ihre säbelförmigen weißen Reißzähne. Sie fasst sie an, drückt die Spitze in ihren Finger. Ein fetter roter Blutstropfen kommt zum Vorschein, glänzend wie eine Kirsche. Sie kostet ihn und genießt den Moment, bis sie ihre ganz normale menschliche Gestalt wieder annimmt.

Sie ist attraktiv, stellt sie fest, zum allerersten Mal. *Ich bin hübsch.* Und so verharrt sie, aufrecht und lächelnd und stolz, genießt ihr eigenes attraktives Aussehen, die zerknüllten Poster gegen Tierversuche zu ihren Füßen.

Eine weitere Veränderung ist ihr aufgefallen: Sie fühlt sich so *leicht.* Gestern und an all den Tagen zuvor hatte sie das Gewicht gespürt, das auf ihr lastete, und sie hatte sich geduckt und die Lehrer verärgert, weil sie die Schultern hängen ließ. Aber heute spürt sie überhaupt keine Last. Und während sie sich auf diese heliumartige Schwerelosigkeit konzentriert, merkt sie, dass ihre Füße nicht mehr auf dem Teppich stehen, sondern darüber sind, direkt über den zerknüllten Postern schweben.

Dann klingelt es an der Tür, und sie lässt sich auf den Teppich zurücksinken.

Einem praktizierenden Vampir dürfen Sie niemals erlauben, Ihr Haus zu betreten, auch nicht, wenn es sich um einen Freund oder ein Mitglied der Familie handelt.

Handbuch für Abstinenzler
(zweite Ausgabe), Seite 87

GESCHMACKVOLLE DEKORATION

Helen bleibt einfach im Flur stehen und lässt es geschehen. Sieht zu, wie ihr Ehemann ihn einlässt und umarmt. Er lächelt und sieht sie an, sein Gesicht hat von seiner Macht nichts eingebüßt.

»Ja, es ist lange her«, sagt Peter und hört sich weiter entfernt an, als er tatsächlich ist.

Will behält Helen während der Umarmung unablässig im Blick. »Teuflische Nachricht, Pete. ›Hilf mir, Obi-Wan Kenobi, du bist meine einzige Hoffnung.‹«

»Nun ja, also«, sagt Peter nervös. »Wir hatten einen ziemlichen Albtraum. Aber wir sind damit fertiggeworden.«

Will geht nicht darauf ein und konzentriert sich auf Helen, die den Flur nie bedrückender fand. Die Wände mit den Aquarellen rücken näher und näher, und vor Klaustrophobie geht sie fast in Flammen auf, als Peter die Tür schließt. Will küsst ihre Wange.

»Helen, wow, kommt mir vor, als wär's gestern gewesen.«

»Ach ja?«, antwortet sie spitz.

»Ja. Ich finde schon.« Er lächelt und sieht sich um. »Geschmackvolle Dekoration. Also, wann lerne ich die Kinder kennen?«

Peter fühlt sich schwach und unbehaglich. »Gut, ja, jetzt, würde ich vorschlagen.«

Und Helen sieht sich nicht in der Lage, irgendetwas zu tun, außer ihn mit Leichenbittermiene in die Küche zu geleiten. Clara ist nicht da, aber irgendwie wünscht sich Helen, sie wäre es, allein schon, um Rowans neugierigen Blicken zu entkommen.

»Wer ist das?«, fragt er.

»Das ist dein Onkel.«

»Mein Onkel? Was für ein Onkel?«

Rowan ist irritiert. Man hatte ihm immer erzählt, seine Eltern wären Einzelkinder.

Und dann taucht ein mysteriöser Onkel auf, und Peter grinst blöde. »Nun, das ist mein … Bruder, Will.«

Rowan ist gekränkt und erwidert das Lächeln seines Onkels nicht. Helen kann sich denken, was ihm durch den Kopf geht: *Noch eine Lüge in einem Leben, das vor Lügen überquillt.*

Zu ihrem Entsetzen setzt sich Will auf Peters Stuhl und betrachtet das exotische Stillleben aus Müslipaketen und Toast im Brotkorb.

»Das gibt's also zum Frühstück«, sagt Will.

Helen beobachtet verzweifelt die Szene, die sich vor ihren Augen abspielt. Sie sehnt sich danach, Will unzählige Dinge zu sagen, kriegt aber kein einziges Wort heraus. Er muss gehen. Peter muss dafür sorgen, dass er geht. Sie zupft ihren Ehemann am Hemd und verlässt mit ihm das Zimmer.

»Wir müssen ihn hier rausschaffen.«

»Helen, beruhige dich. Es ist alles in Ordnung.«

»Ich glaub's einfach nicht, dass du ihm eine Nachricht auf die Mailbox gesprochen hast. Wie konntest du das nur tun? So was Idiotisches.«

Peter ist jetzt verärgert, mit einer Hand massiert er sich die Stirn. »Mein Gott, Helen. Er ist mein *Bruder*. Ich verstehe dich nicht. Warum regst du dich bloß so auf, wenn du ihn siehst?«

Helen bemüht sich, ihre Stimme auf ein Normalmaß zu

reduzieren, während sie durch die Türöffnung späht. »Ich rege mich nicht auf, ich bin durcheinander. Es ist bloß … Gott, als wir ihn das letzte Mal sahen, waren wir … *du weißt schon*. Er ist unsere Vergangenheit. Er ist das Böse, das wir hinter uns gelassen haben, als wir hierherzogen.«

»Wie melodramatisch. Er kann uns doch helfen. Du weißt, dass wir hier in eine ziemliche Scheiße geraten können. Mit dieser Clara-Geschichte. Und erinnere dich, wie er ist. Mit Leuten. Mit der Polizei. Er kann Leute überzeugen. Um den Finger wickeln.«

»Durch Blutdenken? Ist es das, was du vorhast?«

»Vielleicht. Ja.«

Sie sieht ihren Ehemann an und fragt sich, wie viel Blut er gestern Nacht zu sich genommen hat.

»Im Moment hält er sich in unserem Haus auf und wickelt gerade unseren Sohn um den Finger. Er könnte ihm Gott weiß was erzählen.«

Peter bedenkt sie mit einem Blick, als hätte sie den Verstand verloren. »Helen. Komm schon, Vampire können mit Vampiren nicht blutdenken. Er kann Rowan nicht dazu bringen, etwas zu glauben, wenn es nicht stimmt.«

Diese Bemerkung scheint Helen noch wütender zu machen. Sie schüttelt heftig den Kopf. »Er muss weg. Er muss weg. Wirf ihn raus. Wirf ihn einfach raus. Bevor er …« Sie hält inne, als ihr auffällt, wie wenig Peter wirklich weiß. »Tu's einfach.«

Rowan sieht zu, wie sein Onkel in eine Scheibe kalten Vollkorntoast beißt.

Er sieht seinem Vater ein bisschen ähnlich, denkt Rowan, muss aber das Bild ziemlich bearbeiten, bis er es wirklich sieht. Als Erstes entfernt er den Dreitagebart und den Regenmantel und die abgetragenen schwarzen Cowboystiefel. Dann trägt er auf Wills Gesicht und den Bauch ein bisschen Masse auf, macht die Haut ein Jahrzehnt älter, stellt sich kürzere Haare vor und ersetzt das Nico-T-Shirt durch ein Hemd mit Kragen, aus den Augen entfernt er das finstere Funkeln. Wenn er all das tut, hat er jemanden vor sich, der seinem Vater entfernt ähnlich sieht.

»Kohlehydrate«, sagt Will und meint damit den Toast, auf dem er herumkaut. Er spart sich die Mühe, den Mund dabei zu schließen. »Ich ziehe es vor, bei meinem Ernährungsplan ohne sie auszukommen.«

Das unbehagliche Gefühl, mit dem Rowan neben diesem Fremden mit dem wilden Äußeren am Frühstückstisch sitzt, führt dazu, dass er seine Wut gerade noch unter Kontrolle hat.

Rowan sitzt einfach da und unternimmt keinen Versuch, sich zu unterhalten.

Will schluckt und wedelt ihm mit einer Scheibe Toast vor der Nase herum. »Du hast nicht gewusst, dass es mich gibt, nicht wahr? Dein Gesicht, als ich hereingekommen bin ...«

»Nein.«

»Also, du solltest mit deiner Mum und deinem Dad nicht zu streng sein. Ich mache ihnen eigentlich keinen Vorwurf. Es gibt da eine lange Geschichte. Eine Menge böses Blut. Und auch eine Menge gutes Blut. Sie hatten nicht immer Prinzipien, musst du wissen.«

»Dann bist du also immer noch ein ...«

Sein Onkel gibt sich zutiefst gekränkt. »Vampir? Was für ein provokanter Ausdruck, birgt viel zu viele Klischees und mädchenhafte Fantasien. Aber ja. Ich fürchte, das bin ich. Ein konsequent praktizierender Vampir.«

Rowan senkt den Blick auf die Krümel und die kleinen Bröckchen Rührei auf seinem Teller, die er übrig gelassen hat. Ist es aus Wut oder Angst, dass sein Blut jetzt so schnell durch seinen Körper pumpt? Irgendwie schafft er es, auszusprechen, was ihm durch den Kopf geht. »Wie steht es … mit … moralischen Werten?«

Sein Onkel seufzt, angeblich enttäuscht. »Wie soll man sich entscheiden, darin liegt das Problem. Der Markt da draußen ist überfüllt in der heutigen Zeit. Macht mir Kopfschmerzen, wenn ich nur daran denke. Ich halte mich an Blut. Blut ist einfacher. Mit Blut, da weißt du genau, woran du bist.«

»Du läufst also einfach durch die Gegend und bringst Leute um? Machst du das so?«

Will antwortet nicht, sein Blick ist verklärt. Rowan schüttelt sich innerlich, wie ein Küken in seinem Ei. Da betritt sein Vater den Raum, der sich anscheinend nicht besonders wohlfühlt. Nein, denkt Rowan. *Will ist definitiv der ältere Bruder.*

»Will, können wir reden?«

»Das können wir, Peter.«

Und Rowan bleibt einfach sitzen und sieht zu, wie sie die Küche verlassen. Sein Ausschlag wird schlimmer, und er kratzt sich am Arm, heftig und wütend. Zum zweiten Mal innerhalb von weniger als zwölf Stunden wäre er am liebsten tot.

Will betrachtet das geschmackvolle, unaufdringliche Kunstwerk an der Wand im Flur. Das leicht abstrakte Aquarell eines Apfelbaums, mit einem kleinen brauen »H« in der unteren Ecke.

Will seinerseits wird von Peter betrachtet. Gut sieht er aus, das muss man ihm lassen. Er hat sich kaum verändert und muss sein Leben so weitergeführt haben wie eh und je. Sein älterer Bruder, der mindestens zehn Jahre jünger aussieht als er, mit einem teuflischen Funkeln in den Augen und einer lebendigen Ausstrahlung, die Peter schon vor langer Zeit verloren hat.

»Sieh mal, Will«, windet er sich. »Ich weiß, du hast dir die Mühe gemacht und bist extra gekommen, und wir wissen das wirklich sehr, sehr zu schätzen, aber die Sache ist die …«

Will nickt. »Ein Apfelbaum. Apfelbäume kann man nie genug haben.«

»Was?«

»Du weißt schon, immer sind es die Äpfel, die den Ruhm abkriegen, nicht wahr?«, sagt Will, als würden sie beide über das Gleiche reden. »Immer die Scheißäpfel. Aber nicht doch, wie wär's mit dem ganzen Baum? Probier's doch mal mit dem guten alten Vater Baum.«

Peter merkt, wovon Will redet. »O ja. Es ist von Helen.«

»Aber ich muss schon sagen – *Wasserfarben?* Mir haben ihre Ölgemälde früher besser gefallen. Die Nackten. Von denen war sie wirklich besessen.«

»Sieh mal, die Sache ist die …«, sagt Peter, dem es schwerfällt, zu sagen, was Helen ihm aufgetragen hat.

Will, sein Bruder, den er seit fast zwanzig Jahren nicht mehr gesehen hat, wurde hierher *eingeladen.* Und Vampire auszuladen, vor allem Blutsverwandte, ist nie ganz einfach.

»Pete, ich find's großartig, aber können wir das mit dem Nacharbeiten auf später verschieben?«

»Was?«

Ein dramatisches Gähnen von Will. »War ein harter Tag«, sagt er. »Und schon längst Schlafenszeit. Mach dir aber keine Umstände. Lass die Luftmatratze im Schrank. Ich mach manchmal Löcher in die Dinger, wenn mich der falsche Traum heimsucht. Passiert mir in letzter Zeit öfter.« Will setzt seine Sonnenbrille auf und küsst seinen Bruder noch einmal auf die Wange. »Du hast mir gefehlt, Bruderherz.«

Und er verlässt das Haus.

»Aber …«, sagt Peter, obwohl er weiß, dass es zu spät ist.

Die Tür schließt sich.

Peter erinnert sich, wie es früher war. Immer war ihm sein Bruder einen Schritt voraus. Er starrt die unscharfe grüne Wolke an, mit den kleinen roten Punkten, die die Äpfel darstellen.

»Was hat er gesagt?« Helens Stimme reißt ihn aus seiner dumpfen Träumerei.

Sie ist angespannt und erwartungsvoll.

»Er hat nicht zugehört. Es ist einfach gegangen.«

Helen scheint sich über diese Information eher aufzuregen als zu ärgern. »Ach Peter, er muss einfach weg.«

Er nickt, wobei er sich fragt, wie er das anstellen soll und warum diese Aufgabe für Helen die wichtigste ist. Wichtiger noch als ein vermisster Junge und tratschende Dorfbewohner und die Polizei.

Sie ist da, kaum mehr als einen Meter von ihm entfernt, und könnte doch ebenso gut ein Fleck am Horizont sein. Er will ihr beruhigend die Hand auf die Schulter legen, aber bevor er sie berühren kann, hat sie sich abgewandt und ist Richtung Küche verschwunden, um die Spülmaschine einzuräumen.

DAS TANTRISCHE DIAGRAMM
EINES RECHTEN FUSSES

Im Nachbarhaus der Radleys, Orchard Lane Nummer neunzehn, ist alles still.

Lorna Felt liegt im Bett neben ihrem Ehemann, leicht verkatert, aber entspannt, und denkt darüber nach, warum Peter nach ihrer zarten Annäherung unter dem Tisch so ein ängstliches Gesicht gemacht hat. Quer durch den Raum starrt sie auf das Bild an der Wand. Das tantrische Diagramm eines rechten Fußes – ein Druck eines klassischen Hindu-Yantras aus dem achtzehnten Jahrhundert, das sie vor etwa einem Jahr bei eBay ersteigert hat, auf dem sämtliche Muskelstränge und Energiepunkte des Fußes zu sehen sind.

Mark hatte natürlich nicht gewollt, dass sie es aufhängt. Genauso wenig, wie er wollte, dass ihre Kunden in seinem Wohnzimmer die Socken ausziehen. Trotzdem kuschelt sie sich jetzt an ihn, als er aus dem Schlaf erwacht.

»Guten Morgen«, flüstert sie ihm ins Ohr.

»O ja, Morgen«, antwortet er.

Unbeirrt gleitet ihre Hand unter sein T-Shirt und streicht ihm mit federleichter Berührung über die Haut. Sie lässt ihre Finger tiefer gleiten, knöpft seine Boxershorts auf und streichelt seinen schlaffen Penis so sanft, als wäre er eine Spielzeugmaus. Und dieses sanfte und zärtliche Streicheln funktioniert insofern, als dass es ihn erregt und er sie küsst und sie sich schnell dem Geschlechtsakt nähern. Aber dieser Geschlechtsakt ist für Lorna enttäuschend, wie so oft – eine kurze, zielstrebige Reise von A nach B, obwohl sie absolut nichts dagegen hätte, im Alphabet ein gutes Stück weiterzukommen.

Aus irgendeinem Grund hat Mark, als er die Augen schließt und sich in ihr erleichtert, das Sofa seiner Eltern plastisch vor Augen. Die hatten es am Tag von Charles' und Dianas Hochzeit auf Raten gekauft, im Zuge der Feierlichkeiten. Es sieht genauso aus wie in seinem ersten Jahr. Mit dem Plastiküberzug darüber, für den Fall, dass jemand es sich zu gemütlich machen und das Teil dabei beschmutzen könnte. (»Du musst lernen, die Dinge zu respektieren, Mark. Weißt du, wie viel so was kostet?«)

Sie liegen da und hängen ihren eigenen, unzusammenhängenden Gedanken nach. Lorna merkt, dass sie wieder ein bisschen eindöst.

»Wäre das schön, wenn wir den ganzen Tag im Bett bleiben könnten«, sagt Mark nach einer Verschnaufpause, was er aber gar nicht so meint. Er ist zum letzten Mal im Bett geblieben, als er achtzehn war.

»Ein bisschen mehr Zeit miteinander könnten wir uns schon gönnen, findest du nicht?«, sagt Lorna.

Mark seufzt, dann schüttelt er den Kopf. »Ich muss ... da sind Sachen, die ... diese verdammte Mietgeschichte ...« Er steht auf, geht ins Bad. Ihre Hand bleibt auf seiner Seite der Matratze liegen, auf der überflüssigen Wärme, die sein Körper zurückgelassen hat.

Während sie lauscht, wie er ausgiebig pinkelt, beschließt sie, in der Praxis anzurufen und sich einen Termin bei Peter geben zu lassen (es muss unbedingt Peter sein). Und sie weiß, dass heute der Tag sein könnte, an dem sie den Mut aufbringt, ihren Nachbarn zu fragen, was sie ihn schon immer fragen wollte, seit sie seine intensiven, durstigen Augen auf sich gespürt hat, bei ihrem gemeinsamen Barbecue im vergangenen Jahr.

Also nimmt sie das Schlafzimmertelefon von der Ladestation. Tobys Stimme ist in der Leitung. Sie bleibt dran und hört schweigend zu, was sie auch schon früher getan hat, auf der Suche nach Gründen, warum ihr Stiefsohn sie so sehr hasst. Warum hat Mark nie zu ihr gehalten, wenn es um Toby ging? Warum konnte er nicht sehen, wie sehr der Junge sie verachtet? Warum hat Mark nicht auf sie gehört und ihn an die Steiner-Schule in York geschickt? (»Na klar, und dann wird er Stelzenläufer und arbeitslos, wenn er groß ist«, waren Marks abschließende Worte zu dem Thema gewesen.)

»Hi, ist Stuart da, bitte, Mrs. Harper?« Seine Stimme ist vor Höflichkeit kaum wiederzuerkennen.

Und dann Mrs. Harper. »Stuart! Stuart! *Stuart?*« Dieses letzte »Stuart« ist so laut, dass Lorna den Hörer von ihrem Ohr weghalten muss. »Stuart, raus aus dem Bett! Toby ist am Telefon.«

Aber von Stuart ist kein Ton in der Leitung zu hören.

NEUE KLAMOTTEN

Eve liegt im Bett in dem schlabberigen T-Shirt, das sie vor zwei Jahren in der Nacht getragen hat, in der ihre Mutter verschwand. Sie hätte es ausgemustert, wenn das nicht passiert wäre, denn es ist ausgewaschen und am Halsausschnitt voller Löcher, weil sie daran gekaut hat, und wirbt außerdem für eine Band, die sie nicht mehr interessiert.

Das T-Shirt wegzuwerfen würde eine weitere Brücke zwischen der Zeit davor und der Zeit danach einreißen, und so viele Brücken gibt es nicht mehr, seit sie hierhergezogen sind.

Ihr altes Haus in Sale war so anders gewesen als diese Wohnung. Vor allem war es ein Haus gewesen und keine Mietwohnung für Rentner. Es war ein Ort, der eine Seele hatte, und in jeder Ecke eines jeden Zimmers hatte es Erinnerungen an ihre Mutter gegeben. Diese Behausung hier war erbärmlich und vermittelte eine kalte Form von Traurigkeit, ein moderner Backsteinbau, traurig wie die Wohnungen alter Leute.

Natürlich konnte sie die Situation teilweise verstehen. Sie wusste, dass sie wegen der Arbeitslosigkeit ihres Vaters keine Chance hatten, die Raten weiter zu bezahlen. Aber *trotzdem*. Warum gleich in ein anderes County ziehen? Warum auf die andere Seite der Penninen ziehen? Hundert oder wie viele Kilometer auch immer weit weg von der Küche, in der sie mit ihrer Mutter immer zu alten Schlagern im Radio getanzt hatte?

Warum das alte Bett zurücklassen, auf dessen Bettkante sich ihre Mutter immer gesetzt hatte, um mit ihr über Gedichte und Bücher zu reden und über alles, was sie für ihren Abschluss brauchte? Oder Eve nach der Schule und Freundinnen und Freunden gefragt hatte?

Sie schließt die Augen und sieht sie jetzt vor sich, in der Galerie ihrer Erinnerungen mit ihrem Lächeln, das Eve stets wie selbstverständlich hingenommen hat. Und dann platzt ihr Vater in ihre Erinnerungen, indem er ihr mitteilt, dass sie das ganze Wochenende nicht aus dem Haus gehen darf.

»Was?«, fragt sie und verrät mit ihrem Krächzen unverkennbar, dass sie verkatert ist.

»Tut mir leid, Eve. Nur dieses Wochenende. Du musst zu Hause bleiben.«

Er hat immer noch den Mantel an, weil er irgendwo draußen war, und seine Miene ist so unbeweglich wie ein Felsbrocken.

»Warum?« Das ist anscheinend die einzige Frage, die ihr derzeit einfällt und auf die sie meistens, genau wie jetzt, keine befriedigende Antwort bekommt.

»Eve, bitte, ich sage dir, geh nicht aus dem Haus. Ich sage es dir, weil es wichtig ist.«

Und das ist alles. Mehr sagt er nicht, bevor er das Zimmer verlässt.

Eine knappe Minute später vibriert ihr Mobiltelefon auf dem Nachttisch.

Sie sieht »Clara« auf dem Display aufleuchten. Bevor sie das Gespräch annimmt, steht sie aus dem Bett auf und schließt die Tür, dann schaltet sie das Radio ein.

Als sie endlich abhebt, fällt ihr auf, dass sich ihre Freundin anders anhört als sonst.

»Also, Señorita, wie sieht's heute aus mit unserer Shoppingtour?«

»Ich kann nicht«, erklärt ihr Eve. »Ich habe Hausarrest.«

»Hausarrest? Du bist siebzehn. Das darf er nicht. Das ist illegal.«

»Er macht es aber trotzdem. Er hält sich nicht an Gesetze. Außerdem bin ich pleite.«

»Macht nichts. Ich kann für dich bezahlen.«

»Geht nicht. Mein Dad. Im Ernst.«

»Du bist nicht sein Eigentum.«

Die Art und Weise, wie Clara das sagt, ist so untypisch für sie, dass sich Eve einen Moment lang fragt, ob es tatsächlich ihre Freundin ist, mit der sie da spricht. »Du hörst dich heute so anders an.«

»Stimmt genau«, sagt die coole Stimme an Eves Ohr. »Mir geht es besser. Aber ich brauche unbedingt neue Klamotten.«

»Was? Du kotzt also nicht mehr?«

»Nein. Es ist weg. Mein Dad meint, es wäre ein Virus gewesen. Eins von den Teilen, die in der Luft herumschwirren.«

Clara hört ein Klopfen.

»Da ist jemand an der Tür«, sagt Eve.

»Ich weiß. Ich hab's gehört.«

»Was? Wie denn das? Ich habe das doch gerade noch gehört ... Egal, ich muss auflegen. Mein Dad macht nicht auf.«

»In Ordnung«, sagt Clara. »Dann komme ich bei dir vorbei.«

»Nein, ich glaube nicht, dass das eine ...«

Clara hat aufgelegt, bevor sie den Satz beenden kann. Dann verlässt Eve ihr Zimmer und öffnet die Tür.

Sie tut so, als hätte sie ihren Dad nicht gehört, der im Wohnzimmer flüstert: »Eve, mach nicht auf.«

Sie öffnet die Tür und sieht Mr. Felt, den Vermieter, der mit seinem sturen, arroganten, geschäftsmäßigen Gesicht auf sie herabblickt.

»Ist dein Vater da?«

»Nein. Er ist weg.«

»Weg. Ja. Wie praktisch. Nun, du kannst ihm ausrichten, dass ich etwas ungehalten bin. Wenn ich die Miete der letzten beiden Monate bis nächste Woche nicht bekomme, müsst ihr euch was anderes suchen.«

»Er hat Arbeit«, erklärt ihm Eve. »Er kann jetzt bezahlen, es könnte nur noch ein kleines bisschen länger dauern. Hat, äh, Toby Ihnen nichts gesagt?«

»Toby? Nein. Warum sollte er?«

»Er sagte, er würde es Ihnen ausrichten.«

Und Mr. Felt lächelt sie an, aber nicht besonders freundlich. Es ist ein Lächeln, bei dem sie sich idiotisch vorkommt, wie die Pointe eines Witzes, den sie nicht versteht.

Er geht.

»Nächsten Montag«, sagt er bestimmt, »siebenhundert Pfund.«

EINE KLEINE PANIKATTACKE

Clara hat etwas gerochen, als sie im Bus saß. Einen schweren, exotischen Duft, der ihr in der überfüllten Linie sechs in die Stadt noch nie aufgefallen ist. Er irritierte sie so sehr, dass sie jedes Mal erleichtert war, wenn sich die Türen öffneten und frische Luft hereinkam, um ihre Sinne zu klären.

Aber jetzt ist er wieder da, überwältigt sie, während sie in einer Umkleidekabine vom Top Shop Sachen anprobiert. Dieser merkwürdig berauschende Duft, der sie an die wilde, zügellose Ekstase erinnert, die sie in der vergangenen Nacht gespürt hat.

Und sie sieht sich selbst. Über Harpers Körper, wie sie ihren Kopf wie ein Velociraptor in seine blubbernden Wunden taucht, um ihm immer mehr Leben auszusaugen. Sie zittert bei der Erinnerung, weiß aber nicht, ob vor Entsetzen über das, was sie getan hat, oder wegen der berauschenden Lust, von der sie weiß, dass sie sich wiederholen kann.

Nach Blut riecht es, fällt ihr auf, nach dem Blut von all den Körpern, die sich in den anderen Kabinen umziehen. Viele Mädchen, die sie nicht kennt, und eins, das sie kennt. Sie hat dieses Mädchen überredet, aus ihrer Wohnung und von ihrem Vater abzuhauen.

Verzückt tritt sie in ihren neuen Sachen heraus. Unsichtbare Kräfte ziehen sie zu der Nachbarkabine, wo sie den Vorhang öffnen will. Aber wie ein kalter Schatten kriecht Panik über ihre Haut, gerade noch rechtzeitig. Ihr Herz klopft, und es kribbelt in allen Gliedern. Ihr wird bewusst, was sie tut.

Also rennt sie los. Weg von den Umkleidekabinen und durch den Laden, rempelt eine Schaufensterpuppe in einem bauchfreien Achtziger-Jahre-Top mit glitzernden Kruzifixen an. Die Puppe fällt um und landet rücklings auf einem Kleiderständer.

»'tschuldigung«, keucht Clara atemlos, aber ihren Weg nach draußen setzt sie fort. Der Alarm setzt ein, als sie mit den diebstahlgesicherten Sachen nach draußen rennt, sie kann aber nicht zurück. Sie braucht frische Luft, um ihre Gier zu besänftigen.

Das Geräusch von Schritten auf dem Beton dröhnt ihr im Kopf. Jemand rennt hinter ihr her. Sie stürzt in eine Seitengasse, an großen Müllcontainern vorbei, sieht aber eine hohe orangefarbene Betonwand vor sich. Eine Sackgasse.

Der Sicherheitsbeamte hat sie in die Enge getrieben. Er spricht in sein Funkgerät, das an seiner Hemdtasche festgeschnallt ist, während er näher kommt.

»Alles in Ordnung, Dave. Ich hab sie. Ist bloß ein Mädchen.«

Clara bleibt mit dem Rücken zur Mauer stehen. »Tut mir leid«, sagt sie. »Ich wollte nichts stehlen. Ich hatte eine kleine Panikattacke, das ist alles. Ich hab genug Geld. Ich kann ...«

Der Sicherheitsbeamte grinst, als ob sie einen Witz erzählt hätte. »Klar, sicher, Kleine. Das kannst du alles drüben auf der Polizeiwache erklären. Bin allerdings nicht sicher, ob sie dir glauben werden.«

Er legt ihr eine schwere Hand auf den Arm. Während die Hand zudrückt, entdeckt sie das Tattoo einer Meerjungfrau auf seinem Unterarm, deren blaues Tintengesicht irgendwie hilflos-verständnisvoll zu ihr aufsieht. Er zieht sie in Richtung Straße. Als sie sich dem Ausgang der Gasse nähern, hört

Clara die Schritte von Passanten, die vorbeieilen, das Tappen wird schneller, bis es ihr wie ein kollektiver Freudentanz vorkommt. Die Hand drückt fester zu, und eine verzweifelte Wut kocht in ihr hoch. Sie versucht, sich ihm zu entziehen.

»Denk gar nicht erst dran«, sagt der Sicherheitsbeamte.

Ohne sich dessen bewusst zu sein, setzt sie den Trick mit den Zähnen ein. »Bleib weg von mir«, faucht sie.

Plötzlich lässt er sie los, als ob er sich an ihr verbrannt hätte. Er spürt, dass sie sein Blut riechen kann. Angst überwältigt ihn, sein Mund klappt auf, und er zieht sich rückwärts zurück, die flachen Hände abwärts von sich gestreckt in einer Geste, mit der man Deutsche Schäferhunde zu besänftigen versucht.

Clara sieht die Angst, die sie diesem erwachsenen Mann eingeflößt hat, und erschaudert bei der schrecklichen Erkenntnis ihrer Macht.

RETTET DIE KINDER

Peter erlebt den Vormittag in der Praxis wie hinter einem dichten Schleier. Die Patienten kommen und gehen, und er spult seine Routinen ab. Während der Tag voranschreitet, denkt er immer häufiger daran, wie er sich gefühlt hat, als er in der vergangenen Nacht durch die Luft gerast ist, an den schwerelosen Geschwindigkeitsrausch, und findet es zunehmend schwierig, sich darauf zu konzentrieren, was um ihn herum passiert.

So auch, als sich die Tür öffnet und Mr. Bamber erscheint, nur einen Tag nach seiner Rektaluntersuchung.

»Hallo«, sagt Peter und hört seine Stimme wie aus weiter Ferne hoch oben über der Nordsee. »Wie geht es Ihnen?«

»Nicht so gut, ehrlich gesagt«, meint der alte Mann und setzt sich auf den orangefarbenen Plastikstuhl. »Wegen dieser Antibiotika. Sie haben meinen Eingeweiden den Krieg erklärt.«

Er klopft sich auf den Bauch, um anzuzeigen, welchen Teil seiner Eingeweide er meint. Peter sieht in seinen Notizen nach.

»Verstehe. Also, normalerweise hat Amoxicillin kaum Nebenwirkungen.«

Mr. Bamber gibt einen pfeifenden Seufzer von sich. »Meine Darmkontrolle funktioniert nicht mehr richtig. Das ist nicht so schön. Wenn ich muss, dann muss ich. Fühlt sich an wie in *Die Zerstörung der Talsperren*.«

Der alte Mann bläst die Backen auf und imitiert das Geräusch eines brechenden Staudamms. Für Peter ist diese Information zu viel.

Er schließt die Augen und reibt sich die Schläfen, um den Kopfschmerz zu bekämpfen, der stundenlang weg war, sich jetzt aber wieder anschleicht.

»Also gut«, ringt er sich schließlich ab. »Ich werde Ihnen ein neues Rezept geben mit einer geringeren Dosierung, dann sehen wir weiter.«

Peter kritzelt ein unleserliches Rezept, das er ihm überreicht, und ohne dass er es mitbekommt, ist der Nächste im Zimmer. Und danach wieder jemand.

Die schüchterne Frau mit der Pilzerkrankung.

Der Mann mit dem unkontrollierbaren Husten.

Eine Frau mit Grippe.

Der alte Kerl mit dem Kricketjackett, der keinen mehr hochkriegt.

Ein Hypochonder mit zahllosen Leberflecken, der so lange gegoogelt hat, bis er überzeugt ist, dass er Hautkrebs hat.

Margaret vom Postamt, die ihm ihren Mundgeruch ins Gesicht bläst, damit er die Ursache feststellt. (»Nein, Margaret, ehrlich, man riecht so gut wie nichts.«)

Nachmittags um halb drei will Peter schon gehen. Schließlich ist Samstag.

Samstag!

Sams-tag.

In den beiden Silben steckte früher einmal köstliche Erregung. Während er den Blutstropfen an seiner Wand anstarrt, erinnert er sich, welche Bedeutung die Samstage früher einmal hatten, vor Jahren, als er mit Will immer nach Soho in den Stoker Club, eine Bar für Mitglieder und bekennende Blutsauger in der Dean Street ging, um sich anschließend vielleicht auf einem Fleischmarkt am Leicester Square die Fleischauslagen anzusehen. Und manchmal, wenn sie vom VB gekostet hatten, hoben sie einfach ab über die Stadt, dem geschlängelten Lauf der Themse folgend, flogen sie davon zu einem wilden Vampirwochenende.

Valencia, Rom, Kiew.

Manchmal schmetterten sie den albernen Song, den sie als Teenager komponiert hatten, für ihre Band – The Haemo Goblins. An den Song kann er sich inzwischen nicht mehr erinnern. Nicht ganz.

Was war das doch für ein unbeschwertes, unmoralisches Leben gewesen! Er war froh, als er Helen kennenlernte und ein bisschen langsamer trat. Natürlich hätte er nie gedacht, dass er mit dem Bluttrinken ganz aufhören würde, kein frisches und auch kein anderes mehr. Nicht bis Helen schwanger wurde und von ihm verlangte, er müsse Prioritäten setzen. Nein, das hätte er nicht gedacht. So hatte er sich seine Zukunft nicht vorgestellt, mit Kopfschmerzen und Eintönigkeit und in einem kaputten Drehstuhl darauf wartend, dass die Tür aufging und noch ein Hypochonder ins Zimmer trat.

»Herein«, antwortet er müde auf das zarte Klopfen, das wie Hammerschläge in seinen Ohren dröhnt.

Er macht sich gar nicht erst die Mühe, aufzusehen. Er bleibt einfach sitzen und kritzelt Blutstropfen in seinen Rezeptblock, bis ihm ein vage bekannter Geruch auffällt. Er schließt kurz die Augen, um den Duft zu genießen, schlägt sie dann wieder auf und sieht Lorna vor sich, vor Gesundheit strotzend in einer engen Jeans und einem Kaftan darüber.

Wenn er ein normaler Mann wäre, der seine Gelüste normal kontrollieren könnte, würde er in Lorna das sehen, was sie tatsächlich ist. Eine durchschnittlich attraktive Frau im Alter von neununddreißig Jahren mit manischen, zu stark geschminkten Augen. Aber für Peter scheint sie den Hochglanzseiten von Helens Modemagazinen entsprungen. Er steht auf und küsst sie auf die Wange, wie auf einer Dinnerparty.

»Hallo, Lorna! Du riechst gut.«

»Findest du?«

»Ja«, sagt er und versucht, sich nur auf ihr Parfüm zu konzentrieren. »Nach Wiese. Wie geht es dir?«

»Habe mir wie versprochen einen Termin geben lassen.«

»Ja. Ja, das hattest du gesagt. Nimm doch Platz.«

Sie lässt sich auf einem Stuhl nieder. *Graziös,* denkt er. *Wie eine Katze. Eine schlanke Burmakatze ohne Angst.*

»Ist mit Clara alles in Ordnung?«, fragt sie in besorgtem Ton.

»Ja, sicher. Clara ist … du weißt schon. Sie ist jung. Probiert aus … wie Teenager halt so sind.«

Sie nickt bei dem Gedanken an Toby. »Stimmt.«

»Also, worum geht es?«, fragt Peter.

Insgeheim hofft er, dass sie eine Erkrankung hat, die ihm die Lust auf sie nimmt. Hämorriden oder Verdauungsprobleme oder irgendwas in der Art. Aber ihre Beschwerden sind so damenhaft und viktorianisch, dass sie dadurch nur anziehender wird. Sie erzählt ihm, dass sie gelegentlich Schwächeanfälle hat, ihr schwarz vor Augen wird, wenn sie zu schnell aufsteht. Einen überheblichen Augenblick lang glaubt er, sie könnte sich das alles ausgedacht haben.

Trotzdem gibt er sich Mühe, professionell zu bleiben.

Er legt Lorna die Manschette des Blutdruckmessgeräts an und fängt an zu pumpen. Lorna lächelt ihm vertrauensvoll zu, während er seine Gier beim Anblick ihrer Venen zu unterdrücken versucht.

Hübsche feine blaue Streifen unter ihrer pfirsichfarbenen Haut.

Es hilft nichts.

Er kann sich nicht beherrschen.

Jetzt ist er verloren, sitzt in der Falle. Er schließt die Augen und sieht, wie er sich zu ihrem Arm hinunterbeugt, worauf sie kichern muss.

»Was machst du da?«, fragt sie ihn.

»Ich muss von dir kosten.«

»Was kosten?«

Sie sieht seine Reißzähne und schreit. Er gräbt seine Zähne in ihren Unterarm, woraufhin, wegen des Drucks in den Venen, Blut überall herumspritzt. In Peters Gesicht, auf Lorna, den Bildschirm, die Poster.

»Ist alles in Ordnung?«

Ihre Stimme unterbricht die Fantasie.

Peter, ohne Blut im Gesicht oder sonst irgendwo, blinzelt die Halluzination weg.

»Doch. Mir geht's gut.«

Er liest den Blutdruck ab, löst die Manschette und versucht es mit Ernsthaftigkeit.

»Alles ganz normal«, sagt er, bemüht, sie nicht anzusehen oder durch die Nase zu atmen. »Ich bin sicher, dass nichts Ernstes dahintersteckt. Vielleicht fehlt dir einfach ein bisschen Eisen. Trotzdem will ich sichergehen und ein paar Bluttests machen.«

Lorna zuckt zusammen. »Bei Spritzen stelle ich mich immer an wie ein Säugling.«

Peter räuspert sich. »Du musst zu Elaine an die Rezeption.«

Lorna steht an der Tür, will aber noch etwas sagen. Sie hat

einen nervösen, misstrauischen Gesichtsausdruck, was Peter liebt und zugleich fürchtet.

»Sie veranstalten Jazzabende«, sagt sie beiläufig. Für Peter ist ihre Stimme so glatt und einladend wie die Oberfläche eines still ruhenden Sees. »Im Fox and Crown draußen bei Farley. Mit Livemusik. Montags, glaube ich. Ich dachte, wir könnten da hingehen. Mark ist am Montag in London und kommt spät zurück. Deshalb dachte ich, wir könnten zusammen hingehen.«

Er zögert und erinnert sich daran, wie sich ihr Fuß am vergangenen Abend an seinen gepresst hat. Erinnert sich daran, dass er kurz darauf Blut getrunken und seine Schuldgefühle damit weggespült hat. Spürt die Enttäuschung der vielen unerwiderten Liebesschwüre, die er seiner Ehefrau im Lauf der Jahre hat zukommen lassen. Sie raubt ihm das letzte bisschen Kraft, das er braucht, um sacht den Kopf zu schütteln. »Es ist ...«

Sie saugt an ihrer Lippe, nickt, dann öffnet sich ihr Mund langsam, wie die Schwingen eines verletzten Vogels, zur Andeutung eines Lächelns.

»Schon gut. Bis dann, Peter«, sagt sie, um nicht auf die eindeutige Absage warten zu müssen.

Die Tür schließt sich, und Bedauern übertönt seine Erleichterung. »Bis dann, Lorna. Ja, mach's gut.«

Ein Ratschlag für alle Konvertierten: NEHMEN SIE NIEMALS KONTAKT ZU IHREM KONVERTER AUF. Es ist ohnehin immer schwierig, die Gefühle zu jenem Individuum zu unterdrücken, das mit seinem Blut so eine einschneidende Veränderung des Charakters bewirkt hat. Aber wenn man diesem Individuum begegnet, könnte das einen Ansturm an Gefühlen provozieren, denen man sich nie wieder entziehen kann.

Handbuch für Abstinenzler (zweite Ausgabe), Seite 133

DAS RUDERLOSE BOOT

Zu den wohlbekannten Folgen exzessiven Blutgenusses gehört der profunde Einfluss auf die Träume. Im Allgemeinen ist der Effekt positiv, und der durchschnittlich praktizierende Vampir erlebt lustvolle und angenehme Traumfilme, in denen es von knackigen Nackten und exotischen Details nur so wimmelt, die von Traum zu Traum variieren, und Will Radley bildete da keine Ausnahme. Seine Träume versorgten ihn mit überreichen Bildern aller Orte, an denen er jemals war – und er war schon überall (wenn auch nur bei Nacht) –, und fügten aus seiner Fantasie noch ein paar hinzu. Neuerdings hatte er jedoch Albträume, oder vielmehr einen Albtraum, wieder und wieder den gleichen, in dem Ort und Ereignisse nur in winzigen Details variierten.

Gerade jetzt träumt er ihn, an diesem Samstag.

Hier kommt sein Traum.

Er sitzt in einem Ruderboot ohne Ruder, treibt in einem See aus Blut.

Es gibt ein felsiges Ufer, rund um den See, und eine schöne Frau auf einem Felsen, die barfüßig dasteht und ihn zu sich winkt.

Er will zu ihr, weiß aber, dass er nicht schwimmen kann, also setzt er seine Hände als Ruder ein, platscht mit ihnen durch das Blut, bis er auf Widerstand stößt.

Ein Kopf taucht auf. Eine Frau mit verdrehten Augen und offenem Mund taucht aus dem roten Wasser auf.

Heute ist diese Frau Julie, das Supermarktmädchen der

vergangenen Nacht. Er weicht in dem ruderlosen Boot zurück, als weitere tote Gesichter um ihn herum auftauchen, alle mit weißen Augäpfeln und aufgesperrten Mündern, mit klaffenden Wunden an den Hälsen. Es handelt sich um sämtliche Männer und Frauen, die er getötet hat.

Zahllose Köpfe – Speeddates, kroatische Kellnerinnen, eine französische Austauschstudentin, Mitläufer aus dem Stoker Club und dem Black Narcissus, sibirische Ziegenhirten, schwanenhälsige Italienerinnen, unzählige Russen und Ukrainer – dümpeln wie Bojen im Blut.

Die Frau am Ufer ist jedoch immer noch da, will immer noch, dass er zu ihr kommt. Erst jetzt erkennt er sie. Es ist Helen, vor siebzehn Jahren, und jetzt, da er das weiß, will er mehr denn je bei ihr sein.

Ein nasses Geräusch.

Jemand schwimmt durch das Blut. Und dann noch jemand, entschlossen kraulend und platschend.

Es sind die Leichen. Es sind die Leichen, die es auf ihn abgesehen haben.

Julie ist am schnellsten. Er sieht, wie sich ihre Augen nach vorn rollen und ihr Arm aus dem See auftaucht, um das Boot zu packen.

Dann, als sie sich an der Bootswand hochzieht, hört er noch etwas. Jemand ist unter dem Boot, klopft gegen das Holz, versucht, von unten durchzubrechen.

Er hält am Ufer nach Helen Ausschau. Sie ist nicht mehr da. An ihrer Stelle steht dort Alison Glenny – die arrogante Kommissarin mit dem Kurzhaarschnitt, Leiterin der Anti-Vampirismus-Operationen bei der Polizei. Sie nickt, als ob alles nach Plan laufen würde.

Die Leichen sind überall, klammern sich wie Julie mit aus

dem Blut auftauchenden Armen an das Boot, während das Klopfen lauter und lauter wird. Die Arme haben ihn fast erreicht, aber er schließt die Augen, öffnet sie dann wieder und befindet sich in seinem Campingbus, mit heruntergezogenen Sonnenrollos.

Nur ein Traum.

Bloß wieder dieser alte Traum.

Er schnappt sich sein Messer und öffnet die Heckklappe, um nachzusehen, wer da klopft. Es ist Helen.

»Ich habe gerade geträumt –« Ihr Blick fällt auf das Messer. »Verzeihung«, sagt er mit einem zaghaften Lächeln. »Hab ziemlich viel VB hier drin. Auch ein paar Kostbarkeiten. Bin in Sibirien von ein paar Blutfanatikern angefallen worden. Dänische Riesenarschlöcher. Die guten alten Reißzähne sind in solchen Fällen nutzlos, wie du weißt«, sagt er und winkt sie zu sich, so wie sie ihn gerade in seinem Traum zu sich gewinkt hat. »Komm rein, hier drin ist Schatten.«

Helen lehnt die Aufforderung ab, indem sie die Augen schließt. Leise, damit die Nachbarn nicht mithören können, sagt sie dann: »Peter wollte dir sagen, dass du verschwinden sollst. Wir brauchen dich nicht.«

»Stimmt, jetzt, wo du es sagst: Mir kam er auch ein bisschen abweisend vor. Könntest du nicht mal mit ihm reden, Hel?«

Helen ist verblüfft. »Was?«

So gefällt ihm das nicht. Er hockt wie Quasimodo in seinem Bus, was nicht besonders attraktiv aussehen kann. »Du hast dich inzwischen wirklich gut an die Sonne gewöhnt. Komm rein, setz dich.«

»Ich kann's nicht fassen«, sagt sie verärgert. »Du willst, dass ich mit Peter rede, damit du bleiben kannst?«

»Nur bis Montag, Hel. Muss mich ein bisschen ausruhen, mehr nicht.«

»Du hast hier nichts zu suchen. Peter und ich wollen, dass du verschwindest.«

»Hab's in letzter Zeit ein bisschen übertrieben. Ich brauche nur einen Ort, wo es … ruhig ist. Da draußen treiben sich einige verärgerte Angehörige herum. Einer vor allem.« Und das stimmt sogar, wobei das schon eine ganze Weile so ist. Im vergangenen Jahr hatte er aus zuverlässiger Quelle erfahren, dass jemand nach »Professor Will Radley« sucht. Jemand aus Unizeiten, der einen Groll gegen ihn hegt, wie er vermutet. Ein durchgedrehter Vater oder ein Witwer, der auf Rache sinnt. Er macht sich deswegen nicht mehr Sorgen als wegen Alison Glenny, aber Stress mit seinen Vampirkollegen bei der Sheridan Society ist dann doch noch etwas anderes. »Jemand hat Fragen gestellt. Wer es ist, weiß ich nicht, aber er lässt nicht locker. Wenn ich also bloß …«

»Ich soll meine Familie in Gefahr bringen? Nein. Ganz bestimmt nicht.«

Will steigt aus dem Bus, sieht blinzelnd den Vögeln nach, die verängstigt in den nächsten Baum flüchten, und bemerkt, dass auch Helen erschrocken zusammenzuckt, als sie die Straße hinunterblickt. Will folgt ihrem Blick und sieht eine ältere Dame mit einem Gehstock.

»Puh, ich brauche unbedingt einen anständigen Sonnenblocker«, sagt er und kneift die Augen vor dem Sonnenlicht zusammen.

Will hat das Messer immer noch in der Hand.

»Was hast du vor?«, fragt Helen.

Die alte Dame ist bei ihnen angekommen.

»Guten Tag.«

»Morgen, Mrs. Thomas.«

Mrs. Thomas lächelt Will an, der beiläufig die Hand mit dem Messer hebt und winkt. Er lächelt und grüßt zurück.

»Mrs. Thomas.«

Es macht ihm Spaß, Helen zu provozieren, und Helen ist eindeutig entsetzt. Aber Mrs. Thomas hat das Messer anscheinend nicht bemerkt oder scheint zumindest nicht beunruhigt.

»Guten Tag«, erwidert sie den Gruß fröhlich krächzend.

Sie setzt ihren Weg unbeirrt fort. Helen starrt Will an, weshalb er beschließt, dafür zu sorgen, dass sie sich noch ein bisschen mehr aufregt. Er tut so, als hätte er eben erst bemerkt, dass er das Messer immer noch in der Hand hält.

»Hoppla.«

Er wirft das Messer lässig in den Bus zurück, mit verzerrtem Gesicht wegen des Lichts. Helen sieht zum Nachbarhaus hinüber, aus dem Mark Felt mit Eimer und Schwamm tritt, um sein Auto zu waschen. Ein Mann, der, zu Wills Erheiterung, etwas besorgt aussieht wegen des verdächtig wirkenden Typen, mit dem Helen da redet.

»Alles in Ordnung, Helen?«

»Ja, danke, bestens, Mark.«

Dieser Mark fängt an, mit dem Schwamm das Dach seines teuren Autos zu bearbeiten, während sein leicht misstrauischer Blick weiter auf Helen ruht.

»Wie geht es Clara?«, fragt er in fast aggressivem Ton, während das schaumige Seifenwasser an den Fenstern hinunterläuft.

Was sie den Nachbarn wohl erzählt haben?, fragt sich Will und beobachtet Helens nervöse Vorstellung.

»Es geht ihr gut«, sagt sie. »Jetzt geht's ihr wieder gut. Wie das mit Teenagern eben so ist.«

Es folgt noch ein amüsanter Moment, als Helen auffällt, dass sie Will eigentlich vorstellen müsste, sich aber nicht dazu durchringen kann. Helen weiß nicht, ob sie ihren Nachbarn anlügen soll, und darüber wundert sich Will wie über ein vertrautes Buch, das plötzlich in eine andere Sprache übersetzt wurde.

»Schön«, sagt Mark, sieht aber wenig überzeugt aus. »Freut mich, dass es ihr wieder gut geht. Um wie viel Uhr macht Peter eigentlich seine Praxis zu?«

Helen zuckt mit den Schultern, offensichtlich sehnt sie das Ende dieses Gesprächs herbei. »Samstags ist das unterschiedlich. Gegen fünf. Vier oder fünf ...«

»Gut.«

Helen nickt und lächelt, aber Mark ist noch nicht fertig. »Ich würde gern bei Gelegenheit die Pläne vorbeibringen. Passt morgen vielleicht am besten. Gehe später zum Golfen.«

»Gut«, sagt Helen.

Will versucht, sich das Grinsen zu verkneifen.

»Lass uns die Sache im Haus zu Ende bringen«, flüstert sie.

Will nickt und folgt ihr zur Haustür. *Bisschen dreist, aber okay. Mach mich nur an.*

PARIS

Eine Minute später hat er es sich in dem geschmackvollen Wohnzimmer auf dem Sofa gemütlich gemacht. Helen sitzt von ihm abgewandt, den Blick auf die Terrasse und in den Garten gerichtet. Sie ist nach wie vor hinreißend, ohne es zu wissen, auch wenn sie sich für die sterbliche Überholspur entschieden hat. Sie könnte alt und verschrumpelt wie eine Walnuss sein, und er würde sie immer noch begehren.

Für ihn ist sie wie eine russische Puppe. In dieser angespannten, dörflichen äußeren Hülle stecken weitere, bessere Helens. Da ist er sich sicher. Die Helen, die einst mit ihm übers Meer flog, eine blutverschmierte Hand in der anderen. Er kann ihre Lust auf das Leben, auf die Gefahr riechen, sie pulsiert immer noch in ihren Adern. Und er weiß, dass die Zeit gekommen ist, sie zu überreden, sie zu zwingen, dass sie sich an ihr besseres Ich erinnert.

»Denkst du noch an Paris?«, fragt er. »An die Nacht, in der wir im Rodin-Garten gelandet sind?«

»Bitte sei still«, sagt sie. »Rowan ist oben.«

»Er hört Musik. Von uns kriegt er nichts mit. Ich will doch nur wissen, ob du manchmal an Paris denkst?«

»Manchmal schon. Ich denke über vieles nach. Über dich denke ich auch manchmal nach. Und über mich denke ich nach, wie ich früher war. Wie viel ich von mir aufgeben musste, um hier zu leben, unter all diesen normalen Menschen. Ich weiß es nicht, aber manchmal würde ich am liebsten alles hinschmeißen und splitternackt über die Straße laufen, einfach nur, um zu sehen, wie die Leute reagieren. Aber ich versuche, einen Fehler gutzumachen, Will. Das ist der Grund, weshalb ich so lebe. Das Ganze war ein Fehler.«

Will nimmt eine Vase in die Hand und äugt durch die Öffnung in das schwarze Loch im Inneren.

»Du lebst überhaupt nicht, Helen. Dieser Ort ist eine Leichenhalle. Man kann die toten Träume riechen.«

Helen senkt jetzt die Stimme. »Ich war mit Peter zusammen. Ich war mit Peter *verlobt*. Ich habe ihn geliebt. Warum mussten wir das ändern? Warum hast du mir nachgestellt? Was war das da in dir drin, das wie ein teuflischer Albtraum alles ruinieren musste? Was ist das? Rivalität unter Geschwistern? Langeweile? Die schlichte altbekannte Unsicherheit? Wenn man die ganze Menschheit umgebracht oder unglücklich gemacht hat, gibt es niemanden mehr, auf den man eifersüchtig sein kann? Ist es das?«

Will lächelt. Er entdeckt eine Spur von der alten Helen. »Komm schon, Monogamie hat noch nie zu dir gepasst!«

»Ich war jung, und ich war dumm. Richtig scheißdumm. Ich hatte keine Ahnung, wo das hinführt.«

»Dummheit war in dem Jahr weit verbreitet. Armer Pete. Hätte von der Nachtschicht die Finger lassen sollen … Du hast es ihm nie gesagt, nicht wahr?«

»Wem?«, sagt sie.

»Bleiben wir bei Pete.«

Helen bedeckt jetzt mit der Hand die Augen. »Du wusstest es.«

»1992«, sagt Will bedeutsam, als ob allein das Datum schon einen zarten und kostbaren Klang hätte. »Erntejahr. Ich habe unser Souvenir aufbewahrt. Ich bin sentimental, wie du weißt.«

»Du hast mein …« Helens Augen weiten sich vor Entsetzen.

»Ja natürlich. Hättest du das nicht genauso gemacht?« Er wird dramatisch. »Hab ich mein Quartier nur in der Vorstadt Eurer Lust?« Er lächelt. »War eine rhetorische Frage. Ich weiß, dass ich das Zentrum der Stadt bin. Ich bin der Eiffelturm. Aber ja, ich habe dein Blut aufbewahrt. Und ich bin mir ziemlich sicher, dass Pete es erkennen würde. War immer schon ein Snob in Sachen Blut. Oh, und deine Briefe habe ich auch aufbewahrt …«

Will stellt die Vase vorsichtig auf den Tisch zurück.

Helen sieht ihn mit schlecht unterdrückter Wut an und flüstert: »Willst du mich erpressen?«

Er blinzelt über den Vorwurf. »Mach deine Gefühle nicht schlecht, Helen. Du warst immer so nett in deinen Briefen.«

»Ich liebe meine Familie. Das sind meine Gefühle.«

Familie.

»Familie«, sagt er. Allein das Wort klingt hungrig. »Sollen wir Pete da mit einbinden, oder beschränken wir uns auf die Kids?«

Helen funkelt ihn an. »Das ist lächerlich. Du glaubst, ich empfinde immer noch mehr für dich, weil du mich vor ihm konvertiert hast?«

Und genau in dem Moment, als sie das sagt, kommt Rowan die Treppe herunter, ungehört, aber nicht ohne zu hören. Die Worte als solche versteht er nicht, aber er hört die Stimme seiner Mutter, die eindringlich klingt. Dann hält er inne und hört Will. Seine Worte sind laut und deutlich, ergeben aber keinen Sinn.

»Vor ihm?«, sagt Will zornig. »Man kann nicht *zweimal* konvertiert werden, Helen. Du bist wirklich eingerostet. Vielleicht hättest du gern eine Erfrischung …«

Rowan verlagert das Gewicht auf den linken Fuß und bringt eine Bodendiele zum Knarren. Das lässt die Stimmen verstummen, und für eine oder zwei Sekunden hört man nichts außer dem Ticken der kleinen, antiken Uhr neben dem Telefon.

»Rowan?«

Seine Mutter sieht ihn fragend an. Rowan überlegt, ob er etwas sagen soll. »Ich habe Kopfschmerzen«, sagt er schließlich. »Ich nehme eine Tablette. Und dann gehe ich nach draußen.«

»Oh«, sagt sie nach einer längeren Pause. »Okay. Ist gut. Wann wirst du … «

»Später«, fällt ihr Rowan ins Wort.

»Später, ist gut. Also bis später.«

Sie hört sich unecht an. Aber woher soll er jetzt noch wissen, was unecht ist? Alles Echte, was er bisher kannte, war vorgespielt. Und dafür möchte er seine Eltern hassen, aber Hass ist ein starkes Gefühl für starke Menschen, und er ist so schwach wie sie.

Also geht er den Flur hinunter bis in die Küche. Er öffnet einen Schrank, weil er weiß, dass sich darin die Medikamente befinden, nimmt das Ibuprofen aus der Schachtel und betrachtet die reinweiße Plastikverpackung.

Er fragt sich, ob genug da ist, um sich umzubringen.

HINTER DER EIBE

Sie hören, wie Rowan die Küche betritt. Eine Schranktür wird geöffnet und wieder geschlossen. Anschließend geht er aus dem Haus, und erst als Helen hört, dass sich die Tür schließt, kann sie weiteratmen. Aber die Entspannung ist nur vorübergehend und hält so lange an, bis Will, der immer noch auf dem Sofa sitzt, den Mund wieder aufmacht.

»Hätte schlimmer kommen können«, sagt er. »Wenn er die Briefe gefunden hätte. Oder wenn Pete da gewesen wäre.«

Helen kocht innerlich vor Wut. »Halt die Klappe, Will. Halt einfach die Klappe.«

Aber ihre Wut ist ansteckend, und Will steht vom Sofa auf und tritt näher an Helen heran, während er mit einem Peter redet, der gar nicht da ist.

»Weißt du, Peter«, sagt er. »Ich hab mich immer gewundert, dass du nicht rechnen kannst. Trotz all deiner Talente. Und als Mediziner sowieso ... Oh, natürlich hat Helen dir falsche Zahlen genannt, und mir hat's Spaß gemacht, dem Arzt genug Angst einzujagen, bis er gelogen hat, aber trotzdem ...«

»Sei still, sei still, sei still.« Sie denkt nicht nach. Sie holt einfach aus, zerkratzt Will das Gesicht und genießt die Erleichterung, die ihr das verschafft. Will steckt einen Finger in den Mund, dann zeigt er ihn ihr. Sie sieht das Blut, Blut, das sie kennt und liebt wie kein anderes. Es ist da, direkt vor ihr, der Geschmack, über dem sie alles vergessen könnte. Es gibt nur einen Weg, ihre Instinkte zu bezwingen, indem sie aus dem Zimmer stürzt, aber das fröhlich breite Grinsen in den Worten, die er ihr nachruft, kann sie gerade noch hören:

»Wie gesagt, Helen, nur bis Montag.«

Rowan sitzt auf dem Friedhof an eine Eibe gelehnt, außer Sichtweite von der Straße aus. Er hat eine ganze Packung Ibuprofen geschluckt, fühlt sich aber noch ganz genauso wie vor einer halben Stunde ohne den Kopfschmerz.

Das ist die Hölle, denkt er sich. Gefangen in dem langen und qualvollen Schuldspruch, dessen Endpunkt er erst nach Ablauf von etwa zweihundert Jahren erreichen wird.

Er bereut, dass er seinen Vater nicht gefragt hat, wie man einen Vampir umbringt. Er würde wirklich gern wissen, ob Selbstmord als Lösung infrage kommt. Irgendwann steht er schließlich auf und macht sich auf den Heimweg. Auf halber Strecke sieht er Eve, die gerade aus einem Bus steigt. Sie geht auf ihn zu, und ihm wird klar, dass es zu spät ist, um sich zu verstecken.

»Weißt du, wo deine Schwester sein könnte?«, fragt sie ihn.

Sie sieht ihm so direkt ins Gesicht, Eve, wie sie leibt und lebt mit ihren leuchtenden Augen, dass er kaum sprechen kann.

»Nein«, bringt er schließlich heraus.

»Sie ist einfach aus dem Top Shop verschwunden.«

»Oh. Nein. Ich … ich habe sie … nicht gesehen.«

Rowan macht sich Sorgen um seine Schwester. Vielleicht ist sie von der Polizei geschnappt worden. Einen Moment lang besiegt die Sorge um seine Schwester seine generelle Angst, mit Eve zu sprechen. Und wegen dieser Besorgnis bekommt der chemische Geschmack in seinem Mund eine Note von Schuld, weil er noch vor einer halben Stunde vorhatte, seine Schwester zusammen mit der ganzen Welt im Stich zu lassen.

»Also, es war seltsam«, sagt Eve. »Erst war sie noch da, und dann ganz plötzlich ...«

»Eve!« Jemand rennt rufend auf sie zu. »Eve, ich hab überall nach dir gesucht.«

Eve verdreht die Augen und stöhnt, wobei sie Rowan einen Blick zuwirft, mit dem man Freunde ansieht.

Ein Grund, weiterzuleben.

»Tut mir leid, muss gehen. Mein Dad. Bis später.«

Beinahe hätte er den Mut aufgebracht, zurückzulächeln, und als sie sich bereits abgewendet hat, schafft er es sogar.

»Okay«, sagt er. »Bis bald.«

Stunden später ist er in seinem Zimmer und hört sein Lieblingsalbum von den Smiths – *Meat Is Murder*. Er schlägt im Stichwortregister des *Handbuchs für Abstinenzler* nach, und auf Seite 140 springt ihm die folgende Passage entgegen:

ANMERKUNG ZUM THEMA SELBSTMORD

Selbstmordgedanken infolge von Depressionen sind ein gängiger Fluch unter Abstinenzlern.

Ohne eine regelmäßige Ernährung mit Menschen- oder Vampirblut kann das Nervensystem ernsthaften Schaden erleiden. Sehr oft ist der Serotoninspiegel sehr niedrig, während die Cortisolproduktion in Krisenzeiten alarmierend ansteigen kann. Und man ist versucht, etwas Übereiltes zu tun, ohne darüber nachzudenken.

Hinzu kommt ein natürlicher Selbsthass, der daher

rührt, dass wir wissen, was wir sind, und eine tragische Ironie liegt bei uns Abstinenzlern darin, dass wir unsere Instinkte zum Teil deshalb verabscheuen, weil wir ihnen zuwiderhandeln. Im Unterschied zu jenen Blutsüchtigen, die sich von ihrer Sucht blenden lassen, besitzen wir die Klarheit, das Monster in uns wirklich zu erkennen, und diese schmerzhafte Erkenntnis kann für den einen oder anderen zu belastend werden.

Ziel dieses Handbuches ist es nicht, jene zu verurteilen, die ihrem Leben ein Ende machen wollen. In der Tat kann das in vielen Fällen – wenn beispielsweise ein Abstinenzler daran denken könnte, den alten mörderischen Weg wieder einzuschlagen – vielleicht sogar ratsam sein.

Gleichwohl ist es wichtig, sich die folgenden Fakten einzuprägen:

1. Abstinenzler leben vielleicht wie Menschen, können aber nicht so einfach sterben wie sie.

2. Theoretisch ist es möglich, Selbstmord zu begehen, indem man pharmazeutische Präparate zu sich nimmt, aber die erforderliche Menge ist deutlich höher als bei gewöhnlichen Sterblichen. Ein Beispiel: Ein durchschnittlicher Vampir müsste ungefähr dreihundert starke Paracetamoltabletten à fünfhundert Milligramm zu sich nehmen.

3. Kohlenmonoxidvergiftung, Sturz von Gebäuden und Pulsadern aufschneiden sind ebenfalls äußerst unpraktikabel. Vor allem Letzteres, da der Anblick und Geruch unseres eigenen Blutes augenblicklich das Verlangen nach anderen, lebenden Quellen wecken kann.

Rowan klappt das Buch zu, seltsamerweise erleichtert. Schließlich könnte er Eve nie mehr wiedersehen, wenn er sich umbringen würde, und der Gedanke entsetzt ihn mehr als die Vorstellung, am Leben zu bleiben.

Er schließt die Augen, legt sich auf sein Bett und nimmt die Geräusche im Haus wahr. Seine Mutter zerkleinert unten irgendwas im Mixer. Sein Vater keucht im Gästezimmer auf dem Rudergerät. Und Clara und Will lachen, lauter als alle anderen, und hören sich schrille Gitarrenklänge an.

Rowan lässt alle Geräusche in Gedanken miteinander verschmelzen, während er sich auf das Lachen seiner Schwester konzentriert. Sie hört sich unbestreitbar fröhlich an. *Ohne eine regelmäßige Ernährung mit Menschen- oder Vampirblut kann das Nervensystem ernsthaften Schaden erleiden.*

Und mit Blut?

Rowan schließt die Augen und versucht, nicht an die wahrhaftige und unbestreitbare Fröhlichkeit zu denken, die er haben könnte.

Er schüttelt den Kopf und versucht, den Gedanken loszuwerden, aber es gelingt ihm nicht. Er bleibt da, anhaltend wie der süßsaure Geschmack auf seiner Zunge.

WASSER

Peter sitzt am Rudergerät, mit einer höheren Schlagzahl als sonst. Er wollte fünftausend Meter in weniger als zwanzig Minuten schaffen, ist dem Ziel aber schon viel näher als gedacht. Prüfend blickt er auf das Display: viertausendsechshundertdreiundfünfzig Meter in fünfzehn Minuten und fünf Sekunden. Das ist viel schneller als sonst und eindeutig eine Folge des Blutes, das er gestern Nacht zu sich genommen hat.

Er kann die Musik aus Claras Zimmer leise hören.

Hendrix.

Erfolgreiche Blutmusik aus den Sechzigern, die Will offensichtlich immer noch genauso mag wie als Siebenjähriger, als er mit ihrem Vater zu »Crosstown Traffic« um die Barkasse tanzte.

Er hört Clara, die mit ihrem Onkel lacht.

Lässt sich davon aber nicht ablenken. Er sieht einfach auf die Knöpfe unter dem Display

EINHEITEN ÄNDERN   DISPLAY ÄNDERN

Der Erfinder dieses Geräts weiß, wie mächtig dieses Wort ist. *ÄNDERN.*

Er denkt an Lorna und murmelt im Takt des Ruderschlags Worte vor sich hin, rudert die letzten hundert Meter schneller und schneller.

»Jazz. Jazz. Jazz ... *Scheiße.*«

Er lässt los, sieht die Zahlen weitersteigen, solange sich das

Schwungrad dreht. Es läuft bei fünftausendachtundsechzig Metern aus. Geschafft in siebzehn Minuten und zweiundzwanzig Sekunden.

Das ist beeindruckend.

Er hat seine bisherige Bestzeit um vier Minuten unterschritten. Jetzt ist er allerdings zu erschöpft, um vom Gerät zu steigen.

Unglaublich durstig blickt er auf die aufgepumpten Venen seines Unterarms.

Nein, sagt er zu sich selbst. *Wasser tut's auch.*

Wasser.

Das ist jetzt sein Leben. Klares, fades, geschmackloses Wasser.

Und darin kann man genauso schnell ersaufen wie in Blut.

Clara hört sich die uralte Gitarrenmusik an, die sie sich auf Wills Empfehlung hin gerade heruntergeladen hat, und bemüht sich gar nicht erst, so zu tun, als fände sie sie gut.

»Nein«, sagt sie lachend. »Das ist grässlich.«

»*Das* ist *Jimi Hendrix*«, sagt er, als ob das alles erklären würde. »*Das* ist einer der talentiertesten Blutsüchtigen, die es je gegeben hat! *Das* ist der Mann, der mit seinen Reißzähnen Gitarre spielte. Auf der Bühne. Und nie hat das jemand mitgekriegt.« Er lacht. »Unser Dad hat mir davon erzählt, bevor er ...« Will hält einen Moment inne, und Clara will ihn nach seinem Vater fragen, aber dann sieht sie den Schmerz in seinen Augen. Also lässt sie ihn weiter von Jimi Hendrix erzählen. »Die Unblutigen dachten immer, es käme vom LSD, das sie genommen hatten. Haben nie gefragt: Warum ist der Nebel purpur? War natürlich gar kein Nebel. ›Purple Veins‹ hielt man immer für ein bisschen zu heftig. Prince hatte das gleiche Problem. Aber dann wurde er Abstinenzler und ging zu den Zeugen Jehovahs, und ab da ging es bergab. Nicht so bei Jimi. Der hat einfach seinen Tod inszeniert und weitergemacht. Nennt sich Joe Hayes. H. A. Y. E. S. Hat einen Blutclub namens Ladyland in Portland, Oregon, aufgemacht.«

Clara lehnt sich zurück an ihre Schlafzimmerwand, die Füße lässt sie vom Bettrand baumeln. »Also, ich hab immer noch nichts für Gitarrensoli übrig, die fünf Jahrhunderte dauern. Ist wie bei diesen Sängerinnen, die loslegen und ganze Tonleitern runterträllern, bevor sie ein Wort mit einer einzigen Silbe rauskriegen. Ich frag mich dann immer, wann kommen die mal auf den Punkt?«

Will schüttelt den Kopf, beinahe mitleidig, dann nimmt er einen kräftigen Schluck Blut aus der Flasche, die er aus dem Camper mitgebracht hat. »Lecker. Hatte ganz vergessen, wie gut sie schmeckt.«

»Wer?«

Er zeigt ihr das handgeschriebene Etikett. Die zweite Flasche an dem Abend. Die erste – ALICE – hat Will in Sekunden geleert und unter Claras Bett abgestellt.

Rosella 2001

»Also, diese hier … sie war bildschön. Una guapa.«

Clara ist nicht sehr betroffen. »Du hast diese Leute also umgebracht?«

Ihr Onkel tut so, als wäre er entsetzt. »Für wen hältst du mich?«

»Für einen mörderischen blutrünstigen Vampir.«

Will zuckt mit den Schultern, als ob er sagen wollte: »Stimmt genau.« »Menschenblut hält sich nicht gut«, erklärt er. »Wird metallisch, lohnt sich deshalb nicht, es in Flaschen

169

abzufüllen. Das Hämoglobin in Vampirblut verändert sich nie. Und genau da fängt die Magie an, im Hämoglobin. Egal – Rosella, die ist ein Vampir. Spanierin. Hab sie auf einer Flugreise nach Valencia kennengelernt. Valencia, die Vampirstadt. Wie Manchester. Wir haben zusammen abgehangen. Souvenirs getauscht. Probier mal.«

Will hält Clara die Flasche hin, sieht sie eine Weile eindringlich an.

»Du weißt, dass du es willst.«

Irgendwann gibt Clara auf und nimmt die Flasche, hält sie sich unter die Nase und schnüffelt, um zu riechen, was sie gleich probieren wird.

Will findet das amüsant. »Ein Hauch von Zitrus, darunter Eichenholz, und nur ein Flüstern der Ewigkeit.«

Clara nimmt einen Schluck und schließt die Augen, als sie den süßen Rausch genießt, den ihr das Blut verschafft. Sie kichert, und aus dem Kichern wird schallendes Gelächter.

Dann entdeckt Will ein Foto an Claras Pinnwand. Sieht ein hübsches blondes Mädchen, das neben Clara steht. Und er hat das beunruhigende Gefühl, dass er sie von irgendwoher kennt.

»Wer ist das?«

»Wer ist wer?«, sagt Clara, als sie sich beruhigt.

»Olivia Newton-John.«

»Ach so, Eve. Sie ist der Hit. Hab sie heute ein bisschen gescheucht. Bin im Top Shop vor ihr weggerannt. Ich hatte Angst, ich könnte etwas anstellen, in der Umkleidekabine.«

Will nickt.

»Eine ÜBD-Attacke. Man gewöhnt sich mit der Zeit daran.«

»ÜBD?«

170

»Überwältigender Blut-Durst. Egal, du wolltest erzählen …«

»Ja. Sie ist neu. Gerade hierhergezogen.« Clara nimmt noch einen Schluck. Sie wischt sich den Mund ab und lacht wieder, als ihr etwas einfällt. »Sie ist Rowans feuchter Traum. Sie ist an der Schule im gleichen Jahrgang wie er, aber er schafft es noch nicht einmal, mit ihr zu sprechen. Ist ziemlich tragisch. Aber ihr Dad hat Probleme. Sie ist siebzehn und muss jedes Mal fragen, wenn sie aus dem Haus gehen will. Sie hat vorher in Manchester gewohnt.«

Seinen plötzlich ernsthaften Gesichtsausdruck bemerkt sie kaum.

»In Manchester?«

»Ja, sie wohnen erst seit ein paar Monaten hier.«

»Gut«, sagt er und blickt zur Tür. Die sich eine Sekunde später öffnet, und Helen steht im Türrahmen, beschürzt und kochend vor Wut. Bei ihrer Laune gefriert die Luft zu Eis, und ihr Kiefer verkrampft sich unübersehbar, als sie eintritt und die Flasche mit dem Blut entdeckt.

»Würdest du bitte das hier zusammen mit deiner Person aus dem Zimmer meiner Tochter entfernen?«

Will strahlt. »Ah, wie schön. Da bist du ja. Wir hatten schon befürchtet, das hier könnte uns zu viel Spaß machen.«

Clara, immer noch albern, unterdrückt ein Lachen.

Ihre Mutter sagt nichts, aber ihr Gesicht lässt keinen Zweifel daran, dass sie mit keinem von beiden Nachsicht üben wird. Will erhebt sich vom Fußboden. Als er an Helen vorbeigeht, beugt er sich zu ihr und flüstert ihr etwas ins Ohr, was Clara nicht versteht.

Etwas, wonach Helen wirklich bekümmert aussieht.

»He«, sagt Clara. »Keine Geheimnisse!«

Sie bekommt aber keine Antwort. Will hat das Zimmer bereits verlassen, und Helen steht einfach da auf dem Teppich, mit erstarrter Miene wie eine Wachsfigur.

Hinter ihr sieht Clara Will, der mit ihrem Vater spricht. Peter schwitzt und hat ein rotes Gesicht vom Training, und sein Bruder bietet ihm die Flasche mit dem Blut an.

»Ich gehe duschen«, antwortet Peter angesäuert und stürmt ins Badezimmer.

»Mein Gott«, sagt Clara zu ihrer wächsernen Mutter. »Was hat der denn für ein Problem?«

BLUTROTE WOLKEN

Unter anderem hat Peter folgendes Problem:

Als er acht Jahre alt war, damals in den Siebzigern, hat ihm Will das Leben gerettet. Zwei Männer, deren Groll und Identität im Dunklen blieben, waren auf der Barkasse am Kanal eingebrochen, den sie damals bewohnten, mit dem festen Vorsatz, ihren Eltern speziell angefertigte Weißdornspieße ins Herz zu rammen.

Peter war von ihren qualvollen Schreien aufgewacht und zwischen den von ihm frisch eingenässten Laken liegen geblieben. Die Männer waren dann in Peters winziges Zimmer gekommen, ohne Spieße, aber mit einem orientalischen Schwert.

Er sieht sie immer noch vor sich – der große Hagere mit der braunen Lederjacke trägt das Schwert, und der fette Schmierige hat ein »Enter-the-Dragon«-T-Shirt an.

Er erinnert sich immer noch an den absoluten Schrecken bei der Erkenntnis, dass er jetzt sterben wird, und die absolute Erleichterung, als er den Grund sah, weswegen der Hagere plötzlich vor Schmerzen aufjaulte.

Will.

Peters älterer Bruder krallt sich wie eine Fledermaus in seinen Rücken und beißt, worauf Blut über sämtliche Hendrix- und Doors-LPs spritzt, die dort am Boden liegen.

Die zweite Tötung war es eigentlich, mit der Will seine Bruderliebe bewies. Der übergewichtige Bruce-Lee-Fan hatte das Schwert seines Freundes ergriffen und bedrohte damit den Jungen, der über ihm in der Luft schwebte.

173

Gestikulierend versuchte Will, Peter etwas zu sagen. Er wollte ihm bedeuten, durch die Tür zu entwischen, damit sie von dort wegfliegen könnten, ohne dass Will ein Gefecht mit dem Schwert riskierte. Aber die Angst hielt Peter in den feuchten Laken fest, und er tat nichts. Er lag einfach da und sah zu, wie Will wie eine Fliege vor dem Gesicht des um sich schlagenden Samurais herumtanzte, eine hässliche Wunde am Arm abbekam und schließlich seine Reißzähne in Gesicht und Kopf des Mannes schlug.

Es war dann Will, der Peter aus dem Bett holte. Er ließ ihn über den blutüberströmten Boden tappen, über die Leichen steigen und über die schmale Gangway an Land gehen. Er befahl Peter, am Ufer auf ihn zu warten. Und das tat Peter, wobei er den Tod seiner Eltern allmählich realisierte und Tränen sein Gesicht hinabflossen.

Will steckte die Barkasse in Brand und flog sie beide fort von dort.

Es war ebenfalls Will, der etwa eine Woche später mit einer Dame der Agentur für verwaiste Vampire Kontakt aufnahm und ein neues Zuhause für sie fand. Arthur und Alice Castle. Zwei sanftmütige, Kreuzworträtsel liebende Vorstadtabstinenzler, die Will und Peter stets versicherten, sie würden sich niemals verwandeln.

Will hatte natürlich keinen allzu guten Einfluss.

Er verwendete seine Teenagerjahre darauf, seinen jüngeren Bruder zu korrumpieren, stachelte ihn an, mal abzubeißen von der französischen Austauschstudentin Chantal Feuillade, einem Mädchen, das sie im gleichen Maße hassten, wie sie für es schwärmten. Und dann waren da noch die Trips nach London zur roten Stunde. Zum Vampirpunk im Stoker Club. Zum Einkaufen in Vampirläden wie dem Bite an der

King's Road oder dem Rouge in Soho, als die mit Abstand jüngsten Kunden. Er spielte mit seinem Bruder Schlagzeug in der Band, die sie gegründet hatten, den Haemo Goblins. (Und wurde der McCartney für seinen Lennon, als er den Text zu ihrem einzigen selbst komponierten Song dichtete. Ich koste dein Blut und denke an Cherries.) Sie trockneten ihr eigenes Blut, dann rauchten sie es und wurden, umnebelt von blutroten Wolken, high, bevor sie zur Schule gingen.

Will hatte wirklich keinen guten Einfluss. Aber er hatte ihm das Leben gerettet, und das musste schließlich auch irgendwas wert sein.

Unter der Dusche schließt Peter die Augen.

Er ist in der Vergangenheit.

Er sieht, wie sich die brennende Barkasse auf dem Wasser unter ihm immer weiter entfernt, während sie sich in die Lüfte erheben. Der Kahn wird kleiner und erlischt. Wie das goldene Licht der Kindheit vor der sich endlos ausbreitenden Finsternis.

GESCHÖPF DER NACHT

Helens Sorge wächst. Morgen werden sie mit Hunden nach dem Jungen suchen. Vielleicht stellen sie ganze Suchtrupps zusammen, laufen alle Felder zwischen hier und Farley ab.

Vielleicht finden sie Blut und Spuren in der Erde. Und noch bevor das passiert, morgen früh vielleicht, werden sie die Polizei hierherschicken, um Clara zu befragen, ob sie etwas weiß. Sie werden die anderen Partygäste ebenfalls befragen, und Helen hatte aus Clara kaum herausbekommen, was die anderen wissen könnten.

Nur drei Dinge beruhigen sie ein bisschen.

Eins: Kein vernünftig denkender Mensch würde eine kleine, zierlich gebaute fünfzehn Jahre alte Veganerin, die in der Schule noch kein einziges Mal auch nur nachsitzen musste, des Mordes an einem Jungen verdächtigen, der offensichtlich doppelt so groß war wie sie.

Zwei: Sie hatte ihre Tochter gestern nackt unter der Dusche gesehen und konnte mit Gewissheit sagen, dass sie keinen einzigen Kratzer abbekommen hatte. Sollten sie also Blut finden, konnte es nicht von Clara sein. Sicher gab es Spuren ihrer DNA da draußen, zunächst einmal Speichel vermischt mit seinem Blut, aber man würde einiges an Fantasie aufbieten müssen, um sich vorzustellen, wie Clara diesen Jungen ohne jede Waffe hätte umbringen sollen, ohne dabei selbst zu bluten.

Und drei: Die Leiche des Jungen – der einzige endgültige Beweis dessen, was passiert war – würde kaum gefunden werden, da Peter ihr versichert hatte, dass er weit aufs Meer hinausgeflogen war, bevor er die Leiche fallen ließ.

Hoffentlich halten diese drei Faktoren zusammen die Polizei, oder zumindest jene Teile der Polizei, die sich in solchen Dingen auskennen, davon ab, zu glauben, dass Clara ein Vampir sein könnte.

Trotz allem findet Helen die Situation ziemlich schwierig. Sie hatten keine Zeit gehabt, gestern Nacht, die Spuren zu verwischen, was in den alten Zeiten niemals vorgekommen wäre. Vielleicht hätte Peter später noch einmal zurückkehren sollen, in den frühen Morgenstunden, um die breite Spur zu verwischen, die er beim Schleppen des schweren Körpers hinterlassen haben musste. Vielleicht sollten sie das jetzt nachholen, bevor es zu spät war. Vielleicht sollte sie aufhören, für heftigen Regen zu beten, und die Initiative ergreifen.

Natürlich weiß sie, dass sie mit der ganzen Sache genauso entspannt umgehen würde wie ihr Ehemann und ihre Tochter, wenn sie gestern Blut getrunken hätte. Das Glas wäre eher halb voll als halb leer, und sie würde daran glauben, dass sie aus der Situation mittels Blutdenken herauskommen könnten, denn schließlich war Will hier. Kein Polizist in ganz North Yorkshire würde auf die Idee kommen, dass ihre Tochter eine Mörderin sein könnte, geschweige denn ein ausgewachsenes Geschöpf der Nacht.

Aber sie hatte lange kein Blut getrunken, und ihre Sorgen flattern und picken um sie herum wie ein Schwarm hungriger Krähen.

Und die größte, hungrigste Krähe von allen ist Will. Jedes Mal wenn sie aus dem Fenster blickt, sieht sie seinen Campingbus wie ein Werbeplakat für Claras Schuld, eine Schuld, die auf ihnen allen lastet.

Nach dem Abendessen will Helen diese Sorgen im Wohnzimmer zur Sprache bringen. Sie will alle daran erinnern, dass bald vierundzwanzig Stunden vergangen sind, seit der Junge verschwunden ist, und dass die Polizei bald anfangen wird, Fragen zu stellen, und dass sie sich endlich auf ihre Version der Geschichte einigen müssen. Aber niemand hört zu, außer Will, der ihre Bedenken einfach wegwischt.

Er erklärt Helen und Peter, wie sehr sich in Bezug auf die Polizei die Lage verändert hat. »Mitte der Neunzigerjahre sind die Vampire aktiv geworden. Sie haben sich organisiert. Sie haben eine Gesellschaft gegründet, um mit der Polizei fertigzuwerden. Es gibt eine Liste aller Leute, von denen sie die Finger lassen müssen. Ihr wisst, wie Vampire sind. Hierarchien sind ihr Ding. Tatsache ist, ich stehe auf dieser Liste.«

Das tröstet Helen wenig. »Aber Clara steht nicht drauf. Und wir auch nicht.«

»Stimmt. Und die Sheridan Society nimmt dich bloß auf, wenn du Hardcore bist, aber hallo, die Nacht ist schließlich noch jung. Wir könnten ausgehen und einen draufmachen.«

Helen sieht ihn bloß böse an.

»Hört mir zu«, sagt Will. »Wegen der Polizei müsst ihr euch keine Sorgen machen. Jedenfalls nicht nur wegen der Polizei. Da sind auch noch die Leute, die *verletzt* sind. Die, denen alles egal ist. Die Mütter, die Väter, die Ehemänner und Ehefrauen. Die lassen sich nicht so einfach umkrempeln.« Er hält Helens Blick stand und grinst so unglaublich vielsagend, dass sie spürt, wie ihre Geheimnisse aus seinen Poren ins Zimmer triefen. »Weißt du, Helen, mit den Gefühlen der Leute darf man eben nicht spielen. Wenn man das tut, hat man Probleme.«

Er lehnt sich auf dem Sofa zurück, leert ein Glas Blut, und

Helen erinnert sich an die Nacht in Paris. Als sie ihn auf dem Dach des Musée d'Orsay geküsst hat. Wie sie Hand in Hand mit ihm vor die Empfangsdame dieses Grandhotels an der Avenue Montaigne trat und sie durch Blutdenken dazu brachte, ihnen die Präsidentensuite zu geben. Er sieht immer noch genau wie damals aus, und die Erinnerungen, die sein Gesicht weckt, sind so frisch und zugleich entsetzlich wie eh und je.

Diese Erinnerungen bringen Helen aus dem Konzept, und sie weiß nicht mehr, was sie sagt. *Hatte er das absichtlich getan? War er einfach in ihre Gedanken eingedrungen und hatte sie ein bisschen durcheinandergewirbelt?* Jedenfalls ist Helen in der Folge dieses Konzentrationsverlustes frustriert und findet, dass von dem Abend nicht mehr übrig bleibt als das »Interview mit einem Vampir«, mit Will in der Hauptrolle als Blutsauger vom Dienst, dem Clara eine Frage nach der anderen stellt. Und Helen kann auch nicht übersehen, dass sogar Rowan Will genau zuhört und sich für das zu interessieren scheint, was Will zu sagen hat. Nur ihr Ehemann wirkt teilnahmslos. Zusammengesunken in seinem Ledersessel, sitzt er da und starrt auf die tonlose Folge einer Dokumentarreihe über Louis Armstrong auf BBC 4, entrückt in seine eigene Welt.

»Hast du viele Leute getötet?«, fragt Clara.

»Ja.«

»Dann muss man also jemanden umbringen, wenn man sein Blut trinken will?«

»Nein, man kann ihn auch konvertieren.«

»Konvertieren?«

Will legt eine Pause ein und sieht Helen an.

»Natürlich konvertiert man nicht einfach irgendwen. Das ist eine ernste Angelegenheit. Du trinkst sein Blut, und dann trinkt er deins. Es beruht auf Gegenseitigkeit. Und ist auch eine Verpflichtung. Wenn du jemanden konvertierst, dann sehnt er sich nach dir. Liebt dich dein Leben lang. Auch wenn er ganz genau weiß, dass er dich auf keinen Fall lieben sollte. Er kann einfach nichts dagegen tun.«

Sogar Rowan scheint der Gedanke zu faszinieren. Helen sieht, wie sein Blick schärfer wird, als er sich so eine Liebe vorstellt.

»Selbst wenn sie einen nicht leiden können?«, fragt er. »Wenn man sie konvertiert, lieben sie einen?«

Will nickt. »Genau so ist das.« Helen ist sich sicher, dass sie hört, wie ihr Ehemann an dieser Stelle ein Wort vor sich hin flüstert. *Jazz?* Könnte es das gewesen sein?

»Hast du was gesagt, Peter?«

Er sieht auf, wie ein Hund, der vorübergehend vergessen hat, dass er einen Herren hat. »Nein«, sagt er betreten. »Eigentlich nicht.«

Clara setzt ihre Befragung fort. »Und hast du schon mal jemanden konvertiert?«, fragt sie ihren Onkel. Will beobachtet Helen, während er antwortet. Seine Stimme verschafft ihr ein Kribbeln auf der Haut, aus Angst und der unfreiwilligen Erregung, die die Erinnerung verursacht.

»Ja«, sagt er. »Einmal. Ist schon ewig her. Man schließt die Augen und strengt sich an und will vergessen. Aber es bleibt da. Du kennst das, wie bei einem billigen alten Song, der einem nicht aus dem Kopf geht.«

»War das deine Frau?«

»Clara«, sagt Helen lauter und bestimmter, als sie eigentlich wollte. »Das reicht.«

Will feiert den kleinen Triumph ihrer Verlegenheit. »Nein. Sie war die Frau von jemand anderem.«

BLACK NARCISSUS

Stunden später, als die übrigen Radleys in ihren Betten liegen, fliegt Will Richtung Südwesten, nach Manchester. Sein Ziel ist das Black Narcissus, wo er samstags oft hingeht, und so schiebt er sich durch das Meer von Blutsaugern und Möchtegerns, alten Gothics und jungen Emo-Kids und Vampiren der Sheridan Society. Er überquert die überfüllte Tanzfläche mit den Cry-Boys und Sylvies und geht nach oben, an Henrietta und dem kleinen roten Schild vorbei. »V. I. V. Raum«.

»Henrietta«, sagt er grüßend, aber sie übersieht ihn einfach, was er ziemlich seltsam findet.

Blutsauger jeglicher Couleur lungern auf verschlissenen Ledersofas herum, hören Nick Cave und trinken aus Flaschen und den Hälsen anderer. Ein alter deutscher Horrorfilm wird auf eine der Wände projiziert, lauter stumme Schreie und verwirrende Kameraeinstellungen.

Will kennen hier alle, aber heute Nacht ist die Stimmung weniger freundschaftlich als sonst. Niemand will mit ihm reden. Aber das macht ihm nichts. Er geht einfach weiter, bis er den Vorhang erreicht hat. Er lächelt Vince und Raymond zu, die jedoch nicht zurücklächeln. Er schiebt den Vorhang zur Seite.

Drinnen bietet sich ihm jetzt das Bild, das er erwartet hat. Isobel und ein paar Freunde tun sich an einer nackten Leiche gütlich, die am Boden liegt.

»Hallo, dachte schon, du kommst nicht mehr«, sagt sie und

hebt den Kopf. Wenigstens sie scheint sich zu freuen, dass er da ist.

Er starrt sie an, versucht, seine Lust zu beschwören, als sein Blick auf ihr »HIER BEISSEN«-Tattoo fällt, das unter dem Blut gerade noch zu erkennen ist. Sie sieht gut aus. Siebzigerjahre-Retro-Vamp, wie Pam Grier in der *Blacula*-Serie. Und eigentlich sollte er bei ihrem Aussehen ein bisschen schärfer auf sie sein.

»Schmeckt gut«, sagt sie. »Komm, probier mal.«

Die Leichen am Boden sehen nicht so lecker aus, wie sie das normalerweise tun.

»Verzichte«, sagt er.

Einige von Isobels Freunden sehen ihn mit blutverschmierten Gesichtern und kalten Augen prüfend an, sagen aber nichts. *Sheridan-Blutschlampen.* Isobels Bruder Otto ist auch dabei. Otto hat ihn noch nie leiden können oder eigentlich noch keinen Mann, der das Herz seiner Schwester erobert hat, aber heute Nacht glüht der Hass in seinen Augen stärker als je zuvor.

Will winkt Isobel beiseite, in eine ruhige Ecke, wo sie sich auf ein überdimensionales rotes Kissen setzen. Von allen Frauen, die er kennt, schmeckt sie am zweitbesten. Besser als Rosella. Besser als tausend andere. Und er fragt sich, ob er Helen jemals wieder vergessen kann. Sie wieder verlassen kann, wenn es sein muss.

»Ich will von dir trinken«, sagt er.

»Du kannst unten eine Flasche von mir kriegen.«

»Ja. Weiß ich. Die hole ich mir noch. Aber ich will was Frisches.«

Seine Bitte scheint sie traurig zu stimmen, als würden sie die Gelüste betrüben, die sie in ihm weckt. Trotzdem offenbart sie ihm ihren Hals, und er nimmt das Angebot an, schließt die Augen und konzentriert sich auf ihren Geschmack.

»Hat's Spaß gemacht, gestern Nacht?«

Will fragt sich kurzfristig, wovon sie redet, und nuckelt weiter.

»Alison Glenny hat Fragen gestellt. Wegen des Mädchens aus dem Supermarkt.«

Er erinnert sich an das Gothic-Mädchen mit der roten Strähne im Haar – Julie oder wie sie hieß –, die schrie und ihn an den Haaren zog. Er hört auf, an Isobel zu saugen. »Und?«, sagt er mit einer Geste auf das tote, halb verzehrte Pärchen am anderen Ende des Zimmers.

»Und dein Camper war auf der Überwachungskamera zu sehen. Als einziges Fahrzeug auf dem Parkplatz.«

Will seufzt. Wenn man praktiziert, muss man sich an die Spielregeln halten. Man muss sich auf Leute beschränken, deren Verschwinden leicht erklärbar ist – haltet euch an die Lebensmüden, die Obdachlosen, die Illegalen.

Will hat sich nie an die Spielregeln gehalten. Wie sollte man seine Instinkte ausleben, wenn man, na ja, seine Instinkte *eben nicht* ausleben darf? Er findet es so gekünstelt, so grundlegend *unromantisch,* wenn man seine Begierden auf die sicheren Opfer beschränken soll. Andererseits stimmt es, dass er früher sorgfältiger ausgewählt hat, wen er tötete.

»Die Leute fragen sich, ob du vielleicht ein bisschen nachlässig geworden bist.«

Isobel hatte es wirklich drauf, einem die Laune zu verderben.

»Die Leute? Welche Leute?« Er sieht zu ihrem rattenfiesen Bruder Otto hinüber, der ihn über eine der Leichen hinweg anfunkelt.

»Du meinst, Otto will, dass sie mich von der Liste streichen.«

»Du musst vorsichtig sein. Das ist alles, was ich sagen will. Du könntest uns alle in Schwierigkeiten bringen.«

Will zuckt mit den Schultern. »Die Polizei schert sich nicht um Listen, Isobel«, sagt er, wohl wissend, dass es eine Lüge ist. »Wenn sie mich schnappen wollten, würden sie mich kriegen. Denen ist es egal, wer mit wem befreundet ist.«

Isobel sieht ihn eindringlich an, auf eine Weise, wie sie eher bei moralinsauren Unblutigen üblich ist. »Glaub mir. Glenny passt auf.«

»Eins muss ich dir sagen, Isobel-Kind, dein Bettgeflüster ist auch nicht mehr das, was es mal war.«

Sie fährt ihm mit der Hand durchs Haar. »Ich mach mir bloß Sorgen um dich. Das ist alles. Sieht fast so aus, als wolltest du, dass sie dich schnappen.«

Als sie ihn küsst, erwägt er, sich noch einen Schluck von ihr zu genehmigen.

»Nur zu«, sagt sie, und jetzt klingt ihre Stimme wieder verführerisch. »Trink, bis ich leer getrunken bin.«

Aber es ist genauso wie vor fünf Minuten. Er empfindet diesmal nichts.

»He«, sagt sie sanft und streicht ihm erneut durchs Haar. »Wann fliegen wir nach Paris? Das hast du mir schon vor Ewigkeiten versprochen.«

Paris.

Warum musste sie das erwähnen? Er kann an nichts anderes denken als an Helen, wie sie sich auf dem Dach des Musée d'Orsay küssen. »Nein. Nicht nach Paris.«

»Na, dann eben irgendwo anders hin«, drängt sie, als ob sie mehr wüsste als er. »Komm mit. Wir könnten überallhin. Du und ich. Das wäre lustig. Wir könnten dieses beschissene Land verlassen und irgendwo anders leben.«

Er steht auf.

Er hat sich schon die ganze Welt angesehen, in früheren Zeiten. Er hat Wochen am blütenweißen und frostigen Ufer des Baikalsees in Sibirien verbracht, sich bis zur Bewusstlosigkeit in den märchenhaften Blutbordellen in Dubrovnik betrunken, in rot verräucherten Zelten in Laos herumgelungert, in New York 1977 den Stromausfall gefeiert und, etwas später, sich in Vegas in der Dean-Martin-Suite des Bellagio-Hotels an Showgirls gütlich getan. Er hat durch einen Spalt in den Sonnenrollos gesehen, wie sich die Hindu-Abstinenzler im Ganges von ihren Sünden reinwaschen, er hat auf dem Gehweg eines Boulevards in Buenos Aires einen sinnlichen Mitternachtstango getanzt. Und in eine falsche Geisha hat er auch gebissen, im Schatten eines Shogunpavillons in Kyoto. Aber jetzt im Moment will er nirgendwo lieber sein als in einem erbärmlichen kleinen Kaff in North Yorkshire.

»Was ist denn los? Du hast kaum was getrunken«, sagt sie und drückt mit einem Finger auf die bereits verheilende Wunde an ihrem Hals.

»Ich bin heute Nacht nicht so durstig«, sagt er. »Eigentlich muss ich auch gehen. Ich verbringe das Wochenende bei Verwandten.«

Isobel ist gekränkt. »*Verwandte?*«, sagt sie. »Was für Verwandte?«

Er zögert. Zweifelt daran, dass Isobel ihn verstehen könnte. »Eben ... Verwandte.«

Und dann lässt er sie in den weichen Samtkissen zurück.

»Will, warte ...«

»Tut mir leid. Muss gehen.« Er gleitet die Treppe hinunter bis zur Garderobe, wo er sich eine Flasche von dem Blut geben lässt, das er noch immer frisch auf seiner Zunge schmeckt.

»Sie ist oben«, sagt der dürre, kahlköpfige Garderobenangestellte, der sich über die Wahl der Sorte wundert.

»Ja, Dorian, ich weiß«, sagt Will. »Aber die hier will ich mit jemandem teilen.«

PINOT ROUGE

In Manchester wird bereits seit Monaten in der vielköpfigen Vampirgemeinde über Will Radley geredet. Und was geredet wird, ist nicht besonders charmant.

Während man ihn bislang in höchstem Maße achtete und zu den mustergültigen Blutsüchtigen zählte, die mit Mord davonkommen, weil sie sich generell an eine bestimmte Sorte Unblutiger halten – die Lebensmüden, die Nichtsesshaften, die Flüchtigen, die weit draußen vor der Stadt Lebenden –, riskierte er jetzt hie und da ein bisschen zu viel, ging unnötige Wagnisse ein.

Mit der erwachsenen Studentin, die mit dem Polizisten verheiratet war, hatte es angefangen. Natürlich war er damit damals davongekommen. Die Unnamed Predator Unit, kurz UPU, jener offiziell nicht existierende Zweig der Greater Manchester Police, hatte dafür gesorgt, dass der Detective Inspector, der den Mord an seiner Ehefrau mit angesehen hatte, niemals ernst genommen wurde, und den Fall heruntergespielt, indem man die Frau für verschollen erklärte.

Und trotz der vorsichtigen Beziehungen, die zwischen der Polizei und der Vampirgemeinde entstanden waren, lastete seit der Copeland-Affäre ein enormer Druck auf diesen Beziehungen, dem Einvernehmen zwischen der UPU und dem englischen Zweig der Sheridan Society, einer locker strukturierten Organisation für Vampirrechte mit Sitz in Manchester.

Will blieb die Unterstützung durch seine Blutsaugerkollegen dennoch eine Weile erhalten, und niemand hatte dem Druck der Polizei nachgegeben, die ihn fertigmachen wollte. Seine Blutdenkertalente waren legendär, und seine aufschlussreichen Studien über die beiden Vampirpoeten Lord Byron und Elizabeth Barrett Browning (erschienen bei Christobel Press und auf dem Schwarzmarkt erhältlich) wurden von den Mitgliedern der Sheridan Society sehr geschätzt.

Nachdem er seinen Posten an der Manchester University gekündigt hatte, wurde es zunehmend schwieriger, sein Verhalten zu rechtfertigen. Immer häufiger tötete er auf den Straßen von Manchester. Und obwohl viele der Ermordeten einfach den vermisst gemeldeten Personen zugeordnet wurden, war die Anzahl beunruhigend hoch.

Die Vermutung lag nahe, dass mit Wills Psyche irgendetwas aus dem Ruder gelaufen war.

Natürlich saugen die meisten praktizierenden Vampire gelegentlich dem einen oder anderen Unblutigen das Leben aus, im Allgemeinen sorgen sie jedoch dafür, dass die Balance zwischen Tötungen und dem wesentlich sichereren Verzehr von Vampirblut stimmt. Und was die Qualität anbelangt, so ist der Genuss von Vampirblut im Grunde ohnehin befriedigender, es ist komplexer und würziger im Geschmack als das Blut eines normalen, nicht konvertierten menschlichen Wesens. Und die größte Delikatesse auf dem Markt ist das Pinot rouge, wie jeder Blutsauger weiß, Blut, das den Adern direkt nach der Konvertierung entnommen wird.

Offensichtlich war Will jedoch am Konvertieren nicht interessiert. Gerüchten zufolge hatte Will zeit seines Lebens sogar nur eine einzige Person konvertiert und konnte sich aus unerfindlichen Gründen nicht dazu überwinden, es wieder zu tun. Allerdings trank er noch normales Vampirblut. Er schüttete das Zeug sogar flaschenweise in sich hinein und saugte nebenbei noch an seiner Gelegenheitsbeziehung Isobel Child.

Inzwischen hatte sich sein Durst jedoch zur Unersättlichkeit gesteigert. Nachts ging er aus und biss irgendwen, der oder die ihm gerade in die Quere kam, egal ob Vampir oder nicht. Ohne seinen geregelten Tageslichtjob konnte er länger schlafen und hatte mehr Energie, um zu tun, was ihm gerade in den Sinn kam, und hinzugehen, wohin er wollte. Um Energie ging es aber nicht. Wills zügelloses Benehmen – zum Beispiel seine Gleichgültigkeit, wenn er mitten im Tötungsakt von einer Kamera erwischt wurde – deuteten viele als manifestes Symptom eines selbstzerstörerischen Geisteszustands.

Wenn ihm irgendwas passieren sollte, sagten die Leute, *ist er selber schuld.*

Dennoch glaubten die meisten Mitglieder der Sheridan Society trotz des zunehmenden Drucks durch die Polizei, dass er immer noch unter ihrem Schutz stünde, da ihm Isobel Child auch weiterhin gewogen blieb. Schließlich war Isobel in der Vereinigung allgemein beliebt und ihr Bruder kein Geringerer als Otto Child, der die Liste führte.

Auf der Liste standen die Namen aller Unantastbaren – praktizierende, mordlustige Blutsüchtige, die für die Polizei tabu waren, wenn sie nicht das Vertrauen und jegliche Kommunikation mit der Vereinigung und somit der gesamten Vampirgemeinde aufs Spiel setzen wollte.

Eine offizielle Verhandlung oder gar Verurteilung wegen eines Todes, der einem Vampir angelastet wurde, hatte es natürlich nie gegeben. Seit Gründung der Polizeieinheit hatte man diese Fälle zum Wohle der Bevölkerung vertuscht. Maßnahmen hatte man allerdings trotzdem ergriffen. Traditionell wurden solche Maßnahmen von den wenigen Polizeikräften durchgeführt, die über fortgeschrittene Kenntnisse im Armbrustschießen verfügten, also in der Lage waren, Vampire zu vernichten. Sie verschwanden einfach von der Bildfläche. Dieser Null-Toleranz-Ansatz hatte jedoch nur dazu geführt, dass die Konvertierungszahlen rapide in die Höhe schossen und die Polizei befürchten musste, dass es zu einer kostspieligen und sehr öffentlichen Auseinandersetzung kommen könnte.

Also machte die Polizei einen Knick in den gezückten Pfeil. Schutz für vereinzelte Vampire, solange sie sich an bestimmte Regeln hielten. Natürlich gab es bei der ganzen Sache ein ethisches Dilemma. Die Zusammenarbeit der Polizei mit der Sheridan Society hatte den Effekt, dass äußerst blutrünstige und berüchtigte Vampire unterstützt wurden, während Abstinenzler und die gemäßigten Blutsauger ungeschützt blieben. Aber die Polizei rechnete sich aus, dass sie Einfluss auf sie ausüben und ihre Aktivitäten etwas eindämmen könnte, wenn sie einigen besonders verkommenen Subjekten Immunität gewährte.

Und das bedeutete, dass ein Mord dann legitimiert wurde, wenn er nicht von einer Kamera aufgezeichnet worden war, nirgendwo eine Leiche auftauchte, das Opfer weder bei den Reportern der diversen Klatschblätter auf Sympathie stieß noch bei der Masse der Steuerzahler zu viele Fragen aufwarf. Prostituierte, Drogensüchtige, Obdachlose, abgewiesene Asylbewerber und Manisch-Depressive standen ganz oben auf der Speisekarte. Ehefrauen von Polizeibeamten, Speeddater und lohnabhängige Kassiererinnen standen nicht drauf.

Dummerweise hatte Will, obwohl er Mitglied der Sheridan Society war, sich nie an diese Regeln gehalten. Er weigerte sich, seine Gelüste auf eine Weise zu befriedigen, die in einen gesellschaftlich akzeptierten oder polizeilich befürworteten Rahmen passte. Die schlichte und vorsätzliche Nachlässigkeit, mit der er seit Kurzem bei seinen Tötungen vorging, hatte den verstärkten Druck auf die Sheridan Society ausgelöst.

Und dann hatte vor fünfzehn Tagen Assistant Commissioner Alison Glenny von der Greater Manchester Police einen Telefonanruf entgegengenommen, als sie gerade einen neuen Kollegen bei der UPU einarbeitete. Der Anruf kam von einem Mann, der ihr mit seiner ihr vertrauten, kalten, müden Flüsterstimme erklärte, dass Will Radley von der Liste gestrichen war.

»Ich dachte, Sie wären eng mit ihm befreundet«, antwortete Alison aus dem sechsten Stock des Chester House. Sie blickte gerade aus dem Fenster auf den Berufsverkehr, der weit unter ihr über den inneren Ring kroch, sich etappenweise vorwärtsschiebend wie die Perlen in einem Rosenkranz. »Oder wenigstens Ihre Schwester.«

»Er ist nicht mein Freund.«

Alison hatte die Bitterkeit in seiner Stimme wohl gehört. Sie wusste, dass Loyalität unter Vampiren selten war, aber seine starke Abneigung gegen Will wunderte sie.

»Ist gut, Otto, ich dachte bloß ...«

Er fiel ihr ins Wort. »Glauben Sie mir, was aus Will Radley wird, interessiert niemanden mehr.«

SONNTAG

Unblutige Freunde und Nachbarn sollten Sie niemals auf Ihre Vergangenheit hinweisen und auch nur dann von der erregenden Gefahr des Vampirismus schwärmen, wenn Ihr Gegenüber so etwas kennt.

Handbuch für Abstinenzler
(zweite Ausgabe), Seite 29

FREAK

Es ist sehr gut möglich, Tür an Tür mit einer Vampirfamilie zu leben, ohne auch nur zu ahnen, dass sie einem insgeheim das Blut aus den Venen saugen möchten.

Besonders leicht kann das passieren, wenn die Hälfte der besagten Familie selbst noch gar nichts davon weiß. Und obwohl es stimmt, dass im Hause Orchard Lane Nummer neunzehn niemand eine Ahnung hatte, wer tatsächlich im Nachbarhaus lebte, waren den Felts über die Jahre einige Widersprüche aufgefallen, die Fragen aufwarfen.

Da war jener Vorfall, als Helen Lorna porträtierte – ein Aktbild, weil Lorna darauf bestand – und Helen aus dem Zimmer stürzte, wenige Sekunden nachdem sie Lorna geholfen hatte, den BH zu öffnen: »Tut mir wirklich leid, Lorna, manchmal habe ich eine entsetzlich schwache Blase.«

Oder beim Grillen bei den Felts, als Mark in die Küche kommt und dort Peter trifft, der sich von den Gesprächen seiner Nachbarn über Sport fortgeschlichen hat, um dort an einem rohen Stück erstklassigen Filetsteaks herumzulutschen – »O Gott, ja, es ist noch gar nicht gebraten – wie dumm von mir!«

Außerdem hatten die Felts, Monate bevor Peter wegen Lornas knoblauchverseuchtem Thaisalat würgte, den Fehler begangen, ihren neuen Hund Nutmeg mitzubringen, damit er die Nachbarn kennenlernte, worauf besagter Hund vor dem von Clara dargereichten Keks die Flucht ergriff und mit dem Kopf zuerst gegen die Terrassentür prallte. »Er wird's schon überleben«, erklärte Peter mit ärztlicher Fachkompetenz, als sich alle besorgt über den auf dem Teppich liegenden Irish Setter beugten. »Er hat nur eine leichte Gehirnerschütterung.«

Und dann waren da noch weitere kleine Auffälligkeiten.

Warum, zum Beispiel, hielten die Radleys an sonnigen Tagen stets die Läden geschlossen? Warum, um ein weiteres Beispiel zu nennen, ließ sich Peter nicht überreden, dem Kricketclub von Bishopthorpe beizutreten oder wenigstens mit Mark und seinen Freunden eine nette Golfrunde zu drehen? Und warum mussten Peter und Helen, deren Garten nur ein Drittel des weitläufigen und regelmäßig gemähten Rasens der Felts betrug, unbedingt einen Gärtner engagieren?

Marks Verdachtsmomente mochten stets etwas stärker gewesen sein als die seiner Ehefrau, er schloss daraus aber nur, dass die Radleys etwas seltsam waren. Und das führte er auf die Tatsache zurück, dass sie in London gelebt hatten und vermutlich die Demokraten wählten und oft ins Theater gingen, wo sie sich nicht nur Musicals ansahen.

Nur sein Sohn Toby hegte eine aktive Abneigung gegen die Radleys und schnauzte Mark jedes Mal an, wenn er ihren Namen erwähnte.

»Das sind Freaks«, sagte er dann, ohne die Hintergründe seines Vorurteils zu benennen. Mark erklärte dies mit Lornas Theorie, dass sein Sohn niemandem mehr trauen konnte, seit sich er und Tobys Mutter vor fünf Jahren hatten scheiden lassen. (Mark hatte seine damalige Ehefrau mit ihrem Pilates-Trainer im Bett erwischt, und während Mark die Sache nicht allzu viel ausmachte – er hatte bereits ein Verhältnis mit Lorna angefangen und ohnehin nach einem Weg gesucht, seine Ehe zu beenden –, hatte der elfjährige Toby auf die

Nachricht von der Trennung seiner Eltern reagiert, indem er wiederholt an die Wand seines Zimmers pinkelte.)

Aber an diesem Sonntagmorgen regen sich Marks Zweifel zum ersten Mal. Während Lorna den Hund ausführt, isst er sein Frühstück am kalten, polierten Granit der Frühstücksbar. Den Toast mit Zitronenmarmelade hat er zur Hälfte aufgegessen, als er hört, wie sein Sohn ein Telefongespräch entgegennimmt.

»Was? ... Immer noch nicht? ... Nein, ich hab keine Ahnung ... Er ist einem Mädchen gefolgt. Clara Radley ... Nein, ich weiß auch nicht, sie hat ihm vielleicht gefallen oder so ... Ja, tut mir leid ... Okay, Mrs. Harper ... Ja. Ich melde mich bei Ihnen.«

Nach einer Weile wird das Telefonat beendet.

»Toby? Was war denn da los?«

Toby betritt die Küche. Inzwischen hat er die Statur eines Mannes, aber im Gesicht sieht er immer noch aus wie ein trotziger kleiner Junge. »Harper wird vermisst.«

Mark denkt nach. Ist Harper jemand, den er kennen müsste? Da sind so viele Namen, die man sich merken muss, als Vater.

»*Stuart*«, erklärt Toby mit Nachdruck. »Du kennst ihn, Stuart Harper. Mein *bester Freund*.«

Ach ja, denkt Mark, als er sich an den ungelenken, einsilbigen Rüpel mit den riesigen Pranken erinnert.

»Was meinst du mit *wird vermisst?*«

»Eben vermisst. Er ist seit Freitagnacht nicht mehr nach Hause gekommen. Seine Mum hat sich gestern keine allzu großen Sorgen gemacht, weil er manchmal zu seiner Oma nach Thirsk abhaut, ohne ihr was zu sagen.«

»Bei seiner Oma ist er aber nicht?«

»Nein. Er ist nirgendwo.«

»Nirgendwo?«

»Niemand weiß, wo er steckt.«

»Du hast eben Clara Radley erwähnt.«

»Sie hat ihn als Letzte gesehen.«

Mark erinnert sich an Freitagabend. Essen bei den Radleys, und dann fand der Abend ein abruptes Ende. Clara. Ihr wisst, wie Jugendliche sind. Und Helens Gesicht, als sie es ihnen sagte.

»Wirklich als Allerletzte?«

»Ja. Sie muss etwas wissen.«

Sie hören Lorna mit dem Hund zurückkommen. Toby will sich nach oben verziehen, was er meistens tut, wenn seine Stiefmutter auftaucht. Aber dann sieht er sie im gleichen Moment wie Mark. Hinter Lorna stehen ein junger Mann und eine junge Frau in Uniform.

»Die Polizei ist da«, sagt Lorna und bemüht sich, ein mütterlich besorgtes Gesicht aufzusetzen. »Sie wollen mit dir reden.«

»Hallo«, sagte der junge männliche Beamte. »Ich bin PC Henshaw. Das ist PC Langford. Wir möchten Ihrem Sohn nur ein paar Routinefragen stellen.«

GAME OVER

Dad? Da-had?«

Eve sucht das Zimmer ab, ihr Vater ist jedoch nicht da.

Der Fernseher läuft, aber niemand sieht zu.

Die Frau auf dem Bildschirm steckt einen Luftauffrischer in die Steckdose, worauf sich ein Blütenschauer ergießt.

Es ist Sonntagmorgen um Viertel nach neun.

Ihr Vater ist kein Kirchgänger. Seit dem Verschwinden ihrer Mutter joggt er auch nicht mehr. Wo kann er sein? Es macht ihr eigentlich nichts aus, abgesehen von der Frage nach dem Prinzip. Er darf weggehen, ohne sich abzumelden. Warum darf sie das nicht?

Mit dem Gefühl, im Recht zu sein, verlässt sie die Wohnung und läuft durch das Dorf in Richtung Orchard Lane. Vor dem Zeitungskiosk reden zwei Männer in gedämpftem und eindringlichem Ton miteinander. »... Offensichtlich ist er seit Freitagnacht nicht mehr gesehen worden ...« ist alles, was sie im Vorbeigehen mitbekommt.

Als sie die Orchard Lane erreicht, will sie direkt zu Claras Haus gehen, aber dann sieht sie ein paar Dinge, die sie ihre Meinung ändern lassen. Als Erstes parkt da ein Streifenwagen zwischen Nummer siebzehn und Nummer neunzehn gegenüber einem alten Campingbus auf der anderen Straßenseite. Toby steht vor der Tür, und zwei Polizeibeamte verlassen das Haus. Eve, weiter oben an der Straße, im Schatten und fast verborgen von überwuchernden Büschen, sieht, wie er zu Claras Haus hinüberzeigt.

»Das ist es«, sagt er. »Da wohnt sie.«

Und die Polizei geht weiter, mit einem Seitenblick auf den Camper, bevor sie das Nachbargrundstück betreten. Toby verschwindet im Inneren von Nummer neunzehn. Eve rührt sich nicht. Sie ist weit genug weg, um zu hören, wie die Vögel fröhlich in den Bäumen zwitschern. Sie beobachtet, wie die Polizei an Claras Haustür klopft und Claras Mutter mit tief besorgter Miene die Tür öffnet. Irgendwann werden die Beamten ins Haus gebeten.

Eve geht weiter und riskiert einen kurzen Besuch bei Toby, um ihn zu fragen, was los ist. Sie will sowieso mit ihm reden, vor der Schule, um sich für Freitagnacht und ihren Vater zu entschuldigen, weil er sie weggezerrt hat.

Glücklicherweise öffnet Tobys freundliche Stiefmutter die Tür, sodass ihr ein Gespräch mit Mr. Felt wegen der Miete erspart bleibt. Mrs. Felt zieht ihren Irish Setter am Halsband zurück, der ausgelassen an Eve hochspringt.

»Hallo. Ist Toby da?«

»Ja«, antwortet die Dame des Hauses erstaunlich gut gelaunt, wenn man bedenkt, dass eben gerade noch die Polizei bei ihnen war. »Er ist da. Er ist nach oben gegangen. Sein Zimmer ist das erste rechts.«

Eve findet ihn an seinem Schreibtisch sitzend vor, mit dem Rücken zu ihr. Er stöhnt und drischt hektisch mit den Armen zuckend auf irgendetwas ein. Ein Xbox-Spiel, stellt sie mit einiger Erleichterung fest. Er nimmt ihre Anwesenheit kaum zur Kenntnis, als sie auf sein Bett zugeht, um sich zu setzen. Da sitzt sie eine Weile und betrachtet die diversen Poster an den Wänden – Lil Wayne, Megan Fox, Tennisspieler, Christian-Bale-Filmplakate.

»Flammenwerfer! Flammenwerfer! Stirb ... *ja*.«

»Also«, sagt Eve, als sie sieht, dass er sich zwischen zwei Levels befindet. »Das mit Freitagnacht tut mir leid. Mein Dad kriegt bloß immer gleich eine Krise, wenn ich zu spät komme.«

Toby gibt kaum mehr als ein zustimmendes Grunzen aus den Tiefen seiner Kehle von sich und fährt fort, Eidechsen in Brand zu setzen.

»Was wollte die Polizei hier?«

»Harper wird vermisst.«

Es dauert eine Weile, bis Eve das richtig umgesetzt hat. Aber dann erinnert sie sich an die beiden Männer, die sich vor dem Zeitungskiosk unterhalten haben.

»Vermisst? Was meinst du mit *vermisst?*«

Das Entsetzen in diesem Wort kennt sie nur allzu gut.

»Er ist am Freitag nicht nach Hause gekommen. Nach der Party.«

Eve steht unter Schock.

Harper ist ein ungehobelter Brutalo, aber er ist Tobys Freund und könnte in ernsthaften Schwierigkeiten stecken. »O Gott«, sagt sie. »Wie schrecklich. Meine Mum ist vor zwei Jahren auch verschwunden. Wir haben immer noch nicht …«

»Clara weiß was«, sagt Toby und fällt Eve aggressiv ins Wort. »Blöde Schlampe. Ich weiß, dass sie was weiß.«

»Clara ist keine Schlampe.«

Toby runzelt die Stirn. »Und was ist sie dann?«

»Sie ist meine Freundin.«

Die Tür wird aufgestoßen, und der lebhafte Setter kommt schwanzwedelnd ins Zimmer gesaust. Eve streichelt ihn und lässt sich die salzige Hand ablecken, während Toby weiterredet.

»Nein. Du hast dich mit ihr abgegeben, weil du hier neu

warst. So läuft das eben. Man kommt an eine neue Schule, und dann muss man mit dem freakigen Mädchen mit der Brille abhängen. Aber jetzt bist du schon seit Monaten hier. Du könntest jemanden haben, der, na ja, so ist wie du. Statt einer Schlampe mit einem freakigen Bruder.« Der Setter wendet sich nun Toby zu und stupst ihn mit der Nase am Bein, der nach ihm tritt, um das Tier loszuwerden. »Blöder Köter.«

Eve blickt auf den Bildschirm, an dem er gerade gespielt hat. GAME OVER.

Kann schon sein.

Sie seufzt. »Ich gehe dann mal wieder«, sagt sie und steht auf.

»Viel Zeit habt ihr allerdings nicht.«

»Was?«

»Mein Dad will das Geld. Die Miete.«

Eve sieht ihn an. Noch ein egoistisches Schwein, das sie auf die Liste mit den egoistischen Schweinen setzen wird.

»Danke«, sagt sie, wild entschlossen, sich keine Gefühle anmerken zu lassen. »Ich geb's weiter.«

POLIZEI

Eigentlich müsste sich Clara Radley fürchten, weil sie zwischen ihren Eltern eingezwängt auf dem Wohnzimmersofa sitzt, während sie von zwei Polizeibeamten über einen Jungen befragt wird, dessen Tod sie zu verantworten hat. Vor allem wenn ihr nächster Nachbar alles nur erdenklich Mögliche getan hat, um sie anzuschwärzen. Aber anstatt die Situation stressig zu finden, fühlt sie seltsamerweise gar nichts. Das Ganze ist für Clara ungefähr so nervenaufreibend wie ein Gang zum Postamt.

Sie weiß, dass sie sich Sorgen machen sollte, und sie bemüht sich sogar, die Sorgen ihrer Mutter zu teilen, aber es gelingt ihr nicht. Jedenfalls nicht so, wie es von ihr erwartet wird. Irgendwie fühlt sich das Ganze eher lustig an.

»Und warum ist dir Stuart gefolgt, wenn ich fragen darf?«, will der männliche Beamte, PC Hen-*irgendwas*, von ihr wissen. Er lächelt freundlich, die Frau neben ihm ebenfalls. Überhaupt sind alle überaus freundlich.

»Das weiß ich nicht«, sagt Clara. »Es könnte sein, dass Toby ihn darauf gebracht hat. Er hat einen boshaften Sinn für Humor.«

»Was meinst du damit?«

»Ich meine, dass er nicht besonders nett ist.«

»Clara«, sagt Helen mit leicht tadelndem Unterton.

»Ist schon gut, Helen«, sagt Peter. »Lass sie ausreden.«

»Gut«, sagt der Polizist. Er starrt gebannt auf den hellen Teppich, während er an seinem Kaffee nippt. »Ein hübsches

Haus haben Sie. Erinnert mich ein bisschen an das von meiner Mutter.«

»Danke«, flötet Helen etwas angespannt. »Diesen Raum haben wir im letzten Sommer renovieren lassen. Sah ein bisschen trist aus.«

»Ist wirklich schön geworden«, fügt seine Kollegin hinzu.

Von dir ist das wohl kaum als Kompliment zu verstehen, denkt Clara, als ihr auffällt, dass die Frau ihre schrecklichen Haare zu einem klassischen Dutt straff nach hinten gekämmt hat, nur der eckige Pony klebt ihr wie ein Schlammklecks auf der Stirn.

Wo kommen bloß all die hässlichen Gedanken her?

Seit einiger Zeit findet sie, dass man über alles und jeden lachen muss, wenigstens im Kopf. All die Verlogenheit, genau wie in diesem Zimmer mit all seinen nutzlosen leeren Vasen und dem geschmackvoll kleinen Fernseher, findet sie hohl wie ein Werbeplakat.

»Also«, sagt der männliche Beamte, um wieder zum Thema zurückzukehren, »ist er dir gefolgt? Und was hat er gesagt? *Hat* er etwas gesagt?«

»Doch, ja.«

»Was? Was hat er gesagt?«

Sie beschließt, sich zu amüsieren. »Er sagte: ›Clara, warte.‹«

Es folgt eine Pause. Die Polizisten sehen sich an. Helen runzelt die Stirn.

»Und?«

»Und dann sagte er, dass er auf mich steht. Was komisch war, weil mir das normalerweise nicht passiert, dass Jungs auftauchen und so was sagen. Und außerdem war er betrunken und wurde ein bisschen zudringlich, da habe ich vorsichtig versucht, ihn loszuwerden, aber dann fing er an …

ich sag das nicht gern, aber … aber dann fing er an zu *weinen*.«

»Zu weinen?«

»Ja. Wie gesagt, er war betrunken. Er *stank* nach Alkohol. Trotzdem war es seltsam, ihn weinen zu sehen, weil das eigentlich nicht zu ihm passte. Ich hätte ihn eigentlich nicht für den sensiblen Typ gehalten, aber schließlich kann man ja nie wissen, oder?«

»Nein. Und wie ging es dann weiter?«

»Gar nicht. Ich meine, er weinte. Und vermutlich hätte ich ihn trösten müssen oder so, aber das tat ich nicht. Und das war es dann.«

Die Polizistin mit dem Schlammklecks-Pony blickt von ihrem Block auf. Plötzlich wirkt sie irgendwie strenger. »*Es?*«

»Ja. Na ja, er ging weg.«

»Wohin weg?«

»Weiß ich nicht. Zurück zur Party.«

»Niemand hat ihn mehr auf der Party gesehen, nachdem du weg warst.«

»Dann muss er eben irgendwo anders hingegangen sein.«

»Wohin?«

»Ich weiß es nicht. Er war ziemlich aufgelöst. Habe ich doch gesagt.«

»Er war ziemlich aufgelöst und ist einfach weggegangen. Einfach so?«

Helen richtet sich auf. »Sie regt sich ziemlich auf, weil der arme Stuart vermisst wird und …«

»Nein«, sagt Clara, was die beiden Polizisten veranlasst, vor Verblüffung nicht mehr weiterzukritzeln. »Nein, ich rege mich nicht auf, weil er vermisst wird. Ich weiß nicht, warum die Leute das tun, immer wenn jemand stirbt. Warum wir alle so tun müssen, als ob das lauter großartige, untadelige Leute wären, dabei haben sie alle gehasst, als sie noch lebten.«

Die Polizistin sieht aus, als wäre sie gerade gestolpert. »Du hast eben ›stirbt‹ gesagt.«

Clara begreift die Bedeutung nicht auf Anhieb. »Was?«

»Du hast gerade gesagt: ›Immer wenn jemand stirbt.‹ Wir wissen nur, dass Stuart vermisst wird. Mehr nicht. Es sei denn, du weißt etwas anderes?«

»Es war bloß bildlich gemeint.«

Peter gibt einen Seufzer von sich und legt seinen Arm um Clara, um Helen heimlich an die Schulter zu tippen.

Die Augen der Beamtin sehen Clara fragend an. Eine leichte Unruhe macht sich breit. »Nein, ich wollte nur ganz allgemein etwas sagen.«

Sie ist überrascht, weil ihre Mutter unvermittelt aufsteht.

»Mum?«

Helen lächelt verkniffen. »Ich muss bloß kurz nach dem Wäschetrockner sehen. Er piept, tut mir leid.«

Die Polizisten sind genauso verwirrt wie Clara. Keiner hat irgendwo etwas piepen hören.

Will hat nicht geschlafen, als Helen an seinen Camper klopft. Er starrt die alten getrockneten Blutflecken an der Decke an. Eine Art Sternenkarte, Abbild seiner eigenen verkommenen Geschichte. Einer Geschichte, auf der er außerdem liegt, niedergeschrieben in sieben ledergebundenen Tagebüchern unter seiner Matratze. Lauter Nächte mit wilden, zügellosen Gelagen.

Jemand klopft an die Tür seines Busses. Er öffnet und sieht eine verzweifelte Helen vor sich.

»Lust auf einen Ausflug nach Paris heute Nacht?«, fragt er

sie. »Sonntagnacht am Ufer der Seine. Nur du, ich und die Sterne.«

»Will, die Polizei ist da. Sie verhören Clara. Es läuft schief. Du musst da reingehen und mit ihnen reden.«

Er klettert aus dem Bus, sieht den Streifenwagen. Trotz des grellen Tageslichts fühlt sich das gut an. Helen bittet ihn, etwas zu unternehmen.

Braucht ihn.

Er beschließt, die Süße des Augenblicks bis zum letzten Tropfen auszukosten.

»Ich dachte, du wolltest nicht, dass ich mit reinkomme.«

»Will, ich weiß. Ich dachte, wir könnten das alles schaffen, aber jetzt bin ich mir nicht mehr sicher. Peter hatte recht.«

»Du willst also, dass ich da reingehe. Und was genau soll ich da tun?«

Er weiß es, natürlich. Er will bloß, dass sie es ausspricht.

»Mit ihnen reden?«

Er holt tief Luft, entdeckt in der Landluft den Duft ihres Blutes. »Mit ihnen reden? Mithilfe von Blutdenken, wolltest du sagen?«

Helen nickt.

Er kann der Versuchung nicht widerstehen, sie zu reizen. »Ist das nicht ein kleines bisschen unmoralisch? Polizeibeamte mittels Blutdenken zu beeinflussen?«

Helen schließt die Augen. Eine kleine vertikale Falte erscheint mitten auf ihrer Stirn.

Ich will sie wiederhaben, fällt ihm auf. *Ich will die Frau wiederhaben, die ich erschaffen habe.*

»Ich bitte dich darum, Will«, fleht sie ihn an.

»Okay, schieben wir unsere moralischen Bedenken beiseite. Machen wir uns ans Werk.«

Die beiden Polizisten sehen verwirrt aus, als Will das Zimmer betritt. Aber Peter nickt, lächelt Helen sogar an, erfreut, dass sie sein Schultertippen verstanden hat.

»Das ist mein Onkel«, erklärt Clara.

Helen steht neben Will, wartet, dass er loslegt.

»Wir sind eigentlich gerade dabei, Clara ein paar Fragen zu stellen«, sagt der Beamte und zieht die Augenbrauen in die Höhe, um jenes autoritäre Auftreten zu vermitteln, das er sich von Polizeiserien im Fernsehen abgeguckt hat.

Will lächelt. Blutdenken wird bei den beiden ein Leichtes sein für ihn, sogar um diese Tageszeit. Zwei junge, gefügige Unblutige, durch den Polizeidienst geübt in Unterwürfigkeit. Er wird einen Satz brauchen, vielleicht auch zwei, und seine Worte werden ihre schwachen und sklavischen Gedanken löschen und neu schreiben.

Er startet einen Versuch, nur um Helen zu beweisen, dass er die Magie immer noch beherrscht. Verlangsamt allmählich seine Stimme und lässt sie tiefer klingen, legt hinter jedem Wort eine sorgsame Pause ein, und mit dem simplen Trick, Gesichter zu ignorieren, wendet er sich direkt an das Blut. Und als er nah genug gekommen ist, um den Inhalt ihrer Adern zu riechen, fängt er einfach an.

»Nun, lassen Sie sich durch mich nicht stören«, sagt er. »Stellen Sie Ihre Fragen. Fragen Sie, dann werden Sie erkennen, dass die Seele dieses Mädchens hier vor Ihnen so rein und unschuldig ist wie ein unberührtes Schneefeld und dass sie keine Ahnung hat, was Freitagnacht mit diesem Jungen geschehen ist. Weshalb es ganz und gar nicht nötig ist, irgendetwas in dieses kleine Notizbüchlein zu notieren.«

Er geht zu der Polizistin und streckt die Hand aus. Beinahe schuldbewusst reicht sie ihm den Block und sieht mit ausdrucksloses Gesicht zu, wie Will die Seiten herausreißt, die sie beschrieben hat, und ihn ihr anschließend zurückgibt.

»Und alles, was Sie sonst noch gehört haben, war gelogen. Clara weiß nichts. Sehen Sie sie an, sehen Sie sie genau an …« Sie sehen sie an. *»… Haben Sie jemals etwas so Reines und Unschuldiges gesehen? Schämen Sie sich nicht, weil Sie auch nur für einen Moment an dieser Unschuld zweifeln konnten?«*

Sie nicken mit den Köpfen, wie kleine Kinder vor einem strengen Lehrer. Sie sind zutiefst beschämt. Will beobachtet, wie sich Claras Augen vor Erstaunen weiten.

»Sie werden jetzt gehen. Sie werden jetzt gehen, und Sie werden wissen, dass Sie hier nichts zu suchen haben. Der Junge ist verschwunden. Das ist ein weiteres ungelöstes Rätsel in einer Welt voller ungelöster Rätsel. Jetzt stehen Sie auf und verlassen uns auf dem Weg, den Sie gekommen sind, und in dem Moment, in dem frische Luft Ihre Gesichter streift, werden Sie wissen, was diese Welt so wunderbar macht. Es sind all die ungelösten Rätsel. Und Sie werden nie mehr den Wunsch haben, diese Schönheit zu stören.«

Will bemerkt, dass sogar Peter und Helen beeindruckt sind, als die beiden Polizisten aufstehen und von ganz allein den Raum verlassen.

»Adieu. Und besten Dank für den Besuch.«

DELIKATESS-SCHINKEN

Clara sitzt in ihrem Zimmer und isst vom Delikatess-Schinken ihres Bruders, als Eve eintrifft. Clara versucht, ihr Verhalten von gestern im Top Shop zu erklären. Sie erzählt, sie hätte eine Panikattacke gehabt und die vielen Leute nicht mehr ausgehalten. Eine Halbwahrheit. Oder eine Viertelwahrheit. Aber keine direkte Lüge. Eve hört jedoch kaum zu. »Ist die Polizei bei dir gewesen?«, fragt sie. »Wegen Harper?«

»Genau«, sagt Clara.

»Und was wollten sie wissen?«

»Ach, so dies und das. Wollte sich Harper umbringen? Solche Sachen.«

»Clara, was ist in der Nacht wirklich passiert?«

Clara sucht Blickkontakt zu ihrer Freundin und bemüht sich um ein überzeugendes Auftreten. »Ich weiß es nicht. Ich habe ihm auf die Turnschuhe gekotzt, und dann ist er einfach gegangen.«

Eve nickt. Hat keinen Grund zu der Annahme, dass ihre Freundin sie belügen könnte. Sie schaut sich um und bemerkt, dass die Poster fehlen.

»Was ist denn mit den süßen Affen in den Käfigen passiert?«, fragt sie.

Clara zuckt mit den Schultern. »Mir ist aufgegangen, dass die Tiere auch sterben, wenn ich mir was anderes an die Wand hänge.«

»Stimmt. Und wem gehört der Campingbus da draußen?«

»Der ist von meinem Onkel. Will. Ziemlich cooler Typ!«

»Und wo ist der jetzt?«

Clara gehen die vielen Fragen allmählich auf die Nerven. »Ach, wahrscheinlich schläft er. Er schläft den ganzen Tag.«

Darüber wundert sich Eve einen Moment lang. »Ach, das ist …«

Aber dann hören sie etwas.

Jemand ruft, von unten. »Eve!«

Clara sieht, wie Eves Gesicht vor Entsetzen bleich wird.

»Nicht hier«, flüstert sie vor sich hin. Dann, zu Clara: »Sag mir, dass du das nicht gehört hast. Sag mir, dass ich allmählich Stimmen höre und in psychiatrische Behandlung muss.«

»Was? Ist das dein …?«, sagt Clara.

Sie hören schwere Schritte auf der Treppe. Und dann sieht Clara einen großen, marderähnlichen Mann in einem Manchester-United-Top ins Zimmer stürzen.

»Eve, du kommst mit nach Hause.«

»Dad? Das ist doch nicht zu fassen. Warum benimmst du dich so vor meiner Freundin?«, sagt Eve.

»Sie ist keine Freundin. Du kommst jetzt mit mir!«

Er packt sie am Arm. Clara sieht es. »He, lassen Sie sie los, Sie …«

Sie hält inne. Irgendetwas an seinem eindringlichen Blick bringt sie zum Schweigen.

Er weiß etwas. Ganz offensichtlich weiß er irgendwas.

»Lass mich los. Mein Gott!«, sagt Eve. Sie windet sich und fügt sich dann halbherzig, während er sie buchstäblich aus dem Zimmer zerrt, wobei er den vollen Papierkorb mit den Postern umwirft.

Rowan hört den Tumult im Flur. Er legt den Stift beiseite und lässt das Gedicht liegen, an dem er gearbeitet hat. (»Über das Leben und andere ewige Höllenfeuer.«) Er tritt aus dem

Zimmer und sieht, wie Eve erneut versucht, sich dem Griff ihres Vaters zu entwinden.

»Autsch, Dad, lass mich los.«

Rowan folgt ihnen, als sie in Richtung Treppe kreiseln. Sie haben ihn noch nicht bemerkt. Er nimmt seinen ganzen Mut zusammen, um etwas zu sagen. Was ihm in letzter Sekunde auch gelingt.

»Lassen Sie sie los«, sagt er schüchtern.

Jared hält inne, dreht sich um. Eves Arm hält er fest und sieht Rowan wütend an.

»Wie bitte?«

Rowan kann nicht glauben, dass dies Eves Vater ist. Außer dem mausblonden Haar hat er keinerlei Ähnlichkeit mit seiner Tochter. Aus den hervortretenden Augen spricht genügend Hass für eine komplette Armee.

»Sie tun ihr weh. Bitte lassen Sie sie los.«

Eve sieht ihn an und schüttelt den Kopf; er soll still sein, zu seinem eigenen Besten. Als sie ihn anstarrt, wird ihr bewusst, dass sich Rowan wirklich Sorgen um sie macht, aus irgendeinem albernen Grund. Viele Jungs finden sie gut, und das weiß sie auch. Aber was sie jetzt in Rowans Augen sieht, hat sie noch nie gesehen. Ein tiefes Mitgefühl mit ihr, als wäre sie ein externer Teil von ihm. Kurzzeitig ist sie so verblüfft, dass sie gar nicht merkt, wie ihr Vater ihren Arm loslässt.

Jared stürzt sich auf Rowan, den Angst befällt.

»Ich tue ihr weh?«, sagt Jared. »*Ich* tue ihr weh? Das ist großartig. Genau. Wirklich großartig. Du repräsentierst hier das Gute? Was für eine nette kleine Posse. Nun, wenn ich dich oder irgendjemanden von deiner selbstgefälligen Familie in ihrer Nähe erwische, dann komme ich mit einer Axt vorbei, jawohl. Weil ich weiß, wer ihr seid. Ich weiß *Bescheid*.«

Er zieht eine Halskette unter dem Fußballtrikot hervor, um Rowan ein kleines Kruzifix unter die Nase zu halten. Clara steht im Türrahmen und sieht irritiert zu. Jared richtet seine Worte an sie und ihren Bruder.

»Irgendwann werde ich ihr sagen, was ihr seid. Ich werde ihr von dem kleinen Geheimnis der Radleys erzählen. Ich werde dafür sorgen, dass sie sich vor euch in Acht nimmt. Ich werde dafür sorgen, dass sie schreiend wegrennt, wenn sie einen von euch sieht.«

Das Kruzifix bewirkt gar nichts, aber die drohenden Worte treffen Rowan heftig, obwohl er deutlich sieht, dass Eve vor Scham fast im Erdboden versinkt und glaubt, dass ihr Vater verrückt geworden ist. Sie rennt davon, stürzt an jemandem vorbei, der gerade die Treppe hinaufkommt.

»Eve!«, ruft Jared. »Komm zurück! Eve!«

»Was ist denn los?«, fragt Peter, der auf dem Treppenabsatz angekommen ist. Jared will an ihm vorbei, hat aber ganz offensichtlich Angst, ihn zu berühren.

»Lassen Sie mich durch!«

Peter tritt zurück an die Wand, um Jared vorbeizulassen. Der stürzt die Treppe hinunter, mit wilder Entschlossenheit, aber Eve hat das Haus bereits verlassen.

Peter wendet sich Clara zu. »Was um alles in der Welt ist hier los? Was wollte er?«

Clara antwortet nicht.

»Er will nicht, dass sich seine Tochter mit Mördern abgibt«, sagt Rowan. »In der Beziehung ist er ein bisschen altmodisch.«

Peter ist verblüfft, bis ihm ein Licht aufgeht. »Er weiß über uns Bescheid?«

»Ja«, sagt Rowan. »Er weiß es.«

Leitfaden für Abstinenzler
zum Thema Hautpflege

Ein normales, blutfreies Leben ganz ohne Tageslicht zu führen ist fast unmöglich. Die Sonne birgt zwar für Abstinenzler das gleiche Risiko wie für praktizierende Vampire, man kann aber verschiedene Vorkehrungen treffen, um Hautprobleme und Krankheiten zu reduzieren.

Hier nun unsere Toptipps, wie man seine Haut tagsüber schützen kann:

1. Halten Sie sich im Schatten auf. Meiden Sie direktes Sonnenlicht so gut es geht, wenn Sie draußen sind.

2. Verwenden Sie Sonnenblocker. Sie sollten sich am ganzen Körper mit mindestens Lichtschutzfaktor sechzig einreiben. Ganz gleich wie das Wetter ist, egal wie Sie sich kleiden, diese Regel ist immer zu beachten.

3. Essen Sie Karotten. Karotten beschleunigen den Erneuerungsprozess der Haut, da sie viel Vitamin A enthalten. Sie sind reich an Antioxidantien, zu denen auch Fotochemikalien zählen, sodass die Lichtempfindlichkeit reduziert und die Zellerneuerung befördert wird.

4. Bleiben Sie nicht zu lange im Freien, keinesfalls mehr als zwei Stunden täglich.

5. Nehmen Sie niemals Sonnenbäder. Wenn Sie braun werden wollen, dann nur mithilfe von Selbstbräuner.

6. Reagieren Sie schnell. Wenn Schwindelgefühle oder ein Hautausschlag auftreten, gehen Sie schnellstens hinein, vorzugsweise in einen abgedunkelten Raum.

Positives Denken ist wichtig. Es ist erwiesen, dass Stress die Hautbeschwerden verschlimmert, unter denen wir Abstinenzler leiden. Bemühen Sie sich also um eine gesunde Einstellung. Ganz gleich wie sehr Ihre Haut juckt oder brennt, Sie müssen immer daran denken, dass Sie das Richtige tun.

Handbuch für Abstinenzler
(zweite Ausgabe), Seite 117–118

DIE SONNE VERSINKT
HINTER EINER WOLKE

Rowan ist wegen des Vorfalls zu erschüttert, um im Haus zu bleiben.

Wie viel Zeit hat er noch?

Lange genug, um den außerordentlichen Mut aufzubringen, ihr zu sagen, was er für sie empfindet?

Wann wird sie erfahren, dass er ein Monster ist?

Der Weg die Hauptstraße entlang ist ermüdend, weil die Sonne zwischen den Wolken hervorscheint. Stark und hell und ebenso unmöglich zu verkraften wie die Wahrheit. Er geht weiter, seine Haut fängt an zu jucken, und seine Beine drohen ihren Dienst zu versagen. Ihm fällt auf, dass er nicht genügend Sonnenblocker aufgetragen hat und nach Hause gehen sollte, er läuft aber trotzdem an der Arztpraxis vorbei und geht über die Straße zu dem breiten Rasenstreifen mit der Bank, die wenigstens teilweise im Schatten steht. Die Bank befindet sich vor dem Kriegerdenkmal des Dorfes. Er liest die Inschrift auf dem Stein: DEN GLORREICHEN GEFALLENEN. *Was passiert eigentlich mit einem Vampir, wenn er stirbt?*, fragt er sich. Gibt es für Blutsauger im Jenseits einen Platz neben den Kriegshelden? Er will gerade gehen, als er jemanden hinter sich bemerkt und eine Stimme hört, die er mehr liebt als jede andere.

»Rowan?«

Er dreht sich um und sieht Eve, die gerade aus dem Wartehäuschen an der Bushaltestelle heraustritt, wo sie sich bis eben versteckt hatte.

Sie schaut ihn an, und er spürt die vertraute Unbehaglichkeit, die ihn immer überkommt, wenn sie ihn sehen kann. Sie ist so vollkommen, dass er ihr in seiner Unvollkommenheit am liebsten nicht unter die Augen treten würde.

Sie lässt sich neben ihm nieder. Eine Weile sagen beide nichts, und Rowan fragt sich ernsthaft, ob sie hören kann, wie sein Herz klopft.

»Tut mir leid«, sagt sie nach einem langen Schweigen. »Das mit meinem Dad. Er ist einfach …« Sie bricht ab. Rowan bemerkt, dass sie wegen irgendetwas mit sich ringt. Und dann erzählt sie es ihm. »Meine Mutter ist vor ein paar Jahren verschwunden. Bevor wir hierhergezogen sind. Einfach verschwunden. Wir wissen nicht, was mit ihr passiert ist. Wir wissen nicht, ob sie noch lebt oder nicht.«

»Das wusste ich nicht. Tut mir leid.«

»Also, ehrlich gesagt rede ich nicht gern darüber.«

»Nein. Ist bestimmt nicht einfach«, sagt Rowan.

»Das ist der Grund, warum mein Dad so ist. Er ist nie wirklich darüber weggekommen. Weißt du, wir gehen unterschiedlich damit um. Er ist paranoid, und ich bemühe mich, alles lustig zu sehen. Und lasse mich auf Idioten ein.«

Sie sieht Rowan an und merkt, dass es falsch war, in ihm Claras schüchternen und seltsamen Bruder zu sehen. Plötzlich erkennt sie, wie schön es ist, neben ihm auf der Bank zu sitzen. Es ist, als würde er etwas in ihr zum Vorschein bringen. Und sie fühlt sich mehr wie sie selbst als in den vergangenen zwei Jahren.

»Rowan, weißt du, wenn du mir irgendwas sagen willst

oder mich irgendwas fragen willst, dann kannst du das einfach tun. Das geht in Ordnung.«

Sie will aus seinem Mund hören, was sie längst weiß, von Clara, aber auch von Rowan selbst, der jedes Mal ihren Namen flüstert, wenn er in der Schule einschläft.

Die Sonne versinkt hinter einer Wolke.

Die Schatten werden tiefer.

Rowan spürt, dass dies die Gelegenheit ist, von der er träumt, seit er Eves Lachen zum ersten Mal im Bus gehört hat, als sie sich vom ersten Tag an immer neben Clara setzte.

»Also, die Sache ist die ...« Sein Mund ist trocken. Er denkt an Will. Wie leicht es ihm fällt, er selbst zu sein, und ohne es zu wollen, sehnt sich Rowan danach, wie sein Onkel zu sein, nur für fünf Sekunden, damit er den Satz beenden kann. »Ich ... ich ... ich finde einfach, dass du ... was ich sagen will ist, dass ich ... also, ich glaube, du bist einfach ein ... ein Mädchen wie du ist mir noch nie begegnet ... dir ist es egal, was die Leute von dir halten und ... es ist ... einfach ... wenn du nicht bei mir bist, was du schließlich meistens bist, denke ich dauernd an dich und ...«

Sie sieht in eine andere Richtung. *Sie denkt, ich bin ein Freak.* Aber dann hört und sieht er, was sie bereits gehört und gesehen hat.

Das Auto der Nachbarn. Es hält bei ihnen an. Glänzend und silberfarben wie eine Waffe. Mark Felt lässt die Scheibe herunter.

»O Gott«, sagt Eve.

»Was ist?«

»Nichts. Es ist bloß ...«

Mark sieht Rowan misstrauisch an, dann wendet er sich Eve zu. »Toby hat mir erzählt, dass sich dein Vater aus dem

Staub machen will. Sag ihm, dass ich ab morgen neue Mieter suche, wenn er nicht bezahlt. Die ganze Summe. Die ganzen siebenhundert.«

Eve wirkt peinlich berührt, obwohl Rowan keine Ahnung hat, worum es geht. »Okay«, sagt sie. »Okay.«

Dann wendet sich Mark an Rowan.

»Wie geht's deiner Schwester?«

»Es geht ihr … gut.«

Marks Augen ruhen eine Weile auf ihm, als würde er versuchen, etwas in Erfahrung zu bringen.

Sein Fenster gleitet hoch, und er fährt weiter.

Eve hält den Blick gesenkt. »Er ist unser Vermieter.«

»Oh.«

»Und wir haben kein Geld, um die Miete zu bezahlen, weil, na ja, als wir hierhergezogen sind, hat mein Dad keinen Job gefunden. Er hat es ewig lang auch gar nicht erst versucht.«

»Verstehe.«

Eve starrt das Denkmal an und redet weiter. »Und wir haben schon eine Menge Schulden, aus Manchester. Früher war er mal richtig umsichtig, genau wie Mum. Hatte einen guten Job. Polizist. Er war bei der Polizei. Beim CID. Es war ein guter Job.«

»Wirklich?«, sagt Rowan, den die Information beunruhigt. »Was ist passiert?«

»Als meine Mutter verschwand, hatte er einen Nervenzusammenbruch. Ist durchgedreht. Hat sich Theorien ausgedacht, lauter verrücktes Zeug. Jedenfalls hat ihm die Polizei bescheinigt, er sei nicht zurechnungsfähig, und dann kam er zwei Monate ins Krankenhaus, und ich wohnte eine Zeit lang bei meiner Oma. Sie ist aber inzwischen tot. Als er entlassen wurde, war alles anders. Er schluckte dauernd Pillen und trank und verlor seinen Job, war ständig unterwegs und mit weiß der Himmel was beschäftigt.« Sie schnieft und macht eine Pause. »Ich weiß nicht, warum ich dir das alles erzähle. Ist schon komisch, ich habe noch nie mit jemandem darüber geredet.«

Rowan fällt auf, dass er alles tun würde, um diesen traurigen Ausdruck aus ihrem Gesicht zu löschen. »Schon gut«, sagt er. »Hilft vielleicht, wenn man darüber redet.«

Also redet sie, als wäre er gar nicht da, als wäre da etwas, was herausmuss.

»Wir konnten uns das Haus in Manchester nicht mehr leisten, und das war das Beschissenste daran, weil ich immer dachte, wenn wir dageblieben wären, hätte Mum wenigstens gewusst, wo wir sind, falls sie jemals nach Hause kommen wollte.« Der Gedanke macht sie wütend.

»Stimmt.«

»Aber wir sind nicht einmal in der Nähe unseres alten Wohnortes geblieben. Er wollte hierherziehen. In eine winzige Einliegerwohnung. Und noch nicht einmal die können wir uns leisten. Und so wie es aussieht, müssen wir wieder umziehen, weil er nichts zustande kriegt. Und ich will nicht schon wieder umziehen, weil wir uns gerade erst hier eingewöhnt haben, und bei jedem Umzug wird die Vergangenheit noch vergangener. Jedes Mal verlieren wir mehr von Mum.«

Sie hält inne, wirkt hilflos. Kaum sichtbar schüttelt sie den Kopf, als wundere sie sich über sich selbst. »Tut mir leid. Ich wollte dir keinen Vortrag halten.« Und dann sieht sie auf ihrem Handy nach, wie spät es ist. »Ich geh besser nach Hause, bevor Dad mich hier findet. Er wird bestimmt bald wieder auftauchen.«

»Wirst du … zurechtkommen? Ich meine, wenn du willst, dann kann ich dich begleiten?«

»Wahrscheinlich keine gute Idee.«

»Nein.«

Sie hält seine Hand, drückt sie sacht zum Abschied. Eine wundervolle Sekunde lang dreht sich die Welt nicht weiter. Er fragt sich, wie Eve reagiert hätte, wenn er es geschafft hätte, das zu sagen, was in seinem Kopf sitzt und an die Nervenstränge drückt.

»Ist heute richtig still, findest du nicht auch?«

»Kann schon sein«, sagt Rowan.

»Kein Vogelgezwitscher oder so.«

Rowan nickt, wohl wissend, dass er ihr nie erzählen wird, dass er Vogelstimmen nur vom Band kennt oder dass er und Clara einmal eine ganze Stunde mit einem Video von zwitschernden Schilfrohrsängern und Buchfinken verbracht haben, mit Tränen in den Augen.

»Wir sehen uns in der Schule«, sagt sie nach einer Weile.

»Ja«, sagt Rowan.

Als sie geht, schaut Rowan ihr nach und bemerkt erst jetzt, dass seine Haut wahnsinnig juckt. Ihm fällt wieder ein, dass er am Morgen seinen Sonnenblocker vergessen hat.

Schließlich geht er zum Geldautomaten am Postamt. Er überprüft seinen Kontostand.

353. 28 £

Ein Jahr lang hat er jeden Samstagnachmittag im Willows Hotel gekellnert und dabei achtundvierzig Hochzeitsempfänge ertragen, die ihm wie Variationen eines immer gleich bleibenden Besäufnisses vorkamen, und mehr als das ist ihm nicht davon geblieben.

Er hebt so viel ab, wie er kann, und zieht anschließend die

Karte seines Sparkontos bei der NatWest Bank heraus. Des Kontos, auf das seine Eltern monatlich einzahlen und an das er eigentlich nicht drangehen darf, bis er mit dem Studium anfängt. Er versucht, sich an die PIN zu erinnern, was ihm irgendwann gelingt, und hebt dann den Restbetrag ab, den er noch braucht.

Als er zu Hause ankommt, steckt er sämtliche Zwanzig-Pfund-Noten in einen Umschlag und beschriftet ihn mit »Miete für Lowfield Close Nr. 15B«.

ALS NEUNZEHNHUNDERTDREIUNDACHTZIG
JEMAND VOM FAHRRAD FIEL

Um vier Uhr nachmittags setzen sich die Radleys zum Sonntagsessen an den Tisch. Peter, der das gekochte Lamm auf seinem Teller betrachtet, ist wenig überrascht, dass seine Ehefrau darauf besteht, alles solle so normal wie möglich weiterlaufen. Er weiß, dass Routine für Helen eine Form von Therapie bedeutet. Etwas, womit sie die Risse kitten kann. Aber nach der zitternden Hand zu urteilen, die Bratkartoffeln auf den Tellern verteilt, funktioniert die Therapie nicht.

Was vielleicht an Will liegt.

Er redet bereits seit fünf Minuten und sieht nicht so aus, als wolle er irgendwann aufhören, Claras Fragen zu beantworten.

»... Weißt du, ich für mein Teil brauche das Blutdenken nicht. Ich bin geschützt. Die Polizei kann nichts machen, um mich aufzuhalten. Es gibt da diese Society in Manchester, die Sheridan Society. Eine Vereinigung von praktizierenden Vampiren, die sich um uns kümmert. Ist so was wie eine Gewerkschaft, bloß sind die Repräsentanten sexyer.«

»Wer ist Sheridan?«

»Niemand. Sheridan Le Fanu. Ein alter Vampirschriftsteller. Schon lange tot. Egal, die Sache ist die: Jedes Jahr schicken sie eine Liste an die Polizei, von Leuten, die in Ruhe gelassen werden müssen. Und ich stehe ziemlich weit oben auf der Liste.«

»An die *Polizei*?«, fragt Rowan. »Dann weiß die Polizei also über Vampire Bescheid?«

Will schüttelt den Kopf. »Offiziell nicht. Nein, sie wissen nichts. Aber in Manchester gibt es welche, die Bescheid wissen. Ist alles streng geheim.«

Rowan scheint tief betroffen über diese Information, und er wird noch blasser.

Clara hat noch eine Frage. »Wenn wir also auf dieser Liste stünden, könnte uns die Polizei nichts tun?«

Will lacht. »Man muss regelmäßig praktizierender Vampir sein, mit ein paar ordentlichen Morden auf dem Kerbholz. Aber, ja, könnte sein. Ich könnte euch mit den richtigen Leuten bekannt machen. Ein paar Strippen ziehen …«

»Ich glaube nicht, Will«, sagt Helen streng. »Ich glaube nicht, dass wir diese Art von Hilfe brauchen.«

Peter isst, während die Stimmen um ihn herumschwirren. Kaut auf dem noch blutigen Bratenfleisch herum, das ihm trotzdem total verkocht vorkommt. Bemerkt die zitternde Hand seiner Frau, mit der sie ihr Glas mit Merlot auffüllt.

»Helen, ist alles in Ordnung mit dir?«, fragt er.

Sie lächelt schwach. »Mir geht's gut, wirklich.«

Aber als es an der Tür läutet, schreckt sie förmlich hoch. Peter nimmt sein Weinglas und steht auf, um nachzusehen, und betet wie seine Frau, dass es sich nicht um einen Wiederholungsbesuch der Polizei handeln möge. Und so ist er zum ersten Mal erleichtert, dass Mark Felt vor der Tür steht. Er hält eine große Papierrolle in der Hand.

»Die Pläne«, erläutert Mark. »Du weißt doch. Wovon ich euch erzählt habe. Der Anbau im Obergeschoss.«

»Stimmt, ja. Eigentlich sind wir gerade …«

»Ich bin morgen Abend geschäftlich unterwegs, deshalb dachte ich, jetzt wäre ein guter Zeitpunkt, die Pläne durchzugehen.«

Peter ist ganz und gar nicht begeistert. »Ja, sicher, komm rein.«

Etwa eine Minute später sitzt er mit Mark fest, der die Baupläne auf der Küchentheke ausbreitet.

Wünscht sich, er hätte mehr Lammfleisch gegessen.

Wünscht sich, er hätte eine ganze Herde lebend vertilgt.

Oder auch nur einen einzigen Tropfen von Lornas Blut.

In seinem Glas befindet sich eine traurige Pfütze Merlot. Warum gibt er sich überhaupt mit dem Zeug ab? Wein trinken ist auch so eine Sache, die eigentlich dazu beitragen soll, dass sie sich wie normale Menschen fühlen, dabei beweist es genau das Gegenteil. Helen besteht darauf, dass sie ihn wegen des Geschmacks trinken, aber er ist sich gar nicht sicher, ob er den Geschmack überhaupt mag.

»Wir haben gerade einen Wein aufgemacht, vielleicht möchtest du ein Glas?«, sagt er pflichtschuldig zu Mark und greift nach einer halb vollen Flasche neben dem Toaster. »Danke«, sagt Mark, »gern.«

Peter schenkt ein, demütig, als er Wills heisere Stimme aus dem Esszimmer hört.

»... *könnte mich in dem Zeug ersäufen!*«

Peter fällt auf, dass Mark ihn ebenfalls gehört hat und dass er anscheinend etwas loswerden will, das nichts mit Hausanbauten zu tun hat.

»Hör mal, Peter«, hebt er unheilschwanger an, »die Polizei war heute bei uns. Wegen des verschwundenen Jungen von der Party. Und irgendwas war da wegen Clara.«

»So?«

»Ja, und sag mir, falls ich völlig falschliege, aber ich habe mich gefragt, was eigentlich neulich nachts mit ihr los war?«

Peter sieht sein verzerrtes Spiegelbild im Toaster. Die Augen, die ihn von der gebogenen Chromfläche anstarren, sind riesig und monströs. Plötzlich ist ihm danach, die Wahrheit laut hinauszubrüllen. Seinem seit Neuestem in einen Amateur-Poirot verwandelten Nachbarn zu erzählen, dass die Radleys Blutsauger sind. Er reißt sich gerade noch rechtzeitig zusammen. »Sie hat was zu sich genommen, was ihr nicht bekommen ist. Warum?«

Mit zwei gefüllten Gläsern in den Händen dreht er sich um.

»Schon gut, entschuldige«, sagt Mark. »Ich bin bloß … Dieser Mann mit dem Campingbus. Wer ist das?«

Peter reicht Mark den Wein. »Das ist mein Bruder. Er wird nicht lange bleiben. Er ist ein bisschen exzentrisch, aber ansonsten ganz in Ordnung. Familie, du weißt schon.«

Mark nickt, nimmt das Glas entgegen. Offensichtlich will er weiterfragen, hält sich dann aber zurück.

»Und jetzt«, sagt Peter, »was ist mit den Plänen?«

Und Mark fängt an zu erklären, aber Peter kriegt nur Satzfetzen mit. »… bauen wollen … von der Grundfläche … Anbau aus den Fünfzigern … riskant … die vorhandene Wand einreißen …«

Als Peter an seinem Drink nippt, hört er überhaupt nichts mehr. Der Geschmack ist ganz anders als der Wein, den er vorher getrunken hat. Ganz exquisit und vollmundig wie das Leben selbst.

Entsetzt reißt er sich das Glas von den Lippen.

Ihm fällt ein, dass Will eine halb volle Flasche auf dem Tresen stehen gelassen hat. Er überlegt, was er zu Mark sagen könnte, um ihm sein Glas wieder abzunehmen. Aber dazu ist es bereits zu spät. Mark hat bereits einen Schluck getrunken und ist so begeistert, dass er den Rest in einem Zug hunterkippt.

Mark stellt sein leeres Glas ab. Auf seinem Gesicht hat sich ein Ausdruck wilder Begeisterung breitgemacht. »Also, das war ja *vorzüglich*.«

»Ja, danke, dann will ich mir die Pläne mal ansehen«, sagt Peter und beugt sich über die Rechtecke und Maßangaben auf dem Papier.

Mark ignoriert sein Ansinnen. Er geht zu der Flasche und liest das Etikett. »Rosella 2007? Das ist echt guter Stoff.«

Peter nickt das Nicken eines fundierten Weinkenners. »Aus Spanien. Eine Art Rioja. Kleiner Winzer. Einfache Vermarktung. Wir bestellen ihn online.« Peter deutet auf die Pläne. »Wollen wir?«

Mark wedelt das Thema mit der Hand beiseite. »Das Leben ist zu kurz. Sollte mal was Besonderes mit Lorna unternehmen. Haben wir schon viel zu lange nicht mehr gemacht.«

Sollte mal was Besonderes mit Lorna unternehmen.

»Gute Idee«, sagt Peter, während die Eifersucht wie Knoblauch in ihm brennt.

Mark versetzt seinem Nachbarn einen Schlag auf den Rücken und stürzt aus der Küche. »Adiós amigo! Hasta luego!«

Peters Blick fällt auf das Papier auf der Theke, das sich wieder zusammenrollt. »Deine Pläne«, sagt er.

Aber Mark ist schon weg.

WIR SIND MONSTER

Sie sind mit dem Essen fertig, aber Helen räumt die Teller nicht weg, weil sie die Kinder nicht mit Will allein lassen will. Also bleibt sie einfach sitzen, eine Gefangene auf ihrem Stuhl, und ärgert sich, weil er so viel Macht über sie hat.

Natürlich hatte er schon immer so viel Macht über sie. Aber jetzt ist das eine nackte und unübersehbare Tatsache, direkt vor ihren Augen, von ihr selbst noch verstärkt, weil sie ihn doch tatsächlich bat, ihnen mit der Polizei zu helfen, und diese Tatsache vergiftet alles. Sie infiziert das Zimmer, sodass sämtliche Gegenstände – ihr leerer Teller, die Gläser, die Designerlampe, die ihr Peter vor ein paar Jahren zu Weihnachten geschenkt hat –, all diese Gegenstände scheinen plötzlich mit negativer Energie aufgeladen. Wie geheime Waffen in einem unsichtbaren Krieg gegen sie, gegen alle.

»Wir sind Monster«, hört sie ihren Sohn gerade sagen. »Das ist nicht in Ordnung.«

Und dann Will, lächelnd, als ob er auf dieses Stichwort gewartet hätte. Eine Gelegenheit, um noch einmal zum Schlag gegen Helen auszuholen. »Besser, sich zu dem zu bekennen, was man ist, als überhaupt niemand zu sein. Unter einer Lüge so tief begraben zu sein, dass man genauso gut tot sein könnte.«

Nach dieser Verkündigung lehnt er sich auf seinem Stuhl zurück und saugt ihren verächtlichen Blick unbekümmert wie eine Liebeserklärung in sich hinein.

Dann betritt Peter den Raum, der wütend eine leere Flasche durch die Luft schwenkt. »Was ist denn das?«, fragt er seinen Bruder.

Will heuchelt Unverständnis. »Spielen wir Scharade? Ich bin ratlos, Pete. Ist es ein Film? Ein Buch?« Er kratzt sich am Kinn. »*Das verlorene Wochenende? First Blood? The Bloodsucker Proxy?*«

Helen hat noch nie erlebt, dass sich Peter gegen seinen Bruder zur Wehr setzt, aber jetzt tut er es, und sie betet im Stillen, er möge aufhören. Jedes Wort ist wie das Aufstampfen auf einer Falltür.

»Unser nächster Nachbar – ein äußerst bekannter Anwalt – hat soeben ein volles Glas Blut ausgetrunken. *Vampirblut.*«

Will bricht in schallendes Gelächter aus. Er scheint nicht im Mindesten bekümmert. »Da sollte der eine oder andere Knoten platzen.«

Clara kichert, während Rowan still dasitzt und daran denkt, wie schön es sich anfühlte, Eves Hand zu halten.

»O Gott«, sagt Helen, als ihr die Bedeutung dessen bewusst wird, was ihr Ehemann gerade gesagt hat.

Wills gute Laune schwindet allmählich. »Was ist schon dabei? Niemand hat ihn gebissen. Er wurde nicht konvertiert. Er wird einfach nach Hause gehen und seine Frau sehr glücklich machen.«

Bei dem Gedanken kocht Peter vor Wut. »Du solltest verschwinden, Will. Die Leute werden misstrauisch. Das ganze Scheißdorf fragt sich schon, was du elender Scheißkerl mit deinem beschissenen Stück Campingbusscheiße hier zu suchen hast.«

»*Dad*«, wirft Clara beiläufig ein.

Will ist über den Wutausbruch seines Bruders ernsthaft überrascht. »Pete, du bist ja verärgert.«

Peter knallt wie zur Bestätigung die Flasche auf den Tisch. »Tut mir leid, Will. Das wird nichts. Unser Leben ist jetzt ein anderes. Ich habe dich angerufen, weil wir einen Notfall hatten. Und der Notfall ist vorbei. Du musst weg. Wir brauchen dich nicht. Wir wollen dich hier nicht.«

Will sieht seinen Bruder an, gekränkt.

»Peter, lass uns einfach …«, mischt sich Helen ein.

Jetzt sieht Will Helen an. Er lächelt. »Sag es ihm, Hel.«

Helen schließt die Augen. Im Dunkeln ist es vielleicht einfacher. »Er bleibt bis morgen«, sagt sie. Dann steht sie auf und stapelt die Teller aufeinander.

»Ich dachte, du wärst es gewesen, die …«

»Er reist morgen ab«, sagt sie noch einmal und sieht, wie Rowan und Clara vielsagende Blicke tauschen.

Peter stürmt wieder aus dem Zimmer, die Flasche lässt er auf dem Tisch stehen. »Großartig. Ganz großartige Scheiße.«

»Väter, hm?«, bemerkt Will.

Und Helen steht am Tisch, versucht, so zu tun, als hätte sie sein Zwinkern zur Besiegelung seines kleinen Triumphes nicht bemerkt.

DIE NACHT VOR PARIS

Sie hatten es im Camper getan, in der Nacht vor Paris. Beide waren nackt und kicherten und spürten die Erregung des süßen Lebens, wenn sie die Haut des anderen berührten.

Und er erinnert sich an seinen ersten Biss, die Intensität, die maßlose Überraschung, als ihm bewusst wurde, wie gut sie schmeckt. Es war wie ein erster Besuch in Rom: Man geht eine unscheinbare Seitenstraße entlang, und plötzlich ist man überwältigt beim Anblick des Pantheons.

Ja, sie war perfekt, diese Nacht. Eine ganze Beziehung in einem Mikrokosmos. Die Lust, das Kennenlernen, die subtile Politik des Trinkens und Getrunkenwerdens. Den Blutvorrat des anderen aussaugen und wieder auffüllen.

»Verwandle mich«, hatte sie geflüstert. »Mach mich besser.«

Will sitzt draußen auf der Terrasse und starrt in die sternenlose Nacht. Er erinnert sich an alles – die Worte, die Köstlichkeiten, die Verzückung auf ihrem Gesicht, als Blut aus der Bisswunde an ihrem Handgelenk in die Flasche tropft, während er sie mit seinem Blut fütterte und dabei mit entrücktem Kichern aus »Christabel« von Coleridge zitierte.

O erschöpftes Fräulein, Geraldine,
Ich bitt Euch, trinkt diesen stärkenden Wein!
Es ist ein Wein von wirksamer Kraft;
Meine Mutter machte ihn aus wilden Blumen.

An all das erinnert er sich, während er den mondhellen Garten mit dem hohen Holzzaun betrachtet. Seine Augen folgen dem Zaun in den hinteren Teil des Gartens, am Teich und dem Rasen entlang bis zu den gefiederten Silhouetten der beiden Koniferen. Dazwischen sieht er das matte Licht hinter der Jalousie eines Fensters, das wie ein Auge herauslinst.

Und dann nimmt er etwas wahr, ein Lebewesen hinter dem Schuppen. Er hört einen Zweig knacken und hat wenige Sekunden später den Geruch von Blut in der Nase. Er nippt an seinem Glas Isobel, um seine Sinne zu schärfen, und atmet anschließend langsam und tief durch die Nase ein. Da der Geruch mit grüneren, grasigeren Düften vermischt ist, kann er unmöglich sagen, ob das Blut lediglich von einem Säugetier stammt – einem Dachs vielleicht oder einer verängstigten Katze – oder etwas Größerem, einem Menschen.

Eine Sekunde später fliegt ihm ein Geruch zu, den er kennt. Peters Blut. Er schiebt die Terrassentür auf und tritt mit seinem Weinglas nach draußen.

Sie grüßen sich, und Peter setzt sich auf einen der Gartenstühle.

»Tut mir leid«, sagt er zögernd. »Wegen vorhin, meine ich. Ich hab überreagiert.«

Will hebt eine Hand. »Ach was, nein, ist alles meine Schuld.«

»Es war nett von dir, dass du gekommen bist. Und heute mit der Polizei warst du eine echte Hilfe.«

»Kein Problem«, sagt Will. »Ich dachte bloß gerade an unsere Band.«

Peter lächelt.

Will fängt an, ihren einzigen Song zu singen: »Wie hübsch

du bist, in deinem roten Kleid, komm schon, Baby, jetzt ist unsere Zeit ...«

Peter singt unwillkürlich mit, breit grinsend wegen des idiotischen Textes. »Die Alten lassen wir hier bei ihren Sherrys, ich koste dein Blut und denke an Cherries ...«

Sie lassen ihr anschließendes Gelächter langsam ausklingen.

»Hätte ein großartiges Video werden können«, sagt Peter.

»Also, die T-Shirts hatten wir ja schon.«

Sie reden ein bisschen weiter, Will bringt Peter dazu, sich an ihre frühe Kindheit auf der Barkasse zu erinnern. Wie ihre Eltern immer noch einen Schritt weitergegangen sind, um ihnen eine besondere Kindheit zu bieten, zum Beispiel als sie den frisch getöteten Warenhaus-Weihnachtsmann für das Festmahl mitbrachten. Und dann unterhalten sie sich ein bisschen über die düstereren Jahre, in dem modernen Vorstadthaus in Surrey, als sie ihren abstinenten Pflegevater mit Steinen bewarfen, während er seine Tomaten im Gewächshaus wässerte, und die ekligen Meerschweinchen bissen, die man ihnen idiotischerweise als Haustiere geschenkt hatte.

Sie reden über ihre Flüge nach London zu den Vampirpunk-Konzerten.

»Erinnerst du dich noch an die Nacht in Berlin?«, fragt Will. »Weißt du noch?«

Peter nickt. Sie waren losgezogen, um sich einen Gig von Iggy Pop und David Bowie in einem Autobahn-Nachtclub anzuhören. Er war mit Abstand der Jüngste gewesen. »1977«, sagt er. »Großartiges Jahr.«

Lachend reden sie über die Vampirpornos, die sie sich in den Achtzigern angesehen hatten.

»*Vain Man*«, sagt Peter. »An den erinnere ich mich. Über

den autistischen Vampir, der sich von allen Leuten die Blutgruppe merken konnte.«

»Genau, und wie hießen die anderen?«

»*Beverly Hills Vampire*.«

»*Mein linker Reißzahn*. Der war total überschätzt.«

»*Ferris Bueller sieht rot* war saukomisch«, sagt Peter mit einem Lächeln.

Will sieht seine Chance gekommen und deutet auf die Flasche mit dem Blut. »Auf die alten Zeiten? Vergiss den Merlot.«

»Danke, Will, lieber nicht.«

Vielleicht sollte er was dazu sagen. »Es ist nicht mehr so wie früher, Pete. VB kriegt man heute überall. Sogar in Manchester. In einem Nachtclub. Dem Black Narcissus. Bin gestern da gewesen. Bisschen zu viel Gothic für meinen Geschmack, läuft aber gut. Und die Polizei lässt die Finger davon, weil er von der Sheridan Society geführt wird. Zwanzig Lappen pro Flasche bei dem Mann an der Garderobe. Besseren Stoff kriegst du nirgends.«

Peter überlegt, und Will bemerkt den gequälten Ausdruck auf seinem Gesicht, als würde er beim gedanklichen Tauziehen am einen Ende ziehen. Schließlich schüttelt Peter den Kopf. »Ich gehe lieber ins Bett.«

BLUTLEERE FARCE EINER EHE

Als Peter dann aber im Bett liegt, kann er nicht aufhören, daran zu denken.

Frei erhältliches Blut ohne Schuldgefühle trinken.

Man musste weder lügen noch stehlen noch töten, um daran zu kommen. Man ging einfach nach Manchester, kaufte es und trank es und konnte wieder glücklich sein, falls glücklich die richtige Bezeichnung dafür war.

So vieles hatte sich seit damals verändert. Alles kam ihm jetzt so viel einfacher vor. Mit dieser Vereinigung, von der Will erzählt hatte, und der Liste der Unantastbaren für die Polizei.

Peter liegt da und denkt darüber nach und wundert sich, wie Helen lesen kann, wo um sie herum doch so viel passiert. Okay, sie hat noch kein einziges Mal umgeblättert, seit sie zu Bett gegangen ist, *lesen* tut sie also vermutlich gar nicht, aber sie sitzt aufrecht im Bett mit irgendeinem blassblütigen Trauergesang, den sie bis zum nächsten Treffen mit dem Lesekreis durchgearbeitet haben muss, und *versucht* wenigstens zu lesen. Es kommt möglicherweise auf das Gleiche heraus.

Er wirft einen Blick auf Helens Buch. Ein geschmackvoller historischer Roman: *Wenn der letzte Spatz singt*. Der Titel sagt Peter nichts. Er hat in seinem ganzen Leben noch nie einen Vogel singen gehört.

Warum, fragt er sich, ist ihr das so wichtig? Weiterzumachen, als ob nichts geschehen wäre? Sich mit dem Sonntagsbraten abzugeben, dem Lesekreis, Müll zu sortieren, gemeinsam am Frühstückstisch zu sitzen und Filterkaffee zu trinken? Wie schafft sie das alles, wenn der Stress um sie herumsurrt wie Elektrizität um einen Hochspannungsmast?

Um die Risse zu kitten, genau, aber wenn die Risse schon so breit sind, was soll das nützen? Es ist ihm ein Rätsel. Genau wie die Frage, warum sie in der Sache mit Will zurückgerudert hat. »Er bleibt bis morgen.« Warum? Die Wut kocht in ihm hoch, obwohl er gar nicht genau weiß, warum er wütend wird oder warum ihm das so viel ausmacht.

Er beschließt, einen Teil seiner Gedanken im Schlafzimmer an die Luft zu setzen, aber das ist ein Fehler.

»In einem Nachtclub?« Helen lässt ihr Buch auf die Decke sinken. »Einem *Nachtclub*?«

Er fühlt sich bloßgestellt und ist ein kleines bisschen verlegen, aber auch erleichtert, weil er so offen mit seiner Ehefrau spricht.

»Genau«, fährt er fort, so vorsichtig, wie er kann. »Will sagt, man kann es bei dem Mann an der Garderobe kaufen. Ich dachte, es könnte hilfreich sein, du weißt schon, für uns.«

O nein, denkt er. *Jetzt bin ich zu weit gegangen.*

Ihr Kiefer verspannt sich.

Ihre Nasenflügel beben.

»Was meinst du mit *hilfreich*? Hilfreich *wofür*?«

Jetzt kann er nicht mehr zurück. »Für uns. Für dich und mich.«

»Mit uns ist alles in Ordnung.«

Er fragt sich, ob sie das wirklich ernst meint. »Ach, und in welchem Universum soll das stimmen?«

Helen legt ihr Spatzenbuch auf den Nachttisch, rutscht auf ihrer Seite tiefer unter die Decke, bettet ihren Kopf ins Kissen und schaltet das Licht aus. Er kann die Spannung wie elektrische Ladung in der Dunkelheit spüren.

»Also«, sagt sie mit ihrer Hör-sofort-mit-dem-Blödsinn-auf-Stimme. »Ich werde mir nicht die Nacht um die Ohren schlagen, um deine Midlife-Crisis mit dir zu diskutieren. *Nachtclubs!*«

»Wir könnten doch wenigstens ab und zu Blut voneinander trinken. Wann haben wir das zum letzten Mal gemacht? In der Toskana? Der Dordogne? An Weihnachten in dem Jahr, als wir bei deiner Mutter waren? Ich meine, in welchem *Jahrhundert?*«

Sein Herz rast, und er ist überrascht, wie wütend er sich anhört. Wie immer bei einem Streit tut er sich keinen Gefallen.

»Blut trinken!«, schnaubt Helen und zieht energisch die Bettdecke dichter an sich. »Ist das alles, was du im Kopf hast?«

»Ja! So ziemlich!« Er hat zu schnell geantwortet, und jetzt muss er sich der Wahrheit stellen, die hinter seinen Worten steckt. Einer Wahrheit, die er traurig noch einmal wiederholt. »Ja. So ist es.«

Helen will sich nicht mit Peter streiten.

Erstens fehlt ihr dazu die Energie. Und dann stellt sie sich die Kinder in ihren Betten vor, die jedes Wort hören können. Und Will. Falls er noch draußen auf der Terrasse sitzt, kann er sie wahrscheinlich ebenfalls hören und genießt zweifellos jede Sekunde.

Eindringlich bittet sie ihren Ehemann, still zu sein, glaubt aber nicht, dass er sie überhaupt hört. Wie dem auch sei, seine Tirade findet kein Ende, und ihr Ärger ebenfalls nicht, den sie – wie alles, was an diesem verfluchten Wochenende passiert ist – anscheinend nicht unter Kontrolle hat.

Und so liegt sie da, ärgert sich über sich selbst genauso wie über Peter, während er nicht nachlässt, Salz in die offene Wunde ihrer Ehe zu streuen.

»Ich verstehe das nicht«, sagt er jetzt. »Ich meine, wozu eigentlich? Wir trinken kein Blut mehr voneinander. Es hat doch immer Spaß gemacht. Dir hat es Spaß gemacht. Aber jetzt machen wir gar nichts mehr zusammen, außer ins Theater zu gehen und uns Stücke anzusehen, die kein Ende haben. Dabei sind wir das, Helen! Wir sind das verfluchte Stück.«

Ihr fällt keine Antwort ein, so verweist sie auf den hämmernden Schmerz in ihrem Kopf. Offensichtlich provoziert sie damit einen weiteren aggressiven Ausbruch bei ihrem Ehemann.

»Kopfschmerzen!«, brüllt er in voller Lautstärke. »Also, ich kann dir sagen, die hab ich auch. Wir leiden alle unter Kopfschmerzen. Und unter Übelkeit. Und Antriebslosigkeit. Und schmerzenden, verschlissenen Gelenken. Und uns fällt absolut kein Grund ein, warum wir morgens aufstehen sollten. Und die einzige Medizin, die uns hilft, dürfen wir nicht nehmen.«

»Na, dann nimm sie doch«, antwortet sie schnippisch. »Nimm sie! Verschwinde mit deinem Bruder und leb mit ihm in seinem verfluchten Campingbus. Und Lorna kannst du gleich mitnehmen!«

»Lorna? Lorna Felt? Was hat die denn mit alldem zu tun?«

Helen lässt sich von seiner gespielten Überraschung nicht

bluffen, schafft es aber, ihre Lautstärke zu reduzieren. »Ach, Peter, komm schon, du machst sie an. Es ist peinlich, dir dabei zuzusehen.«

Im Geiste stellt sie schnell eine Liste zusammen, für den Fall, dass er Beispiele fordert.

Freitag, beim Essen.

In der Schlange vor dem Lebensmittelgeschäft.

An jedem einzelnen Elternabend.

Beim Grillen im vergangenen Sommer.

»Helen, sei doch nicht albern. Lorna!« Dann folgt der unvermeidliche Stich. »Und was sollte dir das auch schon ausmachen?«

Sie hört eine Bodendiele knarren, irgendwo im Haus. Kurz darauf hört sie die vertrauten Schritte ihres Sohnes auf dem Flur.

»Es ist schon spät, Peter«, flüstert sie. »Lass uns einfach schlafen.«

Aber er hat sich jetzt richtig in Fahrt gezankt. Außerdem glaubt sie nicht, dass er sie überhaupt gehört hat. Er tobt einfach weiter und weiter, so laut, dass man überall im Haus jede einzelne Silbe versteht.

»Jetzt mal im Ernst«, sagt er, »wenn das alles ist, warum sind wir dann überhaupt noch zusammen? Denk mal darüber nach. Die Kinder werden zur Uni gehen, und dann bleiben nur noch wir beide übrig, eingesperrt in dieser blutleeren Farce einer Ehe.«

Sie weiß nicht, ob sie lachen oder weinen soll. Sie weiß nur, wenn sie mit einem von beidem anfängt, wird sie nie mehr aufhören können.

Eingesperrt?

Ist es das, was er gerade gesagt hat?

»Du hast doch wirklich keine Ahnung, Peter. Überhaupt keine Ahnung!«

Und in ihrer kleinen dunklen Höhle, die sie sich gerade aus ihrer Bettdecke gebaut hat, sehnt sich ihr außer Kontrolle geratenes Ich zutiefst nach jenem Gefühl von vor vielen Jahren, das sie sämtliche Probleme ihres Lebens vergessen ließ – Arbeit, die verzweifelten Besuche bei ihrem sterbenden Vater und eine Heirat, von der sie nicht wusste, ob sie sie überhaupt wollte. Mit dem sie ein neues Problem schuf, ein viel größeres, hinten in dem verfluchten Campingbus. Es hatte sich nicht wie ein Problem angefühlt, damals nicht. Es hatte sich nach Liebe angefühlt, nach so viel Liebe, dass sie beinahe darin baden und alles andere hätte fortspülen können, um in die reine, behagliche Finsternis hinauszutreten und frei wie ein Traum weiterzuleben.

Und das Schlimmste ist, sie weiß, dass dieser Traum hier sitzt, draußen auf der Terrasse, Blut trinkt und darauf wartet, dass sie umschwenkt.

»Ach, ich habe also keine Ahnung?«, sagt Peter von irgendwoher über der Bettdecke. »Keine Ahnung? Ist das noch so ein Wettbewerb, bei dem du gewinnen willst? Der Wer-fühlt-sich-eingesperrt-Wettbewerb?«

Sie taucht wieder auf. »Hör endlich auf, dich so kindisch zu benehmen.« Sie ist sich der Ironie ihrer Worte bewusst, weiß, dass sie sich im Grunde genauso kindisch benimmt wie er, und sie weiß, dass es ihnen nie leichtgefallen ist, sich wie Erwachsene zu benehmen. Sie hatten sich dafür immer wappnen müssen, ihren sehnsüchtigen, kindlichen Seelen immer eine Art Panzer anlegen müssen.

»Verflucht noch mal«, sagt Peter langsam. »Ich versuche doch bloß, ich selbst zu sein. Ist das vielleicht ein Verbrechen?«

»Ja. Genau das ist es.«

Er stößt einen erstickten Schrei aus. »Und wie kann man von mir erwarten, mein Leben lang nicht ich selbst zu sein?«

»Das weiß ich nicht«, sagt sie wahrheitsgemäß. »Ich weiß es wirklich nicht.«

JAHRTAUSENDE

Als Lorna Felt das raue Gesicht ihres Ehemanns an der Innenseite ihres Schenkels spürt, fragt sie sich, was eigentlich in ihn gefahren ist.

Sie liegen da, unter dem tantrischen Diagramm eines rechten Fußes in Pink und Gelb mit seinen Symbolen der Erleuchtung.

Die kleine Muschel und die Lotusblüte.

Sie liegen da, nackt im Bett, und Lorna genießt Marks Küsse und Lecken und Knabbern, weil er sie noch nie so geküsst oder abgeleckt oder angeknabbert hat.

Sie muss ihre Augen offen halten, um sicher zu sein, dass es sich um den Mann handelt, dessen Bettgeflüster sich normalerweise um die überfälligen Zahlungen seiner Mieter dreht.

Er legt sich auf sie. Sie küssen sich brutal und primitiv, wie sich die Menschen vermutlich vor Jahrtausenden geküsst haben, bevor Namen und Kleidung und Deodorants erfunden wurden.

Plötzlich fühlt sie sich so begehrt, während die Lust immer stärker wird. Und sie hält daran mit einer Art Verzweiflung fest, krallt ihre Finger in seinen Rücken, schmiegt sich an seine Haut wie ein Fels in tosendem Wildwasser.

Sie flüstert seinen Namen, wieder und wieder, und er flüstert ihren. Dann bleiben die Worte ganz aus, als sie ihn mit den Beinen umschlingt und sie nicht mehr »Mark« und »Lorna« sind oder »die Felts«, sondern grenzenlos und klar wie die Nacht.

VERRÜCKT, BÖSE UND
GEFÄHRLICH, IHN ZU KENNEN

Dehydrierung ist eines der Hauptsymptome, unter denen Rowan jetzt leidet, obwohl er einen ganzen Karton Apfelsaft mit Holunderblüte getrunken hat, bevor er ins Bett ging. Sein Mund ist trocken. Sein Hals verklebt. Seine Zunge fühlt sich wie ein formloser Tonklumpen an. Außerdem kann er kaum schlucken.

Als seine Eltern anfingen zu streiten, hatte er sich aufgesetzt und den letzten Rest seines Erkältungstrunks gekippt, was seinen Durst ebenso wenig löschte, wie es ihm beim Einschlafen half. Deshalb ist er jetzt unten in der Küche und schenkt sich Wasser aus der Filterkaraffe ein.

Im Flur merkt er, dass die Terrassentüren offen stehen, und ohne sich dessen bewusst zu sein, geht er im Morgenmantel nach draußen. Die Nacht ist mild, und er hat noch keine Lust, wieder nach oben zu gehen, nicht solange seine Eltern noch so aufeinander losgehen. Er will mit jemandem reden, sich ablenken, auch wenn Will dieser Jemand sein sollte.

»Und was machst du so?«, fragt Rowan, als die Unterhaltung in Gang gekommen ist. »Ich meine, hast du einen Job?«

»Ich bin Literaturprofessor. Romantik. Die Vampirdichter hauptsächlich. Wobei ich mich auch mit Wordsworth beschäftigt habe.«

Rowan nickt beeindruckt. »An welcher Uni?«

»Ich habe schon überall gearbeitet. Cambridge. London. Edinburgh. Ab und zu im Ausland. Ein Jahr an der Uni in Valencia. Irgendwann bin ich dann in Manchester gelandet. Da ist es sicher. Für Vampire. Es gibt da eine Art Netzwerk.«

»Dann bist du also immer noch an der Uni?«

Will schüttelt den Kopf. Traurigkeit überschattet seinen Blick. »Fing an, Arbeit und Vergnügen miteinander zu vermischen, hab irgendwann mit einer Studentin eine Grenze überschritten. Nach ihrem Abschluss. Sie war verheiratet. Tess hieß sie. Es ging ein bisschen zu weit. Die Universität hat die Wahrheit zwar nie erfahren, trotzdem habe ich vor zwei Jahren beschlossen, meinen Abschied zu nehmen. Ich habe einen Monat in Sibirien verbracht, um mir den Kopf freizupusten.«

»Sibirien?«

»Das Dezember-Festival. Ein großer Event in Sachen Kunst und Bluttrinken.«

»Verstehe.«

Sinnierend blicken sie in das trübe Teichwasser, die aufgebrachten Stimmen über ihnen machen weiter. Will zeigt in den Himmel, als ob sie einen Disput zwischen fernen Göttern bezeugen müssten.

»Machen sie das immer? Oder ist das speziell für mich?«

Rowan erklärt ihm, dass es recht selten vorkommt. »Normalerweise behalten sie es für sich.«

»Ach ja, die Ehe.« Er lässt das Wort eine Weile in der Luft hängen und nimmt einen genussvollen Schluck von seinem Drink. »Man sagt – die Liebe ist wie Wein, und die Ehe wie Essig. Jedenfalls sage ich das immer. Wobei Wein auch nicht unbedingt mein Geschmack ist.« Er mustert Rowan von oben bis unten. »Wie ist das mit dir: Hast du eine Freundin?«

Rowan denkt an Eve und kann den Schmerz in seiner Stimme nicht unterdrücken. »Nein.«

»Das ist ein Verbrechen.«

Rowan nippt an seinem Wasser, bevor er die peinliche Wahrheit enthüllt. »Mädchen mögen mich nicht besonders. Die in der Schule finden mich ziemlich daneben. Ich bin der blasse, unausgeschlafene Junge mit dem Hautausschlag.«

Ihm fällt ein, was ihm Eve vorhin erzählt hat, dass er ihren Namen flüstern würde, wenn er wegnickt, und zuckt innerlich zusammen.

»Ihr beiden habt es also nicht leicht«, sagt Will, und Rowan glaubt ihm seine Besorgnis.

»Clara kommt anscheinend besser zurecht als ich.«

Will stöhnt verächtlich. »Schule, das kann ich dir sagen. Die ist grausam.«

Er nippt an seinem Blut, das bei diesem Licht schwarz aussieht, und Rowan kann den Blick nicht von ihm abwenden, während er sich fragt: *Sitzt er deshalb hier draußen? Für Blut?*

Er versucht, nicht darüber nachzudenken, und spricht weiter. Er erzählt Will, dass es in der Schule eigentlich gar nicht so schlimm sei (eine Lüge) und dass er bald Abitur machen wolle – in Englisch, Geschichte und Deutsch –, um dann zur Uni zu gehen.

»Du willst studieren …«

»Englische Literatur, hatte ich gedacht.«

Will lächelt ihm herzlich zu. »Ich war in Cambridge. Und hab's gehasst.«

Anschließend erzählt er Rowan von seinem kurzen Intermezzo mit dem Midnight Bicycle Club, einer ziemlich ekelhaften Clique aus wiehernden blutsüchtigen Schaltträgern, die regelmäßig zusammenkamen, um sich obskure Psychedelics anzuhören, Monty Python zu rezitieren und voneinander Blut zu trinken.

Vielleicht ist er gar nicht so übel, denkt Rowan. *Vielleicht tötet er nur Leute, die es verdient haben.*

Sein Onkel scheint vorübergehend abgelenkt von etwas, das am anderen Ende des Gartens passiert. Rowan blickt zum Schuppen, kann aber nichts erkennen. Was es auch war, Will scheint nicht allzu besorgt. Er redet einfach weiter, mit seiner alterslosen und allwissenden Stimme.

»Anders zu sein ist nicht leicht. Davor haben die Leute Angst. Aber man kann lernen, damit umzugehen.« Er schwenkt das Blut in seinem Glas. »Ich meine, sieh dir Byron an.«

Rowan fragt sich, ob ihm dieser Köder absichtlich hingeworfen wird, kann sich aber nicht erinnern, seinem Onkel von seiner Liebe zu Byrons Gedichten erzählt zu haben.

»Byron?«, fragt er. »Magst du Byron?«

Will sieht ihn an, als würde sich das von selbst verstehen. »Der beste Dichter, den es je gegeben hat. Der erste echte Weltstar. Verrückt, böse und gefährlich, ihn zu kennen. Überall auf der Welt von Männern verehrt und von Frauen begehrt. Nicht übel, für einen pummeligen, schielenden Zwerg mit Klumpfuß.«

»Nein«, sagt Rowan unwillkürlich lächelnd. »Vermutlich nicht.«

»In der Schule haben sie ihn natürlich immer verarscht. Erst als er mit achtzehn von einem florentinischen Vampir in einem Bordell konvertiert wurde, hat er das Ruder rumgerissen.«

Will senkt den Blick auf seine Flasche. Er zeigt Rowan das

Etikett. »Im Leben gibt es nichts Bessres als Trunkenheit.« Isobel hätte Byron geschmeckt.

Rowan starrt die Flasche an und spürt, wie sein Widerstand nachlässt. Allmählich vergisst er, warum es so wichtig ist, nicht nachzugeben. Schließlich ist er ein Vampir, egal ob er Blut trinkt oder nicht. Und Clara hat jemanden getötet, obwohl sie noch nie Vampirblut getrunken hatte. Höchstens umgekehrt. Vielleicht wäre das alles gar nicht passiert, wenn sie gelegentlich welches getrunken hätte.

Will sieht ihn unverwandt an. Ein Pokerspieler, der vorhat, sein bestes Blatt auszuspielen.

»Wenn du fliegen willst«, sagt er, »kann sie das für dich möglich machen. Wenn es ein Mädchen gibt, in der Schule, ein bestimmtes Mädchen, musst du nur Isobel probieren und abwarten, was passiert.«

Rowan denkt an Eve. Wie sich das angefühlt hat, neben ihr auf der Bank zu sitzen. Und da sie sowieso herausfinden wird, dass er Vampir ist, kann er auch gleich ein attraktiver und selbstsicherer Vampir sein. »Ich weiß nicht … ich bin ein bisschen …«

»Komm schon …«, lockt Will verführerisch wie der Teufel. »Was du nicht kennst, kannst du nicht hassen. Nimm sie mit in dein Zimmer, du musst nicht jetzt gleich von ihr trinken.«

Während er das sagt, eskalieren oben die Stimmen erneut, Peters Worte werden deutlich.

»*Was soll denn das heißen?*«

Und dann seine Mutter: »*Du weißt ganz genau, was das heißen soll!*«

Rowan streckt die Hand aus und greift beinahe unwillkürlich nach der Flasche.

Wills Augen füllen sich mit Stolz. »Da drin steckt die Welt. Sie gehört dir.«

Rowan nickt und steht auf, plötzlich nervös und unbehaglich. »Okay, ich nehme sie mit und werde darüber nachdenken.«

»Gute Nacht, Rowan.«

»Ja. Gute Nacht.«

PANIK UND LAICHKRAUT

Will schlürft den letzten Tropfen Isobel aus seinem Glas und schließt die Augen. Peter und Helen haben endlich aufgehört zu streiten, und es fällt ihm jetzt erst richtig auf, wie still es hier ist. Er denkt an all die Geräusche, die ein normales Leben definieren. Das unablässige Brummen einer Autobahn. Hupen und quietschende Reifen in der Stadt. Das harte Schrammeln von Gitarren. Verführerisches Geflüster von Frauen, die er gerade erst kennengelernt hat, und, wenig später, ihre schrillen Schreie aus Lust und Angst. Das schnelle Surren der Luft, wenn er über das Meer fliegt, auf der Jagd nach einer Stelle, um Tote fallen zu lassen.

Stille hat ihn schon immer beunruhigt. Selbst wenn er Gedichte liest, geht das nicht ohne Hintergrundgeräusche – Musik oder Verkehr oder Stimmengewirr in einer überfüllten Bar.

Lärm ist Leben.

Stille ist Tod.

Aber jetzt, nur in diesem Augenblick, findet er die Stille gar nicht so schlecht. Sie kommt ihm wie ein ersehntes Ende vor, ein Ziel, ein Ort, den der Lärm erreichen will.

Das ruhige Leben.

Er stellt sich Helen und sich irgendwo auf einem Bauernhof mit Schweinen vor und muss über die Idee lächeln.

Dann, als die Brise die Richtung ändert, riecht er das Blut, das ihm vorhin schon aufgefallen ist. Und ihm fällt das Lebewesen hinter dem Schuppen wieder ein.

Er steht von seinem Stuhl auf und geht zielstrebig am Teich vorbei, worauf der Geruch stärker wird. *Das ist kein Dachs und auch keine Katze. Das ist ein Mensch.*

Als wieder ein Zweig knackt, hält Will inne.

Angst hat er nicht, er weiß aber, wer immer sich dort hinter dem Schuppen versteckt, ist seinetwegen gekommen.

»Fee-fi-fo-fum«, flüstert Will leise.

Darauf folgt absolute Stille. Eine unnatürliche Stille. Die Stille von angespannten Gliedmaßen und angehaltenem Atem.

Will überlegt, was er tun soll. Ob er bis zu den Koniferen weitergehen soll, um seine Neugier zu befriedigen, oder einfach ins Haus zurückkehren. Er verspürt leichten Appetit auf das saure, männliche Blut, das er riecht, kehrt aber schließlich doch einfach um und geht zurück. Wenig später hört er Schritte, die hinter ihm herrennen, und dann schwingt etwas durch die Luft. Er duckt sich, erhascht einen Blick auf die Axt, die über ihm geschwungen wird. Der Mann fällt von seinem eigenen Vorwärtsdrall beinahe um. Will greift nach ihm, packt ihn energisch an seinem Fußballtrikot. Er schüttelt ihn, sieht sein verzweifeltes Gesicht. Die Axt hält der Mann immer noch so fest umklammert, dass Will ihn damit vom Boden hochheben kann und in den Teich platschen lässt.

Wird Zeit, die Angstmacher auszufahren.

Er zieht den Mann aus dem Wasser und blickt in ein Gesicht voller Panik und Laichkraut. Ein Aufblitzen der Reißer, dann fragt er: »Wer sind Sie?«

Die Antwort bleibt aus. Aber aus dem Haus kommen Geräusche, die nur Will hören kann. Er sieht, wie bei Peter und Helen das Licht angeht, und hat den Mann wieder untergetaucht, bis das Fenster aufgeht und sein Bruder auftaucht.

»Will? Was machst du da?«

»Mir war nach Sushi. Nach etwas zum Beißen, was zappelt.«

»Geh um Himmels willen aus dem Teich raus.«

»Okay, Pete. Schlaf gut.«

Inzwischen wehrt sich der Mann heftiger, und Will muss ihn tiefer nach unten drücken, um zu verhindern, dass man etwas planschen sieht. Er presst ihm ein Knie in den Bauch, damit er am Teichgrund bleibt. Aber dann schließt Peter das Fenster und verschwindet wieder im Zimmer, vermutlich aus Sorge, ihre Unterhaltung könnte in den Nachbarhäusern Aufmerksamkeit wecken.

Will zieht den Mann wieder aus dem Wasser.

Er hustet und spuckt, fleht ihn aber nicht an.

Will könnte ihn töten.

Er könnte mit ihm wegfliegen und ihn kilometerweit von diesem erbärmlichen Dorf entfernt töten, wo sie niemand hören würde. Aber irgendetwas ist geschehen. Irgendetwas *geschieht* gerade. Genau hier, in diesem Garten, der seinem Bruder gehört und der Frau, die er liebt, hält er inne. Es gibt eine Verzögerung. Eine Lücke zum Nachdenken vor dem Handeln. Ihn beschleicht der Gedanke, dass man sich eventuell den Konsequenzen stellen muss, wenn man etwas tut. Dieser Mann ist vielleicht wegen einer Tat aus der Vergangenheit hier, wegen eines spontanen Entschlusses, den Will vor Tagen oder Monaten oder Jahren gefasst hat. Und wenn er ihn jetzt tötet, zieht das nur wieder eine Konsequenz nach sich.

Will sehnt sich nur noch nach einer Antwort. »Wer sind Sie?«

Diese Augen hat er schon einmal gesehen. Das Blut schon

gerochen. Kennt diesen Cocktail aus Angst und Hass ganz genau. Irgendetwas an diesem Wissen macht ihn schwach.

Will lässt ihn los, ohne die Antwort abzuwarten, und der namenlose Mann weicht zurück, rückwärts durch das Wasser, dann steigt er eilig aus dem Teich. Immer noch rückwärtsgehend, entfernt er sich, damit er Will nicht aus den Augen verliert, eine Spur tropft auf das Pflaster bis zum Tor. Und dann ist er weg.

Eine Sekunde später verflucht Will seine Schwäche.

Eine Hand taucht er wieder ins kalte Wasser, um nach einem flitzenden Fisch zu tasten.

Er packt ihn.

Zieht ihn raus.

Der Fisch zappelt und windet sich in der Luft.

Will stopft sich den Fischbauch in den Mund und beißt mit seinen wieder zum Vorschein getretenen Reißzähnen ein Stück heraus. Er saugt ihm das dünne Blut aus und lässt ihn ins Wasser zurückfallen.

Er steigt aus dem Teich und begibt sich tropfnass zu seinem Campingbus, die dümpelnde Fischleiche und die Axt lässt er zurück.

SATURN

In seinem Zimmer saß Rowan eine Weile auf der Bettkante, die Flasche mit dem Vampirblut in den Händen.

Was sollte schon passieren, fragte er sich, wenn er nur einen Schluck probieren würde? Wenn er seine Lippen bis auf eine kleine Lücke fest zusammengepresst ließe, um nur einen winzigen Tropfen durchzulassen, dann würde es ihm doch sicher gelingen, nicht mehr davon zu trinken.

Von dem Tumult im Garten auf der anderen Seite des Hauses hat er nichts mitbekommen, aber er hat die Schritte seiner Schwester gehört, als sie ihr Zimmer verließ. Beim ersten Laut versteckte er die Flasche blitzschnell unter dem Bett, neben der alten Puppe aus Pappmaschee, die er vor Jahren gebastelt hatte, als ihn seine Mutter samstags morgens zum Bastelkurs ins Rathaus schickte. (Er hatte sich entschieden, nicht wie die anderen einen Piraten oder eine Prinzessin zu modellieren, sondern den römischen Gott Saturn, der gerade seine Kinder auffrisst. Bei der zehnjährigen Sophie Dewsbury hatte er damit einen ziemlich tiefen Eindruck hinterlassen, sie brach in Tränen aus, als sie sah, wie kreativ Rowan mit roter Farbe und Krepppapier umgegangen war. Anschließend riet die Lehrerin Helen eindringlich, für Rowan eine neue Beschäftigung für den Samstagvormittag zu suchen.)

Seine Schwester riss die Tür auf und blickte ihn fragend an. »Was machst du da?«

»Nichts. Ich sitze auf meinem Bett.«

Sie trat ins Zimmer und setzte sich neben ihn, während ihre Eltern weiterstritten.

Clara seufzte und sah zu seinem Morrissey-Poster auf. »Wenn die bloß endlich die Klappe halten würden.«

»Hast recht.«

»Ist alles meine Schuld, oder?« Zum ersten Mal an jenem Wochenende schien sie ehrlich bestürzt.

»Nein«, sagte er. »Sie streiten sich nicht deinetwegen.«

»Ich weiß, aber wenn ich Harper nicht umgebracht hätte, wären sie nicht so, oder?«

»Vielleicht nicht, aber ich glaube, es hat sich einfach aufgestaut. Und außerdem hätten sie uns nicht anlügen dürfen, findest du nicht?«

Er sah, dass er sie mit seinen Worten nicht wirklich trösten konnte, also beschloss er, die Flasche hervorzuholen. Erstaunt betrachtete sie die Flüssigkeit.

»Ist von Will«, erklärte Rowan. »Er hat sie mir gegeben, aber ich habe noch nichts davon probiert.«

»Wirst du es noch tun?«

Er zuckte mit den Schultern. »Weiß nicht.«

Rowan reichte Clara die Flasche, die ein befriedigendes Plopp von sich gab, als sie den Korken herauszog. Er beobachtete sie, als sie nach dem Aroma schnüffelte, das aus dem Flaschenhals aufstieg. Sie setzte die Flasche an und nahm einen Schluck, und als ihr Gesicht wieder vor ihm auftauchte, waren alle Sorgen daraus verschwunden.

»Wonach hat es geschmeckt?«, fragte Rowan.

»Nach Himmel.« Sie lächelte, ihre Lippen und Zähne waren vom Blut verfärbt. »Und sieh her«, sagte sie, als sie ihrem Bruder die Flasche zurückgab. »Selbstkontrolle. Wirst du es probieren?«

»Ich weiß nicht«, hatte er gesagt.

Und jetzt, zehn Minuten nachdem seine Schwester das Zimmer verlassen hat, weiß er es immer noch nicht. Er nimmt den Duft in sich auf, wie es seine Schwester getan hat. Er widersteht. Stellt die Flasche auf seinen Nachttisch und versucht, sich auf etwas anderes zu konzentrieren. Er setzt sich wieder an das Gedicht, das er über Eve schreibt, kommt aber immer noch nicht weiter, also liest er stattdessen ein bisschen Byron.

In ihrer Schönheit wandelt sie
Wie wolkenlose Sternennacht;
Vermählt auf ihrem Antlitz sieh
Des Dunkels Reiz, des Lichtes Pracht:

Seine Haut juckt, und er ringt um Konzentration, seine Augen rutschen an den Worten ab wie Füße auf Eis. Er zieht sein T-Shirt aus und sieht die Fleckenlandschaft, die seine Brust und Schultern bedeckt, die Stellen mit gesunder Hautfarbe tauchen wie Eisspitzen aus einem rot glühenden Meer auf.

Robin Rotkehlchen!

Er denkt an Tobys hasserfüllte Stimme und Harper, der lacht, wie über einen Jahrhundertwitz.

Und dann fällt ihm etwas ein, was im vergangenen Monat passiert ist. Er war allein zu den Esskastanien am hinteren Ende des Sportplatzes gelaufen, um dort Schatten und Einsamkeit zu finden, als Harper hinter ihm herrannte, nur um ihn anzuspringen und zu Fall zu bringen, was ihm mühelos gelang. Rowan erinnert sich an den massigen, unnachgiebigen Koloss, der ihn ins Gras presste, ihm die Luft nahm, bis seine Lungen kurz vor dem Platzen standen, und an das unterdrückte Gelächter der anderen Jungen, Toby eingeschlossen, als Harpers brutales Neandertaler-Gebrüll alles übertönte. »Dickweed kriegt keine Luft mehr!«

Und Rowan lag da, eingeklemmt, und hatte gar keine Lust, sich zu wehren. Er hatte in der harten Erde versinken und nie mehr zurückkehren wollen.

Er greift nach der Flasche auf seinem Nachttisch.

Auf Harper, denkt er, dann nimmt er einen tiefen Schluck.

Der köstliche Geschmack flutet über seine Zunge und spült alle Sorgen und Spannungen weg. Schmerzen und Zipperlein, die ihn stets begleitet haben, sind wie weggeblasen, und er fühlt sich wach.

Wacher denn je.

Als ob er hundert Jahre geschlafen hätte.

Er setzt die Flasche ab und sieht im Spiegel zu, wie die pinkfarbenen Flecken verschwinden, zusammen mit den müden grauen Schatten unter seinen Augen.

Wenn du fliegen willst, kann sie das für dich tun.

Schwerkraft ist auch nur ein Gesetz, das man brechen kann.

Bevor es ihm bewusst wird, hebt er ab, schwebt über seinem Bett und dem *Handbuch für Abstinenzler,* das auf seinem Nachttisch liegt.

Und er lacht, krümmt sich vor Lachen oben in der Luft. Er kann die Lachsalven nicht aufhalten, die aus ihm herauspurzeln, als ob sein bisheriges Leben ein einziger Witz gewesen und er jetzt endlich bei der Pointe angekommen wäre.

Ab sofort wird er kein Witz mehr sein.
Er ist nicht Robin Rotkehlchen.
Er ist Rowan Radley.
Und er kann alles schaffen.

MONTAG

Halten Sie Ihre Fantasie im Zaum. Verlieren Sie sich nicht in gefährlichen Tagträumen. Sitzen Sie nicht herum und sinnieren über ein Leben, das Sie nicht leben. Werden Sie aktiv. Trainieren Sie Ihren Körper. Strengen Sie sich an. Beantworten Sie Ihre E-Mails. Füllen Sie Ihren Kalender mit harmlosen gesellschaftlichen Verpflichtungen. Wer handelt, muss keine Luftschlösser bauen. Und wenn wir uns Luftschlösser bauen, ist es so, als säßen wir in einem Auto, das auf die Klippen zurast.

Handbuch für Abstinenzler
(zweite Ausgabe), Seite 83

MISTER POLIZEI-ENZYKLOPÄDIE

York. Hauptquartier der Polizei von North Yorkshire. Detective Superintendent Geoff Hodge sitzt im Büro und ärgert sich, weil er nicht genug gefrühstückt hat. Natürlich weiß er, dass ihm ein paar Pfund weniger nicht schaden würden, und er weiß auch, dass sich Denise um seinen Cholesterinspiegel und alles Mögliche Sorgen macht, aber eine Schüssel Früchtemüsli mit fettarmer Milch und eine mickrige kleine Mandarine bringen kein Rad zum Laufen. Sogar Erdnussbutter hat sie ihm inzwischen verboten.

Erdnussbutter!

»Zu salzig, und außerdem ist Palmöl drin«, hatte sie ihm erklärt.

Durch ihre Weightwatcher-Gruppe kannte sich Denise mit Palmöl bestens aus. *Wenn man Denise zuhört, könnte man glauben, Palmöl wäre schlimmer als Crack.*

Und jetzt starrt er diese beiden untauglichen Streifenbeamten an und wünscht sich, er hätte Denise einfach ignoriert. Dabei kann man Denise natürlich gar nicht ignorieren.

»Ihr wollt mir also erzählen, ihr hättet Clara Radley befragt, euch aber nichts aufgeschrieben?«

»Wir waren dort, und sie ... hat unsere Fragen zufriedenstellend beantwortet«, sagt PC Langford.

Heutzutage reden sie alle so, denkt Geoff. Die kommen alle vom Schulungskurs in Wildfell Hall und reden wie kleine Computer.

»Zufriedenstellend beantwortet?«, schnaubt Geoff verächtlich. »Verfluchte Kacke, Herzchen, sie ist die wichtigste Zeugin, und ihr solltet mit ihr reden!«

Die beiden Beamten ducken sich unter dem Klang seiner Stimme. *Vielleicht*, denkt er, *könnte ich meine Wut besser im Zaum halten, wenn ich ein bisschen Palmöl zum Frühstück gekriegt hätte. Also gut, drei Pasteten mit Käse und Zwiebeln zum Mittag sollten das wieder richten.*

»Nun denn«, sagt er und wendet sich Henshaw zu, noch so ein nutzloser Cockerspaniel, dem sie die Eier abgeschnitten haben, wie sich Geoff insgeheim denkt.

»Auf geht's Patachon. Du bist dran.«

»Es ist einfach nichts dabei herausgekommen. Und ich schätze, wir sind nicht so hart drangegangen, weil es bloß eine Routineangelegenheit war. Sie wissen ja, täglich verschwinden zwei ...«

»Das reicht, Mister Polizei-Enzyklopädie, nach den Statistiken habe ich nicht gefragt. Und das hier sieht jetzt nicht mehr so ganz nach Routine aus, das kann ich Ihnen versichern.«

»Warum?«, fragt PC Langford. »Was ist passiert?«

»Die Leiche des Jungen. Die ist passiert. Angeschwemmt worden, genauer gesagt am Ufer der Scheiß-Nordsee. Kam gerade ein Anruf aus East Yorkshire rein. Man hat ihn bei Ravenscar auf ein paar Felsen gefunden. Es ist der Junge, Stuart Harper. Ist ziemlich zugerichtet worden.«

»Ach du Scheiße«, sagen beide Beamte gleichzeitig.

»Genau«, sagt Geoff. »Ach du grüne Scheiße.«

KONTROLLE

Rowan hat den größten Teil der Nacht am Gedicht für Eve geschrieben, an dem er seit Wochen unter großen Mühen arbeitet. Aus »Eve, eine Ode an das Wunder des Lebens und der Schönheit« ist eine Art epische Versdichtung geworden, insgesamt siebzehn Strophen, für die er einen A4-Block bis zum letzten Blatt aufgebraucht hat.

Obwohl Rowan überhaupt nicht geschlafen hat, ist er beim Frühstück wacher als sonst. Er sitzt da, isst seinen Schinken und hört Radio.

Während sich seine Eltern im Flur streiten, flüstert er Clara zu: »Ich hab's probiert.«

»Was?«

»Das Blut.«

Claras Augen werden groß. »Und?«

»Hat meine Schreibblockade kuriert.«

»Fühlst du dich anders?«

»Ich habe hundert Liegestütze geschafft. Normalerweise komme ich auf zehn. Und mein Ausschlag ist weg. Und meine Kopfschmerzen auch. Meine Sinne sind so scharf wie bei einem Superhelden oder so.«

»Ich weiß, ist doch irre, findest du nicht?«

Helen betritt den Raum. »Was ist irre?«

»Nichts.«

»Nichts.«

Rowan nimmt die Flasche mit in die Schule und setzt sich im Bus neben Clara. Sie sehen, wie sie von Eve in einem

Funktaxi überholt werden. Vom Rücksitz aus zuckt sie mit den Schultern und formt mit dem Mund die Worte »Mein Dad«.

»Glaubst du, dass er ihr etwas gesagt hat?«, fragt Rowan seine Schwester.

»Ihr was gesagt hat?«

»Du weißt schon, dass wir …«

Clara fürchtet, die Leute könnten sie hören. Sie dreht sich um. »Was hat Toby denn vor?«

Rowan entdeckt Toby in der letzten Reihe, wo er einer Gruppe Elftklässler Vorträge hält. Gelegentlich starrt einer von ihnen zu den Radley-Geschwistern hinüber.

»Ach, ist doch egal.«

Clara sieht ihren Bruder stirnrunzelnd an. »Da spricht das Blut aus dir.«

»Wenn du willst, kannst du einen Nachschlag haben. Bei dir scheint die Wirkung nachzulassen.«

Er deutet auf seine Schultasche.

Ihr Blick folgt seiner Geste, halb versucht und halb ängstlich. Der Bus wird langsamer. Das hübsche, cremefarbene Fox and Crown Pub gleitet langsam am Fenster vorbei. Sie sind an der Haltestelle in Farley angekommen. *Harpers Haltestelle.* Die wenigen Schüler, die einsteigen, als der Fahrer die Tür öffnet, wirken aufgeregt, weil eine Person vermisst wird.

Rowan kennt das von früher, als Leo Fawcett vor zwei Jahren auf dem Sportplatz an einem Asthmaanfall starb. Die Menschen befällt eine Begeisterung, wenn etwas Schreckliches passiert. Sie würden das zwar niemals zugeben, dabei sieht man es in ihren Augen blitzen, während sie erzählen, wie schlecht es ihnen geht.

»Nein«, sagt Clara. »Natürlich will ich nichts. Mein Gott, nicht zu fassen, dass du es mitgenommen hast. Wir müssen vorsichtig sein.«

»Boah, was ist denn mit den Radleys passiert?«, sagt Laura Cooper im Vorbeigehen. »Die sehen so anders aus.«

Schulterzuckend sieht Rowan erst seine Schwester an und dann zum Fenster hinaus in den zarten Morgennebel, der wie regloser Regen über dem Feld schwebt und wie ein Vorhang vor der Landschaft zu hängen scheint. Er ist glücklich, trotz allem. Trotz der Zweifel seiner Schwester und trotz Toby und der übrigen Mitschüler. Er ist glücklich, weil er weiß, dass er in weniger als einer Stunde Eve sehen wird.

Als er sie dann tatsächlich sieht, in der Reihe vor ihm bei der Morgenandacht, ist das fast zu viel für ihn. Wegen seiner scharfen Sinne ist der Duft ihres Blutes mit seinen komplexen und zahllosen Texturen geradezu überwältigend.

Vielleicht liegt es daran, dass sich Eve die Haare hochgesteckt hat und ihr Hals entblößt ist, aber Rowan fällt auf, dass er sich nicht ganz so unter Kontrolle hat, wie er geglaubt hätte.

»Und so hoffen wir aus unserem tiefsten Herzen«, dröhnt Mrs. Stokes' Stimme vom Rednerpult am Ende des Saales. »Und ich weiß, dass ich mit jedem Einzelnen von euch die Hoffnung teile, dass Stuart Harper heil und gesund nach Hause kommt ...«

Er kann Eves Blut riechen. Sonst eigentlich nichts. Nur ihr Blut und das Versprechen auf einen Geschmack, von dem er weiß, dass er alles andere auf der Welt übertreffen wird.

»... Aber bis dahin müssen wir alle für seine Sicherheit beten und auch sehr vorsichtig sein, wenn wir nach der Schule da draußen sind ...«

Er merkt kaum, wie er sich näher und näher zu ihr nach vorne beugt, in einer Art Wachtraum versunken. Aber dann hört er ein lautes Husten von der seitlichen Empore des Saales. Er sieht seine Schwester, die ihn anfunkelt und aus seiner Trance reißt.

DIE DREI PHIOLEN

Zu den Dingen, die Peter am Leben in der Stadt am meisten geschätzt hat, gehörte das fast vollständige Ausbleiben von Nachbarschaftstratsch.

In London konnte man den ganzen Tag schlafen und die ganze Nacht frisches Hämoglobin trinken, ohne dass ein Vorhang gezuckt hätte oder im Postamt Getuschel zu hören gewesen wäre. In Clapham hatte ihn niemand richtig gekannt und sich auch niemand die Mühe gemacht, nachzufragen, womit er sich in seiner Freizeit beschäftigte.

In Bishopthorpe hingegen waren die Dinge irgendwie anders. Schon früh hatte er realisiert, dass um ihn herum eigentlich immer getratscht wurde, selbst wenn die Stimmen wie das Vogelgezwitscher in den Bäumen verstummten, sobald er sich in der Nähe aufhielt.

Als sie in der Orchard Lane gerade frisch eingezogen waren und Helens Bauch noch nichts anzumerken war, hatten die Leute wissen wollen, was dieses junge, attraktive Pärchen aus London bewogen hatte, sich für ein Leben in einem ruhigen Dorf mitten im Nirgendwo zu entscheiden.

Natürlich hatten sie Antworten parat gehabt, von denen die meisten wenigstens teilweise zutrafen. Sie waren hierhergezogen, um näher bei Helens Eltern zu sein, da ihr Vater schwer herzkrank war. Die Lebenshaltungskosten in London waren geradezu absurd in die Höhe geschnellt. Und, vor allem anderen, wollten sie ihre zukünftigen Kinder in einer ruhigen, eher ländlichen Umgebung großziehen.

Schwieriger waren allerdings die Erkundigungen nach ihrer Vergangenheit. Vor allem bei Peter.

Wo war seine Familie?

»Ach, meine Eltern sind bei einem Verkehrsunfall ums Leben gekommen, als ich noch ein Kind war.«

Hatte er Geschwister?

»Nein.«

Und wie kamen Sie auf Medizin?

»Ich weiß es nicht, ich habe mich einfach dafür interessiert.«

Er und Helen hatten sich also in den Achtzigern während des Studiums kennengelernt. Hatten sie da so richtig einen draufgemacht?

»Eher weniger. Wir waren eigentlich ziemlich langweilig. Freitags sind wir vielleicht mal Curry essen gegangen oder haben uns ein Video ausgeliehen, aber das war auch so ziemlich alles. Es gab da einen wunderbaren Inder in unserer Straße.«

In der Regel war es ihm und Helen gelungen, solche Erkundigungen erfolgreich abzuwehren. Nachdem Rowan geboren worden war und Peter sich als Bereicherung für die Arztpraxis in Bishopthorpe erwiesen hatte, wurden sie sofort als geschätzte Mitglieder in die Dorfgemeinschaft aufgenommen.

Trotzdem war ihm stets klar, dass die Bewohner von Bishopthorpe nicht nur über andere Leute tratschten (das taten sie kontinuierlich – auf Dinnerpartys, auf dem Kricketplatz, an der Bushaltestelle), sondern auch über die Radleys.

Richtig, in vielerlei Hinsicht hatten sich Peter und Helen so unscheinbar und neutral wie möglich benommen. Sie hatten sich stets genauso gekleidet, wie es die Leute von ihnen erwarteten. Sie hatten stets Autos gekauft, die zwischen den Kombis und Familienkutschen in der Orchard Lane so gut wie unsichtbar wurden. Und sie hatten dafür gesorgt, dass sie sich mit ihren politischen Ansichten in der sicheren Mitte befanden. Als die Kinder kleiner waren, gingen sie am Weihnachtsabend stets mit ihnen zur Kirche, und am Ostersonntag auch.

Wenige Tage nach ihrem Umzug hatte sich Peter sogar einverstanden erklärt, mit Helen sämtliche Schallplatten, CDs, Bücher und Videos durchzusehen, um jegliche Hinweise auf Vampire, auf vererbte und konvertierte, lebende oder tote, praktizierende oder abstinente zu verbannen.

Peter hatte sich widerwillig von den VHS-Kassetten mit den geliebten Simpson-Bruckheimer-Filmen verabschiedet (nachdem er sich die blutbefleckten Sonnenuntergänge in *Beverly Hills Cop II* ein letztes Mal angesehen hatte). Norma Bengell in *Planet der Vampire,* Vivien Leigh in *Vom Winde verweht,* Catherine Deneuve in *Belle de Jour* und Kelly LeBrock in *Die Frau in Rot* warf er zum Abschied Kusshändchen zu. Der Stapel mit Nachkriegsklassikern von Powell und Pressburger (von denen jeder Blutsauger wusste, dass sie ganz und gar nicht von Ballerinas und Nonnen handelten) und die zeitlos großartigen Vampirwestern *(Red River, Rio Bravo, Blaze of Glory – Flammender Ruhm)* wurden ebenfalls für schuldig befunden und wanderten in den Müll. Dass er sich von seiner kompletten Vampirporno-Sammlung und den heiß geliebten, wenn auch seit Langem nicht mehr abgespielten Betamax-Versionen von *Smokey und der Vampir* und *Egal wie du beißt* trennen musste, versteht sich von selbst.

Ebenfalls in die Tonne wanderten eines traurigen Tages im Jahre 1992 Hunderte von Schallplatten und CDs, die den klanglichen Hintergrund zu manch einem mitternächtlichen Gelage geboten hatten. Wie viele köstliche Schreie und Wehklagen hatte er zu den Schwarzmarktpressungen von Dean Martins »Volare« und »Ain't That a Bite in the Neck« gehört? Ein besonders schwerer Verlust für Peter waren die Blut-Soul-Klassiker von Grace Jones, Marvin Gaye und dem sittenlos-dämonischen Billy Ocean mit der EP *Oceans of Blood,* auf der die Endfassung von »Get Outta My Dreams, Get Into My Car (Because I'm Helluva Thirsty)« zu hören war. In puncto Bücher musste er sich von Schwarzmarktkopien von Studien über Caravaggio und Goya trennen, von diversen Folianten mit romantischen Gedichten, von *Der Fürst* von Machiavelli, *Sturmhöhe,* Nietzsches *Jenseits von Gut und Böse* und, zu allem Überfluss, von *Wanderlust* von Danielle Steel. Kurz gesagt: vom kompletten Blutsaugerkanon. Natürlich schafften sie sich ein *Handbuch für Abstinenzler* an, das sie aber stets sicher verborgen unter dem Bett aufbewahrten.

Um all diese bluttriefenden Kunstwerke zu ersetzen, gingen sie einkaufen und füllten die Lücken mit Phil Collins, Paul Simons *Graceland* und den *Vier Jahreszeiten* von Vivaldi, wobei sie den Frühling immer zum Essen auflegten, wenn Besuch kam. Außerdem erstanden sie Bücher wie *Mein Jahr in der Provence* und massenweise wertvolle historische Romane, die sie niemals lesen würden. Nichts offensichtlich Banales, keine zu hohe oder zu gewagte Kunst warf jemals wieder Schatten auf ihre Bücherborde. Wie mit allem Übrigen in ihrem Leben hielten sie sich in puncto Geschmack so dicht an die archetypischen, ländlichen Mittelklasse-Unblutigen, wie sie nur konnten.

Aber trotz all dieser Präventivmaßnahmen gab es gewisse

Dinge, die sie unweigerlich verrieten. Da war Peters beharrliche Weigerung, dem Kricketclub beizutreten, obwohl ihn die Nachbarschaft in der Orchard Lane fortwährend bedrängte.

Dann war da der Tag, an dem Margaret vom Postamt sie besuchte und irritiert auf Helens Gemälde einer Nackten mit gespreizten Beinen auf der Chaiselongue blickte. (Woraufhin Helen ihre alten Ölgemälde auf den Dachboden verbannte und sich den Apfelbäumen in Aquarellfarben widmete.)

Es waren jedoch ihre unwissenden Kinder, deretwegen die tiefsten Risse zum Vorschein kamen. Die arme Clara mit ihrer Liebe zu den Tieren, die sich vor ihr fürchteten, und Rowan, über dessen Versuche in Creative Writing (Hänsel und Gretel als inzestuöse Kindermörder auf der Flucht; »Die Abenteuer von Colin, dem neugierigen Menschenfresser« und eine fiktive Autobiografie über sein Leben in einem Sarg) sich die Lehrer in der Mittelstufe Sorgen machten.

Es war eine schmerzhafte Erfahrung, ihren Kindern dabei zuzusehen, wie sie sich erfolglos um Freundschaften bemühten, und als die Schikanen gegen Rowan anfingen, dachten sie ernsthaft über Privatunterricht nach. Sie würden ihnen damit zu einem Leben ganz ohne Sonnenstrahlen verhelfen und Mobbing von ihnen fernhalten. Aber am Ende hatte Helen sich nach anfänglichem Zögern durchgesetzt und dagegen entschieden, indem sie Peter an die unablässigen Predigten aus dem *Handbuch für Abstinenzler* erinnerte: mitmachen, mitmachen, mitmachen, wann immer es geht.

Dieser Ansatz hätte bis zu einem gewissen Grad funktionieren können, war aber keine Garantie, Gerede vollständig von ihnen fernzuhalten, und würde auch nicht verhindern können, dass ihre Kinder mit Schülern in Kontakt kamen, die sie in Versuchung führten oder so sehr reizten, dass es zu einer ÜBD-Attacke kam.

Genau jetzt, an diesem Montagmorgen, wagt sich der Tratsch gerade aus dem Schützengraben, rückt näher und wird direkter und bedrohlicher. Peter steht an der Rezeption und sieht die Post und den Terminkalender durch. Während er das tut, hört er Elaine zu, deren biologische Prozesse ohne ein bisschen Montagmorgengejammer nicht in Gang kommen. Sie unterhält sich in gedämpfter Weltuntergangsstimme mit einer Patientin von Jeremy Hunt.

»Ach, ist das nicht furchtbar, die Sache mit dem Jungen aus Farley?«

»Mein Gott, ich weiß. Schrecklich. Ich hab's heute Morgen im Lokalsender gesehen.«

»Er ist einfach verschwunden.«

»Ich weiß.«

»Sie glauben, na ja, Sie wissen schon, dass er *ermordet* wurde.«

»Ach ja? In den Nachrichten hieß es, sie würden davon ausgehen, dass er weg ...«

Elaine unterbricht sie schnell. »Nein. Nach allem, was ich gehört habe, hat der Junge keinen Grund, wegzulaufen. Er war sehr beliebt. Sportlich. Im Rugbyteam und auch sonst überall. Mein Freund kennt seine Mutter, und die sagt, dass er der netteste Junge war, den man sich vorstellen kann.«

»Ach, das ist furchtbar. Entsetzlich.«

Eine ominöse Stille. Peter hört Elaines Stuhl quietschen, als sie sich zu ihm dreht. »Ich wette, Ihre Kinder kannten ihn, Doktor Radley?«

Doktor Radley.

Seit über zehn Jahren kennt er Elaine und arbeitet mit ihr

zusammen, aber für sie ist er nach wie vor Doktor Radley, obwohl er ihr unzählige Male gesagt hat, dass es okay wäre, ihm sogar lieber, wenn sie ihn Peter nennt.

»Das weiß ich nicht«, sagt er, vielleicht ein bisschen zu schnell. »Ich glaube eigentlich nicht.«

»Ist das nicht schrecklich, Doktor? Wenn man bedenkt, dass es im Nachbardorf passiert ist.«

»Ja, aber ich bin mir sicher, dass er wieder auftauchen wird.«

Elaine scheint das nicht gehört zu haben. »Es gibt so viel Schlechtigkeit in der Welt, finden Sie nicht? Überall passieren schlimme Sachen.«

»Ja, so ist es wohl.«

Elaine starrt ihn entgeistert an. Die Patientin – eine Frau mit langen, spröden Haaren, wie eine ältere, morbide und beleibte Mona Lisa in einer Strickjacke in ausgeblichenen Regenbogenfarben – sieht ihn ebenfalls an. Er erkennt in ihr Jenny Crowther, die Frau, die samstagmorgens den Bastelkurs im Rathaus geleitet hat. Vor sieben Jahren hatte sie bei ihnen zu Hause angerufen und Helen in besorgtem Ton von Rowans Göttergestalt erzählt. Seit diesem Vorfall hat sie ihn auf der Straße nie wieder gegrüßt, sondern immer nur so ausdruckslos angelächelt, wie sie es jetzt auch gerade tut.

»*Überall* schreckliche Sachen«, wiederholt Elaine nachdrücklich.

Peter unterliegt einem plötzlichen Anfall von Klaustrophobie und erinnert sich aus irgendeinem Grund an die vielen Zäune, die Helen im Lauf der Jahre gemalt hat. Sie sind eingesperrt. Deshalb malt sie sie immer wieder. Sie sind eingesperrt zwischen den lächelnden, ausdruckslosen Gesichtern und all dem desinformierten Getratsche.

Er kehrt ihnen den Rücken zu und entdeckt einen gepolsterten Umschlag auf einem Stapel mit Briefen, der zum Krankenhaus geschickt werden soll. Eine Blutprobe.

»Man möchte die Kinder am liebsten einschließen, nicht wahr, Doktor Radley?«

»Oh«, sagt Peter, der kaum zuhört, was Elaine gerade sagt. »Ich denke, man kann schon ein bisschen paranoid werden, wenn so was passiert ...«

Das Telefon klingelt, und Elaine nimmt ab, während sich Jenny Crowther im Wartebereich auf einem der orangefarbenen Plastikstühle niederlässt, mit dem Rücken zu ihm.

»Nein«, sagt Elaine mit einem autoritären Lächeln, das dem Patienten am anderen Ende der Leitung gilt, »tut mir leid, aber wenn Sie einen kurzfristigen Termin haben wollen, müssen Sie zwischen acht Uhr dreißig und neun Uhr bei uns anrufen ... ich fürchte, Sie müssen bis morgen warten.«

Während Elaine weiterspricht, ertappt sich Peter dabei, wie er an dem wattierten braunen Umschlag schnuppert. Sein Herz schlägt schneller und schnurrt wie ein Höchstgeschwindigkeitszug.

Er schielt zu Elaine hinüber, die nicht auf ihn achtet. Dann nimmt er den Umschlag an sich, so unauffällig wie möglich, zusammen mit der übrigen Post, und geht in sein Sprechzimmer.

Drinnen sieht er als Erstes auf die Uhr.

Fünf Minuten bis zu seinem nächsten Patienten.

Schnell öffnet er den Umschlag mit den Plastikphiolen und dem blassblauen Formular. Das Formular bestätigt, was ihm seine Nase bereits verraten hat, dass dieses Blut von Lorna Felt stammt.

Eine magnetische, beinahe gravitätische Kraft geht von diesem Blut aus.

Nein. Ich bin nicht mein Bruder.

Ich bin stark.

Ich kann widerstehen.

Er bemüht sich um jene Haltung, um die er sich seit nunmehr fast zwanzig Jahren bemüht. Versucht, in dem Blut nicht mehr zu sehen, als ein Arzt darin sehen sollte, ein Gemisch aus Plasma und Proteinen und roten und weißen Zellen.

Er denkt an seinen Sohn und an seine Tochter, und irgendwie schafft er es, die drei Röhrchen wieder zurückzuschieben. Er versucht, den Umschlag wieder zuzukleben, doch der ist bereits wieder auf, als er sich auf seinen Stuhl setzt. Die schmale dunkle Öffnung ist der Eingang zu einer Höhle, die unbeschreibliche Angst oder unendliche Lust enthält.

Oder vielleicht sogar beides.

LESEKREIS

An jedem ersten Montag im Monat trifft sich Helen mit ihren beschäftigungslosen Freundinnen reihum zu einem Lesekreis und einem spätvormittäglichen Imbiss, was dazu dienen soll, dass die Woche gut losgeht.

An diesen Treffen nimmt Helen inzwischen seit gut einem Jahr teil, und sie hat erst einmal gefehlt – weil sie sich zu diesem Zeitpunkt mit ihrer Familie in einem Ferienhaus in der Dordogne aufhielt. Wenn sie die heutige Sitzung ausfallen ließe, kurzfristig, könnte dies einen leichten Missklang oder Verdacht nach sich ziehen – der in der Orchard Lane geparkte Campingbus ist schon Missklang genug –, sodass sie sich dagegen entscheidet.

Sie macht sich also fertig und schlendert zu Nicola Baxter ans südliche Ende des Dorfes. Die Baxters wohnen in einer großen, ausgebauten Scheune mit einer geschwungenen Auffahrt und einem Garten voller Azaleen, der in ein anderes Zeitalter zu gehören scheint als die Inneneinrichtung mit ihrer rustikal-futuristischen Küche und den kubistischen Sofas ohne Armlehnen.

Als Helen eintrifft, sitzen bereits alle da und essen Haferplätzchen und trinken Kaffee, die aufgeschlagenen Bücher im Schoß. Sie unterhalten sich angeregter als üblich, und wie Helen zu ihrer Verblüffung bald feststellt, dreht sich das Gespräch nicht um *Wenn der letzte Spatz singt*.

»Ach, Helen, ist das nicht entsetzlich?«, fragt Nicola und streckt ihr einen gigantischen, mit Krümeln übersäten Teller mit einem einsamen Haferplätzchen entgegen. »Diese Sache mit Stuart Harper.«

»Ja. Ja, schrecklich. Ganz entsetzlich.«

Helen mag Nicola eigentlich recht gern, und normalerweise sind sie in Bezug auf die Bücher, die sie lesen, stets einer Meinung. Sie war die Einzige, die Helen beipflichtete, dass Anna Karenina ihre Gefühle für den Grafen Wronskij nicht unter Kontrolle hat und Madame Bovary im Grunde eine sympathische Frau ist.

Sie hat etwas an sich, wovon sich Helen stets angezogen fühlt, als hätte auch sie sich von einem Teil ihres Ichs verabschiedet, um ihr jetziges Leben zu leben.

Manchmal entdeckt Helen an Nicola mit ihrer blassen Haut und dem unsicheren Lächeln und den traurigen Augen sogar so viel von sich selbst, dass sie sich fragt, ob sie vielleicht das gleiche Geheimnis teilen. *Sind die Baxters ebenfalls abstinente Vampire?*

Natürlich hat Helen diese Frage noch nie direkt gestellt. (»Und, Nicola, hast du schon mal jemandem in den Hals gebissen und ihm das Blut ausgesaugt, bis sein Herz aufgehört hat zu schlagen? Übrigens, deine Haferplätzchen sind köstlich.«) Und Nicolas Kinder hat sie auch noch nicht kennengelernt, zwei Mädchen, die ein Internat in New York besuchen, oder ihren Ehemann, einen Architekten, der angeblich ständig in irgendwelchen hochwichtigen Gemeindeausschüssen sitzt und in Liverpool oder London zu tun hat. Aber über einen langen Zeitraum hatte Helen gehofft, dass sich Nicola eines Tages zu ihr setzen und ihr erzählen würde, wie sie seit zwanzig Jahren gegen ihre Blutsucht ankämpft, die ihr jeden Tag ihres Lebens zur Hölle macht.

Helen wusste, dass dies vermutlich nicht mehr als eine

tröstliche Fantasie war. Schließlich bildeten Vampire selbst in der Großstadt nur eine winzige Minderheit der Bevölkerung, und die Wahrscheinlichkeit, dass in ihrem Lesekreis einer saß, war äußerst gering. Aber es war nett gewesen, daran zu glauben, dass es möglich sein könnte, und deshalb hatte sie sich vermutlich in Gedanken daran festgehalten wie an einem Lotterielos.

Da Nicola wegen des verschwundenen Jungen jedoch genauso schockiert reagiert wie alle anderen, weiß Helen, dass sie auf sich gestellt ist.

»Ja«, sagt Alice Gummer auf einem der futuristischen Sofas gerade, »es kam in den Nachrichten. Hast du es gesehen?«

»Nein«, sagt Helen.

»Sie haben es heute Morgen gebracht. Auf *Look North*. Ich hab's beim Frühstück teilweise mitgekriegt.«

»Ach ja?«, sagt Helen. Die Radleys hatten beim Frühstück wie üblich den Fernseher nebenbei laufen lassen, und da war nichts erwähnt worden.

Dann sagt Lucy Bryant etwas, aber sie hat den Mund so voll mit Haferkeksen, dass Helen sie erst nicht versteht. Irgendwas über einen Polizisten? Einen Polizisten?

»Wie bitte?«

Nicola hilft aus, übersetzt an Lucys Stelle, und diesmal hätten die Worte nicht deutlicher sein können.

»Sie haben seine Leiche gefunden.«

Die Panik, die Helen in diesem Moment überkommt, kann sie nicht verbergen. Sie überfällt sie so plötzlich und von allen Seiten und zerstört jede Hoffnung. »Was?«

Jemand antwortet. Sie hat keine Ahnung, zu wem die Stimme gehört. Sie ist einfach da, wirbelt ihr durch den Kopf wie eine Plastiktüte im Wind.

»Ja, offensichtlich ist sie vom Meer ans Ufer gespült worden oder so. In der Nähe von Whitby.«

»Nein«, sagt Helen.

»Geht es dir nicht gut?« Die Frage wird von mindestens zwei Personen gleichzeitig gestellt.

»Doch, alles in Ordnung. Ich habe bloß noch nicht gefrühstückt.«

Und die Stimmen schwirren weiter, hallen und überschlagen sich in der riesigen Scheune, wo früher einmal Schafe geblökt haben mögen.

»Komm, setz dich. Iss einen Haferkeks.«

»Möchtest du ein Glas Wasser?«

»Du bist ja kreidebleich.«

Mitten in alldem versucht sie, vernünftig darüber nachzudenken, was diese Nachricht bedeutet. Eine Leiche, übersät mit Bisswunden und der DNA ihrer Tochter, befindet sich in den Händen der Polizei. Wie konnte Peter so dämlich sein? Früher tauchten die Leichen nie wieder auf, wenn er sie ins Meer geworfen hatte. Sie waren so weit draußen gewesen, dass sie sich keine Sorgen machen mussten.

Sie stellt sich vor, wie im Moment gerade die Autopsie durchgeführt wird, von einem Heer von Forensik-Experten und mit hochrangigen Polizeibeamten. Gegen die hätte sogar Will mit seinem Blutdenken keine Chance.

»Alles in Ordnung. Mir wird bloß ab und zu mal ein bisschen schwindelig. Aber sonst ist alles in Ordnung, wirklich.«

Sie sitzt jetzt auf dem Sofa, fixiert mit den Augen starr den durchsichtigen Wohnzimmertisch und die große leere Platte, die wie im Weltall darüber zu schweben scheint.

Während sie vor sich hin stiert, wird ihr klar, dass sie jetzt Wills Blut nicht widerstehen könnte. Es würde ihr die Kraft geben, die sie braucht, um die nächsten Minuten zu meistern. Aber allein bei dem Gedanken fühlt sie sich eingesperrter denn je.

Das Gefängnis ist sie selbst.

Und der Körper, in dem sich ihr Blut mit seinem vermischt.

Dennoch schafft sie es irgendwie, gestärkt durch süße, klebrige, nicht rote Haferflocken, sich zusammenzureißen.

Sie fragt sich, ob sie nach Hause gehen soll, mit der Ausrede, sie sei krank. Aber bevor sie sich entschieden hat, was jetzt zu tun ist, merkt sie, dass sie dasitzt und zuhört und sich schließlich an der Diskussion über das Buch beteiligt, obwohl sie kaum Zeit gefunden hat, darin zu lesen.

Wenn der letzte Spatz singt stand im vergangenen Jahr auf der Vorschlagsliste für den Booker Prize, ein Roman, der Mitte des zwanzigsten Jahrhunderts in China spielt – eine Liebesgeschichte zwischen der Tochter eines Bauern, die Vögel liebt, und einem ungebildeten Landarbeiter, der Maos Anordnung ausführt, alle Spatzen auszurotten. Jessica Gutheridge, deren handgemalte Glückwunschkarten Helen immer zu Weihnachten und an Geburtstagen verschickt, hat den Autor im vergangenen Jahr auf dem Festival in Haye-on-Wye kennengelernt und kann gar nicht aufhören, allen von diesem unglaublichen Ereignis vorzuschwärmen – »Ach, es war einfach wunderbar, und ihr werdet nicht glauben, wer in der Reihe vor uns saß« –, während sich Helen krampfhaft um Contenance bemüht.

»Und, Helen, wie findest du das Buch denn?«, wird sie an einer Stelle von irgendjemandem gefragt. »Was hältst du von Li-Hom?«

Sie bemüht sich, ein interessiertes Gesicht aufzusetzen.

»Mir hat er leidgetan.« Jemand anderes, Nicola, beugt sich vor und scheint etwas überrascht, dass Helen ihre Meinung an dieser Stelle nicht teilt. »Was, nach allem, was er getan hat?«

»Ich finde nicht … ich gehe davon aus …« Die ganze Gruppe sieht sie an und erwartet weitere Ausführungen. Sie tut ihr Bestes, um Autopsien und Armbrüste aus ihren Gedanken zu verbannen. »Tut mir leid, ich finde einfach nicht, dass er …« Sie vergisst den Rest des Satzes. »Ich glaube, ich muss zur Toilette.«

Ungeschickt steht sie auf, stößt mit dem Schienbein an den Wohnzimmertisch und lässt sich den Schmerz und alles andere nicht anmerken, als sie den Raum verlässt und das Gästebad der Baxters aufsucht. Sie betrachtet ihr gespenstisches Spiegelbild in einer der Glaswände der Dusche und versucht, ihren Atem zu beruhigen, doch ihre Gedanken schreien schrill auf – LEICHE! NACHRICHTEN! POLIZEI! CLARA! WILL!

Sie zieht ihr Handy aus der Tasche und wählt Peters Praxisnummer. Während sie dem schwachen Tuten am Ohr lauscht, betrachtet sie die ordentliche Reihe rein pflanzlicher Bio-Haut- und Haarprodukte und sieht einen flüchtigen Moment lang unwillkürlich die nackten Körper vor sich, die diese Produkte benutzen, um ihren natürlichen Eigengeruch zu überdecken. Sie schließt die Augen und versucht, diese finsteren, aus der Verzweiflung geborenen Blutfantasien zu verbannen.

Nach dem zehnten Klingeln nimmt Peter ab.

»Peter?«

»Helen, ich habe eine Patientin.«

Und dann erzählt sie ihm flüsternd, eine Hand schützend

um ihren Mund gelegt: »Peter, sie haben die Leiche gefunden.«

»Was?«

»Es ist alles vorbei. Sie haben die Leiche gefunden.«

Pause. Dann: »Scheiße.« Dann: »Scheiße, Scheiße, verfluchte Scheiße.« Kurz darauf: »Tut mir leid, Mrs. Thomas. Schlechte Nachrichten.«

»Was sollen wir bloß machen? Ich dachte, du wärst kilometerweit aufs Meer geflogen.«

Sie hört ihn am anderen Ende der Verbindung seufzen. »Bin ich auch.«

»Nun, offensichtlich nicht weit genug.«

»Dachte ich mir schon, dass es meine Schuld ist«, sagt er. »Kein Problem, Mrs. Thomas, ich bin gleich bei Ihnen.«

»Es ist auch deine Schuld.«

»Mein Gott. Dafür kriegen sie sie. Irgendwie werden sie sie kriegen.«

Helen schüttelt den Kopf, dabei kann er sie gar nicht sehen. »Nein, sie kriegen sie nicht.« Und sie beschließt genau in diesem Moment, dass sie alles – *alles* – tun wird, um ihre Worte wahr werden zu lassen.

Wie man einen ÜBD vermeidet:
zehn nützliche Tipps

Überwältigender Blut-Durst (ÜBD) ist die einzige und weitverbreitete Gefahr, der ein Abstinenzler ausgesetzt ist. Hier sind zehn erprobte Vorschläge, wie Sie einen ÜBD vermeiden können, wenn Sie ihn herannahen spüren:

1. Entfernen Sie sich von Leuten. Falls Sie sich zwischen Unblutigen und Vampiren aufhalten, entfernen Sie sich und suchen Sie einen ruhigen Ort auf, wo Sie allein sind.

2. Schalten Sie die Lichter an. ÜBDs kommen üblicherweise in der Nacht oder im Dunklen, sorgen Sie also dafür, dass Ihre Umgebung so hell wie möglich ist.

3. Vermeiden Sie fantasieanregende Stimulation. Es ist bekannt, dass Musik, Kunst, Filme und Bücher Anfälle auslösen können, da sie wie Katalysatoren auf Ihre Vorstellungskraft wirken.

4. Konzentrieren Sie sich auf Ihre Atmung. Zählen Sie zwischen Ein- und Ausatmung bis fünf, um Ihren Puls zu verlangsamen und den Körper zu beruhigen.

5. Sagen Sie das Abstinenzler-Mantra auf. Nach ein paar Atemzügen sagen Sie: »Ich bin [IHR NAME] und ich habe meine Instinkte unter Kontrolle.« Wiederholen Sie das Mantra so lange, bis Sie sich besser fühlen.

6. Sehen Sie sich Golfspiele an. Es hat sich gezeigt, dass die Wahrscheinlichkeit für einen Anfall sinkt, wenn man sich gewisse Sportarten wie Golf oder Kricket im Fernsehen ansieht.

7. Beschäftigen Sie sich mit praktischen Dingen. Tauschen Sie eine Glühbirne aus, waschen Sie das Geschirr ab, schmieren Sie Brote. Je trivialer und alltäglicher die Aufgabe ist, desto größer ist die Wahrscheinlichkeit, Ihren Blut-Durst unter Kontrolle zu bekommen.

8. Essen Sie Fleisch. Bevorraten Sie Ihren Kühlschrank mit tierischem Fleisch, damit Sie für den Notfall etwas zu essen haben, um ungewollte Gelüste abzuwehren.

9. Trainieren Sie Ihren Körper. Schaffen Sie sich ein Laufband oder ein Rudergerät an, um das überschüssige Adrenalin abzubauen, das oft mit einem ÜBD einhergeht.

10. Seien Sie niemals von sich selbst eingenommen. Unser Instinkt ist der Feind, der ständig in uns lauert, auf eine Gelegenheit zum Angriff wartet. Wenn Sie einen Schritt auf die Versuchung zugehen, denken Sie daran, dass ein Schritt nach vorn leichter ist als ein Schritt zurück. Der Trick an der Sache ist, den ersten Schritt erst gar nicht zu gehen.

Handbuch für Abstinenzler
(zweite Ausgabe), Seite 74

EIN UNGEWÖHNLICHER
GEDANKE FÜR EINEN MONTAG

Peter sitzt auf seinem Stuhl und sieht zu, wie die alte Dame mit schmerzverzerrtem Gesicht langsam das Zimmer verlässt, während er über das Telefonat nachdenkt. Er kann nicht glauben, dass die Polizei die Leiche gefunden hat. Sie ist angespült worden. Er war so schnell geflogen, dass er felsenfest geglaubt hatte, weit genug über dem Meer zu sein, als er losgelassen hatte.

Aber, gesteht er sich ein, es ist viel Zeit vergangen. Vielleicht hat er vergessen, wie weit er früher geflogen ist. Er ist eingerostet. Das ist nicht wie beim Fahrradfahren. Wenn man siebzehn Jahre aussetzt, sitzen die Füße unweigerlich etwas unsicher auf den Pedalen.

»Okay, bis dann, Mrs. Thomas«, sagt er automatisch, als diese die Tür erreicht hat.

»Auf Wiedersehen, lieber Herr Doktor.«

Eine Sekunde später zieht er den Umschlag aus der Schublade. Er nimmt die Blutproben heraus und schraubt die Deckel ab.

Das ist nicht nur Plasma und Protein und rote und weiße Zellen.

Das ist der Ausweg.

Er schnuppert an Lornas faszinierendem, ungezügeltem Blut und sieht sie und sich bei Mondenschein in einem Weizenfeld stehen. Er verschmilzt mit ihrem Duft. Er sehnt sich so sehr danach, sie zu probieren, und diese Sehnsucht wird stärker und stärker, dass nichts mehr zwischen ihm und ihr steht – zwischen dem Mann und der Lust, die er braucht.

Ich trinke kein Blut von meinen Patienten.

Es nützt jetzt nichts mehr.

Er lechzt zu sehr danach.

Er wusste, dass er am Ende nicht widerstehen kann, und damit hatte er recht gehabt. Absolut nichts kann ihn mehr davon abhalten, die drei Röhrchen eins nach dem anderen hinunterzukippen, wie eine Reihe Tequilas auf dem Tresen.

Als er fertig ist, bleibt sein Kopf zurückgelegt. Er klopft sich auf den Bauch. Bemerkt, dass sich das Fettpolster, das sich über die Jahre angesammelt hat, jetzt zurückbilden könnte.

»Ja«, sagt er zu sich selbst, mit der rauchigen Stimme eines DJs, der im mitternächtlichen Radioprogramm Duke Ellington ansagt: »Ich *liebe* Jazzkonzerte.«

Er klopft sich immer noch auf den Bauch, als Elaine mit der Liste der Notfalltermine für den späten Vormittag eintritt.

»Ist alles in Ordnung?«, fragt sie ihn.

»Ja, Elaine, ich fühle mich großartig. Ich bin sechsundvierzig Jahre alt, aber ich fühle mich lebendig. Und sich lebendig zu fühlen ist ein unglaubliches Ding, finden Sie nicht? Wissen Sie, wenn man es schmeckt, das Leben schmeckt, und spürt, dass man es schmeckt.«

Sie sieht nicht überzeugt aus. »Nun«, sagt sie, »das ist ein ungewöhnlicher Gedanke für einen Montag, das muss ich schon sagen.«

»Das liegt daran, dass dies ein ungewöhnlicher Montag ist, Elaine.«

»Stimmt. Soll ich Ihnen dann einen Kaffee bringen?«

»Nein, vielen Dank, ich hatte gerade was zu trinken.«

Sie wirft einen Blick auf den Umschlag, er glaubt aber nicht, dass sie die leeren Röhrchen bemerkt. Wie auch immer, ihm ist es egal.

»Ganz wie Sie wünschen«, sagt sie und verlässt den Raum. »Ganz wie Sie wünschen.«

TRANSSILVANIEN

DCS Geoff Hodge lacht so herzhaft, dass ihm der halb durchgekaute Bissen seines dritten Pastetchens mit Käse und Zwiebeln fast aus dem Mund fällt.

»Entschuldigung, Herzchen, erzählen Sie mir das noch mal von vorn.«

Sie erzählt es ihm noch einmal. »Sie« ist Deputy Commissioner Alison Glenny von der Greater Manchester Police, eine Frau, der er noch nie begegnet ist. Genau genommen hat er noch nie einem Beamten der Polizei in Manchester von Angesicht zu Angesicht gegenübergesessen, da Manchester knapp einhundert Kilometer außerhalb seines Zuständigkeitsbereichs liegt.

Sicher, gelegentlich braucht man Informationen aus anderen Bezirken, aber für solche Sachen gibt es Datenbanken. Man kann nicht einfach unangemeldet in die Zentrale eines anderen Zuständigkeitsbereichs hereinplatzen, und schon gar nicht mit einem Gesicht wie Gottvater persönlich. Für einen verfluchten weiblichen Deputy Commissioner galt das genauso. Schließlich ist sie nicht sein Deputy Commissioner.

»Sie müssen die Finger von diesem Fall lassen«, sagt sie zum wiederholten Mal. »Wir übernehmen die Sache.«

»Wir? Wer zum Teufel ist *wir*? Die GMP? Ich kann nicht erkennen, was ein Bursche aus North Yorkshire, der an der Ostküste angeschwemmt wird, mit euren Ganoven in Manchester zu tun haben soll. Es sei denn, bei euch wäre ein Serienkiller unterwegs, von dem Sie mir nichts erzählen wollen.«

DC Glenny mustert ihn mit kaltem Blick und macht aus ihrem Mund einen kleinen Bindestrich. »Ich arbeite für eine nationale Einheit, koordiniere landesweit für die Staatspolizei.«

»Tja, Herzchen, tut mir leid, aber ich habe nicht die leiseste Ahnung, wovon Sie reden.«

Sie reicht ihm ein lindgrünes Formular mit den Insignien des Innenministeriums im Briefkopf und reichlich Text im Kleingedruckten.

Formulare. Immer die Scheißformulare.

»Ich brauche Ihre Unterschrift in dem Kästchen unten links. Dann bin ich berechtigt, Ihnen alles zu erklären.«

Er sieht sich das Formular an. Fängt in der Zeile direkt über dem Kästchen für die Unterschrift an zu lesen. *Hiermit erkläre ich, keine Informationen im Zusammenhang mit der Unnamed Predator Unit preiszugeben.* »Unnamed Predator Unit? Wirklich, Herzchen, davon versteh ich nichts. Was mit der Staatspolizei zu tun hat, geht komplett an mir vorbei, ganz ehrlich. Alles bloß Schall und Rauch, soweit ich sehen kann. Haben Sie mit Derek gesprochen?«

»Ja, ich habe mit Derek gesprochen.«

»Nun, dann werden Sie verstehen, dass ich ihn anrufen muss, um das zu überprüfen.«

«Nur zu.«

Also nimmt er den Hörer ab, um sich hausintern bei Derek Leckie, seinem Vorgesetzten, nach der Frau zu erkundigen.

»Ja, tu, was sie von dir verlangt«, sagt Derek mit etwas mehr als einer Spur von Furcht in der Stimme. »Ohne Ausnahme.«

Geoff setzt seine Unterschrift in das Kästchen und stellt dabei eine Frage. »Gut, wenn Sie also von der Staatspolizei sind, was zum Teufel haben Sie mit dieser Leiche zu tun? Sieht eher weniger nach einem Anti-Terror-Job aus.«

»Da haben Sie recht. Es geht um Anti-Vampirismus.«

Er blickt zu ihr auf, wartet darauf, dass ein Lächeln ihr versteinertes Gesicht aufbricht. Es kommt aber keins.

»Der war gut, Herzchen. Wirklich gut. Und wer hat Sie auf die Idee angesetzt? Dobson war das, hab ich recht? Genau, der zahlt mir heim, dass ich den Beamer gekapert hab.«

Ihre Augen bleiben vollkommen neutral.

»Ich habe keine Ahnung, wer ›Dobson‹ ist, aber eins versichere ich Ihnen, Detective Chief Superintendent, das hier ist keine Falle.«

Geoff schüttelt den Kopf und reibt sich die Augen. Einen Moment lang fragt er sich, ob diese Frau eine Halluzination ist, die die Pasteten hervorgerufen haben. Vielleicht hat er einfach zu viel gearbeitet. Aber ganz gleich wie oft er blinzelt, die Frau mit dem versteinerten Gesicht wird kein bisschen weniger real.

»Gut, ich dachte nämlich, Sie hätten gerade *Anti-Vampirismus* gesagt.«

»So ist es.« Ohne zu fragen, baut sie ihren Laptop auf seinem Schreibtisch auf. »Ich gehe davon aus, dass Sie die Fotos von der Leiche noch nicht gesehen und den Autopsiebericht auch nicht gelesen haben?«, fragt sie, während der Bildschirm blau blinkend zum Leben erwacht.

Geoff tritt zurück und beobachtet die Frau mit ihrem Computer und spürt, wie ihn eine leichte Übelkeit überkommt, ein plötzlicher körperlicher Schwächeanfall. Sein Mund fühlt sich klebrig an, mit dem Geschmack von Zwiebeln und anverdautem Käse auf der Zunge. Vielleicht hat Denise recht. Vielleicht sollte er sich für eine Weile auf Salat und Ofenkartoffeln beschränken. »Nein, habe ich nicht.«

»Gut. Es kam heute Morgen kurz in den Nachrichten, aber East Yorkshire wird ab jetzt Stillschweigen über diese Sache bewahren. Und Sie werden das Gleiche tun.«

Geoff bekommt die altbekannte Bärenwut. »Na, entschuldigen Sie, Herzchen, aber wir stehen bei dieser Sache verflucht im Scheinwerferlicht. Der Fall ist von öffentlichem Interesse, und wir werden nicht aufhören, mit der Presse zu reden, bloß weil irgendein ...«

Er verliert den Faden, als sich ein JPEG-File auf dem Bildschirm öffnet. Er sieht den massigen, nackten Körper des Jungen, übersät mit Wunden, wie er sie noch nie gesehen hat. Große Teile von Hals, Brust und Bauch scheinen weggefressen, das Fleisch hat eine wässrig-rosa Farbe im Salzwasser angenommen. Es sind Wunden, die keine konventionelle Waffe verursacht haben kann – kein Messer, keine Kugel und auch kein Baseballschläger.

»Sie müssen Hunde auf ihn gehetzt haben.«

»Nein. Es waren keine Hunde. Und es gibt auch kein ›sie‹. Eine einzige Person hat das getan.«

Das scheint unmöglich. Das *kann* nicht sein. »Was für eine Person?«

»Das sind Vampirbisse, Superintendent. Wie gesagt, die UPU ist eine Anti-Vampirismus-Einheit. Wir arbeiten landesweit, in Kooperation mit einigen wenigen Mitgliedern ihrer Gemeinschaft.« Sie gibt das in jenem todernsten Ton von sich, an dem sich seit ihrem Eintreten in den Raum nichts verändert hat.

»Gemeinschaft?«, fragt er ungläubig.

Sie nickt. »Nach neuesten Erhebungen sind es siebentausend, landesweit. Lässt sich nur schwer sagen, da sie sehr mobil sind, außerdem gibt es einen regen Durchgangsverkehr aus anderen europäischen Städten. London, Manchester und Edinburgh haben die höchste Pro-Kopf-Rate in Großbritannien.«

Sein Lachen klingt jetzt etwas gezwungener, abgehackt und verbittert. »Ich weiß nicht, was sie euch drüben in Manchester in den Tee tun, aber wir hier auf dieser Seite der Penninen jagen keine Zombies und Kobolde.«

»Wir auch nicht, das kann ich Ihnen versichern. Wir kümmern uns ausschließlich um Bedrohungen, von denen wir wissen, dass sie existieren.«

»Wie Scheißvampire?«

»Wie Sie sicher verstehen werden, handelt es sich hier um eine äußerst sensible Angelegenheit, und aus diversen Gründen lassen wir von unserer Arbeit nichts nach außen dringen.«

Schließlich zeigt sie ihm ein Bild, auf dem eine nackte Frau zu sehen ist, auf deren blutverschmierten Beinen und dem Körper zahllose Bisswunden wie tiefrote, lächelnde Münder verteilt sind.

»Gottverkackte Scheiße«, sagt Geoff.

»Meine Aufgabe in unserem Team besteht darin, mit den Schlüsselfiguren der Blutsauger-Gemeinschaft zu verhandeln, was größtenteils in und um Manchester geschieht. Wissen Sie, in der Vergangenheit wurden Vampire ausgemerzt. Manchester und Scotland Yard haben Mitglieder der Staatspolizei an Armbrüsten ausgebildet.«

Geoff weicht vor dem Monitor, dem toten Mädchen zurück. Inzwischen ist ihm ziemlich schlecht. Er muss den Geschmack im Mund dringend loswerden. Er greift nach der Dose Orangenlimonade, die er zusammen mit den Pastetchen gekauft hat, reißt den Verschluss auf und stürzt den Inhalt hinunter, während Alison Glenny weiterredet.

»Inzwischen verhandeln wir direkt mit der Gemeinschaft.«
Sie hält einen Moment inne, offensichtlich, um zu prüfen, ob
sie mit ihren Worten zu ihm durchdringt. »Wir reden mit
ihnen. Verhandeln. Schaffen Vertrauen und sammeln Informationen.«

Geoff sieht Dereks Kopf am Fenster vorbeigehen und
stürzt zur Tür, in der Hand die Dose. »Derek? *Derek?*«

Der Commissioner geht weiter den Flur hinunter. Er dreht
sich kurz um und wiederholt, was er am Telefon gesagt hat,
und zweifellos ist da Angst in seiner Stimme und seinen sonst
so ruhigen blauen Augen. »Tu, was sie dir sagt, Geoff.« Und
dann wendet er sich wieder zum Gehen, und von ihm sind
nur noch der silberne Haarschopf und die schwarze Uniform
zu sehen, bis er im nächsten Korridor verschwindet.

»Und was erwarten Sie jetzt von uns?«, fragt er, als er sein
Büro wieder betritt. »Dass wir unsere Wasserpistolen mit
Weihwasser laden?«

»Nein«, sagt sie, klappt den Laptop zu und schiebt ihn in
ihre Aktentasche. »Es ist uns gelungen, Vorfälle wie diesen
um fast die Hälfte zu reduzieren. Und zwar mithilfe von Ver-
einbarungen und gegenseitigem Respekt.« Sie erzählt ihm
von der Sheridan Society und der Liste der Unantastbaren.

»Also, Herzchen, habe ich das so richtig verstanden? Sie
kommen hier rein, erzählen mir eine Story, die sich wie *CSI:
Transsilvanien* anhört, und erwarten von mir, dass ich an die
Existenz von verkackten Draculas glaube, die in meinem Laden ihr Unwesen treiben, und sagen mir dann, dass wir nichts
tun können, um sie aufzuhalten?«

Alison Glenny seufzt. »Wir stellen alles Mögliche an, um
sie aufzuhalten, Superintendent. Heutzutage stehen die
Chancen für Vampire schlechter denn je, mit einem Mord

davonzukommen. Aber wir ziehen Lösungen über Dritte vor. Vampir gegen Vampir. Wissen Sie, wir müssen an das Wohl der Allgemeinheit denken. Unser vorrangiges Ziel ist, ohne das Wissen der Öffentlichkeit zu agieren.«

»Gut, ja. Und wenn *ich* beschließe, die Öffentlichkeit zu informieren?«

»Dann werden Sie suspendiert und für verrückt erklärt. Sie würden nie wieder einen Job bei der Polizei bekommen.«

Geoff nimmt den letzten Schluck von seiner Limonade, behält die prickelnde Flüssigkeit eine Weile im Mund, bevor er sie hinunterschluckt. Die Frau meint das todernst.

»Und was wollen Sie jetzt von mir?«

»Ich brauche sämtliche Informationen, die Sie bis jetzt über den Fall Stuart Harper haben. Ohne Ausnahme. Haben Sie mich verstanden?«

Er lässt die Frage eine Weile sacken, während er die verstreuten Krümel und den kleinen Fettrand auf der Papiertüte betrachtet. »Ja, ich verstehe.«

VERSCHÖNERUNGSTAG
BEI DEN RADLEYS

Die Mittagspause draußen im Hof verbringen die Schüler der Rosewood Upper School unbewusst nach Geschlechtern aufgeteilt. Die Jungs spielen Fußball oder jonglieren mit dem Ball, raufen spielerisch miteinander oder prügeln sich ernsthaft, halten sich im Schwitzkasten oder schleudern sich an den Schultaschen durch die Gegend. Die Mädchen reden und sitzen herum, auf Bänken oder im Gras, in Dreier- oder Vierergrüppchen. Falls sie die Jungs zur Kenntnis nehmen, dann eher aus Bestürzung oder Mitleid als mit offener Bewunderung, als würden sie nicht nur einem anderen Geschlecht, sondern einer völlig anderen Spezies angehören. Allwissende, überhebliche Katzen, die sich die Pfoten lecken und angewidert zusehen, wie die tapsigen, aufgeregten Spaniels und aggressiven Pitbulls sich in einem Revier zu behaupten versuchen, das sie niemals einnehmen können.

In einem Punkt sind sich die Mädchen und Jungen an diesem sonnigen Nachmittag einig: Sie meiden das alte viktorianische Schulgebäude und jeglichen Schatten. Clara Radley wäre normalerweise, an einem ähnlich gelagerten Tag in der Vergangenheit, ihren Freundinnen in das goldene Licht hinaus gefolgt und hätte sich größte Mühe gegeben, dass man ihr Migräne und Übelkeit nicht anmerkt.

Heute ist das anders. Obwohl sie heute nicht nur mit Eve, sondern auch mit Lorelei Andrews zusammen ist, die niemand leiden kann, weil sie sich immer in den Vordergrund spielen muss, führt heute Clara die beiden zu einer Bank im Schatten.

Sie setzt sich. Eve setzt sich neben sie, Lorelei ebenfalls, dann fährt sie Clara mit der Hand durchs Haar.

»Das ist unglaublich«, sagt Lorelei. »Sag mal, was ist bloß passiert?«

Clara schielt auf Loreleis Handgelenk mit den dicken blauen Venen und fängt den Duft ihres köstlich gehaltvollen Blutes auf. Sie ist erschrocken, wie einfach es wäre, gleich hier die Augen zu schließen und sich den Instinkten zu überlassen. »Weiß nicht«, sagt sie schließlich. »Ich hab meine Ernährung geändert. Und mein Dad hat mir so ein Vitaminpräparat verordnet.«

»Du siehst plötzlich ganz anders aus, einfach total heiß. Was nimmst du für eine Grundierung? Ist die von Mac? Bestimmt ist es irgendwas Teures wie Chanel oder so.«

»Ich nehme gar keine Grundierung.«

»Du willst mich verarschen.«

»Nein, ganz bestimmt nicht.«

»Aber Kontaktlinsen hast du dir zugelegt, oder?«

»Nein.«

»Nein?«

»Und schlecht ist ihr auch nicht mehr«, ergänzt Eve. Clara fällt auf, dass sie sich über Loreleis plötzliches Interesse an ihrer Freundin ärgert. »Das ist die Hauptsache.«

»Vor allem hat mir anscheinend Vitamin A gefehlt. Das hat mein Dad gesagt. Und außerdem esse ich jetzt ein bisschen Fleisch.«

Eve ist verwirrt, und Clara weiß auch, warum. Hatte sie Eve nicht irgendwas von einem Virus erzählt? Sie fragt sich, ob Eves Dad ihr inzwischen die Wahrheit gesagt hat. Über die Radleys. Wenn ja, dann hat sie ihm offensichtlich nicht geglaubt, aber vielleicht kommen ihr ja mittlerweile Zweifel.

Clara hat auch noch andere Sorgen.

Mrs. Stokes' eindringliche Worte über Stuart Harper heute Morgen bei der Andacht.

Die Schüler aus Farley im Bus.

Ihre streitenden Eltern in der vergangenen Nacht.

Rowan, der Blut trinkt.

Und die schlichte, unbestreitbare Tatsache, dass sie jemanden umgebracht hat. Was sie in ihrem Leben auch sagen würde, nichts könnte daran etwas ändern.

Sie ist eine Mörderin.

Und die ganze Zeit ist da diese oberflächliche Lorelei. Lorelei, die sie streichelt und vor sich hin plappert. Lorelei, die mit Hitler knutschen würde, wenn er sich den Schnauzer abrasieren und einen niedlichen Indie-Boy-Haarschnitt und ein paar knallenge Jeans zulegen würde. Lorelei, das Mädchen, das wochenlang hungerte, nachdem sie bei einem Vorsprechen versagte, für eine Fernsehshow auf Viva mit dem Titel *Teenagertraum Schönheitskönigin von Großbritannien – Zweite Staffel: Schick schlägt Langeweile.*

»Du siehst einfach toll aus«, sagt sie.

Aber dann, während Lorelei sie weiterstreichelt, spürt Clara, dass noch jemand auf sie zukommt. Ein großer Junge mit einer makellosen Haut, in dem sie erst nach ein paar Sekunden ihren Bruder erkennt.

»O mein Gott, war bei den Radleys Verschönerungstag?«, fragt Lorelei.

Clara drückt sich an die Schulhauswand, als ihr frisch renovierter Bruder vor ihnen stehen bleibt und Eve mit besorgniserregendem Selbstbewusstsein direkt in die Augen blickt.

»Eve, ich muss dir etwas sagen«, erklärt er, ohne zu stottern.

»Mir?«, wundert sich Eve. »Was denn?«

Und dann hört Clara, wie ihr Bruder genau das tut, was sie ihm geraten hat. Wobei sie ihn jetzt mit den Augen anfleht, er möge aufhören zu reden. Er hört nicht auf.

»Eve, erinnerst du dich, wie du gestern – auf der Bank – gesagt hast, wenn ich etwas zu sagen hätte, sollte ich es einfach tun?«

Eve nickt.

»Also, ich wollte dir nur sagen, auf jede erdenkliche Weise, dass du das einzige und schönste Mädchen bist, das mir je begegnet ist.«

Lorelei unterdrückt ein Kichern, als er das sagt, aber die Röte auf Rowans Wangen bleibt aus.

»Und bevor du hierhergezogen bist«, fährt er fort, »hatte ich gar keine Vorstellung, was Schönheit eigentlich ist, das Vollkommene daran ... und wenn ich in meinem Leben nie darauf gestoßen wäre, dann wäre ich am Ende womöglich überall Kompromisse eingegangen und hätte zwanzig Jahre mit einer Arbeit zugebracht, die ich nur halbwegs gut finde, mit einer anderen Frau als dir, mit einem Haus und einer Hypothek und einem Sofa und einem Fernseher mit hundert Kanälen, damit ich nicht darüber nachdenken muss, was mein Leben für ein Unfall ist, weil ich im Alter von siebzehn Jahren nicht über den Schulhof gelaufen bin, zu dieser wunderschönen und hinreißenden und bezaubernden Person, um sie zu fragen, ob sie mit mir ausgehen will. Ins Kino. Heute Abend.«

Sie sind verblüfft, alle drei. Lorelei ist das Kichern vollständig vergangen. Clara fragt sich, wie viel Blut Rowan wohl getrunken haben muss. Und Eve wundert sich über dieses warme Kribbeln in ihr drin, während sie Rowan in die zuversichtlichen, sehnsüchtigen Augen sieht.

»Heute Abend?«, bringt sie schließlich hervor, nachdem etwa eine Minute vergangen ist.

»Ich will dich ins Kino einladen.«

»Aber ... aber ... heute ist Montag.«

Rowan verzieht keine Miene. »Ich dachte, wir machen was Außergewöhnliches.«

Eve schwankt. Ihr wird bewusst, dass sie tatsächlich gern mit ihm ausgehen würde, aber dann setzt die Vernunft ein. Ihr fällt etwas ein. »Es ist, äh, mein Dad ... er ...«

»Ich werde auf dich aufpassen«, sagt Rowan. »Dein Dad muss sich keine ...«

Eine Stimme zerstört die Idylle. Ein aggressiver, hingespuckter Schrei, aus der Richtung vom Sportplatz. »He, Schlappschwanz!«

Es ist Toby, der auf sie zugerannt kommt, mit vorgerecktem Kinn und hassverzerrtem Gesicht.

»Finger weg von meiner Freundin, du Freak!«

Eve funkelt ihn böse an. »Ich bin nicht deine Freundin.«

Aber Toby lässt sich nicht vom Thema abbringen. »Flieg weg, Robin Rotkehlchen. Flieg verflucht noch mal weg.«

Claras Herz pocht.

Irgendwas wird hier passieren.

Tobys Blick schwenkt zu ihr herum, immer noch voller Hass.

»Und du«, sagt er, »du hinterhältige kleine Hure. Was für eine Scheiße hast du mit Harper angestellt?«

»Sie hat überhaupt nichts mit Harper angestellt«, sagt Eve. »Lass sie einfach in Ruhe.«

»Sie weiß etwas! Ihr Radley-Freaks wisst irgendwas!«

»Lass meine Schwester in Ruhe.«

Rowan hat sich jetzt vor Toby aufgebaut, als andere Schüler auf den Tumult aufmerksam werden.

»Rowan«, sagt Clara, die nicht weiß, was sie vor all den Leuten sagen soll.

Aber es ist zu spät, um die Gemüter zu beruhigen. Toby schubst ihren Bruder über den Schulhof. Presst ihm die Hände gegen die Brust, um ihn zur Gegenwehr zu provozieren.

»Komm schon, Lahmarsch. Komm schon, Geistergesicht. Was hast du drauf? Komm schon, zeig deiner neuen Freundin, was du kannst. Genau! Das ist ein Witz! Als ob sie einen Freak wie dich nehmen würde!«

»Oh, wow«, sagt Lorelei. »Eine Prügelei.«

Und die ganze Zeit lässt Clara das Gesicht ihres Bruders nicht aus den Augen, wohl wissend, dass er sich jeden Moment verwandeln und alles auffliegen lassen kann.

Toby schubst ihn ein letztes Mal, und Rowan stürzt auf den Asphalt.

»Toby, hör auf«, sagt Eve. Sie ist von der Bank aufgesprungen, aber Clara war schneller als sie. Sie kniet schon neben ihrem Bruder. Seine Augen sind noch geschlossen, aber unter den Lippen sieht sie, wie seine Zähne länger werden. Eine subtile Bewegung unter der Haut. Sie weiß, was das bedeutet.

»Nein«, flüstert sie, während Toby ihn weiter verhöhnt. »Rowan, hör mir zu. Nein. *Nein.* Bitte. Er ist es echt nicht wert.«

Sie drückt seine Hand.

»Nicht, Rowan.«

Leute sehen ihnen zu und lachen. Clara kümmert sich nicht darum, weil sie weiß, dass er jetzt im Moment einfach nur den Mund aufmachen müsste, und dann wäre alles vorbei.

»Nein, Rowan, nein. Sei stark, sei stark, sei stark ...«

Und er hört auf sie, oder jedenfalls scheint es so, denn er schlägt die Augen auf und nickt, weil er seine Schwester nur schützen kann, indem er nichts preisgibt.

»Alles in Ordnung«, erklärt er ihr. »Alles okay.«

Sie kehren in ihren Unterricht zurück, und sie ist ziemlich erleichtert, als Eve ihm so einfühlsam wie möglich absagt.

»Kommst du dann heute Abend mit?«

»Ich muss darüber nachdenken«, sagt sie, während sie die alten viktorianischen Flure entlanglaufen. »Okay?«

Und er nickt, und Clara tut er leid, weil sie nicht mitbekommt, dass Eve eine Stunde später im Englischunterricht Rowan zu Othellos stotterfreien Worten einen Zettel mit einer Frage zuschiebt.

Die Frage lautet: »In welchen Film gehen wir?«

KLASSE

Haben Sie mit Clara Radley gesprochen?«

Geoff hält seine Nachmittagszigarette zum Fenster hinaus, als Alison Glenny diese Frage stellt. Er schnippt die Zigarette aus, die einen weiten Bogen bis nach unten auf die Straße beschreibt. Er zieht den Arm zurück und schließt das Fenster.

»Zwei Streifenbeamte waren bei ihr.«

»Und? Die Seite mit dem Zeugenprotokoll ist leer. Es steht nichts drauf. Was ist passiert, als sie bei ihr waren? Radley ist ein alter Vampirname, und einer der blutrünstigsten Vampire in Manchester ist ein Radley, deshalb will ich nur in Erfahrung bringen, ob es hier eine Verbindung gibt.«

»Sie haben mit ihr gesprochen, aber es ist nichts Verwertbares dabei herausgekommen.«

»Nichts?«

»Nein.« Er seufzt. »Sie haben mit ihr geredet, und sie hat erklärt, dass sie keine Ahnung hat, und das war alles.«

Sie denkt einen Moment darüber nach. »Sie können sich an nichts erinnern, richtig?«

»Was? Ich weiß es nicht. Die Befragung war erst gestern. Scheint mir ...«

Sie schüttelt den Kopf. »Sie müssen sie nicht in Schutz nehmen, Superintendent. Ich mache niemandem einen Vorwurf. Es kann bloß einfach sein, dass sie durch Blutdenken beeinflusst wurden.«

»Durch Blut-*was?*«

»Einige Vampire haben gewisse Fähigkeiten. Für gewöhnlich die skrupellosesten und gefährlichsten. Sie trinken so viel Blut, dass es ihre mentalen und physischen Fähigkeiten erweitert.«

Er kann nur verblüfft auflachen. »Tut mir leid, Herzchen. Mir schwirrt von alldem immer noch der Kopf.«

Etwas wie Wärme tritt in ihre Augen. »Ich weiß, hört sich alles ganz anders an, als wir uns die Welt bisher vorgestellt haben.«

»Genau, das kann ich ausnahmsweise mal bestätigen.«

Alison schreitet im Zimmer auf und ab. Als sie ihm den Rücken zukehrt, nimmt Geoff ihre Figur in Augenschein. Sie ist schlank, zu schlank für seinen Geschmack, aber sie hält sich aufrecht, wie eine Ballettlehrerin. Sie hat Klasse, das ist das Wort, das ihm immer wieder in den Sinn kommt. Sie ist der Typ Frau, neben dem Denise immer verwelkt und ausgetrocknet wirkt, wenn sie ihm gelegentlich bei Hochzeiten oder auf einer ihrer kostspieligeren Kreuzfahrten begegnet.

»Macht nichts«, sagt sie. »Mir ist da was eingefallen. Könnten Sie mir eine Liste aller Einwohner von Bishopthorpe zukommen lassen?«

»Klar, kein Problem. Warum? Nach wem suchen Sie?«

»Jemandem mit dem Namen Copeland«, sagt sie mit einer Stimme, die sich plötzlich nachdenklich und traurig anhört. »Jared Copeland.«

THE PLOUGH

Will sitzt wieder in dem Ruderboot, treibt auf dem altbekannten roten See. Diesmal sitzt Helen jedoch mit ihm im Boot und hält einen dunkelhaarigen Säugling in den Armen, den sie in den Schlaf singt.

> *Row, row, row your boat,*
> *Gently down the stream.*
> *Merrily, merrily, merrily, merrily,*
> *Life is but a dream.*

Will hat diesmal zwei Ruder und rudert auf das felsige Ufer zu und betrachtet die Frau, die er liebt, während sie leise weitersingt. Sie singt und lächelt ihn an. Es ist ein unkompliziertes, liebevolles Lächeln. Er hat keine Ahnung, was passieren wird, wenn sie erst am Ufer angekommen sind, weiß aber, dass sie zusammenbleiben und glücklich sein werden.

> *Row, row, row your boat,*
> *Gently down the stream.*
> *If you see a crocodile,*
> *Don't forget to scream.*

Trotzdem hat er ein ungutes Gefühl. Alles ist zu perfekt. Er spürt, dass ihn jemand von den Felsen aus beobachtet. Er hält etwas hoch in den Himmel, damit Will es sehen kann.

Einen Kopf, aus dessen Hals das Blut in den See tropft.

Er hört auf zu rudern, aber das Boot bewegt sich weiter auf den Mann zu, nähert sich dem Ufer, bis Will erkennt, dass der abgetrennte Kopf sein eigener ist. Das Gesicht starrt ihn an wie eine Horrormaske. Vor Entsetzen klappt seine Kinnlade herunter.

In Panik tastet Will nach seinem Hals und stellt fest, dass er vollkommen intakt ist.

»Wer bin ich?«, sagt er und unterbricht Helens Schlaflied.

Sie sieht ihn verwirrt an, als hätte sie noch nie eine so dämliche Frage gehört. »Du weißt doch, wer du bist«, sagt sie sanft. »Du bist ein sehr guter und lieber Mann.«

»Aber wer?«

»Du bist der, der du immer gewesen bist. Du bist der Mann, den ich geheiratet habe. Du bist Peter.« Dann schreit sie auf, als sie den Mann mit dem abgetrennten Kopf entdeckt. Und Baby Rowan schreit ebenfalls. Ein schreckliches und untröstliches Babygeschrei.

Will schreckt aus dem Schlaf auf und hört ein seltsames, schwaches Quietschen. Es ist sein Kassettenrekorder, in dem sich eine seiner Einschlafkassetten verheddert hat. *Psychocandy* von The Jesus and Mary Chain. Ein weniger abgebrühter Blutsauger würde so etwas als schlechtes Zeichen interpretieren.

Er späht nach draußen, sieht den unerbittlich sonnigen Tag. Und einen Mann, der sich entfernt.

Es ist er.

»Da geht der Mann mit der Axt«, murmelt Will und beschließt, ihm zu folgen.

Er schnappt sich seine Sonnenbrille und geht hinaus in den hellen Tag, verfolgt den Mann den ganzen Weg bis zum Pub auf der Hauptstraße mit dem Sky-Sports-Banner und der gemalten Idylle eines veralteten Englands auf dem Schild unter dem Namen The Plough.

Er hatte einmal ein albernes kleines Gedicht geschrieben, es einfach in eins seiner Tagebücher gekritzelt, kurz nachdem Helen ihn verlassen hatte. »Die rote Wiese« hatte er es genannt.

Pflüg die rote Wiese,
Bis nichts mehr bleibt.
Pflüg, bis der Saft der Erde
In deine Venen treibt.

Ein Pub wie den Plough würde Will unter normalen Umständen nicht einmal im Traum betreten. Eine Eckkneipe für Leute, die kaum mitkriegen, dass sie noch leben, und dumpf auf stumme Sportberichte starren.

Bis er dort eintrifft, hat sich der Mann einen Drink geholt, einen Whiskey, und sich in die hinterste Ecke verkrochen. Will geht zu ihm und setzt sich auf den Platz ihm gegenüber.

»Es heißt, dass Pubs allmählich aussterben«, sagt er und denkt an jene unblutigen Klippenspringer, die vor der unendlichen, unermesslichen Weite des Ozeans stehen und dann springen. »Passt nicht ins Leben des einundzwanzigsten Jahrhunderts. Gibt keinen Gemeinschaftssinn mehr. Ist alles atomisiert. Sie wissen schon, die Leute leben in diesen unsichtbaren Kokons. Ist furchtbar traurig … aber es kommt trotzdem noch vor, dass sich zwei Fremde zu einem kleinen Tête-à-Tête zusammensetzen.« Er legt eine Pause ein und studiert das verwüstete, gehetzte Gesicht des Mannes. »Wobei wir natürlich keine Fremden sind.«

»Wer bin ich?«, sagt der Mann mit einer gepressten Stimme, die seine Gefühle im Zaum hält.

Die Frage ist ein Echo aus Wills Traum. Er senkt den Blick auf den Whiskey des Mannes. »Wer sind wir alle? Leute, die nicht loslassen können.«

»Und was können wir nicht loslassen?«

Will seufzt. »Die Vergangenheit. Gespräche von Angesicht zu Angesicht. Den Garten Eden.«

Der Mann sagt nichts. Sitzt einfach da und starrt Will so hasserfüllt an, dass er die Luft zwischen ihnen damit infiziert. Die Spannung fällt auch nicht ab, als die Bedienung am Tisch erscheint.

»Möchten Sie einen Blick auf die Karte werfen?«, fragt sie.

Will bewundert ihr dralles Äußeres. Ein Festschmaus auf Beinen.

»Nein«, sagt der Mann, ohne auch nur aufzublicken.

Will nimmt Blickkontakt zu dem Mädchen auf und hält daran fest. »Ich schaue mir an, was ich esse.«

Die Kellnerin geht, und die Männer verharren in gespannter, aber einvernehmlicher Wortlosigkeit.

»Darf ich Sie was fragen?«, sagt Will, nachdem einige Zeit vergangen ist.

Der Mann nippt an seinem Whiskey und antwortet ihm nicht.

Will stellt die Frage trotzdem. »Waren Sie jemals verliebt?«

Der Mann stellt das Glas ab und starrt ihn an, mit stahlhartem Blick. Die erwartete Reaktion. »Einmal«, antwortet er, das Wort kommt krächzend ganz hinten aus seiner Kehle.

Will nickt. »Es passiert immer nur einmal, nicht wahr? Der Rest ... alles andere sind Echos.«

Der Mann schüttelt den Kopf. »Echos.«

»Also, ich liebe jemanden. Ich kann sie aber nicht haben. Sie spielt die gute Ehefrau in einem Film über die Ehe eines anderen. Das Ganze ist eine Langzeitproduktion.« Will beugt sich vor, manisches Vergnügen blitzt in seinen Augen, dann flüstert er: »*Die Ehefrau meines Bruders*. Wir hatten mal ein ziemlich heftiges Ding zwischen uns laufen.« Er hält inne, macht eine entschuldigende Handbewegung. »Tut mir leid, wahrscheinlich sollte ich Ihnen das alles nicht erzählen. Es ist bloß so einfach, mit Ihnen zu reden. Sie hätten Priester werden sollen. Jetzt – zu Ihnen. Wer war es bei Ihnen?«

Der Mann beugt sich vor, sein Gesicht zuckt unmerklich vor unterdrückter Wut. Irgendwo im Pub spuckt ein Spielautomat Münzen aus.

»Meine Frau«, sagt der Mann. »Die Mutter meines Kindes. Sie hieß Tess. Tess Copeland.«

Will verliert plötzlich die Kontrolle. Für einen Moment sitzt er wieder in diesem Ruderboot. Der Name »Tess Copeland« hat ihm einen heftigen Hieb aus der Vergangenheit versetzt. Er erinnert sich an die Nacht, in der er mit ihr in der Bar der Vereinigung ein paar Drinks getrunken hat, bei einer verspielten Diskussion über den französischen Philosophen Michel Foucault und seine Theorien über Sex und Wahnsinn, von denen es in ihrer Dissertation nur so wimmelte. (»Also, was *genau* macht Wordsworth zu einem – wie war das doch gleich – ›genealogisch-verwirrten, de-individualisierten, empirisch-transzendenten Pädagogen‹?«) Sie hatte zu ihrem Ehemann nach Hause gewollt und verstand überhaupt nicht, weshalb sie so spät noch mit ihrem Tutor unterwegs war.

»Ach ... ich ...«, stammelt Will und ringt ernsthaft nach Worten.

Handlung.

Konsequenz.

Am Ende gleicht sich alles aus.

»Nur ein weiteres Echo für Sie, schätze ich. Wissen Sie, ich habe gesehen, wie Sie es getan haben. Ich habe gesehen, wie Sie mit ihr weggeflogen sind.«

Will weiß wieder, was später in der Nacht passiert ist. Wie er sie auf dem Campus getötet hat. Hörte, wie jemand in der Nähe wegrannte.

Dann der Schrei.

Er war das gewesen.

Er versucht, sich wieder in den Griff zu bekommen.

Ich habe Hunderte getötet. Sie ist nur ein Körnchen im Sand. Dieser Mann hat seine Frau vernachlässigt. Dieser Mann hat es nicht geschafft, sie zu beschützen. Er hasst mich, weil ihn seine Schuldgefühle dazu bringen.

Und wenn Will nicht gewesen wäre, würde er seine Frau inzwischen hassen. Sie hätte ihren Doktor gemacht und würde von Foucault und Leonard Cohen und Gedichten faseln, die er nicht kennt, und über ihn lästern, weil er sich Fußballspiele ansieht.

Diese ganze blöde Sache mit all diesen unblutigen Beziehungen. Sie funktionieren nur, wenn die Leute sich nicht verändern, Jahrzehnte auf dem Fleck verharren, wo sie sich kennengelernt haben. Sicher ist, dass Beziehungen zwischen Leuten nicht beständig sind, sondern fließend und zufällig, wie eine Sonnenfinsternis oder Wolken, die am Himmel aufeinandertreffen. Sie existieren in einem sich ständig bewegenden Universum voller sich bewegender Objekte. Und ziemlich bald wäre ihm klar geworden, dass seine Frau dachte, was so viele von denen, die er gebissen hat, dachten. Sie hätte gedacht, ich könnte es besser haben.

Der Mann sieht furchtbar aus. Verbraucht, ausgelaugt, verschlissen. Und Will riecht am säuerlichen Geruch seines Blutes, dass es nicht immer so war. Er ist einmal ein anderer Mann gewesen, aber er ist vergammelt, sauer geworden.

»Jared? Ach ja? Sie waren bei der Polizei«, erinnert sich Will.

»Ja.«

»Aber vor dieser Nacht … wussten Sie nichts. Von Leuten wie mir.«

»Nein.«

»Ist Ihnen klar, dass ich Sie letzte Nacht hätte umbringen können?«, sagt Will.

Jared zuckt mit den Schultern, als ob das kein großer Verlust gewesen wäre, bevor Will einen Monolog hält, den das halbe Pub mithören kann.

»Mit einer Axt? Um mich zu köpfen?«, sagt er, als die Bardame an ihm vorbeigeht, um im Biergarten den Lunch zu servieren. »Die Literatur empfiehlt, etwas zu nehmen, was durchs Herz geht. Einen Pflock oder etwas Ähnliches. Es gibt Pedanten, die auf Weißdornholz bestehen, aber alles, was hart und lang genug ist, tut's auch. Natürlich brauchen Sie dann verdammt viel Schwung. Dummerweise klappt das nie, nicht wahr? Vampire töten Vampire. Aber Menschen, nein. Das passiert einfach nicht.« Er macht ein ernstes Gesicht. »So, und wenn Sie mir jetzt nicht aus den Augen gehen, werde ich meine Maßstäbe runterschrauben und mich an ihrem verkochten und bitteren Blut vergreifen.«

Jareds Handy klingelt. Er ignoriert es. Genau genommen hört er es eigentlich gar nicht. Er denkt an Eve. Dass er hier sitzt und dieses Gespräch führt und damit ihr Leben noch mehr in Gefahr bringen könnte. Wie ein Sturzbach rauscht die Angst durch seinen Körper, und er steht auf, weil sein Herz so heftig und schnell hämmert wie in jener Nacht vor zwei Jahren. Steifbeinig setzt er sich in Bewegung und tritt hinaus in die milde Nachmittagsluft, und zunächst fällt ihm gar nicht auf, dass sein Telefon wieder klingelt.

Will lässt ihn gehen. Nach einer Weile erhebt er sich ebenfalls, um das Angebot der mattbraunen Jukebox zu durchstöbern, die wie ein alter Zigarettenautomat an der Wand hängt. »Under My Thumb« von den Stones ist das Beste, was sie zu bieten hat, also lässt er es laufen und streckt sich auf der Bank aus, auf der er vorher gesessen hat.

Es fällt den Leuten auf, aber niemand sagt etwas.

Er liegt einfach da, während die Musik spielt, und denkt, jetzt wäre alles geklärt.

And it's down to me, the way she talks when she's spoken to …

Manchester ist ihm inzwischen egal.

Isobel oder das Black Narcissus oder die Sheridan Society oder sämtliche Blutcliquen sind ihm egal.

Er wird hier in Bishopthorpe bleiben, bei Helen, und darauf hoffen, dass es eine zweite Sonnenfinsternis gibt.

GEHWEG

Jared zittert bei dem Gedanken, er könnte gerade alles kaputt gemacht haben.

Unbekannt.

Er nimmt ab.

»Jared, hier spricht Alison Glenny.«

Nie hätte er damit gerechnet, dass er diese Stimme noch einmal hören würde. Er erinnert sich, wann er sie zum letzten Mal gehört hat, in ihrem Büro, als sie ihn eindringlich warnte. *Ich verstehe Ihren Schmerz, aber wenn Sie so weitermachen, wenn Sie das offen herausposaunen, werden Sie unzählige Menschenleben in Gefahr bringen.* Sagte sie, ohne einzusehen, dass seine Frau ironischerweise gestorben war, weil es nicht öffentlich gemacht wurde. *Mir bleibt nichts anderes übrig, Detective Inspector, als Sie wegen geistiger Unzurechnungsfähigkeit zu suspendieren und dafür zu sorgen, dass man Sie wegsperrt.*

Zwei Monate in einer psychiatrischen Klinik, während seine Tochter bei seiner todkranken, gebrechlichen Mutter leben musste. Und da wurde er dann vollgepumpt mit starken Stimmungsaufhellern, von Ärzten, die läppische, von der Regierung finanzierte Prämien bekamen, um nicht zu vergessen, dass sie »zum Wohle der Gemeinschaft« handelten.

»Wo haben Sie diese Nummer her?«, fragt er, als ihm klar wird, dass es einen Zusammenhang zwischen Wills Anwesenheit und diesem Telefonat geben muss.

»Sie haben Ihren Namen nicht geändert. So schwer war das nicht.«

»Ich habe nichts zu verbergen. Ich habe nichts verbrochen.«

Sie seufzt. »Jared, es ist nicht nötig, so abweisend zu sein. Ich rufe an, weil ich gute Nachrichten habe. Ich möchte Ihnen etwas mitteilen. Über Will Radley.«

Er sagt nichts. Was kann sie ihm schon sagen, was er nicht bereits weiß?

Nach einer langen Pause sagt sie es ihm. »Es steht uns frei, ihn zu jagen.«

»Was?«

»Wir haben an den richtigen Stellen Druck gemacht. Die Sheridan Society will ihn genauso dringend loswerden wie wir. Er hat sich in letzter Zeit zu unberechenbar verhalten.«

Das Wort ärgert Jared. »Noch unberechenbarer als beim Mord an der Ehefrau eines Polizeibeamten auf dem Campus einer Universität?«

»Ich dachte bloß, es würde Sie interessieren. Wir werden alles tun, was in unserer Macht steht, um ihn zu schnappen. Womit ich beim Grund meines Anrufs bin. Ist er da? Ich meine, sind Sie deshalb nach Bishopthorpe gezogen?« Sie hält inne, spürt sein Zögern, irgendwelche Informationen preiszugeben. »Hören Sie, wenn Sie uns sagen, dass er da ist, werden wir tun, was wir können. Das verspreche ich Ihnen. Sie werden Ihr normales Leben weiterführen können. Das wollen Sie doch, oder?«

Jared geht schnell weiter. Das Pub liegt inzwischen weit hinter ihm, das Schild ist nur noch ein kleines braunes Viereck. Er erinnert sich, was Will gerade zu ihm gesagt hat. *Dummerweise klappt es nicht.*

»Ja«, flüstert Jared schließlich ins Telefon, »er ist hier.«

»Gut. In Ordnung. Eine letzte Frage: Wissen Sie etwas über seine Beziehung zu den anderen Radleys? Gibt es da irgendwas, was für uns nützlich sein könnte? Irgendetwas?«

Jared denkt daran, was ihm Will im Pub erzählt hat. *Sie ist die Frau meines Bruders.*

»Ja, es gibt da was.«

Wenn Blut die Antwort ist, haben Sie die falsche Frage gestellt.

Handbuch für Abstinenzler (zweite Ausgabe), Seite 101

EIN GESPRÄCH ÜBER BLUTEGEL

Will erinnert sich an den ersten Abend, an dem Peter Helen mit in die Wohnung in Clapham brachte. Vorher war ihm eingetrichtert worden, wie es laufen sollte. Er hatte sich zu benehmen und nichts preiszugeben.

Keine Dracula-Witze, keine lüsternen Blicke auf ihren Hals, keine unnötigen Anspielungen auf Sonnenlicht oder Knoblauch. Peter hatte ihm erklärt, dass er für Helen, die mit ihm zusammen Medizin studierte, ernsthafte Gefühle hegte und nicht vorhatte, ihre Beziehung auf eines der zahllosen Beiß- und Saugverhältnisse zu reduzieren. Jedenfalls noch nicht. Peter hatte sogar das K-Wort ausgesprochen und gesagt, er würde daran denken, ihr die Wahrheit zu sagen, die ganze Wahrheit und nichts als die Wahrheit, und hoffen, dass er ihr den Gedanken an eine freiwillige Konvertierung nahebringen könne.

»Das soll wohl ein Witz sein«, hatte Will gesagt.

»Nein, gar nicht. Ich glaube, ich liebe sie.«

»Aber *konvertieren?* Das geht einen Schritt zu weit, Pete.«

»Ich weiß, aber ich glaube wirklich, dass sie die Frau meines Lebens ist.«

»*Zut alors.* Du meinst es ernst, nicht wahr?«

»Genau.«

Will pfiff, lang und bedächtig. »Also, dann kannst du dich begraben lassen.«

Für Will war Konvertierung immer eine hypothetische Möglichkeit gewesen. Sie gehörte zu den Dingen, von denen er wusste, dass sie physisch möglich waren, und es musste in der Tat einige Konvertierungen gegeben haben, wenn man bedachte, wie rapide die Zahl von erwachsenen Vampiren anstieg. Aber warum um alles in der Welt irgendjemand so was wollen sollte, blieb ihm ein Rätsel.

Schließlich hatte eine Konvertierung für den Konverter wie für den Konvertierten ernsthafte Konsequenzen. Wenn man sich selbst so schnell und so stark bluten ließ, nachdem man das Blut eines anderen getrunken hatte, schwächte man sich emotional und stellte zu dem anderen eine so starke Bindung her, dass man selbst fast genauso stark an den anderen gefesselt war wie umgekehrt.

»Warum zur Hölle sollte ich mir das antun wollen?«, hatte Will jedes Mal geantwortet, wenn er gefragt wurde, ob er so etwas erwägen würde.

Aber was soll's, wenn Peter es wollte, war das seine Sache, und Will als Freigeist würde ihm nicht im Weg stehen und ihn auch nicht verurteilen. Trotzdem war er gespannt auf die Person, die es geschafft hatte, das Herz eines vollblütigen Radleys zu gewinnen.

Er erinnert sich genau, was er empfunden hat, als er sie zum ersten Mal sah.

Absolut nichts.

Zuerst.

Sie war nicht mehr als eine attraktive Unblutige in einer Welt voller attraktiver Unblutiger. Im Laufe des ersten Abends wurde ihm dann bewusst, wie unglaublich sexy sie war – ihre Augen, der zarte Schwung ihrer Nase, der nüchterne Tonfall, in dem sie über die menschliche Anatomie und diverse medizinische Prozesse redete (»und dann muss die richtige Lungenarterie durchtrennt werden ...«).

Sie mochte Kunst. Sie besuchte dienstags einen Kurs in

Aktzeichnen und hatte einen exklusiven Geschmack. Sie liebte Matisse und Edward Hopper genauso wie die alten Meister aus der Renaissance. Sie liebte Veronese, obwohl sie anscheinend keine Ahnung hatte, dass er einer der verruchtesten Vampire Venedigs gewesen war, die jemals eine Gondel mit Blut besudelt hatten.

Und dann unterhielten sie sich über Blutegel. Sie wusste eine Menge über Blutegel.

»Blutegel werden sehr unterschätzt«, sagte Helen.

»Das sehe ich auch so.«

»Ein Blutegel ist ein interessantes Tier.«

»Da bin ich mir sicher.«

»Offiziell gehören sie zu den Ringelwürmern. Wie Erdwürmer. Aber sie sind deutlich weiter entwickelt. Blutegel haben vierunddreißig Gehirne, können Gewitter vorhersagen und haben schon bei den Azteken in der Medizin Verwendung gefunden.«

»Du kennst dich mit Blutegeln wirklich gut aus.«

»Ich habe meine Abschlussarbeit über Blutegel geschrieben. Wie man sie einsetzen kann, um Osteoarthritis zu lindern. Der Ansatz ist immer noch ziemlich umstritten.«

»Da gibt es noch eine andere Heilmethode bei Gelenkschmerzen«, hatte Will eingeworfen, bis Peter ihn zur Räson gehustet hatte.

Sie gewann im Blackjack jedes Spiel, das sie an dem Abend spielten, weil sie wusste, wann sie aussteigen musste. Und wurde auch nicht durch ihren eigenen Geruch abgelenkt, weshalb Will und Peter eindeutig im Nachteil waren. Sie roch so reichhaltig, so viele Duftnuancen steckten in ihrem Blut, dass die beiden am liebsten einfach nur stundenlang dagesessen hätten, um das alles zu erkunden.

Helens spätere Version dieses Abends würde lauten, dass Will nur deshalb scharf auf sie war, weil sie sich für seinen Bruder interessierte. Aber Will erinnert sich, dass er verzweifelt versucht hatte, sie *nicht* zu mögen. Er hatte nie mehr für eine Frau empfinden wollen als das Verlangen, seinen Durst zu stillen. »Gefühle sind für mich bloß tosende Stromschnellen auf dem direkten Weg zum Wasserfall der Konvertierung«, hatte er in sein Tagebuch geschrieben. »Ich bleibe lieber in den seichten Tümpeln des leichten Genusses.«

Er hatte gewollt, dass sich Peter von Helen trennt und sie sie beide vergessen. Aber Peter und Helen waren einander total verfallen. Sie waren so *glücklich,* und Will konnte ihr Glück so dicht vor seiner Nase nicht ertragen. Nicht ohne einen Plan, dieses Glück zu zerstören.

»Ich liebe sie«, erklärte Peter seinem Bruder. »Ich werde sie konvertieren und ihr sagen, wer ich bin.«

»Nein, tu's nicht.«

»Was? Ich dachte, du hättest gesagt, dann könnte ich mich begraben lassen. Ich dachte, du hättest gesagt, es wäre meine Entscheidung.«

»Ich rate dir nur, noch ein bisschen zu warten. Warte noch ein paar Jahre. Du könntest zweihundert Jahre alt werden. Denk darüber nach. Ein paar Jahre sind nur ein Prozent deines Lebens.«

»Aber ...«

»Und wenn du sie anschließend immer noch magst, kannst du ihr sagen, wer du bist und was du anstellst, wenn sie schläft. Und wenn sie dich immer noch mag, heiratest du sie und konvertierst sie in eurer Hochzeitsnacht.«

»Ich weiß nicht, ob ich so lang widerstehen kann, sie zu beißen.«

»Wenn du sie wirklich liebst, wirst du warten können.«

Als Will all das sagte, zweifelte er an Peters Geduld. Er würde Helens überdrüssig werden und wieder auf Wills Partyzug aufspringen, so sicher, wie ihm die blutleere Kopulation Nacht für Nacht auf die Nerven gehen würde. Er würde entweder mitten im Liebesakt zuschlagen und sie beißen oder sie endgültig verlassen.

Irrtum.

Zwei Jahre mit Kinobesuchen und Spaziergängen im Park, und Peter hielt immer noch die Stellung. In der Zwischenzeit hätte Will eigentlich in London Vorlesungen halten müssen, wo er aber so gut wie nie auftauchte. Er war ständig unterwegs und reiste um die Welt. Eines Nachts hatte er sich mit Peter in Prag getroffen, im Nekropolis, einem der Vampirclubs, die im Zuge der Samtenen Revolution um den Wenzelsplatz entstanden waren.

»Immer noch kein Verlangen?«, hatte er ihn gefragt, während ihnen das industrielle Pulsieren der Technomusik in den Ohren dröhnte.

»Nein«, sagte Peter, »ich war noch nie so glücklich. Ehrlich. Sie ist lustig. Sie bringt mich zum Lachen. Neulich nachts, als ich nach Hause kam, hat sie …«

»Jedenfalls solltest du nichts überstürzen.«

Bei den seltenen Gelegenheiten, bei denen Will Helen begegnete, verspürte er ein merkwürdiges Flattern im Bauch, was er auf Blutmangel oder zu viel Sonne zurückführte. Jedenfalls hatte er nach Begegnungen mit ihr immer ein Bedürfnis nach Blutausflügen. Oft flog er einfach nach Manchester, wo die Vampirszene gerade richtig aufblühte, und labte sich an einem willigen – oder unwilligen – Hals, an dem er Gefallen fand.

Und dann passierte es.

Am 13. März 1992 eröffnete Peter seinem Bruder, dass er Helen alles erzählt habe.

»*Alles?*«

Peter nickte und schlürfte noch etwas Blut, direkt aus der Flasche. »Sie weiß, wer ich bin, und sie akzeptiert das.«

»Was willst du mir damit sagen?«

»Also … wir werden heiraten. Im Juni. Wir haben auf dem Standesamt das Datum festgelegt. Sie will, dass ich sie auf unserer Hochzeitsreise konvertiere.«

Will verspürte das starke Verlangen, seinem Bruder eine Gabel ins Auge zu stechen, und kämpfte es anschließend nieder. »Oh«, sagte er. »Das freut mich wirklich für euch.«

»Ich wusste, dass du das sagen würdest. Schließlich habe ich deinen Rat befolgt.«

»So ist es. Das ist wirklich wahr, Pete. Du hast dich eine ganze Zeit zurückgehalten, dann hast du's ihr gesagt.«

Will stürzte im freien Fall in die Tiefe.

Er lächelte, ohne es zu wollen, was er in seinem Leben noch nie getan hatte. Überall in der Küche gab es Spuren von ihr – ein Kochbuch auf dem Tresen, eine gerahmte Aktzeichnung an der Wand, ein schmutziges Weinglas vom vergangenen Abend –, und er musste hier raus. Das tat er auch und streifte auf dem Weg nach draußen einen ihrer Mäntel im Flur.

Erst am nächsten Tag, als sie ihm erschien, in einem Traum im Licht von Veronese, wurde ihm die Wahrheit bewusst. Sie saß da, bei einer Art Hochzeitsbankett im Venedig des sechzehnten Jahrhunderts, mit einem Zwergensklaven, der Wein in den goldenen Becher füllte, den sie in den Händen hielt. Während all die anderen attraktiven Frauen in magentafarbene Seide und sinnliche Feengewänder gehüllt waren, sah Helen exakt genauso aus wie bei ihrer ersten Begegnung. In einem schlichten Rollkragenshirt aus Acryl, ohne erkennbares Make-up, das Haar allein von der Natur und einem Kamm frisiert. Und dennoch konnte niemand auf seinem beweglichen Traumfresko auch nur ansatzweise mit ihr mithalten oder sein Interesse wecken.

Als er näher und näher auf die endlos lange Tafel zuglitt, fiel ihm der Mann an ihrer Seite auf. Er trug einen Lorbeerkranz auf dem Kopf und war wie ein Renaissanceprinz gekleidet. Er flüsterte Helen unverständliche Worte ins Ohr, worauf sie lächelte. Erst als der Mann aufstand, erkannte er, dass es Peter war.

Peter brachte einen Becher mit einer goldenen Gabel zum Klingen. Alle, sogar die Affen, erstarrten, um zuzuhören. »Ich danke, ich danke, meine Lords, Fürsten, Pygmäen, Zwerge, einarmige Gaukler, Primaten, Damen und Herren. Ich bin sehr erfreut, dass Sie alle kommen konnten, an diesem besonderen Tag. Mein Leben ist nunmehr komplett, mit meiner Braut Helen an meiner Seite …« Helen betrachtete das Flamingofleisch auf ihrem Teller und lächelte mit schüchterner Eleganz. »… und nur eins bleibt mir noch zu tun, um unser besonderes Band zu besiegeln.« Und Will sah entsetzt zu, wie Peter den Rollkragen ihres Pullovers herunterschob, um sie zu beißen. Sein Entsetzen wurde größer, als er mit ansehen musste, wie Helen voller Wonne keuchte.

Will hatte Hochzeiten nie leiden können, aber noch keine hatte ihn derart mitgenommen. Als Peter Helens Weinbecher über ihren Hals goss, erkannte Will, dass es gar kein Wein war, sondern Peters Blut. Im Sturzflug schoss er vor, schrie »Nein«, während die Affen aufsprangen und ihn in Schwärze erstickten. Als er in kaltem Schweiß gebadet aufwachte, wurde ihm klar, dass das Unmögliche eingetreten war.

Will Radley war etwas passiert, was aus jedem verrückten und grässlichen Blickwinkel aussah wie Liebe.

Zwei Wochen vor der tatsächlichen Hochzeit kehrte er nach London zurück und übernachtete in einem Campingbus, den er einem weißen Rastafari in Camden gestohlen hatte. Er war eines Nachts durch die Gegend gestreift, wohl wissend, dass sein Bruder nicht zu Hause war, und hatte sich nicht beherrschen können.

»Helen, ich liebe dich.«

Sie hatte sich von den Nachrichten im Fernsehen abgewandt – noch mehr Kämpfe in Jugoslawien –, um ihn von ihrem Schaukelstuhl vom Flohmarkt aus anzusehen. »Wie bitte?«

Er erwiderte ihren Blick, ohne ein Lächeln, und konzentrierte sich intensiv auf ihr Blut.

»Ich weiß, dass ich das nicht sagen sollte, denn Peter ist schließlich mein Bruder, aber ich bete dich an.«

»Ach Will, mach dich nicht lächerlich.«

»Lach über mich, wenn du willst, aber ich meine jedes einzelne Wort so, wie ich es sage. Wenn ich dich ansehe, deine Stimme höre oder dein Duft in meine Nase steigt, will ich dich in die Arme nehmen und mit dir weit, weit wegfliegen.«

»Will, bitte«, sagte sie. Sie war eindeutig nicht an ihm interessiert. »Peter ist dein Bruder.«

Er nickte nicht und schüttelte auch nicht den Kopf. Er verhielt sich so still, wie er konnte, während er dafür sorgte, dass sich ihre Blicke nicht voneinander lösten. Von draußen hörte man, wie sich eine an- und abschwellende Polizeisirene die Clapham High Street hochjaulte.

»Du hast recht, Helen. Die meisten tiefen Wahrheiten sind unschicklich. Aber auch wenn sich das brutal anhört, was soll die ganze Scheiße ohne Wahrheit? Könntest du mir das bitte sagen?«

»Peter kann jede Minute nach Hause kommen. Du musst aufhören, so zu reden.«

»Ich würde aufhören, Helen. Natürlich würde ich aufhören. Wenn ich nicht ganz genau wüsste, dass du exakt das Gleiche empfindest.«

Sie legte sich eine Hand vor die Augen und unterbrach den Blickkontakt.

»Will ...«

»Du weißt, dass du von mir konvertiert werden willst, Helen.«

»Wie kannst du so was tun? Deinem Bruder das antun?«

»Ich finde, das geht ganz leicht.«

Sie stand auf und verließ das Zimmer. Er folgte ihr bis in den Flur, wo all ihre Mäntel wie zugekehrte Rücken in einer Reihe hingen. Er setzte sein ganzes Blutdenken auf sie an.

»Du weißt, dass du nicht willst, dass es Peter ist. Das weißt du. Komm schon, Helen, sei stark. Du hast nur ein Leben. Du solltest kosten, was du kosten willst. Wenn du noch zwei Wochen länger wartest, ist alles vorbei, und du wirst ihm gehören, und wir haben keine Chance mehr, Helen. Dann hast du's verpatzt. Und ich werde dich beinahe so sehr hassen, wie du dich selbst hassen wirst.«

Sie war verwirrt. Sie hatte keine Ahnung, dass er gar nicht mit ihr redete, sondern mit ihrem Blut. »Aber ich liebe Peter ...«

»Morgen hat er Nachtschicht. Wir könnten zusammen nach Paris fliegen. Wir könnten richtig einen draufmachen.

Du und ich, wir kreisen zusammen hoch über dem Eiffelturm.«

»Will, bitte …«

Sie war an der Tür. Er hatte nur noch eine einzige Chance. Er schloss die Augen und nahm ein ganzes Universum mit dem Duft ihres Blutes in sich auf. Er dachte an den klugen, alten, französischen Blutsüchtigen, Jean Genet, und zitierte: »Wer nie erfahren hat, welche Ekstase Betrug mit sich bringt, weiß überhaupt nicht, was Ekstase ist.« Und dann erzählte er ihr tausend Sachen, um ihr wahres Ich zu vernichten.

Er streckte seine Hand aus. Und in einem schicksalhaften Moment der Schwäche ergriff sie sie. »Komm mit«, sagte er mit dem Gefühl jener tiefen Freude, die ihn stets überkam, wenn es ihm gelungen war, das Glück eines anderen zu zerstören. »Gehen wir hinaus.«

EIN ANGEBOT

Fast zwei Jahrzehnte nach diesem Gespräch mit Will führt Helen eine Polizistin in ihr Wohnzimmer. Im Kopf und am Hals verspürt sie ein nervöses Kribbeln.

»Kann ich Ihnen einen Kaffee anbieten, Alison?«, sagt sie. »Alison war doch richtig, nicht wahr?«

»Ja, vollkommen richtig. Aber nein, ich möchte keinen Kaffee.«

Alisons Stimme klingt kühl und offiziell, und Helen fragt sich, ob sie wirklich nur gekommen ist, um ein paar Routinefragen zu stellen.

»Clara ist noch in der Schule«, sagt sie.

»Ich bin nicht gekommen, um mit Ihrer Tochter zu sprechen.«

»Ich dachte, Sie hätten Clara erwähnt.«

Alison nickt. »Ich wollte *über sie* sprechen, nicht *mit ihr,* Mrs. Radley.«

Vor wenigen Stunden war Helen nach Hause gekommen, um sich die Nachrichten anzusehen, es war aber nichts über die Entdeckung der Leiche des Jungen gemeldet worden. Sie hatte erleichtert aufgeatmet. Ihre Freundinnen im Lesekreis hatten sich vielleicht geirrt. Mit Alisons nächster Äußerung verschwindet ihre Erleichterung jedoch wieder.

»Wir haben die Leiche von Stuart Harper gefunden«, sagt die Polizistin. »Und wir wissen, dass Ihre Tochter ihn umgebracht hat.«

Helens Mund öffnet und schließt sich, aber nichts kommt

heraus. Ihr Hals ist trocken, und in ihren schweißnassen Handflächen sticht es wie tausend Nadeln.

»Was? Clara? Jemanden umgebracht? Wie können Sie … das ist doch …«

»Unglaublich?«

»Ja, genau.«

»Mrs. Radley, wir wissen, was sie getan hat und wie sie es getan hat. Sämtliche Beweise sind an der Leiche des Jungen zu finden.«

Helen versucht, sich mit der Idee zu trösten, dass Alison blufft. Wie können denn alle Beweise vorliegen? Schließlich haben sie keine DNA-Probe von Clara genommen. *Wir wissen, was sie getan hat und wie sie es getan hat.* Nein, das kann sie nicht ernst meinen. Sie sieht nicht aus wie eine Frau, die einfach so an Vampire glaubt oder an fünfzehnjährige Schulmädchen, die mit ihren Zähnen einen Jungen umbringen.

»Entschuldigen Sie«, sagt Helen, »aber ich fürchte, Sie müssen sich irren.«

Alison zieht die Augenbrauen hoch, als hätte sie damit gerechnet, dass Helen so etwas sagt. »Nein, Mrs. Radley. Seien Sie versichert, dass sämtliche Wege zu Ihrer Tochter führen. Sie steckt in sehr ernsthaften Schwierigkeiten.«

Unfähig, klar zu denken, während ihr so viele Paniksignale im Kopf herumschwirren, steht Helen auf, um das Gleiche zu tun wie gestern. »Entschuldigen Sie mich«, sagt sie. »Ich bin gleich zurück. Ich muss nur kurz etwas erledigen.«

Bevor sie das Zimmer verlassen kann, hört sie Alisons Frage.

»Wo gehen Sie hin?«

Helen bleibt stehen, den Blick auf ihren eigenen blassen

Schatten auf dem Teppich gesenkt. »Die Waschmaschine. Ich höre sie piepen.«

»Nein, sie piept nicht, Mrs. Radley. Bitte, es ist in Ihrem eigenen Interesse, wenn Sie jetzt zurückkommen und sich setzen. Ich möchte Ihnen ein Angebot machen.«

Helen geht weiter, ohne die Beamtin zu beachten. Alles, was sie jetzt braucht, ist Will. Er kann mit Alison blutdenken und machen, dass alles weggeht.

»Mrs. Radley? Bitte kommen Sie zurück.«

Aber sie hat das Haus bereits verlassen, geht auf den Campingbus zu. Zum zweiten Mal ist sie Will dankbar, dass er gekommen ist, glaubt, dass die Bedrohung, die er für sie darstellt, jene aufwiegt, die er abwehren kann. Die Bedrohung für ihre Tochter, für ihre Familie, für alles.

Sie klopft an die Bustür. »Will?«

Keine Antwort.

Sie hört Schritte im Kies knirschen. Alison Glenny ist ihr gefolgt, lässig und ohne die Augen zusammenzukneifen, trotz der Helligkeit. Sie könnte vermutlich direkt in die Sonne schauen, ohne zu blinzeln.

»Will? Bitte. Ich brauche dich. Bitte.«

Sie klopft wieder. Ein eindringliches Klopfklopfklopf, auf das wieder nur Schweigen folgt. Sie überlegt, ob sie die Tür öffnen soll, da sie weiß, dass Will niemals abschließt, kommt aber nicht mehr dazu.

»Nun, Mrs. Radley, das ist ein seltsamer Ort, um eine Waschmaschine abzustellen.«

Helen ringt sich ein Lächeln ab. »Nein, es ist … mein Schwager ist Rechtsanwalt. Er könnte mir rechtlichen Beistand geben.« Ihr Blick fällt auf den Campingbus, und es wird ihr bewusst, dass es kaum ein Gefährt gibt, das weniger zu einem Vertreter des Anwaltsberufes passen würde. »Ich meine, er hat Jura studiert. Er war ... auf Reisen.«

Alison muss beinahe lächeln, Helen sieht es. »Ein Rechtsanwalt. Das ist interessant.«

»Ja. Ich würde mich wohler fühlen, wenn er bei unserem Gespräch dabei wäre.«

»Ich wette, das würden Sie. Aber er sitzt im Pub.«

Das wirft Helen um. »Im Pub? Woher wissen ...«

»Ich kenne Ihren Schwager«, sagt Alison, »und soweit mir bekannt ist, hat er nie Jura studiert.«

»Hören Sie ...«, sagt Helen und blickt die Orchard Lane hinauf. Wie bei einem endlosen Zebrastreifen werfen die Schatten der Baumstämme Streifen auf den Asphalt. »Hören Sie ... hören Sie ...«

»Und wir wissen über sein Blutdenken Bescheid, Mrs. Radley.«

»Was?« Helen wird schwindelig.

Alison kommt näher und senkt ihre Stimme in Ton und Lautstärke. »Ich weiß, dass Sie sich Mühe geben, ein guter Mensch zu sein, Mrs. Radley. Ich weiß, dass Sie die Grenze schon sehr lange nicht mehr überschritten haben. Sie machen sich Sorgen um Ihre Familie, das verstehe ich. Aber Ihre Tochter hat jemanden umgebracht.«

Helens Angst verwandelt sich in Wut. Einen Moment lang vergisst sie, wer sie ist und mit wem sie redet. »Es war nicht ihre Schuld. Sie konnte nichts dafür. Der Junge, er hat sie bedrängt. Er hat sie angegriffen, und sie wusste gar nicht, was sie tat.«

»Es tut mir leid, Helen, aber ich bin mir sicher, dass Sie davon gehört haben, was berüchtigten Vampiren früher zugestoßen ist.«

Wieder stellt sich Helen ihre Tochter mit dem Pfeil einer Armbrust im Herzen vor.

Alison redet weiter. »Aber wir haben Fortschritte gemacht, seit den Achtziger- und Neunzigerjahren. Wir haben intelligentere Methoden entwickelt. Wenn Sie das Leben Ihrer Tochter retten wollen, können Sie das tun. Ich leite die Unnamed Predator Unit. Und das bedeutet, dass ich die Aufgabe habe, nach Lösungen zu suchen, zusammen mit der Vereinigung, mit der ich verhandele.«

Die Vereinigung. Helen wird bewusst, dass sie sich in Alisons Augen von all den anderen Blutsaugern in England nicht unterscheidet. »Sie verhandeln?«

»Ich will nicht herunterspielen, was Ihre Tochter diesem Jungen angetan hat, aber um ganz ehrlich zu sein, Mrs. Radley: Meine Arbeit hängt zu einem großen Teil von Statistiken ab. Vampire, die einmal im Leben jemanden umbringen, sind nicht so gefährlich wie solche, die zweimal pro Woche töten. Ich weiß, für einen Vampir hört sich das vielleicht ein bisschen zweckmäßig und unpoetisch an, aber ethisch gesehen befinden wir uns in einer kniffligen Situation, und wenn man es auf die simplen Zahlen reduziert, wird die Sache einfacher. Und es gibt eine Möglichkeit, wie Sie aus dem einen Mord Ihrer Tochter eine Null machen können. In den Augen der Polizei jedenfalls.«

Helen ahnt, dass ihr hier eine Art Seil zugeworfen wird, fragt sich aber, was Alison im Sinn hat. »Hören Sie, mir geht es nur um Clara. Ich tue alles, um sie zu schützen. Meine Familie bedeutet mir alles.«

Alison mustert sie eine Weile, während sie über etwas nachdenkt. »Nun, um bei dem Zahlenspiel zu bleiben, es gibt einen Vampir, den wir wirklich gern aus dem Weg räumen würden. Hier wie in Manchester. Er ist ein Monster. Er ist ein Serienmörder, dessen Opfer in die Hunderte gehen, wenn nicht gar in die Tausende.«

Helen sieht allmählich, worauf das hinausläuft. »Was soll ich für Sie tun?«

»Nun, wenn Sie sicherstellen wollen, dass Stuart Harper für immer eine vermisste Person bleiben wird, haben Sie nur eine einzige echte Option.«

»Und die wäre?«

»Wir wollen, dass Sie Will Radley töten.« Helen schließt die Augen und hört sich in der rot getönten Dunkelheit den Rest von Alisons gedämpftem Vorschlag an. »Solange Ihre Tochter abstinent bleibt, ist sie in Sicherheit. Aber wir brauchen den unwiderlegbaren physischen Beweis, dass Ihr Schwager tot ist.«

Helen versucht, klar zu denken. »Warum ich? Ich meine, kann das nicht jemand anderes erledigen? Kann Peter mir nicht helfen?«

Alison schüttelt den Kopf. »Nein. Und Sie dürfen ihn nicht mit hineinziehen. Wir wollen nicht, dass Sie irgendjemandem von dieser Sache erzählen. Das hat wieder mit den Zahlen zu tun, Mrs. Radley. Eins ist sicherer als zwei. Wenn Sie Ihrem Ehemann etwas sagen, wird das ernsthafte Konsequenzen haben. Wir können nicht zulassen, dass ein Bruder den anderen umbringt.«

»Sie verstehen das nicht. Es geht …«

Alison nickt mit dem Kopf. »Ach, und noch eine Kleinigkeit. Wir wissen von Ihrer Beziehung zu Will Radley.«

»Was?«

Alison nickt. »Wir wissen, dass Sie mal ›was mit ihm hatten‹. Und Ihr Ehemann wird auch davon erfahren, wenn Sie nicht auf unseren Vorschlag eingehen.«

Helen fühlt sich nackt vor Scham. »Nein.«

»Das ist der Deal, Mrs. Radley. Und wir werden die ganze Zeit Leute in Ihrer Nähe postieren. Jeder Versuch, unsere Regeln zu beugen oder einen anderen Ausweg aus dieser Sache zu finden, wird danebengehen, das versichere ich Ihnen.«

»Wann? Ich meine, wann soll ich …«

Helen hört ein langsames Einatmen. »Sie haben bis Mitternacht Zeit.«

Mitternacht.

»Heute Nacht?«

Als Helen die Augen wieder aufschlägt, entfernt sich Chief Superintendent Alison Glenny bereits, tritt in den Schatten und wieder hinaus, als sie die Orchard Lane entlanggeht. Helen sieht zu, wie sie in ein Auto steigt, in dem ein übergewichtiger Mann auf dem Beifahrersitz auf sie wartet. Unübersetzbare Warnungen liegen in der Luft. Helen betrachtet den Campingbus, in dem sich ihr Leben vor all den Jahren geändert hat. Es ist, als stünde sie an einem Grab, ohne genau zu wissen, um wen oder was sie trauert.

BEHERRSCHUNG LIEGT UNS IM BLUT

Als Eve ihr auf der Heimfahrt im Bus erzählt, dass sie beschlossen hat, mit Rowan auszugehen, weiß Clara nicht, was sie sagen soll. Und ihre Freundin ist offensichtlich verwirrt wegen ihres sonderbaren Schweigens, denn bisher hat Clara für ihren Bruder immer ein gutes Wort eingelegt.

»Komm schon, Raddles, du wolltest, dass ich ihm eine Chance gebe«, sagt Eve, wobei sie sie eindringlich ansieht.

Eine Chance. Eine Chance wofür?

»Stimmt«, sagt Clara, die aus dem Fenster starrt, als sie an wogenden, grünen Feldern vorbeifahren. »Das wollte ich, aber ...«

»Aber was?«

Der honigsüße Duft ihres Blutes steigt Clara in die Nase. Sie kann ihm widerstehen, vielleicht schafft Rowan das auch. »Ach nichts. Vergiss es.«

»Okay«, sagt Eve, die sich langsam damit abfindet, dass sich Clara immer seltsamer benimmt. »Ist schon vergessen.«

Später, als sie von der Bushaltestelle nach Hause laufen, erklärt Clara ihrem Bruder, dass sie das Ganze für einen Fehler hält.

»Ich komme schon klar. Ich werde Will bitten, mir mehr Blut zu geben, bevor ich losgehe. Ich werde es mitnehmen. In meiner Tasche. Wenn ich Gelüste kriege, nehme ich einfach einen Schluck. Wird schon schiefgehen. Vertrau mir.«

Fantasy World.

»Hier kommt die Sonne.«

Nichtssagende Schaufensterpuppen mit Disco-Perücken. The Hungry Gannet. Fleischauslagen in der Kühltheke.

Claras Magen rumort.

»Was, du hast die ganze Flasche ausgetrunken, die er dir gegeben hat?«, fragt sie ihren Bruder.

»Es war keine ganze Flasche. Was willst du mir eigentlich sagen?«

»Ich will dir sagen, dass Will heute abreist. Er verlässt uns. Für immer. Und seine Flaschen mit Blut nimmt er mit. Und wir bleiben mit diesen Gelüsten und ohne Blut zurück. Was sollen wir machen?«

»Wir werden uns beherrschen, wie wir es immer gemacht haben.«

»Aber jetzt ist alles anders. Wir wissen, wie es ist. Wir können nichts ungeschehen machen. Es ist, als ob man die Entdeckung des Feuers rückgängig machen wollte.«

Rowan denkt darüber nach, als sie an der Praxis ihres Vaters vorbeigehen. »Wir könnten uns einfach mit Vampirblut begnügen. Irgendwie muss man da drankommen. Und ethisch gesehen ist das wahrscheinlich besser als Schweinefleisch. Man muss dafür gar nicht töten.«

»Aber was ist, wenn es nicht reicht? Wenn wir Lust auf jemanden kriegen und … ich meine, was ist, wenn du heute Abend mit Eve …«

Clara geht Rowan auf die Nerven. »Ich werde mich beherrschen. Sieh dich doch um, verdammt noch mal. Sieh dir die Leute an. Jeder unterdrückt jeden. Glaubst du, irgendeiner von diesen ›normalen‹ menschlichen Wesen tut immer genau das, was er will? Natürlich nicht. Das ist das Gleiche. Wir gehören zur Mittelklasse, und wir sind Briten. Beherrschung liegt uns im Blut.«

»Na, ich weiß nicht, ob ich das so gut kann«, sagt Clara und denkt an den Tag im Top Shop.

Schweigend gehen sie eine Weile weiter. Biegen in die Orchard Lane ein. Sie gehen geduckt unter einem blühenden Goldregen hindurch, und Clara weiß, dass ihr Bruder noch etwas sagen will. Er senkt die Stimme, bis sie zu leise ist, um die Wände der umliegenden Häuser zu durchdringen.

»Was mit Harper passiert ist ... das waren keine normalen Umstände. Es braucht dir nicht leidzutun. Jedes Mädchen mit einem anständigen Gebiss hätte das Gleiche getan.«

»Aber ich war das ganze Wochenende wie auf Droge«, sagt Clara.

»Sieh mal, das war von absolut null auf hundert. Wahrscheinlich gibt es auch einen Mittelweg. Und du fühlst dich jetzt so, weil die Wirkung nachlässt ... Und außerdem war das *Harpers* Blut. Wir sollten uns an nette Leute halten. Wohlmeinende Leute. Jemanden wie sie.«

Mit einem Kopfnicken deutet er auf die Frau, die Umschläge für »Rettet die Kinder« einsammelt und bei Nummer neun vor der Tür steht. Clara findet das nicht witzig. Vor vierundzwanzig Stunden hätte Rowan so etwas niemals gesagt. Aber schließlich hätte sie sich vor vierundzwanzig Stunden auch nichts draus gemacht.

»Ein Witz«, sagt Rowan.

»Du solltest an deinem Sinn für Humor arbeiten«, rät sie ihm. Aber während sie das sagt, denkt sie an Harpers Hand auf ihrem Mund und an die Angst, die sie in dem Moment hatte, bevor sich alles veränderte und in Gewalt umschlug.

Nein, Rowan hat recht. Es wird ihr nicht leidtun, und wenn sie sich noch so sehr anstrengt.

EIN DIABOLISCHES LÄCHELN
ERSCHEINT AUF IHREM GESICHT

Peter geht nach Hause, beschwingt und heiter, schwebend durch die Wirkung von Lornas Blut.

Er ist so glücklich, dass er sogar vor sich hin summt, obwohl er anfangs gar nicht weiß, was er summt. Dann fällt ihm auf, dass er den einzigen Song der Haemo Goblins auf den Lippen hat. Er erinnert sich an ihren einzigen Auftritt, in einem Jugendclub in Crawley. Sie hatten es geschafft, drei Songs zusammenzukriegen, indem sie ein paar Coverversionen eingeübt hatten – »Anarchy in the UK« und »Paint It Black«, wobei sie letzteren Titel für den Auftritt in »Paint It Red« umgedichtet hatten. An diesem Abend hatten sie Chantal Feuillade zum ersten Mal gesehen, die mit alpenfrischer Haut in ihrem Joy-Division-T-Shirt vor dem zwölfköpfigen Publikum auf und ab stelzte.

Gute Zeiten, muss er unwillkürlich denken. *Ja, gute Zeiten.*

Natürlich war er in jenen Tagen selbstsüchtig gewesen, aber vielleicht ist ein bisschen Selbstsucht nötig, um die Welt zu dem zu machen, was sie ist. Er hat einmal ein Buch von einem unblutigen Wissenschaftler gelesen, der die Theorie vertrat, dass Selbstsucht ein essenzieller biologischer Charakterzug jedes Lebewesens sei und dass jede augenscheinlich philanthropische Tat letztendlich selbstsüchtige Wurzeln habe.

Schönheit ist Selbstsucht. Liebe ist Selbstsucht. Blut ist Selbstsucht.

Und mit diesem Gedanken geht er unter dem blühenden Goldregen hindurch, ohne sich zu ducken, wie er es normalerweise tut. Dann sieht er die temperamentvolle, selbstsüchtige Lorna, die mit ihrem nervigen, selbstsüchtigen Köter auf die Straße tritt.

»Lorna!«, ruft er laut und jubilierend.

Sie hält inne, verwirrt.

»Hallo.«

»Lorna, ich habe nachgedacht«, sagt er mit mehr manischer Zuversicht, als er vorgehabt hatte. »Ich mag Jazz. Sogar sehr. Weißt du, Miles Davis, Charlie the Birdman. Solche Sachen. Ist einfach … toll. Ist total frei, findest du nicht? Klebt nicht ständig an einer Melodie. Bricht einfach aus, improvisiert, tut, was er will … nicht wahr?«

Der Hund knurrt.

Charlie the Birdman?

»Kann schon sein«, sagt Lorna.

Peter nickt und erwischt sich dabei, wie er eine kleine Pantomime auf einem Luftklavier vorführt. »Ganz genau! Ja! Also … wenn du immer noch vorhast, zu den Jazzleuten im Fox and Crown zu gehen, würde ich liebend gern mitgehen. Wirklich, liebend gern!«

Lorna zögert. »Also, ich weiß nicht«, sagt sie. »Die Lage hat sich … verbessert.«

»Verstehe.«

»Zwischen mir und Mark.«

»Ja.«

»Und Toby macht gerade eine schwierige Phase durch.«

»Wirklich?«

»Ich glaube, er macht sich Sorgen um seinen Freund.«

»Oh«, sagt Peter enttäuscht.

Aber dann vollzieht sich eine Veränderung mit Lornas Gesicht. Sie denkt über etwas nach. Ein diabolisches Lächeln erscheint auf ihrem Gesicht. »Nein, schon gut. Man lebt nur einmal. Wir gehen hin.«

Und beinahe gleichzeitig mit ihren Worten schwindet Peters Heiterkeit, und er spürt das wahrhaft schuldige Entsetzen der Versuchung.

SCHUHKARTON

Rowan ist fertig zum Ausgehen.

Er hat sich gewaschen, seine Schuluniform aus- und etwas anderes angezogen und das Gedicht für Eve in die Tasche gesteckt. Das Einzige, was ihm fehlt, ist eine frische Flasche Blut. Also greift er nach seiner Tasche, steckt die Geldbörse in die Jacke, überprüft im Spiegel die Frisur und tritt hinaus auf den Flur. Er hört im ersten Stock jemanden duschen, was seltsam ist zu dieser frühen Stunde an einem Montagabend. Als er am Badezimmer vorbeikommt, hört er die Stimme seines Vaters zwischen dem Rauschen des Wassers. Er singt, mit seiner peinlich falschen Stimme, einen Song, den Rowan nicht kennt. »Wie hübsch du bist, in deinem roten Kleid ...« Das ist so ziemlich alles, was er aufschnappt, bevor Clara im Flur auftaucht.

»Wo gehst du hin?«, fragt sie ihren Bruder.

»Ins Kino.«

»Bisschen früh, findest du nicht?«

Er senkt die Stimme, damit sein Vater – der inzwischen einen grauenhaften Refrain jault – ihn nicht hört. »Ich will mir unbedingt erst noch Blut holen. Du weißt schon, für alle Fälle.«

Sie nickt. Rowan rechnet damit, dass sie sauer wird, was aber nicht passiert.

»Okay«, sagt sie. »Pass auf dich auf ...«

Rowan geht die Treppe hinunter. Er weiß, dass seine Mutter in der Küche ist, kommt aber nicht auf die Idee, sich zu fragen, warum sie reglos dasteht und in die Messerschublade starrt.

Er hat andere Dinge im Kopf.

Rowan klopft an die Tür von Wills Bus, aber er ist nicht da. Da er weiß, dass Will auch nicht im Haus ist, öffnet er die Tür. Er klettert in den Bus, sucht nach einer Flasche mit Blut, kann aber keine finden. Die einzige, die er findet, ist leer. Er hebt Wills Matratze hoch. Darunter ist nichts außer ein paar ledergebundenen Tagebüchern, womit man keinen Durst stillen kann. Er entdeckt eine ungeöffnete Flasche in einem zusammengerollten Schlafsack und greift danach, aber als er den Schlafsack hochhebt, schiebt sich der Deckel von einem Schuhkarton. Der Deckel fällt auf den Rücken, und auf der Innenseite kommt eine Telefonnummer zum Vorschein. Ihre Telefonnummer.

In dem Karton liegt ein Packen Fotos, der von einem Gummiband zusammengehalten wird. Das erste Foto ist ziemlich alt und zeigt ein Baby, einen Jungen, der friedlich auf einem Schaffell schläft.

Er kennt dieses Baby.

Es ist er.

Er streift das Gummiband ab und blättert die Fotos durch. Seine ersten Lebensjahre flackern an ihm vorbei. Er wird zum Kleinkind, dann zum Schuljungen.

Warum? Die Fotos enden, als er ungefähr fünf oder sechs ist.

An seinem Geburtstag.

Sein Gesicht ist übersät mit Pusteln, von denen seine Mutter erklärt hat, es wären Masern. Plötzlich will er wissen, was diese Fotos hier zu suchen haben. Die Briefe sind vielleicht aufschlussreicher. Er fängt mit dem obersten auf dem Stapel an und erkennt die Handschrift seiner Mutter.

17. September 1998

Lieber Will,

mir fällt nichts Besseres ein, wie ich diesen Brief anfangen könnte, als mit dem Satz, dass dies mein letzter Brief sein wird.

Ich weiß nicht, ob Du Dich darüber aufregen wirst oder ob Du die Fotos von Rowan vermissen wirst, aber ich glaube wirklich, jetzt, wo er zur Schule geht, ist es Zeit, dass wir unserer Wege gehen, um seinetwillen, aber auch um unsertwillen.

Du siehst, ich fühle mich fast wieder normal. Eine »Unblutige«, wie wir zynischerweise zu sagen pflegten. Morgens, wenn ich mit den Kindern beschäftigt bin – sie anziehe, Claras Windel wechsele, Zahngel auf eine wunde Stelle reibe oder Rowan noch eine Dosis seiner Medizin verabreiche –, kann ich mich manchmal fast vergessen, und Dich vergesse ich ganz.

Eigentlich sollte Dich dies hier nicht allzu sehr treffen. Du hast mich nie gewollt, wenn mit Wollen eine vertrauensvolle Partnerschaft gemeint ist und nicht der Nervenkitzel am frischen Blut. Und ich erinnere mich immer noch, was Du für ein Gesicht gemacht hast, als ich Dir sagte, dass ich schwanger bin. Du warst entsetzt. Ich hatte jemanden erschreckt, von dem ich nie gedacht hätte, dass man ihn erschrecken kann. Insofern tue ich Dir vielleicht auf eine komische Art einen Gefallen.

Du verabscheust Verantwortung in dem gleichen Maße, wie ich sie brauche. Und von nun an wirst Du nicht einmal mehr diese Briefe lesen oder Dir seine Fotos ansehen müssen. Vielleicht hast Du sie auch gar nicht erhalten. Vielleicht hast Du wieder den Job gewechselt, und diese Briefe liegen in irgendeinem Postfach an der Universität.

Ich hoffe, dass Du eines Tages aufgeben kannst, was Du tust, um dich niederzulassen. Es wäre nett, daran zu glauben, dass der Vater meines Sohnes irgendwann doch noch eine moralische Mitte für sich findet.

Wahrscheinlich ein dummer Wunsch. Rowan sieht Dir von Tag zu Tag ähnlicher, und das macht mir Angst. Aber sein Temperament ist anders. »Der Apfel fällt nicht weit vom Stamm.« Ich schätze, er tut es doch, wenn er auf abschüssiges Gelände fällt. Ich bin seine Mutter und weiß, dass es meine Aufgabe ist, diesen Abhang steiler zu machen.

Also leb wohl, Will. Und sorge dafür, dass ich den letzten Funken Respekt für Dich nicht auch noch verliere, indem du versuchst, mich oder ihn zu sehen. Wir haben uns etwas versprochen, und daran müssen wir uns halten, zum Wohle aller.

Ich komme mir vor, als würde ich mir einen Arm abhacken, aber es muss getan werden.

Pass auf Dich auf. Du wirst mir fehlen.

Helen

Das ist zu viel für ihn. Rowan weiß nur, dass er auslöschen will, was er gerade erfahren hat, will, dass es verschwindet, also lässt er den Brief fallen, ohne darauf zu achten, wo er landet, und nimmt die Flasche aus dem Schlafsack, um sie in seinen Rucksack zu stecken. Er stolpert aus dem Bus und die Orchard Lane hinauf.

Jemand kommt auf ihn zu. Zunächst kann er das Gesicht

nicht sehen, da es von den überhängenden Zweigen des Goldregens im Vorgarten von Haus Nummer drei verdeckt wird. Für einen Moment sind da nur ein Regenmantel, Jeans und Stiefel. Rowan weiß genau, wer das ist, aber dann sieht er das Gesicht, das Gesicht seines *Vaters,* und sein Herz überschlägt sich, es bebt wild, als ob jemand in seiner Brust einen Teppich ausklopfen würde.

»Nun, Lord B«, sagt Will, die Lippen zu einem schiefen Grinsen verzogen. »Wie zum Teufel fühlst du dich heute?«

Rowan antwortet nicht.

»Wirklich? So gut?«, sagt Will, aber Rowan dreht sich nicht um.

Er wäre nicht in der Lage, zu sprechen, selbst wenn er wollte. Er hält den Hass in seinem Inneren fest umklammert wie eine Münze in der Faust und geht weiter zur Bushaltestelle.

Zu Eve und der Hoffnung auf Vergessen.

KNOBLAUCHCREME

Eve hat vor, ihrem Vater zu sagen, dass sie heute Abend ausgehen wird.

Was kann er schon tun? Sie in ihr Zimmer zerren und die Tür mit Brettern vernageln?

Nein, sie hat vor, so zu tun, als hätte sie ihren alten, präpsychotischen Vater wieder, der sie wie ein siebzehnjähriges menschliches Wesen und Mitglied einer freien Gesellschaft behandelt. Um ihm die Botschaft zu verkünden, geht sie in die Küche, wo er sich löffelweise irgendein Zeug in den Mund stopft. Erst als sie näher tritt und das Schild auf dem Glas lesen kann, erkennt sie, dass es Knoblauchcreme im Glas ist, was er bereits zu drei Vierteln geleert hat. Vielleicht muss er wieder in die Klinik.

»Dad, das ist wirklich ekelhaft.«

Er würgt, nimmt aber noch einen Löffel. »Ich gehe weg«, sagt er, bevor sie eine Chance hat, das Gleiche zu sagen.

»Wo willst du denn hin? Wenn du verabredet bist, würde ich dir vielleicht ein Mundwasser empfehlen.«

Er scheint nicht mitzubekommen, dass sie einen Witz gemacht hat. »Eve, ich muss dir etwas sagen.«

Es gefällt ihr nicht, wie er das sagt, und sie fragt sich, was er ihr beichten will. »Was denn?«

Er holt tief Luft. »Deine Mutter wurde nie vermisst.«

Anfangs dringen die Worte nicht durch. Sie ist so daran gewöhnt, das Gefasel ihres Vaters auszublenden. Eine Sekunde später wird ihr dann doch bewusst, was er gesagt hat.

»Dad, wovon redest du?«

»Sie wurde nie vermisst, Eve.« Er nimmt ihre beiden Hände. »Sie ist tot.«

Eve schließt die Augen, versucht, ihn auszuschließen. Der Knoblauch stinkt überwältigend. Sie entzieht ihm ihre Hände, da sie all das nicht zum ersten Mal hört. »Dad, bitte.«

»Ich muss dir die Wahrheit sagen, Eve. Ich habe sie gesehen. Ich war da.«

Sie geht auf ihn ein, was sie eigentlich nicht will. »Sie gesehen?«

Er legt den Löffel beiseite und spricht im Tonfall eines ganz normalen Menschen weiter. »Sieh mal, was ich dir im Krankenhaus zu sagen versucht habe ... das war kein leeres Geschwätz. Sie wurde auf dem Campus der Universität ermordet. Sie wurde auf dem Rasen vor dem Institut für Anglistik getötet. Ich habe alles gesehen. Ich bin weggerannt und habe geschrien, aber es war niemand da. Ich hatte sie abholen wollen. Sie hatte lange gearbeitet, in der Bibliothek. Jedenfalls hat sie mir das erzählt, also bin ich zur Bibliothek gegangen, um sie abzuholen, aber da war sie nicht, also habe ich überall gesucht, bis ich sie sah, hinter diesem großen hässlichen Wasserspeier. Und unter dem bin ich durchgerannt und sah, wie er sie gebissen und getötet und gepackt und ...«

»*Gebissen?*«

»Er war kein Mensch, Eve. Er war etwas anderes.«

Sie schüttelt den Kopf. Immer der gleiche Albtraum. »Dad, bitte hör auf. Bitte. Du solltest diese Tabletten nicht schlucken.«

Er hat ihr die Vampirgeschichte schon früher erzählt, als er noch in der Klinik war. Später ist sie ihm immer dann rausgerutscht, wenn er total betrunken war. Und anschließend hatte er sich immer selbst widersprochen, indem er alles leugnete, in dem Glauben, sie zu beschützen.

»Sie wurde von ihrem Tutor umgebracht«, fährt er fort. »Und ihr Tutor war ein Monster. Ein Vampir. Er hat sie gebissen und ihr Blut ausgesaugt und ist mit ihr weggeflogen. Und er ist hier, Eve. Er ist hierhergekommen. Nach Bishopthorpe. Und er könnte schon tot sein, aber das muss ich noch herausfinden.«

Es hatte einen Moment gegeben, vor ein paar Sekunden, in dem sie ihm fast geglaubt hätte. Jetzt ist sie allerdings zutiefst gekränkt, weil er tatsächlich versucht, sie derartig durcheinanderzubringen.

Er legt ihr eine Hand auf den Arm. »Du musst hierbleiben, bis ich zurück bin. Hast du mich verstanden? Bleib hier im Haus.«

Eve starrt ihn an, und die Wut in ihren Augen scheint zu funktionieren, denn er erklärt ihr: »Wegen der Polizei. Sie werden ihn sich jetzt schnappen. Ich habe mit der Frau gesprochen, die mich gefeuert hat, weil ich die Wahrheit gesagt habe. Alison Glenny. Sie ist hier. Ich habe ihr alles erzählt. Weißt du, ich habe ihn heute im Pub gesehen. Den Mann, der …«

»Im Pub? Du warst heute im Pub? Ich dachte, wir wären pleite, Dad.«

Sie sagt dies ohne jegliche Schuldgefühle. Schließlich besteht Rowan darauf, dass er ihre Kinokarte heute Abend bezahlt.

»Ich habe jetzt keine Zeit für lange Erklärungen.« Er schiebt sich den letzten Löffel Knoblauch in den Mund und holt seinen Mantel. In seinen Augen liegt Wahnsinn. »Denk dran, bleib hier. Bitte, Eve. Du musst im Haus bleiben.«

Er verschwindet durch die Wohnungstür, bevor Eve antworten kann.

Sie geht ins Wohnzimmer und setzt sich. Im Fernsehen ist eine Werbung von L'Oréal mit einer Frau in diversen Altersstufen zu sehen. Mit fünfundzwanzig. Fünfunddreißig. Fünfundvierzig. Fünfundfünfzig.

Ihr Blick fällt auf das Foto auf dem Fernseher. Ihre Mutter im Alter von neununddreißig in ihrem letzten Familienurlaub. Auf Mallorca. Vor drei Jahren. Sie wünscht sich, ihre Mutter wäre hier, würde altern, wie es sich gehört, wäre nicht für immer auf Fotos konserviert.

»Darf ich heute Abend ausgehen, Mum?«, flüstert sie in einem imaginierten Gespräch.

Wo willst du denn hin?

»Ins Kino. Mit einem Jungen aus der Schule. Er hat mich eingeladen.«

Eve, heute ist Montag.

»Ich weiß, aber ich mag ihn wirklich gern. Und bis zehn bin ich wieder zu Hause. Wir nehmen den Bus.«

Wie ist er denn so?

»Er ist anders als die Jungs, die ich sonst kenne. Er ist ein netter Junge. Er schreibt Gedichte. Er würde dir gefallen.«

Also, na gut, mein Liebes. Ich wünsche dir viel Spaß.

»Den werde ich haben, Mum.«

Und wenn's ein Problem gibt, ruf einfach an.

»Ja, das mache ich.«

Tschüss, Liebes.

»Ich liebe dich.«

Ich liebe dich auch.

CURRYSOSSE

Der Geruch der Currysoße überwältigt Alison Glenny, die neben Geoff sitzt und ihm zusieht, wie er Pommes frites isst, die in dem Zeug schwimmen.

»Eine wirklich nette Bude haben Sie hier«, informiert er sie. Und dann bietet er ihr seine Styroporschale mit den fetten, schlaffen Pommes frites an, die in Natriumglutamat ersaufen.

»Nein, vielen Dank. Ich habe schon gegessen.«

Geoff wirft einen leicht verächtlichen Blick auf die zerknüllte Papiertüte auf dem Armaturenbrett, in der die glutenfreie Quiche eingepackt war, die sich Alison vor einer Stunde im Delikatessenladen an der Hauptstraße gekauft hat.

»Wir sollen also einfach hier rumsitzen und nach Vampiren Ausschau halten«, sagt Geoff. »Das ist der Plan?«

»Ja«, sagt sie. »Wir bleiben hier sitzen.«

Geoff wirft einen entmutigten Blick auf den Campingbus, der vor Nummer siebzehn parkt. »Ich halte das immer noch für eine fixe Idee, wenn Sie nichts dagegen haben.«

»Nun, ich kann Sie nicht zwingen, hierzubleiben. Allerdings habe ich Ihnen deutlich zu verstehen gegeben, was passiert, wenn Sie jetzt gehen und irgendwem etwas weitersagen.«

Geoff spießt die Plastikgabel in eine der restlichen Pommes. »Bis jetzt hab ich noch niemanden getroffen, dem ich was verraten könnte, oder, meine Liebe?« Er isst die Pommes, von der die Hälfte abfällt, bevor sie seinen Mund erreicht und die infolgedessen aus seinem Schoß entfernt werden muss.

»Und wenn er sich nicht in dem Camper aufhält, warum durchsuchen wir den dann nicht, um Beweise zu sammeln?«

»Kommt noch.«

»Wann?«

Sie seufzt, genervt von den endlosen Fragen. »Wenn wir ihn liquidiert haben.«

»Liquidiert!« Geoff schüttelt kichernd den Kopf. »*Liquidiert!*«

Ein paar Minuten später beobachtet sie, wie er sein Mobiltelefon aus der Tasche zieht und eine SMS an seine Frau schickt. »Wird spät«, liest Alison, um zu prüfen, ob er zu viel preisgibt. »Bis z. Hals im Papierkram. Gxx.«

Alison ist überrascht wegen der beiden Küsschen. So sieht er gar nicht aus. Sie denkt an Chris, den Mann, den sie vor zehn Jahren fast geheiratet hätte, bis ihn ihre ständigen Überstunden abgeschreckt hatten, die Arbeit an Wochenenden und die Tatsache, dass sie ihm nicht erzählen durfte, was sie eigentlich genau machte.

Chris war ein netter Kerl gewesen. Ein gutmütiger, zurückhaltender Geschichtslehrer aus Middlesborough mit einer Vorliebe für Nordic Walking, der sie oft genug zum Lachen brachte, um sich eine Beziehung mit ihm vorstellen zu können. Sie zum Lachen zu bringen war schließlich noch nie einfach gewesen.

Liebe war es aber nicht gewesen. Die prickelnde, wahnsinnige Liebe, von der in Gedichten und Popsongs die Rede war, hatte sie nie wirklich verstanden, auch als Teenager nicht. Kameradschaft, das war etwas, wonach sie sich oft sehnte, jemanden, der da war und ihr großes Haus ein bisschen gemütlicher machte.

Sie konzentriert sich wieder, als sie die Verstärkung eintreffen sieht, in einem Kleinlaster, der als Auslieferung einer Onlinegärtnerei getarnt ist.

Wird auch Zeit, denkt sie mit dem beruhigenden Wissen, dass fünf Mitglieder ihrer Einheit in diesem Laster sitzen, mit Schutzkleidung und Armbrüsten bewaffnet, falls Will versuchen sollte, sie anzugreifen.

Geoff denkt sich nichts bei dem Laster.

»Nette Straße, finden Sie nicht?«

»Ja«, sagt sie, ohne den neidischen Unterton in seiner Stimme zu überhören.

»Wette, die Häuser bringen hier einiges ein.«

Er hat seine Pommes aufgegessen und platziert zu Alisons Entsetzen das soßenverschmierte Tablett zu seinen Füßen, statt sich auf die Suche nach einem Abfalleimer zu machen. Sie sitzen in einmütigem Schweigen eine Weile nebeneinander, bis es irgendwann etwas Interessantes zu sehen gibt. Rowan Radley verlässt Nummer siebzehn und geht auf den Camper zu.

»Der Bursche ist also ein Vampir, sagen Sie?«

»Technisch gesehen ja.«

Geoff lacht. »Na, ich finde, er könnte ein bisschen Sonnenbräune gebrauchen.«

Sie beobachten, wie er in den Campingbus klettert, um kurz darauf wieder herauszukommen.

»Sieht nicht gerade fröhlich aus«, kommentiert Geoff.

Alison sieht im Rückspiegel, wie Rowan Radley die Straße entlanggeht, und entdeckt jemanden, der auf ihn zukommt, hinter einem Goldregen verborgen. Irgendwann kann sie das Gesicht erkennen.

»Okay, das ist er«, sagt sie.

»Wer?«

»Das ist Will Radley.«

Sie hat ihn nur einmal gesehen, aus der Ferne, auf dem Weg zum Black Narcissus. Trotzdem erkennt sie ihn sofort, und ihr Herz schlägt schneller, als er sich dem Wagen nähert.

Es ist seltsam. Sie ist an den Umgang mit notorischen Vampiren so sehr gewöhnt, dass sie so einen Adrenalinstoß nur noch selten erlebt, aber ihr Herz rast, ob aus Angst oder aus einem ihr unbekannten Gefühl, wie ein Schnellzug in ihrer Brust.

»Ganz schön stattlich«, murmelt Geoff vor sich hin, als Will an ihrem Wagen vorbeigeht.

Will achtet kaum auf den Wagen und auch sonst nicht auf seine Umgebung, während er zielstrebig auf das Haus zusteuert.

»Sie gehen also davon aus, dass diese Frau mit ihm fertigwird?«

Alison hält die Luft an und spart sich die Mühe, Geoff zu erklären, dass das Geschlecht kaum eine Rolle spielt, wenn man die Körperkraft eines Vampirs einschätzen will. Vielleicht ist sie beunruhigt, ganz plötzlich, über ihr Arrangement. Einen Abstinenzler gegen einen regelmäßig praktizierenden Vampir antreten zu lassen ist immer eine riskante Sache, selbst wenn der Abstinenzler im Vorteil ist, weil er das Überraschungsmoment, den Vorsatz und die Polizeigewalt auf seiner Seite hat. Aber das ist es nicht, was ihr Sorgen macht, jedenfalls nicht ganz. Es ist der Blick in Helens Augen, eine Art unbeirrbare Hoffnungslosigkeit, als hätte sie eigentlich keine Kontrolle über ihre eigenen Taten und Sehnsüchte.

Sie sehen, wie Will das Haus betritt, und warten, was weiter passiert, in einer Stille, die nur durch das näselnde Pfeifen von Geoffs Atem unterbrochen wird.

IMITATION VON LEBEN

Helen schneidet energisch Scheiben von einem Laib Vollkornbrot, um den morgigen Lunch für ihren Ehemann vorzubereiten. Sie muss einfach etwas tun, um ihre Nerven unter Kontrolle zu halten, für die unmögliche Aufgabe, die ihr bevorsteht. Sie ist so tief in Gedanken versunken, gemartert von Alison Glennys kalter, neutraler Stimme, die in ihrem Kopf wieder und wieder ertönt, dass sie gar nicht bemerkt, wie Will die Küche betritt und ihr zusieht.

Kann sie es schaffen? Kann sie tatsächlich tun, was von ihr verlangt wird?

»Unser täglich Vollkornbrot gib uns heute«, sagt er, als Helen eine weitere Scheibe auf den Stapel legt. »Und vergib uns unsere Sandwiches. Wie auch wir vergeben, wenn uns jemand in Scheiben …«

Helen ist zu aufgewühlt, um sich zu beherrschen. Sie ist wütend, weil er hier ist, was ihr die Gelegenheit gibt, Alisons Befehl auszuführen. *Vielleicht gibt es eine andere Lösung. Vielleicht hat Alison gelogen.* »Es ist Montag, Will. Heute ist Montag.«

»Wirklich?«, sagt er mit gespieltem Entsetzen. »Wow! Ich kann mit dem Tempo hier einfach nicht mithalten. Montag!«

»Der Tag, an dem du gehst.«

»Oh, in dieser Sache …«

»Du gehst, denk dran«, sagt sie, ohne wirklich mitzubekommen, was sie sagt. Ihre Hand umklammert den Messergriff. »Du musst gehen. Es ist Montag. Du hast es versprochen.«

»Aha, ich hab's versprochen. Ist das nicht originell?«

Sie will ihm in die Augen sehen, was ihr aber schwerer fällt, als sie gedacht hätte. »Bitte, Clara ist oben.«

»Nur Clara? Deine Männer haben dich also verlassen?«

Helen starrt auf das Messer zwischen den Scheiben, entdeckt ihr verzerrtes Gesicht auf der glänzenden Klinge. Kann sie es riskieren, obwohl ihre Tochter im Haus ist? *Es muss eine andere Möglichkeit geben.*

»Rowan ist im Kino, und Peter hat einen Termin.«

»Ich wusste gar nicht, dass Bishopthorpe ein Kino hat. Ein echtes Mini-Las Vegas, euer Dörfchen.«

»Es ist in Thirsk.« Sie hört Will melodisch lachen.

»Thirsk«, sagt er und zieht die Silbe in die Länge. »Ich liebe diesen Namen.«

»Du musst gehen. Die Leute wissen über dich Bescheid. Du bringst alle in Gefahr.«

Sie widmet sich jetzt wieder dem Brot, schneidet eine nicht benötigte Scheibe ab.

»Also gut«, sagt Will mit falscher Betroffenheit. »Nun, ich werde gehen. Keine Sorge. Wenn du alles aufgeklärt hast, gehe ich sofort.«

»Was? Was soll ich aufklären?«

»Du weißt schon, das mit der Familie.«

»Was?«

»Die häuslichen Wahrheiten«, sagt er mit manierierter Stimme, als wäre jedes Wort aus Porzellan. »Du wirst Peter und Rowan sagen, wie die Dinge wirklich liegen. Dann verschwinde ich. Mit dir oder ohne dich. Deine Entscheidung. Was wirst du tun?«

Er zeigt mit einem Finger auf ihren Kopf, berührt mit dem Finger ihre Stirn.

»Oder?«

Er deutet auf ihr Herz.

Helen wird schwach vor Verzweiflung. Allein seine Berührung, nur dieses kleine Stückchen Haut, das sich an sie presst, kann alles wieder aufflammen lassen. Wie es sich anfühlt, mit ihm zusammen zu sein, alles zu sein, wonach er sich sehnt. Es frustriert sie nur noch mehr. »Was hast du vor?«

»Ich rette dein Leben.«

»Was?«

Will ist überrascht, dass sie fragt. »Peter hatte recht. Es ist ein Spiel. Du spielst in einem Stück. Es ist Schauspielerei. Eine Imitation von Leben. Willst du die Wahrheit nicht mehr spüren, Helen? Willst du nicht mehr spüren, wie der schwere rote Vorhang fällt?«

Seine Worte wabern in Helens Kopf herum, und sie weiß nicht, was sie tut. Sie schneidet unbeirrt weiter. Das Messer rutscht im Brot aus, und sie schneidet sich in den Finger. Er packt sie am Handgelenk. Einen Augenblick lang leistet sie nur leichten Widerstand, als er ihren Finger an seine Lippen legt und am Blut saugt. Sie schließt die Augen.

Sein Verlangen nach ihr.

Ihrem Konverter.

So ein wunderbares, schreckliches Gefühl.

Kurzfristig gibt sie nach, vergisst Clara, vergisst alles außer ihm. Dem einen, dessen Sehnsucht sie nie abschalten kann.

Aber ihre Augen öffnen sich, und sie ist wieder da. In ihrer Küche an einem Montagnachmittag, umgeben von all diesen Gegenständen. Der Filterkanne, dem Toaster, der Kaffeekanne. Triviale Dinge, aber sie sind Teil ihrer Welt und nicht seiner. Teile einer Welt, die sie bis Mitternacht verlieren oder retten kann. Sie stößt Will von sich, der ernst wird.

»Du sehnst dich nach mir, Helen. Solange ich lebe, wirst

du dich nach mir sehnen müssen.« Sie hört, wie er tief Luft holt. »Du kapierst es nicht, oder?«

»Was soll ich kapieren?«, fragt sie, den Blick auf das Brotbrett gesenkt. Auf die Krümel, die sich wie eine unbekannte Galaxie verteilen. Sie verschmelzen mit dem Holz des Bretts.

Sie hat Tränen in den Augen.

»Du und ich«, sagt er. »Wir haben einander geschaffen.« Er schlägt sich mit der Hand vor die Brust. »Glaubst du, ich *will* so sein? Du hast mir keine Wahl gelassen.«

»Bitte …«, sagt sie.

Aber er ignoriert sie. »Seit siebzehn Jahren streife ich durch diese eine Nacht in Paris. Ich wäre zurückgekommen, aber ich wurde nie gebeten. Außerdem hatte ich nicht vor, mit einem blauen Auge abzuhauen. Nicht schon wieder. Aber es hat eine Menge gekostet, du weißt schon, wegzubleiben. Eine Menge Blut. Viele schlanke, junge Hälse. Aber es ist nie genug. Ich kann dich nicht vergessen. Ich *bin* du. Du bist die Traube, und ich bin der Wein.«

Sie zwingt ihren Atem zur Ruhe, versucht, Kraft zu sammeln. »Ich weiß«, sagt sie, während sie den Messergriff fester packt. »Es tut mir leid. Und es ist wahr. Ich will … ich will, dass du für mich blutest. Ich will wieder von dir kosten. Du hast recht. Ich sehne mich nach dir.«

Er sieht verblüfft aus, dann seltsam verletzlich. Wie ein bösartiger Hund, der nicht weiß, ob er gleich geschlachtet wird.

»Bist du sicher?«, fragt er.

Helen ist sich nicht sicher. Aber wenn sie es hinter sich bringen soll, wird sie kaum länger warten können. Das ist der Moment.

»Ich bin sicher.«

DER KUSS

Das Blut spritzt aus Wills Handgelenk, läuft ihm über den Unterarm und tropft auf den cremefarbenen Steinfußboden der Küche. Helen weiß, dass sie nie etwas Schöneres gesehen hat. Sie würde sich bereitwillig auf alle viere niederlassen und es vom Boden auflecken, aber das ist nicht nötig, weil das Blut direkt vor ihr aus seinem Handgelenk strömt. Ihr ins Gesicht und in den Mund, befriedigender als ein Wasserspeier an einem glühend heißen Tag.

Sie saugt heftig, wohl wissend, dass die von ihr verursachte Wunde bereits wieder heilt. Und während sie das Blut in sich aufsaugt, fühlt sie sich so erleichtert, als wäre der Damm, den sie um sich herum aufgebaut hat, um sich vor ihren Gefühlen zu schützen, weit aufgebrochen, sodass die Lust wie ein Wasserfall durch ihren Körper strömen kann. Sie gibt sich hin und weiß, was sie immer schon gewusst hat. Sie will ihn. Sie will die Verzückung, die nur er ihr geben kann, und will ihm die gleiche Lust verschaffen, die sie selbst empfindet, also reißt sie sich los und küsst ihn stürmisch, spürt, wie ihre Reißzähne seine Zunge ritzen und seine Zähne ihre Zunge und das Blut in Strömen aus ihren vereinigten Mündern fließt. Und sie weiß, dass Clara jederzeit nach unten kommen und sie sehen kann. Trotzdem küsst sie diesen wunderbaren, abscheulichen Mann weiter, der all die Jahre ein Teil von ihr war, durch jede Ader ihres Körpers geflossen ist.

Sie spürt, wie seine Hand das Fleisch unter ihrer Bluse berührt, und er hat recht, sie weiß, wie recht er hat.

Sie ist er, und er ist sie.

Haut an Haut.

Blut im Blut.

Der Kuss endet, und er nähert sich ihrem Hals und beißt sie, und während die Wonne weiter durch ihren Körper fließt, das leere Gefäß füllt, das sie gewesen ist, weiß sie, dass sie jetzt am Ende angekommen ist. Besser kann es nicht werden. Und mit der Lust kommt eine tödlich keuchende Trauer über sie. Die Trauer über die Erinnerung an eine Sehnsucht. Die Trauer über ein zerknittertes Foto. Sie schlägt die Augen auf, greift nach dem Brotmesser und zielt von hinten mit der waagerechten Klinge auf seinen Nacken.

Zentimeter für Zentimeter schiebt sie die Klinge näher, wie den Bogen an eine Violine, aber den letzten Schritt schafft sie nicht. Sie könnte sich selbst tausendmal leichter umbringen als ihn, denn jeder Funken Hass, den sie für ihn empfindet, scheint ihre tiefe Liebe nur zu nähren, den glühend schmelzenden Fels, der alles untergräbt.

Aber ich muss ...

Ich muss ...

Ich ...

Ihre Hand gibt auf, wird schlaff, widersetzt sich den Befehlen ihres Gehirns. Das Messer fällt zu Boden.

Er löst sich von ihrem Hals, sein Gesicht wie eine Kriegsbemalung mit ihrem Blut verschmiert. Als sein Blick nach unten auf das Messer fällt, beginnt ihr Herz wild zu schlagen, aus Wut und vor Angst, weil sie nicht nur ihn, sondern sich selbst verraten hat.

Sie will mit ihm sprechen.

Sie will, dass er sie verflucht.

Das braucht sie. Ihr Blut braucht das.

Er sieht gekränkt aus. Plötzlich sind seine Augen fünf Jahre alt und verloren und verlassen. Er weiß genau, was sie ihm antun wollte.

»Ich bin erpresst worden. Die Polizei ...«, sagt sie, verzweifelt auf eine Reaktion wartend.

Er sagt aber nichts und verlässt das Haus.

Helen will ihm nachgehen, weiß aber, dass sie das Chaos beseitigen muss, bevor es jemand sieht.

Sie holt die Küchenrolle unter der Spüle hervor und reißt ein paar Tücher ab. Sie tupft damit den Boden ab, und Blut färbt das Papier und macht es schlaff. Sie schluchzt auf, und die Tränen strömen ihr über das Gesicht.

Zur gleichen Zeit kriecht Will auf Händen und Knien durch seinen Camper, verzweifelt auf der Suche nach seinem kostbarsten Besitz.

Dem perfekten Traum jener längst vergangenen Nacht.

Mehr als alles auf der Welt muss er von ihr kosten, so wie sie damals war. Bevor Jahre voller Lügen und Heuchelei ihren Geschmack verändert haben.

Äußerst erleichtert entdeckt er den Schlafsack und greift danach. Aber seine Erleichterung verschwindet schnell, als er eine Hand hineingleiten lässt und nichts ertasten kann, außer der weichen Baumwollwattierung.

Mit hektischen Bewegungen fährt er darin herum.

Der Schuhkarton ist offen. Ein Brief liegt am Boden, der jemandem aus der Hand gefallen sein muss. Daneben ein Foto. Rowan.

Er hebt das Foto auf und blickt in Rowans Augen. Andere Leute würden Unschuld darin entdecken, aber Will Radley weiß eigentlich nicht, wie Unschuld aussieht.

Nein, als Will Radley in Rowans vier Jahre alte Augen

blickt, sieht er nur ein verwöhntes kleines Balg, Mutters kleinen Liebling, der sein niedliches Lächeln als Waffe einsetzt, um die Liebe seiner Mutter zu gewinnen.

Ja, du bist jetzt Mummys Liebling, na gut.

Er lacht irre auf, aber bevor das Lachen verklingt, ist der Witz bereits sauer geworden.

Genau in diesem Moment könnte Rowan einen Traum genießen, der ihm nicht gehört.

Wie ein Hund kriecht Will aus dem Bus. Er rennt die Orchard Lane hinauf, an einer Straßenlaterne vorbei, ohne sich darum zu kümmern, dass ihm der Geruch von Jared Copelands Blut aus direkter Nähe in die Nase steigt. Mit einem Satz hebt er ab in die Luft und sieht, wie sein Schatten auf ein Hausdach fällt, bevor er davonfliegt in Richtung Thirsk.

DAS FOX AND CROWN

Peter sitzt im sicheren Wagen und sieht den Pärchen nach, die ins Fox and Crown strömen. Alle sind so zufrieden mit ihrem Leben. Sie füllen ihre Zeit mit netten kulturellen Ereignissen und Landspaziergängen und Jazzabenden aus. Wäre er doch nur als normaler Mensch geboren und könnte aufhören, sich nach mehr zu sehnen.

Er weiß, dass sie da drin ist, allein an einem Tisch, und sich bereits fragt, ob er sie wohl versetzt hat, während sie mit dem Kopf zur Musik der kahl werdenden Freizeitmusiker nickt.

Trompetenklänge dringen an sein Ohr, die ihm ein eigenartiges Gefühl verschaffen.

Ich bin verheiratet. Ich liebe meine Frau. Ich bin verheiratet. Ich liebe meine Frau ...

»Helen«, hatte Peter zu seiner Frau gesagt, bevor er aus dem Haus ging. »Ich gehe noch mal weg.«

Sie schien ihm kaum zuzuhören. Sie hatte einfach mit dem Rücken zu ihm dagestanden und in die Messerschublade gestarrt. Er war ziemlich erleichtert gewesen, dass sie sich nicht umgedreht hatte, da er sein bestes Hemd trug.

»Ja, ist gut«, hatte sie mit ziemlich abwesender Stimme gesagt.

»Wegen dieser Sache mit der Gesundheitsbehörde, von der ich dir erzählt habe.«

»Ach ja«, hatte sie gesagt, nach einer kurzen Pause. »Natürlich.«

»Bis zehn bin ich wieder da, hoffentlich.«

Dazu hatte sie nichts gesagt, und ihr fehlendes Misstrauen hatte ihn fast ein bisschen enttäuscht.

»Lieb dich«, sagte er schuldbewusst.

»Ja, tschüss.«

Das »Lieb dich« war wie üblich unbeantwortet geblieben.

Aber früher war sie in ihn vernarrt gewesen. Sie waren so verliebt, dass Clapham, damals, in den Zeiten vor der Sanierung des Viertels, für sie der romantischste Ort der Welt war. Die tristen, verregneten Straßen Süd-Londons hatten leise von ihrer Liebe gesummt. Venedig oder Paris hatten sie nie gebraucht. Aber irgendwas war passiert. Sie hatten etwas verloren. Peter wusste das, wusste aber nicht, wie er es zurückholen sollte.

Ein Wagen, in dem ein Paar sitzt, biegt in den Parkplatz ein. Er glaubt, in der Frau eine Bekannte von Helen zu erkennen. Jessica Gutheridge, die Designerin. Und er weiß genau, dass sie auch zu Helens Lesekreis gehört. Persönlich kennt er sie noch nicht. Helen hatte sie ihm vor Jahren auf einem Weihnachtsmarkt in York gezeigt. Es ist äußerst unwahrscheinlich, dass sie ihn erkennt, aber trotzdem ist das eine weitere Sorge, die den Abend riskant macht. Er lässt sich etwas tiefer in den Sitz sinken, als die Gutheridges aus dem Auto steigen. Sie drehen sich nicht zu ihm um, als sie zum Pub gehen.

Farley ist zu nah, denkt Peter. Sie hätten sich einen Ort aussuchen sollen, der weiter weg ist.

Er hat von alldem die Nase voll. Von dem Gefühl beschwingter Fröhlichkeit, das sich eingestellt hatte, nachdem er von Lorna getrunken hatte, ist nichts geblieben. Da ist nur noch die nackte Versuchung, ihrer schimmernden Hülle beraubt.

Das Problem ist, dass er Helen wirklich liebt. Er hat sie immer geliebt. Und wenn er das Gefühl hätte, dass sie ihn ebenfalls liebt, wäre er jetzt nicht hier, mit oder ohne Blut.

Aber sie liebt ihn nicht. Und deshalb wird er da reingehen und mit Lorna reden, und sie werden lachen und sich die schreckliche Musik anhören, und nach ein paar Drinks werden sie sich fragen, ob das irgendwo hinführt. Und es ist durchaus möglich, dass es das tut, und eines Abends in naher Zukunft oder vielleicht sogar heute Nacht werden sie sich wie die Teenager befummeln, in diesem Auto oder in einem Durchgangshotel oder vielleicht sogar in Nummer neunzehn, und er wird mit dem Anblick von ihrer Nacktheit konfrontiert sein.

Der Gedanke versetzt ihn in Panik. Er greift nach dem *Handbuch für Abstinenzler* auf dem Armaturenbrett, das er ohne zu fragen aus Rowans Zimmer entwendet hat.

Er findet das Kapitel, nach dem er sucht: »Sex ohne Blut: Wichtig sind die äußeren Umstände.« Er liest über Atemtechniken, Konzentration auf Hautkontakt und diverse Blutunterdrückungsmethoden. »Wenn Sie spüren, dass Wandlungen auftreten, während Sie mit dem Vorspiel oder dem Kopulationsakt beschäftigt sind, schließen Sie die Augen und achten Sie darauf, durch den Mund und nicht durch die Nase zu atmen, um sinnliche und imaginative Stimulationen zu begrenzen ... Wenn all das nicht hilft, ziehen Sie sich ganz aus dem Akt zurück und sagen Sie das Abstinenzler-Mantra laut auf, wie es im vorherigen Kapitel vorgestellt wurde: ›Ich bin [IHR NAME] und ich habe meine Instinkte unter Kontrolle.‹«

Wieder blickt er auf die Straße. Noch ein Wagen fährt vorbei, und dann, ein oder zwei Minuten später, ein Bus. Er ist sich ziemlich sicher, das verzweifelte Gesicht seines Sohnes am Fenster gesehen zu haben. Hatte Rowan *ihn* bemerkt? Er hatte furchtbar ausgesehen. Wusste er Bescheid? Der Gedanke ängstigt ihn, und eine Veränderung geht in ihm vor. Aus flüssigem Vergnügen wird steinharte Pflicht. Er lässt den Motor an und fährt nach Hause.

»Ich bin Peter Radley«, murmelt er erschöpft. »Und ich habe meine Instinkte unter Kontrolle.«

THIRSK

Rowan und Eve sitzen in Thirsk im Kino, elf Kilometer von zu Hause entfernt. Rowan hat die Flasche mit dem Blut in seiner Tasche. Bisher hat er aber noch nichts davon getrunken. An der Bushaltestelle war er versucht gewesen, als er ein weiteres Graffito über sich entdeckte: ROWAN RADLEY IST EIN FREAK. (Wie bei der gleichlautenden Äußerung am vernagelten Postamt handelte es sich um Tobys Handschrift, der sich hier jedoch mehr Zeit gelassen und sich für würfelförmige Buchstaben in 3-D entschieden hatte.) Aber dann war Eve gekommen und der Bus auch und hatte sie hierhergebracht. Er sitzt still da, mit dem Wissen, wer sein Vater ist, und all den anderen Lügen seiner Mutter im Bauch.

Mit dem Film, den sie sich ansehen, kann er nichts anfangen. Zufrieden betrachtet er Eve, wie ihre Haut gelb und orange und rot aufleuchtet, wenn auf der Leinwand wilde Explosionen erblühen.

Solange er sie anschaut, verlieren die Briefe seiner Mutter ihre Relevanz, und da ist nur noch Eves Anblick und Eves Geruch. Gebannt starrt er auf den dunklen Schatten entlang der Sehne ihres Halses und stellt sich vor, wie das schmecken könnte, was darunter fließt.

Er beugt sich näher und näher zu ihr. Seine Zähne verändern sich, als er die Augen schließt, und machen sich bereit, in ihr Fleisch zu schlagen. Sie sieht, wie er sich nähert, und sie lächelt, hält ihm auch noch den Becher mit dem Popcorn hin.

»Danke, ich hab genug«, sagt er, seinen Mund bedeckend.

Er steht auf, will gehen.

»Rowan?«

»Ich muss mal«, sagt er und eilt an den leeren Sitzen in ihrer Reihe vorbei.

Jetzt im Moment weiß er, dass er sie nie mehr wiedersehen sollte. Er war so dicht davor, hatte die Kontrolle verloren.

Ich bin ein Monster. Ein Monster, mit einem Monster als Vater.

Er muss diesen intensiven Durst stillen, der in ihm steckt.

In der Männertoilette angekommen, zieht Rowan die Flasche aus der Jackentasche und reißt den Korken heraus. Sofort verschwindet der schale Gestank nach Urin, und er verliert sich in purer Lust.

Das Aroma kommt ihm äußerst exotisch und gleichzeitig zutiefst vertraut vor, obwohl er nicht weiß, woher er es kennt. Er setzt die Flasche an und trinkt. Mit geschlossenen Augen genießt er den berauschenden Geschmack. Alle Wunder dieser Erde sind auf seiner Zunge. Aber da ist auch diese seltsame Vertrautheit, wie bei der Rückkehr in eine Heimat, die er längst vergessen hat.

Erst als er absetzt, um Luft zu holen und sich den Mund abzuwischen, sieht er sich das Etikett genauer an. Statt eines Namens hat Will **Die Ewige 1992** darauf geschrieben.

Allmählich dämmert ihm die Bedeutung.

Die Ewige.

Und das Jahr, in dem er geboren wurde.

Sie ist in seinem Mund und in seiner Kehle.

Die Flasche erzittert in seiner Hand, das unvermeidliche Ergebnis eines Erdbebens aus Entsetzen und Wut tobt in seinem Inneren.

Er schleudert die Flasche gegen die Wand, worauf Blut an

den Keramikfliesen hinabläuft und sich am Boden in einer Pfütze sammelt. Einer roten Pfütze, die wie eine herausgestreckte Zunge auf ihn zukriecht.

Bevor sie ihn erreichen kann, geht er um sie herum, knirschend zertritt er ein Stück Glas auf dem Weg zur Tür. Im Foyer ist niemand außer dem Mann im Kassenhäuschen, der Kaugummi kaut und in der *Racing Times* liest.

Misstrauisch sieht er Rowan an. Er muss gehört haben, wie die Flasche zerbrochen ist, lässt den Blick aber weiterwandern, um das Mobiliar zu betrachten oder wenigstens so zu tun, etwas in Rowans Blick hat ihn alarmiert.

Draußen auf den Stufen atmet Rowan langsam und tief ein und aus. Es ist ziemlich kalt. Die Luft kommt ihm trocken vor. Es herrscht eine absolute und überwältigende Stille, die er brechen muss, also schreit er in den Nachthimmel hinauf.

Ein Dreiviertelmond wird von einer dünnen Wolke verhüllt.

Sterne blinken Signale aus vergangenen Jahrtausenden.

Nach diesem Schrei rennt er die Stufen hinunter und die Straße entlang. Schneller und schneller und schneller rennt er, bis daraus etwas anderes wird und er keinen harten Boden und auch sonst nichts mehr unter seinen Füßen spürt.

ATOM

Ice Mutants: The Rebirth III zählt nicht zu den besten Filmen, die Eve bisher gesehen hat. Der Plot handelt von Embryonen extraterrestrischer Lebensformen, die seit der letzten Eiszeit in den Polaren tiefgefroren waren und jetzt wegen der globalen Erwärmung auftauen und ausbrüten und sich in tödliche Unterwasser-Aliens verwandeln, die U-Boote zerstören, Dampfer, Tiefseetaucher und Ökokrieger, bis sie von der US Navy in Stücke gesprengt werden.

Aber nach etwa zwanzig Minuten ist die Geschichte keine Geschichte mehr, sondern eine Aneinanderreihung von immer übertriebeneren Explosionen und albernen computeranimierten Oktopus-Aliens. Das hatte sie jedoch kaum gestört, denn sie hatte neben Rowan gesessen, und allmählich wurde ihr bewusst, dass sie eigentlich kaum etwas lieber mochte, als neben ihm zu sitzen. Selbst wenn sie sich dabei solchen Blödsinn ansehen musste. Zumal man der Fairness halber Rowan gegenüber sagen musste, dass kein anderer Film lief. Schließlich ist das Thirsk Palace Cinema kein Filmpalast. Aber dann hatte Rowan sie verlassen, und jetzt sitzt sie allein hier, seit – sie blickt auf die Uhr, erkennt die Uhrzeit im Licht einer weiteren Explosion eines Bootes voller Aliens – fast *einer halben Stunde,* und fängt an, sich zu fragen, wo er abgeblieben ist.

Sie stellt den Becher mit dem Popcorn auf den Boden und steht auf, um nachzusehen. Nachdem sie kurzfristig etwas gehemmt einige junge Paare und explosionslüsterne Computertragödien hinter sich gelassen hat, steht sie draußen im Foyer.

Von ihm ist nichts zu sehen, nur der Mann hinter der Kasse, der auf nichts zu achten scheint, liest in einer Zeitung. Sie geht zu den Toiletten, die sie etwas versteckt in einer Ecke findet.

Sie tritt dicht an die Tür zur Männertoilette.

»Rowan?«

Nichts, allerdings spürt sie, dass jemand da sein muss.

»*Rowan?*«

Sie seufzt. Vielleicht hat sie ihn irgendwie gekränkt. Schon schleichen sich ihre üblichen Komplexe an. Vielleicht hatte sie zu viel über ihren Vater lamentiert. Dass ihnen Geld fehlte, war vielleicht das Zünglein an der Waage gewesen. Oder sie hat Mundgeruch. (Sie leckt sich die Hand, riecht daran, kann aber nichts entdecken außer dem süßlichen Babygeruch von Spucke auf Haut.)

Vielleicht liegt es an dem Airborne-Toxic-Event-T-Shirt, das sie anhat. In solchen Dingen sind Jungs manchmal Geschmacksfaschos. Sie erinnert sich an den Abend in Sale, als sie den zugegebenermaßen heruntergekommenen Tristan Wood zum Weinen brachte – *zum Weinen* –, weil sie erklärte, dass sie Noah and the Whale besser fand als Fall Out Boy.

Vielleicht hat sie mit dem Make-up übertrieben. Vielleicht war der apfelgrüne Lidschatten zu viel für einen Montag. Vielleicht lag es daran, dass sie im dickinsonschen Sinne arm und die Tochter eines psychotisch paranoiden Müllmann-Vaters ist, der seine Miete nicht bezahlen kann. Oder vielleicht, ganz vielleicht ist er ihr nah genug gekommen, um die Melancholie zu ahnen, die in ihrem Herzen sitzt und normalerweise tief unter einer oberflächlichen Maske aus fröhlichem Sarkasmus verborgen liegt.

Oder vielleicht liegt es auch einfach daran, dass sie allmählich anfängt, sich zu wünschen, dass er wiederkommt.

Dritter Versuch. »Rowan?«

Sie senkt den Blick auf den Boden, wo der Teppichbelag an der Tür endet.

Es ist ein grauenhafter Teppich, alt und abgetreten mit einem Muster wie in umtriebigen Bingosälen, das man nicht allzu lange anstarren kann, ohne das Gleichgewicht zu verlieren. Aber das Muster ist es nicht, das ihr Sorgen bereitet. Es ist die dunkle Flüssigkeit, die unter der Tür durchkommt und sich allmählich ausbreitet. Eine Flüssigkeit, die, wie sie allmählich realisiert, sehr gut Blut sein könnte.

Sie stößt die Tür vorsichtig auf, im Geiste auf das Schlimmste gefasst. Auf Rowan, der bewusstlos in einer Blutlache am Boden liegt.

»Rowan? Bist du da drin?«

Noch bevor die Tür ganz geöffnet ist, registriert sie die Blutlache, die aber anders aussieht, als sie sich vorgestellt hat. Da sind Glasscherben, wie von einer Weinflasche, aber für Wein ist das Zeug zu dickflüssig.

Irgendjemand muss da sein.

Ein Schatten.

Etwas bewegt sich. Es ist zu schnell, um es zu erkennen, und dann, bevor sie weiß, was es ist, wird sie von einer Hand mit ungehemmter Kraft in die Toilette gezerrt.

Der Schock presst ihr die Luft aus den Lungen, und erst eine oder zwei Sekunden später besitzt sie genügend Kraft und Geistesgegenwart, um zu schreien. Sie sieht das Gesicht des Mannes, kann aber eigentlich auf nichts anderes achten als auf seine Zähne, die überhaupt nicht wie Zähne aussehen.

Und in der Sekunde, die er braucht, um sie an sich zu reißen, ploppt nur ein einziger, entsetzlicher Gedanke unter ihrer Panik hoch. *Mein Dad hatte recht.*

Der Schrei ist da, viel zu spät.

Mit seinem Arm hält er sie inzwischen fest umklammert, und sie weiß, dass diese Zähne, die keine Zähne sind, immer näher kommen. Sie wehrt sich und kämpft mit jedem bisschen sinnloser Kraft, das sie aufbringen kann, tritt ihm gegen die Schienbeine, zerkratzt ihm mit den Fingernägeln das Gesicht, das sie nicht sehen kann, ihr Körper windet sich wie ein verzweifelter Fisch am Haken.

»*Gepflückt.*« Sein Atem in ihrem Ohr. »*Genau wie deine Mutter.*«

Sie schreit noch einmal, mit verzweifeltem Blick in die leeren Kabinen hinter den offenen Türen. Sie spürt ihn auf ihrer Haut, wie er ihren Hals durchbohrt, und kämpft mit jedem einzelnen Atom ihres Wesens, um dem Schicksal ihrer Mutter zu entkommen.

MITLEID

Will hatte weniger als eine Minute gebraucht, um von Bishopthorpe nach Thirsk zu fliegen, und das Kino in dem kleinen und leblosen Ort schnell gefunden.

Er war auf der obersten Stufe gelandet und hineingegangen, um sich direkt in den Zuschauerraum zu begeben. Im Foyer hatte er dann aber Helens Blutgeruch wahrgenommen und war ihm zu den Toiletten gefolgt.

Dort angekommen, hatte er seinen schlimmsten Albtraum wahr werden sehen. Der heile und perfekte Traum jener Nacht im Jahr 1992, der süßeste und reinste seines Lebens, lag zerschlagen auf einem schmutzigen Toilettenboden und floss davon. Das war zu viel gewesen. Er hatte eine Weile dagestanden, die kleinen gläsernen Flossen angestarrt, die aus ihrem Blut auftauchten, und versucht, den Anblick zu ertragen.

Und dann war das Mädchen hereingekommen. Das Copeland-Mädchen. Die so aussah, wie ihre Mutter einmal ausgesehen haben mochte, mit der gleichen Angst in den Augen.

Er hatte sie gepackt, weil es keinen Grund gab, sie nicht zu packen. Und jetzt, gerade jetzt, während er sie beißt, starrt er immer noch auf das Blut am Boden, bis er die Augen schließt.

Er schwimmt in einem See voller Blut, diesmal sogar ohne Boot. Schwimmt einfach unter Wasser.

Unter Blut.

Aber während er das Leben aus ihr heraussaugt, kommt

ihm wieder die gleiche schreckliche Erkenntnis. Die von letzter Nacht, mit Isobel im Black Narcissus.

Es ist nicht genug.

Es ist nicht einmal annähernd genug.

Und es ist nicht genug, weil es nicht Helen ist.

Am meisten irritiert ihn, dass Eve fast genauso schmeckt wie ihre Mutter, doch als er Tess aussaugte, hatte er sehr viel Spaß dabei gehabt und keinen Gedanken an die Frau verschwendet, die ihm jetzt nicht aus dem Kopf geht.

Nein.

Das schmeckt mir nicht.

Mir schmeckt nichts außer Helen.

Und als diese Wahrheit in seinem Kopf klarer wird, schmeckt das Blut, das ihm die Kehle hinunterrinnt, immer scheußlicher. Er sieht sich an der Oberfläche des Sees auftauchen, wo er nach Luft schnappt.

Und Eve hat er losgelassen, wie ihm auffällt, obwohl sie noch gar nicht tot ist.

Mir egal, denkt er, wie ein trotziges Kind.

Er will ihr Blut nicht.

Er will Helens Blut.

Eve ist noch nicht tot, wird es aber bald sein. Er sieht zu, wie sie sich an den Hals fasst, wobei das Blut zwischen ihren Fingern hindurchläuft und auf ihr T-Shirt tropft – von einer Band, von der er noch nie gehört hat –, und er hat sich noch nie so leer gefühlt. Er blickt zu Boden und erkennt, dass eigentlich er die Flasche ist, aus der alles Wesentliche herausgeflossen ist.

Sie lehnt an den Fliesen und sieht ihn furchtsam und erschöpft an.

Was alles auf den Gesichtern von Unblutigen passiert!

Lauter unsinnige Signale, die dazu führen sollen, dass man –
was denn eigentlich? Sich schuldig fühlt? Sich schämt? Mitleid hat?

Mitleid.

Er hat kein Mitleid mehr empfunden, seit er mit drei weiteren Pilgern gen Ibiza loszog, wo Lord Byron allein in seiner
Höhle im Sterben lag. Der jahrhundertealte Poet hatte blass,
zerbrechlich und uralt – beinahe wie sein eigener Geist – in
einem Ruderboot gelegen, mit einer Kerze in der Hand. War
das damals wirklich Mitleid gewesen oder Angst vor dem eigenen Schicksal?

Nein, denkt er.

Mitleid ist auch nicht mehr als eine Kraft, die einen
schwächt. Wie die Schwerkraft. Dafür geschaffen, um die Unblutigen und Abstinenzler in ihren kleinen Dörfern am Boden zu halten.

DER ZETTEL

Jared hatte über eine Stunde im Gebüsch gehockt und auf irgendeine Bestätigung gewartet, dass Alison Glenny ihm die Wahrheit gesagt hatte. Dass Will Radley von seiner Schwägerin getötet werden würde. Eine Weile sah er nichts, obwohl ihn beruhigte, dass ein BMW dort parkte, den er nicht kannte, am Ende der Straße. Glennys Wagen, nahm er an. Aber dann zerschlugen sich seine Hoffnungen, als er sah, wie jemand das Haus verließ.

Will Radley. Lebendig.

Als er beobachtete, wie er zuerst im Camper verschwand und dann wenig später davonflog, drehte sich ihm der Magen um. Einen Moment lang hatte er das Gefühl, beinahe kotzen zu müssen, wegen des vielen Knoblauchs zuvor, aber dann kam eine kühle Brise, die ihm half, die Übelkeit zu unterdrücken.

»Nein«, sagte er zu den grünen Blättern um ihn herum. »Nein, nein, *nein.*«

Jared hatte sich dann aus den Büschen befreit und auf den Heimweg gemacht. Als er an Alison Glennys Auto vorbeilief, hatte er ans Fenster geklopft. »Ihr hübscher Plan hat nicht funktioniert.« Neben ihr saß noch jemand im Auto. Irgendein dickbäuchiger, glatt rasierter Bär von Polizist, den er nicht kannte, starrte ungläubig durch die Windschutzscheibe zum Himmel hinauf.

»Wir haben ihr bis Mitternacht Zeit gegeben«, sagte Alison mit einer Stimme, die so kalt war wie ein Pistolenlauf. »Und wir geben ihr immer noch Zeit bis Mitternacht.«

Ihr Fenster hatte sich surrend geschlossen, und Jared war nichts anderes übrig geblieben, als nach Hause zu gehen.

»Beweise für Vampire beweisen nur, dass Sie wahnsinnig sind«, hatte Alison ihm einmal erzählt. Die gleiche Frau hatte ihm erklärt, dass er, falls er irgendwem gegenüber – einschließlich seiner Tochter – erwähnte, wen er für den Mörder seiner Frau hielt, wieder in der Klinik landen und für den Rest seines Lebens dort bleiben würde.

Er seufzte, denn er wusste, dass Will Radley um Mitternacht noch am Leben sein würde.

Es war alles zwecklos.

Er hielt sich im gleichen Dorf wie Will Radley auf, konnte aber überhaupt nichts tun. Er lief weiter, am Pub und am Postamt vorbei und am Delikatessenladen, der Partyhäppchen verkaufte, die er sich nicht leisten konnte, selbst wenn er sie hätte haben wollen. Eine Tafel mit Holzrahmen lehnte im beleuchteten Schaufenster und pries Parmaschinken an, Manzana-Oliven, gegrillte Artischocken und marokkanisches Couscous.

Ich gehöre nicht hierher.

Auf diesen Gedanken folgte noch ein weiterer.

Ich habe mich meiner Tochter gegenüber unmöglich benommen.

Er traf eine Entscheidung. Er würde nach Hause gehen und sich bei Eve entschuldigen. Es muss schlimm für sie gewesen sein, mit seinem seltsamen Benehmen und seinen strengen Regeln zurechtzukommen. Sie würden irgendwohin weiter weg ziehen, wenn sie es wollte, und er würde ihr alle Freiheiten gewähren, die einer vernünftigen Siebzehnjährigen zustanden.

Er erinnerte sich daran, wie er sonntags morgens mit Eve

zusammen gejoggt war, damals, als er die Zeit und die Energie für solche Dinge gehabt hatte. Sie hatte das Teenageralter erreicht und war plötzlich zur Fitnessfanatikerin geworden, ungefähr ein Jahr lang. Aber es hatte ihm Spaß gemacht, der kleine private Raum ohne die Mutter, wenn sie zusammen am Kanal entlangrannten oder an den alten verlassenen Gleisen bei Sale. Sie waren sich richtig nahegekommen, damals, als er sich noch um sie kümmern konnte, ohne sie dabei zu ersticken.

Ja, genug ist genug.

Es ist vorbei.

Wenn er, oder irgendein anderer, Will Radley umbrachte, würde er sich dann besser fühlen? Er wusste es nicht. Wahrscheinlich schon, aber eigentlich wusste er nur, dass es schon zu lange dauerte und dass er Eve zu viel zugemutet hatte und dass er damit aufhören musste.

Und dieser Gedanke beschäftigt ihn immer noch, als er in Lowfield Close Nummer 15 den Schlüssel herumdreht, eintritt und die Gemeinschaftstreppe hinaufsteigt. Noch bevor er die Wohnung betritt, spürt er, dass etwas nicht stimmt. Es ist zu still.

»Eve?«, ruft er, legt seine Schlüssel auf das Sims im Flur, neben einen roten Brief vom Wasserwerk in Yorkshire.

Er bekommt keine Antwort.

»Eve?«

Er geht in ihr Zimmer, aber da ist sie nicht: ihre Poster, das schmale Bett, der offene Schrank, sie selbst aber nicht. All die vertrauten Kleidungsstücke hängen auf Kleiderbügeln wie Geister.

Da liegt Make-up auf der Kommode, und der süße, chemische Duft nach Haarspray hängt in der Luft.

Sie ist ausgegangen. An einem Montagabend.

Wo zum Teufel steckt sie?

Er stürzt zum Telefon. Er ruft ihr Handy an. Keine Antwort. Dann entdeckt er den Zettel auf dem Wohnzimmertisch.

Dad,
bin mit Rowan Radley ins Kino gegangen. Glaube wirklich nicht, dass er ein Vampir ist.
Eve.

O mein Gott, denkt er.

Panik überfällt ihn von allen Seiten. Der Zettel entgleitet ihm, und bevor er den Teppich berührt, hat er die Autoschlüssel in der einen Hand und tastet mit der anderen nach dem kleinen goldenen Jesus an seinem Hals.

Raus, in den Regen.

Das zerschlagene Fenster. Eve hatte ihm gesagt, er müsse sich um das Auto kümmern, aber er hatte nicht auf sie gehört.

Egal, jetzt hat er keine Wahl, und die Zeit rennt ihm weg.

Er öffnet die Wagentür, steigt ein, ohne die kleinen Splitter von seinem Sitz wegzufegen, und fährt eilig los Richtung Thirsk.

IN EINER VERLORENEN WELT, DIE EINST IHR GEHÖRTE

Schmerz ist es eigentlich gar nicht, eher eine Art Auflösen. Als würde sie ihre Festigkeit allmählich verlieren und flüssig werden. Eve sieht sich um, betrachtet die Waschbecken und Spiegel. Die Kabinen und ihre offenen Türen. Die zerbrochene Flasche und die Pfütze mit dem Blut. Ihre Augenlider sind schwer, und sie will schlafen, aber da ist ein Geräusch. Die automatische Spülung von einem der Urinale weckt sie wieder auf, und sie realisiert, wer und wo sie ist und was gerade passiert ist.

Er ist jetzt weg, und Eve erkennt, dass sie hier rausmuss, um Hilfe zu holen.

Sie zieht sich hoch, aber es ist schwer, und noch nie hat sie sich von der Schwerkraft so sehr nach unten gezogen gefühlt.

Sie ist eine Taucherin, die zwischen den Überresten einer versunkenen Zivilisation umherirrt. In einer verlorenen Welt, die einst ihr gehörte. Sie schafft es bis zur Tür. Zieht mit aller Kraft und tritt hinaus auf den Teppich. Das Muster dreht sich unter ihr wie hundert kleine Strudel, und am anderen Ende des Foyers ist der Kartenverkäufer. Einen seltsamen Augenblick lang fragt sie sich, warum er sie so entsetzt anstarrt.

Ihre Hand gleitet von der Wunde.

Und dann ist da ein eigenartig kriechender Schatten, als würde ein Schiff über ihrem Kopf dahinziehen, und sie weiß, dass es etwas Schreckliches ist. Sie weiß, dass sie in ein oder zwei Sekunden nichts mehr wissen wird.

Sie löst sich darin auf, in der Schwärze.

Wie Salz im Wasser.

Jedes Lebenskörnchen löst sich allmählich auf und wird etwas anderes.

Hilfe.

Sie versucht dem verzweifelten Gedanken eine Stimme zu geben, ist sich aber nicht sicher, ob sie es schafft. Mit jedem Schritt wird sie schwächer.

Hilfe, bitte.

Sie hört eine Stimme, die mit ihrem Namen antwortet.

Es ist die Stimme ihres Vaters, die sie erkennt, als die Finsternis nicht mehr nur an den Rändern ihres Blickfeldes ist, sondern überall, wie eine Welle über ihr zusammenschlägt. Unter dem Gewicht taumelt sie, und zuletzt bleibt ihr nur die vage Erkenntnis, dass sie auf den Teppich sinkt.

BABY

Jared Copeland war in seinem Wagen zum Kino gerast, durch den Wind und den Regen, der durch die zerbrochene Scheibe peitschte, die Glassplitter klirrten einmütig auf dem Beifahrersitz. Auf halbem Weg, kurz vor dem Fox and Crown Pub in Farley, kam ihm der Minivan der Radleys entgegen, in dem nur Peter Radley hinter dem Lenkrad saß und allein nach Hause fuhr.

Bei seinem Anblick raste er noch schneller nach Thirsk, da er vermutete, dass Peter wahrscheinlich seinen Sohn abgesetzt hatte. Vor dem Kino angekommen, parkte er das Auto zur Hälfte auf dem Gehweg, rannte die Stufen hinauf und stürzte durch die Tür.

Und da ist er jetzt, im Foyer. Er sieht einen Mann in einem weißen Hemd, jemanden, der dort arbeitet, am Telefon schreien und gestikulieren.

»Hallo … wir brauchen auf der Stelle einen Rettungswagen … ja … ein Mädchen ist angegriffen oder irgendwie … sie blutet …«

Dann sieht Jared seine Tochter und das Blut und versteht. Sie ist von dem Radley-Jungen gebissen worden. Das Entsetzen treibt ihn an, sodass er für einen Moment wieder zu seinem alten Ich zurückkehrt und über die Panik hinweg in eine Art Hyperruhe verfällt, während er sich über seine Tochter beugt, um ihren Puls zu fühlen. Jede wache Minute in den letzten zwei Jahren wusste er, dass das passieren würde, und jetzt ist es so weit. Er wird alles tun, um sie zu retten. Vor zwei

Jahren war er in Panik verfallen und hatte geschrien, und als Will Radley diesen Schrei hörte, hat er seine Frau mit sich in den Himmel genommen. Diesmal muss er klüger handeln, und zwar schnell. *Das hier darf ich nicht versauen.*

Er hört den Angestellten reden, während der Puls seiner Tochter schwach an seinem Finger klopft. »Das Palace Cinema in Thirsk. Sie ist bewusstlos. Sie müssen sofort kommen.«

Jared überprüft die Wunde und das unaufhörlich fließende Blut. Er weiß, dass Heilung nicht möglich ist. Er weiß, dass landesweit in keiner Klinik jemand weiß, was er mit ihr anstellen soll. Er weiß, dass sie sterben wird, wenn er es mit Erster Hilfe versucht.

Der Angestellte hat jetzt aufgehört zu telefonieren.

»Wer sind Sie?«, fragt er Jared.

Jared ignoriert ihn und hebt seine Tochter auf. Dieselbe Tochter, die er als drei Kilogramm schweres, neugeborenes Baby im Arm gehalten hat, der er nachts die Flasche gegeben hat, wenn ihre Mutter zu erschöpft war, der er Abend für Abend »American Pie« vorgesungen hat, um sie in den Schlaf zu wiegen.

Flackernd heben sich kurz ihre Augenlider. Sie erholt sich so weit, dass sie »Es tut mir leid« sagen kann, und sinkt dann zurück in die Bewusstlosigkeit.

Der Angestellte will ihm den Weg verstellen. »Was machen Sie mit ihr?«

»Das ist meine Tochter. Bitte halten Sie die Tür auf.« Der Mann sieht ihm erst ins Gesicht, dann auf das Blut, das noch immer auf den Teppich tropft. Er baut sich vor Jared auf. »Ich kann nicht zulassen, dass Sie sie mitnehmen, Kumpel. Tut mir leid.«

»Gehen Sie aus dem Weg«, sagt Jared und sieht ihn unmiss-
verständlich an. »Treten Sie verdammt noch mal beiseite.«

Und der Angestellte gehorcht, sodass Jared rückwärts zur
Tür hinaustreten kann, während er seiner Tochter und sich
selbst wieder und wieder Mut zuspricht: »Alles wird gut. Alles wird gut. Alles wird gut …«

HÖHER UND HÖHER UND HÖHER

Toby verlässt Millers Fish & Chips Shop mit einer in weißes Papier gewickelten Portion und tritt auf seinem Fahrrad den Heimweg an. Lächelnd denkt er an das viele Geld, das er noch in der Tasche hat, und wie dämlich Rowan gewesen sein muss, als er es in den Briefkasten steckte. Und während er daran denkt, ahnt er nicht, dass er von oben verfolgt wird.

Er biegt links ab, nimmt den Fußweg über die Koppel mit den vielen Pferden, von dem er weiß, dass er den Weg zur Orchard Lane abkürzt.

Die Pferde galoppieren entsetzt davon, nicht wegen des Jungen auf dem Fahrrad, sondern wegen des Jungen oben über ihm, der tiefer und tiefer sinkt.

Und Rowan wird bewusst, während er sinkt, dass jetzt alles vorbei ist.

Er kann Eve nicht haben.

Er ist ein Freak.

Absolut allein in einer Welt voller Lügner.

Er ist der Sohn seines Vaters.

Er ist Rowan Radley. Ein Monster, das durch die Nacht fliegt.

Toby blickt nach oben und kann nicht glauben, was er da sieht. Der Fisch mit den Pommes rutscht unter seinem Arm weg und aus dem Papier zu Boden.

Sein Gesicht zeigt nackte Angst.

»Nein!«, sagt er. »Was zum …«

Er tritt fester in die Pedale und rast über einen Weg, der

für gemächliche und ältliche Sonntagsspaziergänge geschaffen ist.

Und Rowan folgt ihm, inzwischen weniger verärgert, mit klarem Kopf und falkenhafter Ruhe, schwenkt abwärts und sieht die Panik auf Tobys Gesicht, der bremsen und umkehren will. Die Zeit reicht aber nicht. Rowan hat ihn vorn an seiner Jacke gepackt und zieht ihn mühelos mit sich in die Luft, während sich Toby an den Lenker klammert und das Fahrrad nicht loslässt.

»Du hast recht«, sagt Rowan, mit gut sichtbaren Reißzähnen, als die Pferde unter ihnen zu beweglichen kleinen Pünktchen werden. »Ich bin ein Freak.«

Toby könnte schreien, aber das Entsetzen hat ihn zum Schweigen gebracht. Jetzt lässt er sein Fahrrad los, das auf der Straße landet.

Rowan hat vor, ihn zu töten. Um sich selbst zu beweisen, dass er wirklich ein Monster ist. Wenn er ein Monster ist, wird es ihm nichts ausmachen. Er wird nichts empfinden. Er wird einfach für immer weitermorden, von einem Ort zum anderen ziehen, wie sein Vater. Eine Serie von Kicks ohne Schuld oder menschliche Gefühle.

Er fliegt mit Toby höher.

Höher und höher und höher.

Toby zwingt sich, etwas zu sagen, obwohl ihm sein Urin warm am Bein hinunterläuft. »Es tut mir leid«, bricht es aus ihm heraus.

Rowan starrt seinem Nachbarn ins Gesicht, während er immer noch in der Luft höhersteigt.

Ein verängstigtes, verletzliches Gesicht.

Das Gesicht eines Opfers.

Nein.

Er kann das nicht. Falls er ein Monster ist, dann ist er ein anderes als sein Vater.

Er schreit gegen den fallenden Wind an.

»Falls du jemals wieder irgendwem irgendwas über meine Familie oder Eve sagst, bringe ich dich um. *Egal was.* Kapiert?«

Toby kann gerade noch nicken, kämpft gegen die Schwerkraft an.

»Und du wirst tot sein, falls du auch nur daran *denken* solltest, hiervon irgendwem zu erzählen. Klar?«

»Ja«, wimmert er. »Bitte …«

Es ist riskant. So oder so. Ihn zu töten. Ihn nicht zu töten. Aber Rowan wird auf keinen Fall sein letztes bisschen Tugend aufs Spiel setzen, indem er von Tobys bitterem Blut trinkt.

Er bringt ihn wieder runter, lässt ihn wenige Meter über dem Boden los.

»Hau ab«, sagt Rowan, als Toby schwankend auf seinen Füßen zum Stehen kommt. »Hau einfach ab und lass mich in Ruhe.« Rowan landet ebenfalls und sieht Toby nach, der die Flucht ergreift. Hinter ihm klatscht jemand in die Hände.

Will.

Sein Mund ist blutverschmiert, beschreibt einen Bogen wie bei einer aufgemalten tragischen Maske.

»Sehr gut, Pinocchio«, sagt Will, immer noch applaudierend. »Du hast die Seele eines echten Menschenjungen.«

In der Luft hat er Will nicht bemerkt. Hat er ihn die ganze Zeit beobachtet? Rowan wundert sich über das Blut in seinem Gesicht.

Will tritt vor. »Allerdings muss ich sagen, dass dein Gewissen im Campingbus eine Kehrtwendung gemacht hat.«

Er ist nah genug, sodass Rowan seinen Atem riechen kann, allerdings dauert es eine Weile, bis ihm klar wird, was er da eigentlich riecht.

»Stehlen«, sagt Will. »Das Kästchen hat ein fettes Kreuz. Aber keine Sorge, ich habe für Ausgleich gesorgt. Siehst du, du hast mein Blut gestohlen, und ich deins. Man nennt das Yin und Yang, mein Sohn.« Wahnsinn liegt in Wills Augen. Es sind die Augen eines Monsters. »Ich bin nicht wie du. Ich habe vor geraumer Zeit aufgehört, auf mein Gewissen zu hören. Hat zu viel Krach gemacht. Wie eine zirpende Grille im Ohr.«

Rowan versucht, zu verstehen, was er ihm damit sagen will. Er erkennt, wessen Blut er riecht, und die Erkenntnis trifft ihn wie ein Schlag in die Magengrube.

»Ich hab bloß getan, was du eigentlich tun wolltest«, sagt Will, der die Gedanken seines Sohnes liest. »Ich habe sie mir geschnappt und sie gebissen und ihr Blut probiert. Und dann …« Er lächelt, sagt alles, was ihm einfällt, um Rowan zu provozieren. »… dann habe ich sie getötet. Ich habe Eve getötet.«

Rowan denkt an Eve, wie sie ihm am Vormittag im Unterricht die Nachricht zugeschoben hat. Er denkt an das kleine Lächeln, das sie ihm geschenkt hat, und bei der Erinnerung wird ihm noch elender, sie überwältigt ihn beinahe. Es ist seine Schuld. Weil er Eve allein gelassen hat, konnte das passieren.

Eine kühle Brise streicht über sein Gesicht. Der Atem eines Geistes.

»Wo … ist …«

Will zuckt mit den Schultern, als hätte man ihn nach der Uhrzeit gefragt. »Ach, ich weiß nicht. Ungefähr sieben nautische Meilen draußen im Meer«, lügt er. »Inzwischen fast auf dem Grund, würde ich sagen, und erschreckt die Fische. Wobei die Farbe Rot im Wasser als Erstes verschwindet. Wusstest du das? Ist doch interessant, nicht wahr? Diese armen blinden Fische. Gefangen in einer Welt aus Blau.«

Rowan kann nicht klar denken. Die Verzweiflung sitzt so unmittelbar und absolut in seinem Gehirn, dass er nichts tun kann, als zu Boden zu sinken und sich wie ein Fötus zusammenzurollen. *Eve ist tot.*

Nicht so Will, dem Moral nie weniger anhaben konnte als jetzt, wo sein Sohn hilflos wie eine Marionette ohne Fäden am Boden kauert. Ein erbärmlicher, ekelhafter Anblick.

Er beugt sich über ihn und versetzt ihm einen Hieb mit der reinen Wahrheit. »Das war nicht einfach nur das Blut deiner Mutter, Rowan. Das war ein Traum, wie es hätte werden können, wenn du nie geboren worden wärst. Siehst du, es ist so, dass ich dich nie haben wollte. Auf Verantwortung reagiere ich *allergisch*. Allein der Gedanke daran schmeckt verfault. Wie Knoblauch. Ernsthaft, ich kriege Ausschlag, und mit Ausschlag kennst du dich ja aus. Man fühlt sich nicht wohl in seiner Haut.« Er hält inne, holt tief Luft und spuckt seine Meinung aus. »Ich wollte Helen, aber nicht mit dem ganzen *Gepäck*.«

Rowan hat die Schwäche von seiner Mutter, kombiniert Will, während er zusieht, wie der Junge vor sich hin murmelt. Sie hat ihn so gemacht. Ständig diese Lügen. Wie soll der Junge lernen, seine Prioritäten zu setzen, bei dem ganzen Unsinn?

»Sie hat vergessen, wer sie ist«, erklärt ihm Will. »Sie hat vergessen, wie sehr sie mich will. Aber ich bin nicht wie sie, und ich bin nicht wie du. Ich kämpfe für das, was ich will.

Und wenn man es mir nicht gibt, dann nehme ich es mir einfach.«

Will nickt vor sich hin. Jetzt liegt es so klar vor ihm, das Wissen, dass ihn weder Moral noch Schwäche aufhalten kann. Ich bin rein. Ich bin eine höhere Rasse. Ich stehe über all diesen Unblutigen und Abstinenzlern und kleinmütigen, verlogenen Seelen da draußen.

Ja, denkt er und lacht.

Ich bin Lord Byron.

Ich bin Caravaggio.

Ich bin Jimi Hendrix.

Ich bin sämtliche blutsaugenden Abkömmlinge von Kain, die je die Luft auf diesem Planeten geatmet haben.

Ich bin die Wahrheit.

»Genau, ich nehm's mir einfach.«

Er lässt seinen Sohn am Boden liegen, der Schwerkraft und ihren verbündeten Kräften unterworfen. Schnell und tief fliegt er über ein Feld, betrachtet die Erde mit der Geschwindigkeit, in der sie sich wirklich dreht.

Einen Atemzug später ist er vor der Haustür in der Orchard Lane Nummer siebzehn angekommen. Er zieht das Messer aus der Innentasche seines Regenmantels. Ein Finger seiner anderen Hand beschreibt einen kleinen Kreis in der Luft, lauert über der Klingel wie der Degen eines Fechters, bevor er zustößt. Dann drückt er auf den Knopf, viermal hintereinander in schneller Folge.

Ich.

Nehm's.

Mir.

Einfach.

AUS DER NASSEN FINSTEREN LUFT

Clara surft seit Stunden im Internet. Sie hat bei Wikipedia angefangen, auf der Suche nach Vampirkulturen, ist aber nicht sehr weit gekommen, da nur Unblutige Beiträge für Onlineenzyklopädien verfassen.

Irgendwo tief, tief unten auf den Google-Trefferlisten stieß sie dann allerdings auf einen interessanten Facebook-Klon namens Neckbook. Lauter intelligente, künstlerische, gut aussehende, wenn auch blassgesichtige Teenager tummelten sich dort und unterhielten sich in einer beinahe exklusiven Sprache, die sich aus eigenartigen Slangwörtern, Akronymen und Smileys zusammensetzte, wie sie sie noch nie in SMS- oder E-Mail-Nachrichten gesehen hatte.

Ihr war ein besonders umwerfender Junge mit einem misstrauischen Koboldlächeln aufgefallen, dessen Haare so schwarz waren, dass sie beinahe leuchteten. In seinem Steckbrief unter dem Foto stand:

Midnight Boy – Vollzeit Vera Pim, sucht non-sirking vert/ Langzeit-Chica/o für Liebesbisse, B-Reisen, plus literweise VB.

Clara war enttäuscht. Sie war ein Vampir, aber die gesamte blutsaugende Gemeinschaft war ihr fremd. Sie beschloss, auf YouTube zu gehen, um sich Clips aus den Filmen anzusehen, die ihr Will empfohlen hatte. Teile aus *Les Vampires*, *Dracula* (der Fassung von 1931 – »die einzige, bei der echte Vampire mitgemacht haben«, hatte Will gesagt), *Near Dark, Begierde* und dem mit Abstand besten, *The Lost Boys.* Aber plötzlich, jetzt, als sich auf dem Bildschirm Nudeln in Maden verwandeln, spürt sie, dass etwas nicht stimmt. Sie hat ein komisches Gefühl im Bauch und auf der Haut, als ob ihr Körper vor ihrem Verstand Bescheid wüsste.

Und dann passiert es.

Es klingelt an der Tür, und ihre Mutter macht auf.

Clara hört die Stimme ihres Onkels, aber nicht, was er sagt. Ihre Mutter schreit.

Clara rennt nach unten, wo Will ihrer Mutter im Flur ein Messer an die Kehle setzt.

»Was machst du da?«

Er deutet auf das Aquarell an der Wand. »Offensichtlich hat der Apfelbaum giftige Wurzeln bekommen. Muss gefällt werden.«

Clara hat keine Angst. Überhaupt keine. Sie denkt an nichts anderes als an das Messer. »Lass sie los.« Sie tritt vor.

»Nee, nee«, sagt er, schüttelt den Kopf und presst das Messer an Helens Haut. »Geht nicht.«

Helens Blick bohrt sich in ihre Tochter. »Clara, nicht. Geh einfach weg.«

Will nickt. »Deine Mutter hat recht. Geh einfach weg.« In seinen Augen liegt unverkennbarer Wahnsinn, der sagt, dass er zu allem fähig ist.

»Ich verstehe das nicht.«

»Du bist nichts, Clara. Du bist bloß ein naives, kleines Mädchen. Glaubst du, ich bin hierhergekommen, um dich aus der Scheiße zu holen? Wie kann man so dumm sein. Du bist mir total egal. Mach. Die. Augen. Auf.«

»Bitte, Will«, sagt Helen, als das Messer an ihrem Kinn

entlangstreift. »Es war die Polizei. Sie haben mich gezwungen ...«

Will ignoriert sie und redet im gleichen boshaften Ton weiter auf Clara ein. »Du bist ein Versehen«, erklärt er ihr. »Das traurige kleine Produkt von zwei Leuten, die zu schwach waren, um zu kapieren, dass sie nicht zusammenpassen. Das Ergebnis der fehlgeleiteten Instinkte deiner Eltern und ihrem Hass auf sich selbst ... Geh, kleines Mädchen. Geh und rette wieder die Wale.«

Dann zieht er Helen rückwärts durch die offene Tür nach draußen, und nach einer kurzen Unschärfe sind sie weg. Clara schnappt nach Luft, als sie realisiert, was gerade passiert ist. Er ist mit ihrer Mutter weggeflogen.

Sie rennt nach oben, öffnet das Fenster und beugt sich hinaus in den Regen. Sie kann sehen, wie sie immer weiter wegfliegen, direkt über ihr, allmählich mit der Nacht verschmelzen. Was soll sie nur tun? Als es ihr einfällt, greift sie nach der Flasche mit dem VB, die unter ihrem Bett liegt, und setzt sie an die Lippen. Ein Tropfen fällt in ihren Mund, aber sie hat keine Ahnung, ob das reicht.

Mit dem Wissen, dass dies die letzte Chance ist, ihre Mutter zu retten, klettert sie auf das Fensterbrett, beugt die Knie und taucht kopfüber in die regennasse Luft.

»Lass uns nach Paris fliegen, Helen. Lass uns die Magie wieder zum Leben erwecken ... oder einfach zum Mond fliegen.«

Er zieht sie beinahe senkrecht nach oben. Helen sieht ängstlich zu, wie das Haus unter ihr schrumpft. Sie drückt ihren Hals an die Messerklinge, gerade so viel, dass sie blutet.

Sie berührt das Blut.

Kostet es. Sie und er zusammen.

Und dann wehrt sie sich.

Sie wehrt sich gegen den Geschmack und die Erinnerungen, und vor allem wehrt sie sich gegen ihn, zerrt am Messer und stößt ihn weg.

Genau da sieht sie ihre Tochter zu ihnen hinauffliegen, durch den Regen.

»Nimm das Messer«, ruft ihr Helen zu.

Und Clara greift danach und entwindet die Waffe ihrem Onkel aus der Hand. Aber er stößt sie mit dem Ellenbogen, worauf das Messer bei den Felts auf dem Dach landet.

Das war's, denkt Helen und findet sich mit Wills unerbittlicher Kraft ab. *Am Ende wird er doch noch siegen.*

Das Haus ist nur ein weiteres schwarzes Viereck an der Orchard Lane, von oben ein dünner Strich in der Dunkelheit.

»Bitte, Will, lass mich einfach gehen«, fleht sie ihn an. »Lass mich bei meiner Familie bleiben.«

»Nein, Helen. Tut mir leid. Es geht nicht nur um *dich.*«

»Bitte …«

Das Dorf existiert nicht mehr. Es ist ein umgekehrtes Stück vom Himmel, ein dunkler Raum mit Punkten, der sich schnell entfernt.

Ich liebe Peter, erkennt sie jetzt. Ich habe Peter immer geliebt. Das ist die Wahrheit. Sie erinnert sich, wie sie Hand in Hand, verliebt kichernd an einem grauen Tag, mit ihrem künftigen Ehemann die Clapham High Street entlanglief, um gemeinsam Malutensilien zu kaufen.

»Wenn du lieber woanders hinwillst«, brüllt ihr Will durch die dröhnende Luft ins Ohr, »ruf's mir einfach zu. Valencia, Dubrovnik, Rom, New York. In Seattle gibt's 'ne gute Szene. Mir wäre nach einem Langzeit… He, in Venedig waren wir noch nie, oder? Da könnten wir hin und ein Auge auf die venezianischen …«

»Will, wir können nicht zusammen sein.«

»Du hast recht. Können wir nicht. Aber eine Nacht können wir uns gönnen. Und dann, am Morgen, wird es mir sehr schwerfallen, dir die Kehle …«

Bevor die Drohung beendet ist, hört Helen Lärm. Eine Stimme, die sie kennt, dröhnt auf sie zu. Plötzlich wird ihr Körper in eine andere Richtung geschleudert. Anschließend ist es still, und sie merkt, dass sie fällt. Das Dorf, die Straße und das Haus bewegen sich mit Höchstgeschwindigkeit auf sie zu, aber dann hört sie die Stimme ihrer Tochter, die sie anschreit.

»Flieg, Mum! Du kannst fliegen!«

Ja, denkt sie. Ja, ich kann wirklich fliegen.

Sie verlangsamt das Tempo in der Luft und vergisst die Schwerkraft, während ihre Tochter näher schwebt.

»Es ist Rowan«, sagt Clara und deutet auf die Silhouetten entfernter Gestalten, die über ihren Köpfen miteinander ringen. »Er kämpft mit Will.«

DAS GESICHT SEINES VATERS

Rowan hörte den Schrei seiner Mutter.

Er riss ihn aus seiner Verzweiflung, und als er in den Himmel blickte, erkannte er die Silhouette seiner Mutter mit Will. Seine Verzweiflung verwandelte er in Wut und flog ihr eilends zu Hilfe. Und jetzt, während er Will tiefer und tiefer zur Erde zurückstößt, fällt ihm auf, dass er alles schaffen kann.

»Warum Eve?«, schreit er, wobei ihm seine Stöße immer leichter fallen. »Warum?«

Will sagt nichts. In seinen Augen liegt eine traurige Form von Stolz.

Tiefer und tiefer und tiefer.

»Sieh mal, Rowan«, sagt Will, dessen Regenmantel wie ein schlaffes Segel vor ihm herflattert. »Du bist wie ich. Merkst du das nicht? Du bist mein Sohn. Du bist mein Blut. Wir könnten gemeinsam die Welt bereisen. Ich könnte dir alles zeigen. Ich könnte dir verflucht gut zeigen, wie man richtig *lebt*.«

Rowan achtet nicht auf ihn, als er das Dach ihres Hauses überfliegt, Will mit dem Rücken den Dachfirst streift und dabei die obersten Schindeln löst. Einen Augenblick später sind sie über ihrem Garten, und Rowan stößt kräftig nach unten, was eine rasante Landung im Gartenteich zur Folge hat.

Dort angekommen, tunkt er Will ins kalte Wasser, mit beiden Händen. Mit der einen drückt er das Gesicht nach unten, mit der anderen den Hals. Um ihn dort festzuhalten, auf dem

Grund des Teichs, und die unermüdliche Kraft zu bezwingen, mit der Will aufzutauchen versucht, braucht er seine ganze Wut und Stärke.

Lange wird er das nicht schaffen. Ein ganzes Leben zügellosen Blutkonsums verleiht seinem Vater eine Kraft und Ausdauer, mit der Rowan nicht mithalten kann. Er hat nur seine momentane Wut, aber die wird nicht reichen.

Er schließt die Augen. Bemüht sich, seinen Hass weiter zu schüren, während Will immer heftiger gegendrückt, unaufhaltsam stärker wird, bis er mit schrecklicher, vulkanartiger Energie hochschießt, sodass Rowan rückwärts im Teich landet. Eine Hand landet am Grund des Teiches, um sich abzustützen. Ertastet etwas.

Keinen Fisch. Keine Pflanze.

Metall.

Will beugt sich über ihn, will seinen Sohn wieder untertauchen.

Verzweifelt packt Rowan das Metall.

Schmerz.

Schneidet sich an der scharfen Klinge.

»Dauert eine Weile, bis man einen Vampir ersäuft hat«, sagt Will mit gebleckten Reißzähnen und taucht Rowan mit beiden Händen unter, »aber die Nacht ist ja noch jung.«

»Lass ihn los!« Das sind Clara und ihre Mutter, die aus der Luft auf sie zueilen. Will blickt hoch, als Rowan etwas unter dem Metall ertastet. Einen Stiel.

Will lacht ein wahnsinniges Lachen. Das Lachen eines Verdammten. Er wendet sich wieder Rowan zu, aber nicht schnell genug, um zu sehen, wie die tropfnasse Klinge der Axt blitzartig wie die Schwanzflosse eines Delfins aus dem Wasser schnellt und mit solcher Wucht in seinen Hals fährt, dass sich das Blatt ein letztes Mal zugunsten des Sohnes wendet und er Rowans urtümlichen Überlebensschrei kaum wahrnimmt. Will versucht, mit der Hand den Blutschwall zu stoppen, der sich aus seinem Hals über die Axt ergießt, und wird ins Wasser zurückgeworfen. Rowan hält ihn mit der Klinge unten, während sich im Wasser schwarze Blutwolken bilden.

Mutter und Schwester landen gerade auf dem Rasen, als er spürt, wie Will wieder zu Kräften kommt und auftauchen will, aber Rowan hält die Axt jetzt fest in beiden Händen und lässt nicht nach. Als Will den Kopf hebt, fährt die Klinge auch durch den Rest seines Halses, und endlich entweicht das Leben aus seinem Körper. Rowan kann das Gesicht – das Gesicht seines Vaters – schemenhaft erkennen, wie es von unten zu ihm hochstarrt. Ruhig. Sogar dankbar. Als wäre dies der einzige Weg gewesen, Frieden zu finden, durch die endgültige Trennung seines gierigen Körpers von seinem denkenden Verstand, umspült vom flüssigen Nebel seines eigenen Bluts.

Rowan bleibt noch eine Weile neben ihm stehen und sieht zu, wie die Regentropfen ins Wasser fallen. Einige Zeit vergeht, bis er sich an seine Schwester und seine Mutter erinnert, die schweigend aus einiger Entfernung der Szene beiwohnen.

»Geht es euch gut?«, fragt er.

Helen starrt in den Teich. »Ja«, sagt sie. Ihre Stimme hört sich ruhiger und irgendwie natürlicher an als sonst. »Uns allen geht es gut.«

Mit seinen geschärften Sinnen hört Rowan im Haus Schritte. Sein Vater – oder der Mann, den er bisher für seinen Vater gehalten hat – tritt hinaus auf die Terrasse. Er hat seinen Mantel an und die Autoschlüssel in der Hand, da er gerade erst zurückgekehrt ist. Einen nach dem anderen sieht er sie an. Endlich fällt sein Blick auf den Teich, und während er sich darauf zubewegt, sieht Rowan, wie seine Miene erstarrt, als er begreift, was passiert ist.

»O mein Gott«, sagt Peter und beugt sich über das Wasser. Seine Stimme ist kaum zu hören. »O mein Gott, o mein Gott, o mein Gott …«

»Er wollte Mum töten«, erklärt Clara. »Rowan hat sie gerettet.«

Irgendwann hört Peter auf zu murmeln und starrt seinen Bruder in dem dunklen, blutvernebelten Wasser an.

Als Rowan von Wills Körper klettert, fällt ihm Eve ein, und wieder ergreift ihn die Panik.

»Wo ist Eve?«, sagt er zu Clara und zu seiner Mutter. »Was hat er mit ihr angestellt?«

Sie schütteln ihre Köpfe.

Und Rowan schrumpft innerlich, als er sich vorstellt, wie Eves schlaffer Körper im Meer versinkt.

VERÄNDERUNG

Den ganzen Weg bis Bishopthorpe redet Jared auf seine Tochter ein und beobachtet sie im Rückspiegel. Sie liegt auf dem Rücksitz, fest eingewickelt in seinen Pullover. Der Wind fährt ihr durchs Haar, und der Regen sprenkelt ihre Haut und vermischt sich mit dem Blut, während er mit hundertfünfzig Stundenkilometern über die kurvenreiche Straße rast.

»Eve«, spricht er sie an, schreit fast, damit sie ihn durch den Wind und den Regen hören kann. »Eve, bitte, bleib wach.« Er denkt daran, wie sie ihn vorhin verachtet hat, an ihre Frustration und die Wut, die er seit zwei Jahren in ihren Augen sieht. »Es wird alles gut. Ich werde mich ändern. Es wird alles anders werden. Ich verspreche es dir.«

Eve macht die Augen nicht auf, und er weiß, dass es zu spät ist. Bäume und Straßenschilder rasen unbeachtet vorbei. Wenige Minuten nachdem er Thirsk hinter sich gelassen hat, fährt er in Bishopthorpe die Hauptstraße entlang. Die Abzweigung zum Lowfield Close saust rechts an ihm vorbei, aber er fährt weiter. Ein Mann, der aus dem Pub tritt, bleibt stehen und sieht den Corolla doppelt so schnell als erlaubt vorbeifliegen. Der Fish & Chips Shop, der Delikatessenladen, alles rast vorbei wie flüchtige Gedanken. Er verlangsamt das Tempo erst, als er sich der Orchard Lane nähert.

Beim Haus der Radleys angekommen, bleibt er ein paar Sekunden im Auto sitzen, um absolut sicherzugehen, dass er weiß, was er tut. Wieder versucht er, mit Eve zu sprechen. »Eve? Bitte. Kannst du mich hören?«

Das Blut läuft immer noch aus ihr heraus. Sein Pullover ist inzwischen dunkel und mit Blut getränkt, und er weiß, dass ihm nicht viel Zeit bleibt, um sich zu entscheiden. Eine Minute vielleicht. Vielleicht weniger. Draußen liegen all die teuren Villen ruhig und nichts ahnend da, und er spürt ihre herzlose Indifferenz gegenüber dem Leben seiner Tochter.

Die Zeit drängt, seine Entscheidung wird immer dringlicher. Soll er Eve als anderes Wesen, als etwas Hässliches, das töten könnte, weiterleben lassen, oder einfach zulassen, dass sie ihm entgleitet und eine harmlose Tote wie all die anderen wird?

»Eve?«

Ihre Augenlider flackern, öffnen sich aber nicht.

Er steigt aus dem Wagen und öffnet die hintere Tür. So vorsichtig wie möglich hebt er seine Tochter vom Rücksitz und trägt sie über die Straße.

Nein, sagt er zu sich selbst. *Nein. Was machst du da? Du kannst doch nicht …*

Er stellt sich vor, dass seine Frau irgendwo ist. Zusieht. Ein Urteil fällt, wie es nur Geister fällen können. »Tut mir leid, Tess. Tut mir so leid.«

Eve hängt schlaff in seinen Armen, als er die Einfahrt bei den Radleys hinaufläuft. Irgendwann tritt er fest, aber nicht zu heftig gegen die Tür. »Hilfe«, sagt er deutlich hörbar. Dann lauter: »Hilfe!«

Es ist Peter, der die Tür öffnet. Er sieht Jared an, dann Eve in dessen Armen. Und all das Blut, mit dem sie beide besudelt sind.

Jared schluckt heftig und sagt dann das, was, wie er weiß, gesagt werden muss. »Retten Sie sie. Bitte. Ich weiß, wer Sie sind, aber bitte, *retten Sie sie.*«

IN DIE FINSTERNIS

Sie stehen alle im Kreis, wie Hirten, die bei einem makabren Naturereignis zusehen. Rowan ist immer noch triefend nass, aber er zittert weniger vor Kälte als wegen des Anblicks: Eve, die auf dem Sofa liegt, während ihr Blut in den Stoff sickert, und Peter, der ihren Puls fühlt.

»Ist schon in Ordnung«, versichert Clara ihrem Bruder und drückt ihm die Hand. »Dad weiß, was er tut.«

Jared kniet am Ende des Sofas, hält seiner Tochter sanft den Kopf, die zwischen wachen Momenten und Bewusstlosigkeit hin und her pendelt. Als Eve das nächste Mal die Augen öffnet, begegnen sie Rowans Blick.

»Hilf mir«, sagt sie.

Rowan ist machtlos. »Ist schon gut, Eve ... Dad, gib ihr Blut. Rette sie.« Zur gleichen Zeit erklärt Helen Jared eindringlich, was der bereits weiß. »Wenn wir ihr Blut geben, wird sie zum Vampir. Verstehen Sie das? Sie wird sich vermutlich sehr stark hingezogen fühlen zu der Person, mit deren Blut wir sie konvertieren.«

Eves Augen ruhen immer noch auf Rowan. Sie weiß genau, was passiert. Sie weiß, dass er sie retten will, mehr als alles auf der Welt. Sie weiß ebenso gut wie er, wenn er sie retten darf, rettet er auch sich selbst. Außerdem weiß sie, dass sie ihn liebt, und während sie in diesem hilflosen Blick verharrt, wird ihr klar, dass Schicksal etwas ist, was sie selbst lenken muss.

Sie versucht zu sprechen. Wie ein Anker bleiben die Worte

in ihr stecken, sind zu schwer, aber sie versucht es erneut. »Deins«, sagt sie, aber er kann sie kaum hören. Einen Augenblick später ist er bei ihr, wenige Zentimeter entfernt, um besser zu hören. Ihre Augen schließen sich, erschöpft. Jeden letzten Rest Energie, der ihr noch geblieben ist, braucht sie, um zu sagen: »Dein Blut.«

Und versinkt.

Tiefer und tiefer in die Finsternis.

MUTTERLEIB

Sie schmeckt etwas.

Der Geschmack ist so vollkommen, dass sie ihn nicht nur einem Sinn zuordnen kann, sie spürt seine Wärme und sieht, wie der schwarze Ozean, auf dessen Grund sie sich befindet, von einem leuchtenden, wunderbaren Rot durchdrungen wird.

Und sie steigt wieder auf, zurück ins Leben.

Sie schlägt die Augen auf, und da ist Rowan. Er blutet. Da ist ein offener Schnitt in seiner Handfläche, im Fleisch an der Wurzel seines Daumens, aus dem das Blut in ihre Kehle rinnt. Er sieht besorgt aus, aber seine Sorge geht allmählich in Erleichterung über. Er hat Tränen in den Augen, und sie erkennt, dass er sie rettet, jetzt, in diesem Augenblick.

Während das Blut weiterrinnt, wird ihr bewusst, dass sie ihn wirklich kennt. Nicht alle trivialen Einzelheiten seines Lebens, keine bedeutungslosen Eckpunkte, die andere Leute wissen könnten, sondern etwas Tieferes. Es ist das Wissen, das ein Baby in der roten Wärme des Leibes seiner Mutter erfährt.

Ein totales, pulsierendes, Leben spendendes Wissen.

Und weil sie ihn so gut kennt, liebt sie ihn, und sie weiß, dass er für sie die gleiche Liebe empfindet, Liebe aus seinem Blut, die wie ein einvernehmliches Gebet zu ihm zurückfließt.

Ich liebe dich.

Du bist ich, und ich bin du.

Ich werde dich beschützen, so wie du mich schützen wirst.

Für immer.

Und ewig.

Sie lächelt, und er lächelt zurück.

Sie ist wiedergeboren.

Sie liebt.

Und nach zwei Jahren der Finsternis ist sie bereit, die wahre Herrlichkeit des Lebens zu empfangen.

»Es geht dir gut«, erklärt ihr Rowan. »Du bist hier. Es ist alles vorbei. Er ist weg.«

»Ja.«

»Ich danke dir.«

»Wofür?«

»Dafür, dass du noch lebst.«

Allmählich bekommt Eve mit, wer sich noch alles im Zimmer aufhält. Clara. Mr. und Mrs. Radley. Ihr Dad.

Er beobachtet sie, in seinem Gesicht sieht man, wie Erleichterung und Angst miteinander ringen.

»Tut mir leid«, flüstert sie.

Er schüttelt den Kopf und lächelt, aber der Moment ist so intensiv, dass er es nicht über sich bringt, irgendetwas zu sagen.

WENIGE NÄCHTE SPÄTER

Eine Frage an alle,
die in Versuchung kommen

In Momenten der Versuchung könnten Sie die Entscheidung treffen, statt zu töten, das Blut von anderen Vampiren zu trinken.

Bei VB lässt sich nie vorhersehen, welche Auswirkungen es auf Ihre Persönlichkeit hat und was Ihnen in Zukunft bevorsteht. Und da Sie Abstinenzler sind, wollen Sie wissen, was auf Sie zukommt. Sie wollen, dass jeder Tag so vorhersehbar ist wie der letzte, denn nur dann wissen Sie, dass Sie Ihre Instinkte ein Leben lang kontrollieren können und frei von egoistischen Begierden sind.

Wenn Sie schwach werden, wenn Ihre Vergnügungssucht über Ihre Prinzipien siegt und sich zahllose gefährliche Möglichkeiten eröffnen, dann werden Sie nie wissen können, was Ihnen bevorsteht.

Und eine plötzliche und unkontrollierbare Begierde mit verheerenden Folgen könnte Sie jederzeit überwältigen. Ja, es könnte sein, dass es nicht dazu kommt. Es könnte sein, dass Sie es schaffen, regelmäßig VB zu konsumieren und ein erfülltes Leben voller Spaß und ohne Schmerz zu führen, ohne sich selbst und anderen Schaden zuzufügen.

Sie sollten sich aber auch fragen, ob es sich wirklich lohnt, darüber das Los entscheiden zu lassen.

Lohnt es sich wirklich?
Diese Frage können nur Sie selbst beantworten.

Handbuch für Abstinenzler
(zweite Ausgabe), Seite 207 f.

RAPHAEL

Liebe kann einem ziemlich auf die Nerven gehen, denkt Clara, vor allem wenn sie neben einem auf dem Rücksitz sitzt, Händchen hält und Gedichte rezitiert. Natürlich *freut* sie sich für ihren Bruder, und für Eve auch, dass die beiden jetzt so glücklich zusammen sind, aber da sie während der ganzen Fahrt neben ihnen sitzen muss, könnte sie eine Atempause gut gebrauchen. Angewidert sieht sie zu, wie Eve ihren Kopf an Rowans Schulter schmiegt.

»Wer hätte gedacht, dass Vampire so schnulzig sind«, brummelt sie vor sich hin und schaut aus dem Fenster.

»Sagt das Mädchen, das früher wegen der Eisbären geheult hat«, sagt Rowan.

»Ich heule immer noch wegen der Eisbären.«

»Ach, willst du doch wieder unter die Veganer gehen?«, fragt Eve.

»Ich denke darüber nach. Wo wir doch jetzt Vampirblut trinken, sollte das gesundheitlich kein Problem mehr sein. Ich werde es ausprobieren und mich diesmal an meine Prinzipien halten.«

Eve tätschelt Clara das Knie. »Wir müssen dir nur einen netten Jungen suchen, den du konvertieren kannst.«

Clara stöhnt. »Gemischtes Doppel unter Vampiren«, sagt sie leicht angewidert. »Ich bitte dich.«

Es ist fünf Minuten nach Mitternacht, als sie in einer schwach beleuchteten Seitenstraße in der Nähe der Innenstadt von Manchester halten. Clara kann von ihrem Platz aus ihre Mum und ihren Dad gerade noch erkennen, die mit dem Türsteher verhandeln, während junge Vampire und Möchtegerns in einer Schlange hinter ihnen warten.

Was die Liebe angeht, ist auch ihr aufgefallen, wie viel besser ihre Eltern miteinander auskommen, seit Will tot ist. Natürlich hat sich ihr Dad wegen seines Bruders aufgeregt, aber seine Dankbarkeit, dass Helen noch am Leben war, schien bei Weitem zu überwiegen. Und ihre Mutter hat sich am meisten verändert. Sie ist jetzt so entspannt, als wäre ihr eine Last von den Schultern genommen, und sie schüttelt Peters Arm nicht mehr ab, wenn er ihn ihr um die Taille legt.

»Dein Dad hat also nichts dagegen?«, fragt Clara Eve, als ihre Eltern endlich im Black Narcissus verschwinden.

»Nichts dagegen würde ich nicht unbedingt behaupten«, erklärt Eve. »Ich würde sagen, es war gut, dass er dabei war, als diese Polizistin mit dir geredet hat. Aber ich glaube trotzdem, dass es immer noch schlimm für ihn ist. Obwohl er weiß, dass ihr anders seid als euer Onkel.«

Clara fällt eine Gruppe von Jungs auf, die vorübergehen. Der jüngste ist ziemlich attraktiv und ungefähr so alt wie sie. Er hat ein blasses, hübsches, koboldartiges Gesicht, und als er sie direkt ansieht, kommt er ihr irgendwie bekannt vor. Dann erinnert sie sich. Es ist der Junge, dessen Foto ihr gefallen hat, als sie auf der Neckbook-Seite war. Er sieht, wie sie ihn anlächelt, klopft ans Fenster, und Eve stupst Clara an, die das Fenster herunterlässt. »Ihr wollt wohl auch ins Black Narcissus?«

»Nein«, sagt Clara. »Mein Va… Unsere Freunde holen nur ein paar Flaschen für uns.«

Der Junge nickt und lächelt, dann hält er eine Flasche mit einem handgeschriebenen Etikett hoch. »Ihr könnt hiervon was abhaben, wenn ihr wollt.«

»Ich bin fürs Erste versorgt«, sagt Clara. »Trotzdem danke.«

»Also, wenn du mal auf Neckbook bist, schick mir eine Nachricht. Ich heiße Raphael. Raphael Child.«

Clara nickt. »Okay, mache ich.«

Der Junge geht weiter.

Gemischtes Doppel unter Vampiren, denkt sich Clara.

Vielleicht ist die Idee doch nicht so schlecht.

Neben ihr behält Rowan den Eingang zum Nachtclub im Auge, um seine Eltern nicht zu verpassen. Er spürt Eves Kopf an seiner Schulter und weiß, dass sie das Richtige tun. Endlich hält er sich nicht mehr für ein Monster. Eve ist nur in seiner Welt, weil er ist, wer er ist, und was auch immer in Zukunft passieren wird, er wird niemals bedauern, dass er die Macht hatte, sie wieder zum Leben zu erwecken.

Er weiß, dass es in Zukunft nicht leicht sein wird, ihre wahre Natur vor der Außenwelt zu verbergen, versteht aber, dass gewisse Dinge immer ein Geheimnis bleiben müssen. Deshalb hat die Polizei die Fotos von ihm als Kind nie zu Gesicht bekommen, und auch nicht die Briefe, die Helen Anfang und Mitte der Neunzigerjahre an Will geschrieben hat. Während Alison Glenny und weitere Mitglieder der Unnamed Predator Unit Wills Kopf und Körper im Teich der Radleys inspizierten und beseitigten, schlich sich Rowan aus dem Haus und betrat zum zweiten Mal an diesem Tag den Campingbus.

Er ist nicht mehr wütend wegen der Geheimnisse, die jene Fotos und Briefe offenbart haben. Seit er vom Blut seiner Mutter gekostet hat, konnte er ihr nicht mehr böse sein, da er mit ihrem Blut auch an Einfühlungsvermögen gewonnen hat. Er konnte nun verstehen, dass sie diese Dinge von ihm fernhalten wollte, um ihn zu schützen, und jetzt war es an ihm, ihr den gleichen Gefallen zu tun.

Also nahm er Streichhölzer und die Briefe und Fotos an sich, schlüpfte durch eine Lücke im Gebüsch auf das Feld hinter der Orchard Lane und zündete sie an. Es fühlte sich gut an. Mit dieser Tat konnte er Peter wieder zu seinem Vater machen. Und plötzlich fühlte er sich seltsam erwachsen, als wäre es genau das, was einen Erwachsenen ausmacht – die Fähigkeit, zu wissen, welche Geheimnisse gehütet werden mussten.

Und welche Lügen man braucht, um seine Lieben zu retten.

EIN SONG, DEN ER KENNT

Die Musik ist so laut, dass Helen und Peter sich nicht verständigen können, während sie sich durch die Menge der tanzenden, schwitzenden Körper drängen. Sie wissen, dass man ihnen nachblickt, so unverkennbar zu alt und auffallend, in ihrer konventionellen Kleidung aus Katalogen oder von Marks & Spencer. Das macht aber nichts. In gewisser Weise macht es sogar Spaß. Peter grinst Helen an, und sie grinst zurück, wie über einen gemeinsamen Witz.

Sie werden voneinander getrennt, was Helen nicht merkt, sie folgt den Schildern zur Garderobe.

Ein Mädchen tippt Peter an die Schulter.

Sie ist hinreißend in ihrer engen Hose mit dem dunklen Haar und den einladend grünen Augen. Lächelnd entblößt sie ihre Reißzähne, fährt mit der Zunge darüber. Dann beugt sie sich zu ihm und sagt ihm etwas, was er wegen der Musik nicht versteht.

»Bitte?«, fragt er.

Sie lächelt. Streicht sich das Haar aus der Stirn. Sie hat ein Tattoo am Hals. Zwei Worte: HIER BEISSEN.

»Du gefällst mir«, sagt sie. »Lass uns nach oben gehen und hinter den Vorhang verschwinden.«

Peter merkt, dass in diesem Moment genau das passiert, wovon er fast zwei Jahrzehnte lang geträumt hat. Jetzt, da er weiß, dass Helen ihn wieder liebt, ist das Mädchen keine Versuchung mehr.

»Ich bin mit meiner Frau hier«, erklärt er ihr und geht

schnell weiter, falls der weibliche Vampir auf irgendwelche Ideen kommen könnte.

Er holt Helen ein, die an der Treppe angekommen ist, und in diesem Moment spielt der DJ einen Song, den er aus alten Zeiten kennt. Die Menge tobt wie damals in den Achtzigern.

»Bist du sicher, dass du das auch willst?«, erkundigt sich Peter bei Helen, gerade laut genug, damit sie ihn verstehen kann.

Sie nickt. »Ich bin mir sicher.«

Und dann sind sie irgendwann an der Reihe, und der dürre Garderobier inspiziert Peter und Helen mit seinen misstrauischen Käferaugen.

»Kriegt man hier Vampirblut in Flaschen?«, fragt Helen. »VB?«

Sie muss die Frage wiederholen, bis sie verstanden wird. Irgendwann nickt der Mann.

»Wir hätten gern fünf!« Sie hält fünf Finger hoch und lächelt. »Fünf!«

SELBSTHILFE

Auf halbem Weg nach Hause bemerkt Rowan etwas unter dem Sitz seiner Mutter. Ein abgegriffenes Taschenbuch, das er sofort erkennt: Das *Handbuch für Abstinenzler.*

»Was machst du da?«, fragt seine Schwester.

Eve schaut auf das Buch in der Hand ihres Freundes. »Was ist das?«

»Mach das Fenster auf.«

»Rowan, was hast du vor?«, fragt Helen vom Vordersitz.

Eve lässt das Fenster herunter, damit Rowan das Buch hinaus gegen die Leitplanke der M62 schleudern kann.

»Selbsthilfe«, lacht er, bevor er die Flasche ansetzt, um sich einen Schluck des himmlischen Getränks zu genehmigen.

NUR EIN KLITZEKLEINER TROPFEN

Besonders einfach ist es nie, wenn man akzeptieren muss, dass sich die Tochter, um die man sich seit ihrer Geburt gekümmert und für die man gesorgt hat, in ein ausgewachsenes, blutrünstiges Geschöpf der Finsternis verwandelt hat. Aber für Jared Copeland, dem die Schrecken des Vampirismus bewusster sind als den meisten Menschen, ist das Wissen um die Konversion seiner Tochter besonders schwierig zu verdauen.

Die entsetzlichen Wahrheiten, mit denen sich Jared konfrontiert sieht, werden noch verstärkt durch den Umstand, dass sie von einem Radley konvertiert wurde, einem Blutsverwandten des Mannes – falls Mann die richtige Bezeichnung ist –, der sich zur Befriedigung seiner verkommenen Gelüste an der Frau vergriff, die Jared liebte.

Der Anblick von Eve, ihre Veränderung, verursacht Jared tiefstes Unbehagen. Ihre plötzlich blasse Haut, das radikal veränderte Schlafverhalten und die gemüselose Ernährung, und dann ist beinahe jeden Abend der junge Rowan Radley bei ihr, worauf er gut verzichten könnte.

Und doch – und das ist ein bedeutendes UND DOCH – hat es Veränderungen gegeben, von denen sogar Jared zugeben muss, dass sie ihm gefallen. Zum Beispiel reden sie inzwischen richtig miteinander. Sie streiten oder echauffieren sich nicht, wie bei ihren früheren Machtkämpfen, sie *reden*. Über die Schule, über Jareds Bewerbungen (»Ich habe keine Lust, den ganzen Tag den Müll anderer Leute zu sortieren«), über das Wetter (»Dad, scheint die Sonne immer so *hell?*«) und auch über liebevolle Erinnerungen an Eves Mutter.

Er ist froh, dass Eve noch lebt, und hat sogar erkannt, dass es im Interesse aller ist, wenn sie pro Woche eine Flasche Vampirblut trinkt.

Schließlich war er noch im Haus der Radleys, als Chief Superintendent Alison Glenny Clara riet, vielleicht gelegentlich etwas Blut zu konsumieren, wenn auch nur, um das Risiko eines weiteren überwältigenden Blut-Durstes zu verringern.

»Denn wenn du die Grenze wieder überschreitest und noch einmal tötest, wird es keine zweite Chance geben«, hatte sie ihr erklärt.

Um seine Tochter davor zu bewahren, dass sie zur ausgewachsenen Mörderin wird, hat sich Jared mit dem Vorschlag einverstanden erklärt, den ihm Helen unterbreitet hat, und ihr erlaubt, jeden Freitagabend mit nach Manchester zu fahren, um sich ihren Schuss Blut zu besorgen, solange sie das Zeug niemals mit nach Hause nimmt und in der Wohnung trinkt.

(Und was die Wohnung angeht, sieht es so aus, als ob sie jetzt doch noch einige Zeit bleiben könnten. Beim Leeren der Mülltonnen auf der Hauptstraße traf Jared Mark Felt, der aus dem Delikatessenladen trat, mit einer Papiertüte, aus der eine gigantische Wurst herausschaute. Jared hatte sich entschuldigt, weil er mit der Miete im Verzug gewesen war, und erklärt, jetzt, da er einen Job hatte, würde es nicht wieder vorkommen. Zu seiner Verwunderung hatte Mark gelächelt und mit den Schultern gezuckt – obwohl das Geld, das Rowan ihm hatte zukommen lassen wollen, nie weiter als bis zu Toby gekommen war. »Null Problemo«, hatte er ihm geantwortet

und ihm einen versöhnlichen Klaps auf den Rücken gegeben.
»Es gibt Schlimmeres.«)

Trotzdem geht es Jared nicht gut, und es fällt ihm außerordentlich schwer, einzuschlafen, solange in seinem Kopf ein Zyklon aus Sorgen tobt. Es sind genau die Sorgen, die er sich jetzt gerade macht, als er hört, wie Eve um zwei Uhr morgens nach Hause kommt.

Er steht auf, um nachzusehen, ob es ihr gut geht. Sie ist im Wohnzimmer und trinkt Blut, direkt aus der Flasche.

Er ist enttäuscht.

»Dad, tut mir leid«, sagt sie, mit einem unverkennbar glücklichen Leuchten in den Augen. »Ich wollte bloß nicht alles auf einmal austrinken. Ich wollte es mir einteilen, verstehst du?«

Er müsste ihr böse sein, aber er hat die Nase voll vom Bösesein. Zu seiner eigenen Überraschung setzt er sich einfach neben sie auf das Sofa. Sie hat den Fernseher leise gestellt und sieht sich Musikvideos an. Von den Bands hat Jared noch nie etwas gehört. The Pains of Being Pure at Heart. The Unloved. Yeah Yeah Yeahs. Liechtenstein. Eve setzt die Flasche ab und stellt sie auf den Tisch. Sie will in seiner Gegenwart kein Blut mehr trinken.

Sie sitzen beieinander und unterhalten sich eine Weile, und dann steht Eve auf. »Ich heb's mir für morgen auf«, sagt sie und deutet auf die Flasche, und Jared ist erleichtert über ihre Selbstbeherrschung, obwohl er ahnt, dass sie das hauptsächlich ihm zuliebe tut. Eve geht zu Bett, aber Jared bleibt vor dem Fernseher sitzen, als ein älteres Video auf dem Bildschirm erscheint. »Ashes to Ashes« von David Bowie. Früher war er ein kolossaler Fan von David Bowie, damals, als er noch wusste, wie man sich richtig in die Musik einfühlt. Und während er so dasitzt, zusieht, wie die Prozession der Harlekins über den Bildschirm zieht, verspürt er ein seltsam zufriedenes Gefühl, das von dem schweren Duft herzurühren scheint, der in der Luft liegt. Es ist ein komplexer, zutiefst beunruhigender Duft, der immer stärker wird, je mehr man sich darauf konzentriert, und er wünscht, er würde noch intensiver werden. Er reckt sich ihm entgegen, dem Duft, und merkt, dass er sich auf die Flasche mit dem unverkorkten Hals zubewegt, aus dem wunderbare Aromen steigen, wie Sporen himmlischer Pollen.

Er hält die Flasche jetzt in seiner Hand und die Nase direkt über dem Hals, einfach aus Neugier. Fünf Stunden lang hat seine Nase heute unter den Ausdünstungen von Haushaltsabfällen gelitten. Massen von verfaulten Früchten und saurer Milch und vollen Windeln, alles miteinander vermengt, bis sich ein Gestank ausbreitete, der so stark war, dass er ihm in der Kehle steckte. Er könnte in der Tat vergessen, dass es diese Gerüche gibt. Die Gerüche nach Verrottung und Verwesung, die menschliche Wesen produzieren. Er könnte sie fortspülen und von ihrem Gegenteil kosten. Er könnte sich verlieren oder sich *finden,* in diesem berauschenden, lebenserfüllten Duft nach Hoffnung.

Er debattiert mit sich selbst.

Das ist Vampirblut. Da steckt alles drin, was ich für hassenswert erklärt habe. Ich darf das nicht tun. Natürlich nicht.

Aber doch nur ein kleiner Schluck. Nur ein klitzekleiner Tropfen. Der kann doch nicht schaden, oder? Nur um Bescheid zu wissen. Der Song ist noch nicht zu Ende, als er die Flasche an die Lippen setzt, die Augen schließt und sie langsam – sehr, sehr langsam – nach hinten kippt.

MYTHEN

Zu Hause angekommen, trinken Helen und Peter ihr Blut im Bett. Sie haben beschlossen, sich zivilisiert zu benehmen, weshalb sie es aus Weingläsern trinken, die sie im vergangenen Jahr kurz vor Weihnachten bei Heal's gekauft haben.

Nach ein paar zögerlichen Schlucken fühlt sich Helen hellwach und so voller Leben wie seit Jahren nicht mehr. Sie bemerkt, wie Peter sehnsüchtig ihren Hals betrachtet, und weiß, was er denkt, auch wenn er es nicht sagt. *Wäre es nicht netter, wenn wir jetzt gegenseitig unser Blut trinken würden?*

Er stellt sein Glas ab und kuschelt sich an sie, um ihr einen zarten Kuss auf die Schulter zu hauchen. Ihr fällt auf, dass sie sich gerade nichts sehnlicher wünscht, als seine Reißzähne zu sehen und sich im gegenseitigen Voneinander-kosten zu verlieren. Aber das wäre nicht richtig. Irgendwie stimmen die Voraussetzungen dafür nicht.

»Weißt du«, sagt er leise. »Das mit neulich Nacht, das tut mir leid.«

Helen sagt nichts und fragt sich einen Moment lang, wofür er sich entschuldigt.

Er hebt den Kopf von ihrer Schulter und lehnt sich zurück in das Kissen.

»Du weißt schon, mein *Gejammer*«, erklärt er ihr, als könnte er Gedanken lesen. »Über Blut trinken und all das. Und das über unsere Ehe hätte ich auch nicht sagen dürfen. Es war unverantwortlich, und ich hab's nicht so gemeint.«

Es fühlt sich seltsam an, als sähe und hörte sie ihn zum ersten Mal. Er ist immer noch attraktiv, stellt sie fest. Nicht auf diese gefährliche Weise wie sein Bruder, aber er hat etwas wirklich Liebenswertes und Angenehmes.

Sein Anblick macht sie traurig, trotz allem. Traurig wegen all der verlorenen Tage, Wochen, Monate, Jahre, in denen sie ihn vermisst hat, obwohl sie ihr Leben mit ihm teilte. Und sie ist traurig, weil sie gleich etwas tun muss, damit es irgendeine Hoffnung auf einen wahren Neubeginn gibt, ein Leben frei von Lügen und Geheimnissen.

»Nein«, sagt sie zu ihm, »eigentlich hattest du mit ziemlich vielen Dingen recht. Die Art und Weise, wie ich … manchmal war es wie Theater.«

Sie denkt an das Buch neben ihrem Bett. Das sie für den Lesekreis lesen musste. Sie hat es noch nicht zu Ende gelesen, will es aber tun, wenn auch nur, um herauszufinden, was mit dem Mann und der Frau am Schluss passiert. Wird er ihr sagen, dass er für die Tötung ihrer geliebten Spatzen verantwortlich ist, deren Tod Auslöser für ihren Zusammenbruch war? Und falls er es ihr erzählt, wird sie ihm verzeihen können, dass in ihrer Umgebung kein einziger Vogel mehr singt?

Sie fragt sich, wie viel Vergebung Peter in sich hat. Könnte es sein, dass er irgendwann mit alldem zurechtkommt, wo er doch wusste, dass Will immer alles bekam, was er sich wünschte? Oder hat es im Lauf der Jahre zu viele Lügen gegeben? Wird die Wahrheit über Rowan zu viel für ihn sein?

»Nun ja«, sagt er, »ich schätze, bis zu einem gewissen Grad ist jedermanns Leben nur Theater, meinst du nicht?«

Er lächelt, und es zerreißt sie beinahe, weil sie weiß, dass sie die Gelegenheit nutzen muss. »Peter, es gibt da etwas, das ich dir erzählen muss«, hebt sie an, und ihr Körper wird starr vor Angst. »Etwas aus der Vergangenheit, das aber immer noch mit uns zu tun hat. Über Will und über mich und über uns. Uns alle.«

Sie bemerkt, dass seine Augen leicht flackern, als würde er sich an etwas erinnern oder einen Zweifel bestätigt sehen. In seinem Blick liegt eine seltsame Intimität, und ihr fällt ein, was Will am Samstag zu ihr sagte. *Er war immer schon ein ziemlicher Blutsnob, unser Peter.* Hatte er einen Verdacht gehegt, in jener ersten Nacht ihrer Flitterwochen?

Helen wird schlecht. Sie fragt sich, ob er die Zusammenhänge erst jetzt erkennt oder ob er alles schon lange weiß.

»Helen, es gibt nur eine Sache, die mich interessiert. Nur eine einzige Sache habe ich immer schon wirklich wissen wollen.«

»Was?«

»Ich weiß, ich höre mich an wie ein Teenager, aber ich will wissen, ob du mich liebst. Ich muss es wissen.«

»Ja, ich liebe dich.«

Es ist so einfach, es laut zu sagen, diesen Satz, den sie nie richtig sagen konnte, nicht aus Überzeugung, seit der Nacht ihrer Konvertierung. Aber jetzt ist es so natürlich wie das Abstreifen eines Handschuhs. »Ich liebe dich. Ich will mit dir alt werden. Das will ich mehr als alles andere. Aber, Peter, ich glaube wirklich, dass ich dir alles sagen sollte.«

Ihr Ehemann sieht sie mit liebevoller Enttäuschung an, als wäre sie diejenige, die nichts kapiert. »Sieh mal, Helen«, sagt er. »Der größte Teil der Welt kann nicht glauben, dass es uns gibt. Für sie sind wir Mythen. Die Wahrheit ist das, was die Leute glauben wollen. Verlass dich drauf, ich sehe das jeden Tag bei der Arbeit. Die Leute wählen eine Tatsache aus, die ihnen gefällt, und ignorieren den Rest. Ich weiß, vielleicht ist das Blutgerede, aber ich will an uns glauben. An dich und mich. An zwei Leute, die sich lieben und immer geliebt haben, wahrhaftig, trotz allem, und dass da nie etwas dazwischenkam und -kommen wird. Und vielleicht ist das jetzt ein Mythos, aber wenn du bereit bist, an diesen Mythos fest genug zu glauben, wird er wahr werden. Ich glaube nämlich an uns, Helen. Das tue ich wirklich.« Jetzt ist er nicht mehr so ernst. Er lächelt sie an, mit seinem alten Lächeln. Diesem verhexten Radley-Lächeln, in das sie sich einst verliebt hat. »Du bist wirklich verflucht sexy, Helen, weißt du das?«

Wahrscheinlich ist es Blutgerede, denkt Helen, aber jetzt im Moment ist sie mehr als bereit, zu glauben, dass es wieder so sein wird wie früher. Ohne Morde, hoffentlich. Und ein paar Stunden später, nachdem sie glücklich in der Dunkelheit wach gelegen und sich vorgestellt haben, der andere würde schlafen, umarmen und küssen sie sich in einer einmütigen Bewegung, und ihre Zähne wandeln sich so natürlich und unwillkürlich wie in einem Traum. Und bevor sie es mitbekommen, trinken sie voneinander.

Für Helen wie für Peter ist das wie beim ersten Mal. Zum ersten Mal so frei von Ängsten und von Zweifeln. Es fühlt sich wunderbar und warm an, wie eine Heimkehr, aber in ein Heim, von dem sie immer gewusst haben, ohne es jemals wirklich zu erreichen. Und als die ersten gefiederten Spuren des Morgenlichts durch ihre Vorhänge sickern, versinken sie tiefer in der Dunkelheit unter der Bettdecke, und für einen Moment vergisst Helen sogar, dass Blut auf die Laken tropfen könnte.

Glossar für Abstinenzler

Abstinenzler: Ein geborener oder konvertierter Vampir, dem es gelungen ist, seine Blutsucht zu überwinden.

Blutdenken: Die durch Blut verursachte Fähigkeit, den Verstand eines Unblutigen zu kontrollieren. Dieses unmoralische Treiben bleibt einzig praktizierenden Vampiren vorbehalten und wird von der Gemeinschaft der Abstinenzler zutiefst verabscheut.

Blutsüchtiger: Spezialausdruck für Vampire, allgemein von Abstinenzlern bevorzugt, gelegentlich verkürzt zu »Blüchtiger«.

Bram: Ursprünglich eine Abkürzung für Blood Resistor's Animal Meat; Bram bezieht sich auf Ernährung abstinenter Vampire und ist möglicherweise eine Anspielung auf den Autor von *Dracula* (der selbstverständlich Abstinenzler war und sich ausschließlich von Pferdefleisch und Schweineblut ernährte).

Cry-Boy: Ein männlicher Unblutiger, der Ehrfurcht vor der Vampirkultur hat; siehe auch: Sylvie.

Energie: Unklarer Sammelbegriff, der die zahllosen physischen und psychischen Kräfte umschreibt, die durch Blutgenuss hervorgerufen werden, einschließlich gesteigerter sinnlicher Wahrnehmungsfähigkeit, Fliegen ohne Unterstützung und, in gewissen Fällen, Blutdenken.

Georging: Den eigenen Tod simulieren, um ein neues Leben zu beginnen. Bezieht sich vermutlich auf den Poeten Lord George Gordon Byron, der seinen Tod auf einem Schlachtfeld in Griechenland simuliert hat, was er anschließend vermutlich noch öfter tat, um ungehindert seiner Blutlust frönen zu können.

Instinkt: Ein fehlgeleiteter und gefährlicher Impuls, über den Unblutige häufig Lippenbekenntnisse ablegen, weil sie fälschlicherweise glauben, mit dem eigenen im Einklang zu leben.

KMS: Konstantes Migräne-Syndrom.

Konverter: Ein gebürtiger Vampir, der einen Menschen konvertiert hat, indem er das Blut, das er/sie ihm genommen hat, durch seines/ihres ersetzt. Der Altersunterschied zwischen Konvertern und Konvertierten darf nicht mehr als ein Jahrzehnt betragen, damit die Konversion Erfolg hat.

Konvertierter: Ein gebürtiger Unblutiger, der, mit oder ohne sein Einverständnis, von einem Vampir gebissen und dann mit dessen Blut gefüttert wurde, was zur Folge hat, dass er überlebt. Der Preis ist, dass er selbst blutsüchtig wird.

OVA: Orphaned Vampire Agency; Vermittlungsstelle für verwaiste Vampirkinder.

Praktiker: Praktizierender Vampir; ein Blutsüchtiger, der nicht in der Lage oder nicht bereit ist, sein unmoralisches Verhalten aufzugeben.

Reißer: Anderer Begriff für Reißzähne, der von Praktikern vorgezogen wird.

Rote Stunde: Begriff, mit dem Abstinenzler und Praktiker jene Stunde der Nacht – elf Uhr – meinen, in der die intensivsten Gelüste einsetzen, die nach Mitternacht wieder abklingen.

Sirker: Ein Abstinenzler, der von Verfehlungen träumt, sie aber nie begeht. Es wird vermutet, dass sich der Begriff auf den wohlbekannten Filmregisseur von Melodramen und abstinenten Vampir Douglas Sirk bezieht.

Sylvie: Weibliches Pendant zu Cry-Boy.

ÜBD: Überwältigender Blut-Durst; eine plötzliche und intensive Gier, häufig hervorgerufen, wenn die wertvollen Substitute für menschliches Blut abgelehnt werden, wofür Vegetarier und Veganer besonders empfänglich sind; ein ÜBD setzt häufig ohne oder mit nur geringer Vorwarnung ein, was den Abstinenzler wehrlos macht.

Unblutiger: Nicht konvertierte gewöhnliche Menschen, die glauben, Vampire wären Fiktion.

Vampir: Romantischer Standardausdruck für weibliche wie männliche Blutsüchtige, unabhängig davon, ob sie praktizieren oder abstinent leben.

VB: Vampirblut; für Vampire so begehrenswert wie Menschenblut, wobei es sich besser konservieren lässt. Deshalb wird Menschenblut im Unterschied zu Vampirblut nie in Flaschen abgefüllt. Abstinenzler müssen auf Vampirblut unbedingt verzichten, damit sie ein Leben in Sicherheit und erfüllt von anständigen und moralischen Zielen verbringen können.

Wandlungen: Jene Transformationen, die notwendig sind, damit ein vampirischer Akt vollzogen werden kann. Während der praktizierende Vampir die Wandlungen jederzeit in Gang setzen kann, muss sich ein Abstinenzler sehr anstrengen, um sie willentlich hervorzurufen.

Zahnsichere Begierden: Körperliche Lust minus Blutgier.

Handbuch für Abstinenzler
(zweite Ausgabe), Seite 230 ff.